Una Mujer Casada

Manju Kapur

UNA MUJER CASADA

Traducción de Dora Sales

ESPASA

ESPASA NARRATIVA

Título original: *A Married Woman*

Traducción del inglés: Dora Sales
Diseño de la colección: Tasmanias
Ilustración de cubierta: Joaquín Marín
Realización de cubierta: Ángel Sanz Martín

Depósito legal: M. 38.684-2004
ISBN: 84-670-1551-9

Espasa, en su deseo de mejorar sus publicaciones, agradecerá cualquier sugerencia que los lectores hagan al departamento editorial por correo electrónico: sugerencias@espasa.es

Impreso en España/Printed in Spain
Impresión: Huertas, S. A.

Editorial Espasa Calpe, S. A.
Vía de las Dos Castillas, 33. Complejo Ática - Edificio 4
28224 Pozuelo de Alarcón (Madrid)

ÍNDICE

* Contiene todos aquellos términos que originariamente aparecen en el texto en sánscrito, hindi y urdu, así como algunas expresiones, instituciones, siglas y nombres propios cuya comprensión entraña especial significado en la novela. En la presente edición hemos optado por consignar en cursiva (a excepción de los nombres propios de los personajes principales) esos términos y expresiones únicamente cuando aparecen por primera vez, a modo de llamada de atención para su búsqueda en el glosario.

Para
mi hija
Amba

y

mi amiga
Ira

I

Astha había sido educada adecuadamente, como corresponde a una mujer, con enormes complementos de miedo. Un desliz podría dejarla sola, vulnerable y desprotegida. Las infinitas formas en que podía resultar herida no estaban especificadas, pero Astha las absorbió a través de la piel, y se vio envuelta en lo inofensivo y seguro por siempre jamás.

Era la única hija de sus padres. Su educación, su carácter, su salud, su matrimonio, éstas eran las cargas de ambos. Ella era su futuro, su esperanza, y aunque no quisiera que protegiesen ese tesoro con tanto esmero, ellos lo hacían, claro que lo hacían.

Su madre afirmaba a menudo:

—Cuando estés casada, nuestras responsabilidades habrán terminado. ¿Sabes que los *shastras* dicen que si los padres fallecen sin haber logrado casar a su hija serán condenados a un renacimiento perpetuo?

—No creo en toda esa tontería —replicó Astha—, y opino, como persona instruida, que tú tampoco deberías hacerlo.

La madre lanzó un suspiro pesado y totalmente desmoralizador.

—¿Quién puede escapar de su deber? —preguntó, mientras ponía en un armario de acero otra cuchara, otra sábana, otra joya para el futuro de la chica.

Cada día, en su rincón-templo en la cocina, rezaba por un buen marido para su hija.

—Tú reza también —insistía mientras permanecían de pie frente al santuario que estaba sobre la repisa, por lo general oculto tras cortinas hechas con el viejo ribete de un *sari* de seda, entramado con oro tan puro que si la tela ardiese el metal emergería en una pequeña gota.

Obedientemente, Astha cerró los ojos para hallar imágenes deliciosas de un joven romántico, un tanto indefinido, que la rodeaba con su abrazo fuerte y varonil.

—¿Estás rezando? —preguntó la madre con recelo.

—Por supuesto que estoy rezando —respondió la hija de forma indignada—, nunca confías en mí.

Para demostrar su sinceridad fijó la vista con firmeza en Krishna, Krishna, aquel que tantos habían adorado. Él le enviaría matrimonio, amor y felicidad. Ella palpó cuidadosamente el lazo de perlas diminutas alrededor de su imagen. A ambos lados había floreros de miniatura con capullos frescos de jazmín. También había una fotografía de los abuelos fallecidos de Astha, una pequeña campana de plata y una *thali,* dos pequeñas lámparas de plata que se encendían cada tarde, mientras un minúsculo soporte de plata para incienso se tambaleaba al lado. Cualquier comida que preparase la madre de Astha era primero ofrecida a los dioses, antes de que la familia comiese. La mujer creía en las costumbres antiguas.

Pero el padre creía en las nuevas. El futuro de su hija estaba en sus propias manos, y esas manos tenían que fortalecerse con cuantos libros pasasen por ellas. Al menos una vez al día le preguntaba: «¿Por qué no estás estudiando?».

¿Cuánto tendría que estudiar Astha para satisfacerle? A lo largo de sus años de escuela nunca logró descubrirlo.

—¿Dónde está el trabajo de matemáticas que te pedí que hicieras? —continuaría él.

—Todavía no lo he terminado.

—Muéstrame todo lo que hayas acabado.

Se exhibieron sumas hechas con indiferencia. El padre apretó los labios. La muchacha se sintió asustada, pero se negó a mostrarlo. Bajó la vista.

—Inútil, niña desagradecida. ¿Sabes cuánto dinero gasto en tu educación?

—Pues no lo hagas, no gastes nada —murmuró, con los labios tan apretados como los de él.

Impulsado por aquella insolencia, inconsciencia e idiotez, la golpeó. Las lágrimas salieron a la superficie, pero ella no actuaría como si estuviese arrepentida, prefería morir antes que mostrar lo poco querida e incomprendida que se sentía.

La madre lo vio y no dijo nada. Más tarde:

—¿Por qué no haces el trabajo que te dice que hagas? No puedes estar todo el tiempo dibujando y pintando.

—¿Por eso me pega?

No quería la intervención de su madre, la odiaba tanto como a él.

—Es su manera de mostrar preocupación.

Astha apartó la mirada.

La madre suspiró. La chica era buena, sólo que a veces tenía este genio. Y cuánto tiempo malgastaba con pinceles y lápices, no era de extrañar que su padre se inquietase, el arte no tenía futuro. Si lo hacía bien en los exámenes, tal vez podría entrar en el *IAS*, y encontrar allí un buen marido. Se encuentra a todo tipo de gente en los servicios administrativos, y la muchacha no era poco agraciada. Debía decirle que frunciese menos el ceño. Los ceños engañan a la gente acerca de la naturaleza íntima de una persona.

El cuerpo de la chica se nutría de paseos que comenzaban cada mañana a las cinco.

—Levanta, levanta. Basta de pereza.

—Nos lo agradecerás más adelante, cuando te des cuenta del valor del ejercicio y el aire fresco.

—¿Cómo puedes malgastar la mejor parte del día? Ésta es *Brahmakaal,* la hora de los dioses.

Así que Astha arrastraba los pies tras las espaldas erguidas de sus padres, mientras andaban con paso largo hacia el rocío y las extensiones de césped de India Gate. Sus padres organizaban el paseo de forma que miraban hacia el Este cuando salía el sol, mostrando su respeto por la fuente de toda vida, mientras Astha, que se quedaba atrás, rehusaba participar en la satisfacción diaria por el cielo al amanecer o el teatro del sol saliendo de forma inesperada por detrás de India Gate.

Cuando llegaban a casa todos hacían *Pranayama* juntos. Pranayama, sobre la hierba irregular rodeada por un seto disperso en el exterior de su apartamento. Inhalar por una parte de la nariz, mantener, exhalar por la otra, mantenerlo, de derecha a izquierda, de izquierda a derecha, más de treinta veces, hasta que el aire en los pulmones estuviese purificado y el espíritu se hubiese elevado.

*

En otras ocasiones el padre de Astha la llevaba a dar una vuelta alrededor de la colonia por las tardes. Alejado de los estudios de la chica era más cordial. No quería que su hija fuese como él, insatisfecha y desaprovechada. Tienes tanto potencial, dibujas, pintas, lees, se te dan bien las palabras, te va bien en los estudios, un poco flojo con las matemáticas, pero no importa, tienes que presentarte a oposiciones. Con un buen trabajo llega la independencia. Cuando era joven, no tenía a nadie que me aconsejase, no conocía el valor del tiempo, no lo hice bien en los exámenes, tuve que aceptar este trabajo, pensando que más adelante podía hacer algo más, pero cuando estás estancado, estás estancado.

En este punto se quedó callado y siguió paseando con melancolía, mientras Astha enlazaba su brazo con el suyo, sintiéndose un poco triste por él.

Después de que su padre hubiese fallecido y la experiencia le hubiese inculcado algo de sentido del mundo, Astha se dio cuenta de lo libre que éste había sido. En aquel momento se sentía halagada por su atención, pero aburrida por sus palabras.

La familia contaba los céntimos de forma cuidadosa. Su matrimonio tardío, su hija todavía por asentar, su falta de seguridad para recurrir a soluciones, significaba que las diversiones se planificaban manteniendo la frugalidad en un firme primer lugar. Un domingo al mes, como si de un lujo se tratase, acudían a la tienda *chaat* del Mercado Bengalí. Observaban fijamente al propietario, sentado sobre una plataforma estrecha, con las piernas cruzadas ante su caja de dinero, rodeado por completo por una pequeña reja de latón. Su *dhoti kurta* era de un blanco inmaculado, la caja de dinero reposaba sobre una tela igualmente inmaculada.

—Este hombre vino de Pakistán, un refugiado —explicó el padre.

—Míralo ahora —resonó la madre.

Y la tienda se fue volviendo más hortera cada vez que iban, cuando se le añadieron suelos de mármol, espejos que cubrían todas las paredes, ampliaciones construidas en la parte trasera y en los laterales. Las *tikkis* y la *papri* tampoco continuaron igual, sino que se volvieron más y más caras. ¿Qué llevaba la tikki que le hacía cobrar una rupia por plato?

—Debe de estar comprando las patatas al por mayor, de forma que cada patata le cuesta sólo una *anna,* la mezcla para el relleno es sobre todo *dal,* apenas algún guisante, un miserable medio anacardo, frito con *vanaspati,* ni siquiera aceite bueno, cuanto menos *ghi;* la *chatni* no lleva pasas, aparte de estar aguada, lo que con los salarios del camarero y del cocinero, todo el asunto debe estar costándole no más de... de...

Padre, matemático, cierra los ojos para concentrarse mejor en el precio de la tikki de patata.

—No más de ocho annas, máximo.

—Cien por cien de beneficio —decía la madre con melancolía—. ¿Cuánto vende en un día? ¿Quinientos?

Miraban alrededor del restaurante abarrotado, con las mesas apretadas unas contra otras y la enorme sección ampliada tras los mostradores de dulces. Miraban a la gente a quien se servía en la calle. Sí, quinientos no sería extraño.

Después calculaban, ocho annas multiplicadas por quinientos sumaban doscientas cincuenta rupias. Y esto sólo por las tikkis de patata.

¿Y qué había de la papri, los *kulchas,* los *dahi barhas,* las *gol gappas* en agua especiada, las gol gappas en dahi y chatni, *kachoris* con *channa, puri alu,* channa *bhatura,* las recién presentadas *dosas,* los aperitivos secos, dulces, y las patatas fritas que mostraba astutamente en vitrinas de cristal, qué había de todo eso? ¿Cuánto dinero se llevaría a casa al final de tan sólo un día? Para colmo, era iletrado.

—Yo podría hacer tikkis mejores en casa —propuso la madre.

Astha centró la mirada con tristeza en su plato de dos tikkis pequeñas e hinchadas, enterradas bajo chatni agridulce. Después miró fijamente al hombre gordo que estaba tras el mostrador de pago. Allí sentado con la boca teñida de *pan,* cogiendo el dinero de la gente, abriendo la tapa de la caja de dinero, levantando con calma los *katoris* de monedas para añadir a las crecientes pilas de uno, dos, cinco, diez, cien.

—¿Quieres algo más, *Beti?* —preguntaban los padres tras haberse comido cada migaja de sus pequeños platos de acero.

—No.

—¿Estás segura?

—Sí.

—Entonces vámonos a casa.

—Ha sido una excursión agradable, ¿verdad? —se decían el uno al otro mientras ponían en marcha el viejo Fiat y se dirigían de regreso a su apartamento en Pandara Road.

~

Sobre estas preocupaciones menores se cernía la mayor, su casa aún no construida, el lugar al que irían cuando se jubilasen, el refugio que colocaban entre ellos y la nada. Con este fin contaban cada *paisa,* sopesaban los pros y contras de cada compra con ansiedad considerable. De vez en cuando conducían hasta las afueras de Nueva Delhi acompañados de agentes inmobiliarios, para mirar terrenos. De alguna manera, los lugares en que querían vivir siempre estaban más allá de su presupuesto, los lugares que podían permitirse les parecían salvajes e inhabitables.

—Hubo un tiempo en que Defence Colony también estaba en las afueras de Delhi —advirtió la madre—. Al menos déjanos comprar dondequiera que podamos hacerlo.

—No, Sita —replicó el padre de forma irritada—. ¿Cómo podemos vivir tan lejos de todo?

Cuánto tendremos que alejarnos antes de poder permitirnos algo, pensó Astha, a quien obligaban a ir a esas expediciones, no podía quedarse sola con el sirviente. Ella misma nunca pretendió poner el pie en ninguna casa en un terreno diminuto que estuviesen mirando. Su marido se ocuparía de eso.

Mientras tanto Delhi crecía y crecía, y terrenos que una vez habían rechazado por encontrarse demasiado lejos, ahora eran parte de colonias lujosas y caras, y no tan lejos de lo que ellos habían pensado en otro tiempo.

La jubilación se aproximaba, la presión por comprar crecía cuando, a principios de los años sesenta, los ministerios comenzaron a desarrollar comunidades de viviendas cooperativas.

—Gracias a Dios —se quejaba la madre de Astha—, al menos el gobierno hará por nosotros lo que no hemos sido capaces de hacer nosotros mismos.

—Una cosa es desarrollar una comunidad de viviendas cooperativas, otra cosa es que te concedan terreno en ella, e incluso otra cosa aparte es construir una casa —respondió el padre, pesimista nato—. En qué rincón remoto asignarán terreno a un ministerio tan poco relevante como Ayuda y Bienestar Social, también tendremos que ver eso.

—*Are*, donde sea, como sea, tenemos que construir. ¿De lo contrario planeas que después de jubilarte vivamos en tu palacio ancestral?

El esposo se veía afligido por la tosquedad de su mujer.

Continuaron preocupándose. ¿Cuándo tendría terrenos asignados su comunidad de viviendas, cuántos años faltaban para que el padre se jubilase, cuántos años más de trabajo para la madre, cuánto tiempo quedaba hasta que tuvieran que dejar esta casa del gobierno en el centro de Delhi, tan conveniente?

Una vez asignada la tierra, ¿cuánto costaría construir, cuánto tenían a depósito fijo en sus fondos de previsión, cuánto préstamo podrían lograr, cuánto interés tendrían que pagar? Tras discutir todo esto, se permitieron soñar un poco.

—Tendré un lugar especial para mis libros —dijo el padre—, armarios con cristal para protegerlos del polvo y la lepisma.

—Yo tendré una cocina grande —anunció la madre—, con ventanas de protección para mantener fuera a las moscas, y un fregadero de acero inoxidable, no como éste de cemento que siempre se ve mugriento. Tendré un mostrador largo, de forma que no tenga que desempacar la *mixi* cada vez que la necesite. Tendré un lugar apropiado para hacer *puja,* en lugar de un estante.

—Tendremos un estudio, tal vez una habitación extra para invitados —especuló el padre, y después parecieron asustados por el dinero que iban a costar sus sueños. Tal vez no una habitación para invitados, sus voces se fueron apagando poco a poco.

Cuando Astha tenía dieciséis años, estaba bien entrenada a base de una dieta de novelas sentimentales e ideas de boda. Era presa de anhelos incipientes, deseaba casi a cada chico que veía, después se pasaba largas horas de pie ante el espejo admirando su fealdad. ¿Sería feliz alguna vez? ¿En algún momento daría con ella el amor verdadero?

Entonces el día amaneció, el día en que Astha vio a Bunty. Bunty el hermoso, Bunty, cuyo rostro jamás la abandonaría, Bunty, cuya más leve palabra, mirada y señal pasaría acariciando hasta la muerte.

La familia de Bunty vivía en una de las casas más grandes de la colonia de Pandara Road, un dúplex con un jardín amplio y una terraza espaciosa. Solían visitar a los padres de Astha, la hermana menor iba a su escuela. El chico estaba fuera en Kharakvasala, en la Academia de Defensa, y ahora había vuelto a casa por vacaciones.

Se dejó caer con su padre. Oh, cómo destacaba. Tenía el pelo negro y lustroso, y lo llevaba en una ráfaga sobre la frente alta y amplia. Sus ojos eran como de suave terciopelo negro, ubicados en órbitas pálidas sobre el rubor tenue de sus mejillas. Y justo debajo de eso, la oscura sombra azulada de una barba incipiente, enmarcando unos labios rojos. Mientras ella miraba fijamente, inquebrantable, él sintió su mirada, alzó la vista y sonrió. Tenía los dientes pequeños, blancos y desiguales, y mientras Astha se perdía en ellos, él levantó un poco la ceja izquierda. Ella se estremeció, y débilmente le devolvió la sonrisa.

Entonces comenzó su tormento.

Si por lo menos no lo viera tan a menudo, pero Bunty se sentía inquieto durante las vacaciones. Interno en la escuela y la universidad, debido a esto conocía a poca gente en Delhi. Se aficionó a dejarse caer con su hermana. Se sentía atraído por la devoción de Astha.

Noche y día, pensar en él la mantenía agitada por dentro; era incapaz de comer, dormir o estudiar. Lejos de él sus ojos se sentían secos y vacíos. Sus oídos sólo registraban el sonido de su voz. La mente de Astha se negaba a tomar en serio cualquier otra cosa que no fuera el rostro de Bunty, su cuerpo, sus pies, sus manos, su ropa. Halló un alivio temporal al hacer bocetos de él, bocetos que habitualmente eran demasiado malos como para ser tenidos en cuenta.

Pasaba horas planeando encuentros accidentales, cómo encontrarse con él por casualidad en la colonia, cómo cruzarse con su padre cuando éste daba su paseo por la tarde, cómo conversar lo suficiente como para ser invitada a ir a su casa, cómo tomar prestado un libro para prolongar la estancia, cómo desmayarse, cómo morir en su puerta.

En una ocasión en casa de Bunty vio cómo éste acariciaba a su perra, quien con prontitud puso las patas sobre su regazo, agitó la cola y salivó. En aquel momento, Astha sintió una afinidad intensa y avergonzada con el animal.

Estaba demasiado abrumada por sus sentimientos como para querer hablar con él en realidad. Acercarse al lugar de toda esta maravilla sería apostasía. Pensar que alguna vez él tendría algo que decirle era impensable. Finalmente era tan insoportable que tuvo que decírselo a alguien.

Gayatri, amiga del colegio, confidente casual, decidió que ese asunto necesitaba dirección.

—¿Qué has hecho en realidad? —exigió.

—¿Hecho? —tembló Astha, sintiéndose inmediatamente peor, en lugar de mejor—. Nada.

—Eres tan tonta —reprendió Gayatri—. Invítalo a ir al cine.

—¿Cómo puedo?

—¿Cómo puedes? —Gayatri la miró fijamente—. Hay una película de Charlie Chaplin en el National Stadium el próximo domingo por la mañana. Pregúntale si la ha visto. Venga. Dale una oportunidad.

Ahora cada día era un examen, que ella suspendía a diario. Gayatri era insistente. Tenía que haber movimiento en todo aquello, de lo contrario también era posible que ella no estuviese enamorada. Astha se vio forzada a admitir la lógica de esto.

Llegó el día en que se quedó de pie frente a él sin atreverse a hablar, balbuciendo su petición para que el dios fuese a ver una película con ella y una amiga suya.

—Claro que irá, ¿verdad, Bunty *Beta?* —dijo su padre con voz fuerte.

—Gra...gra...cias, Tío —tartamudeó Astha, sin mirar a Bunty.

Bunty pareció tenso y aburrido durante la película. Gayatri parloteó alegremente durante el intermedio, mientras Astha apretaba los dientes y esperaba que terminase la pesadilla. Las palabras se atropellaban en su mente, palabras que demostrarían lo inteligente e interesante que era, pero cuando de verdad miraba al chico no podía hablar. Quería no volver a ver a Bunty jamás. Lo odiaba. Deseaba que sus vacaciones terminasen pronto.

Lo hicieron, y Astha se desesperó más. El objetivo de levantarse cada mañana había sido la esperanza de que podría verle, se alimentaría de una mirada, una palabra, una sonrisa. Ahora su rico mundo interior se volvería rancio sin nada nuevo que añadir a la reserva.

—Sugiérele que os escribáis. Ya sabes, como amigos por correspondencia —apuntó Gayatri.

—No.

¿Te imaginas que se riese? ¿Que pareciese despectivo?

—¿Qué tienes que perder?

—¿Por qué tendría que escribirme?

—¿Por qué no? Se pasa por aquí, y tú también lo visitas a él.

Astha dudó.

—Eso significa muy poco —pronunció al fin, pensando en aquellas visitas, los silencios largos, ella anonadada por la emoción y Bunty cambiando de postura en la silla, diciendo de cuando en cuando: «Así que, ¿qué hay de nuevo?».

Gayatri aprovechó al máximo su argumento.

—Te habla, y en términos objetivos, no eres poco atractiva. No tienes un buen tipo, pero tus facciones son definidas, tienes la piel clara, y los pómulos altos. Si le dieses forma a tu pelo en vez de peinártelo hacia atrás, ayudaría, pero aun así, es abundante y rizado. No eres alta, pero a los chicos altos les gustan las chicas pequeñas, es una cosa que he notado, una y otra vez.

(La propia Gayatri era alta.)

—No puedo simplemente acercarme a él y decirle dame tu dirección, quiero escribirte.

—Lo que pides no es algo tan grande. Cuando le escribas, te contestará.

—Puede que no lo haga.

—Entonces no es un caballero —dijo Gayatri con severidad.

Finalmente Astha soltó su petición, empujando su agenda y su bolígrafo hacia el chico.

Le escribió, y él sí respondió, semanas después.

—¿De quién es esto? —le preguntó su madre, manteniendo la carta lejos de ella.

—¿Cómo voy a saberlo? —reclamó Astha.

Cogió la carta al vuelo y la metió en su bolsa de la escuela. Era de él, sabía que lo era. Había escrito.

> Querida Astha,
>
> Recibí tu carta hace unas pocas semanas. En realidad no tenemos tiempo para escribir, aquí nos hacen trabajar muy duro.
>
> Mañana me voy al campamento. Hay mucho trabajo que hacer; estudiamos mucho sobre tácticas y estrategia de defensa y ataque. Nos vamos pronto por la mañana, primero desfilamos más de treinta kilómetros, desde donde seremos trasladados otros ciento treinta kilómetros. Al final de todo llegaremos a algún pueblo remoto. Después de tomar el almuerzo, que llevamos nosotros, nos «atrincheraremos» para pasar la noche, para llevar a cabo un ejercicio de defensa. Cavar trincheras en la meseta de Decán no es tan fácil como puedas pensar. Cada una nos cuesta de tres a cuatro horas. También tendremos que escalar Simhagarh, la famosa fortaleza de Shivaji, y casualmente la más alta. Por la noche haremos emboscadas y patrullas de vigilancia, la única diferencia entre esto y una guerra real será que nos dispararemos unos a otros tiros de fogueo en lugar de munición cargada.

Y así siguió. Era la carta de un soldado, ¿qué otra cosa esperaba? Si la realidad de Bunty era un poco insípida tras la imagen que ella tenía de él, su amor podría aceptarlo. La releyó todo el día y los días venideros, hasta que llegó la siguiente.

Resultó que a Bunty le gustó mantener correspondencia. A lo largo del año Astha oyó hablar de sus amigos, la guerra con Pakistán, Lal Bahadur Shashtri, sus asignaturas académicas, sus asignaturas militares, sus sentimientos con respecto al Ejército Indio en general y los cadetes en particular.

Y Astha, Astha era ingeniosa, inteligente, locuaz, todas las cosas que no podía ser cuando él estaba frente a ella. Añadía a su escritura pequeños dibujos que él consideraba ingeniosos y dotados de talento. Ella comenzó a flirtear. Las cartas eran inofensivas.

Cuando la correspondencia se instituyó, también lo hicieron las sospechas de la madre.

—¿Por qué te escribe tanto? —le preguntaba cada vez que llegaba una carta. Para entonces dos personas aguardaban el correo, Astha y su madre.

—¿Es un crimen? —replicó Astha.

—Eres demasiado joven para consentir tales tejemanejes.

Hizo que sonase tan sórdido. ¿Qué palabras podría emplear Astha para una mujer que contemplaba el mundo en términos de tejemanejes?

—No está sucediendo nada —respondió, mintiendo con gran dignidad.

No era necesario explicar la pulposidad de su corazón, el nudo desdichado y permanente en su estómago. Sin duda su madre también consideraría aquello como un tejemaneje. Cómo deseaba poder perderse realmente, perderse en los brazos de Bunty, que la abrazaría fuerte, le susurraría su amor, confesaría que sus cartas le habían hecho darse cuenta de que ella era su alma gemela, se casarían después de que él se graduase, ¿podría esperarle?

—Tus exámenes se acercan —continuó la madre de Astha, mirando fijamente a su hija, con firmeza y de forma penetrante.

—Lo sé —replicó la hija, devolviendo una mirada igual de firme.

La madre de Astha respiró sorbiendo por la nariz, una respiración de resfriado arraigado.

Astha no prestó atención. Estaba viviendo en un mundo propio, esperando a que llegasen las vacaciones para así poder ver a Bunty. Sería diferente esta vez, sin tensión ni timidez. Estaban más unidos, habían compartido sus pensamientos y sentimientos. Con suerte se besarían. ¿Dónde y cómo? Ella imaginó los lugares, se perdió en sus fantasías.

Llegaron las vacaciones. En el instante en que la madre supo que Bunty había llegado, fue a su casa y desde entonces en adelante Bunty se negó a tener nada que ver con Astha.

Durante mucho tiempo ella no supo lo que había sucedido, ni habría podido soportar descubrirlo. Vivía inmersa en el dolor y cualquier cosa que lo tocase era demasiado para ella.

La noche anterior, por teléfono, había quedado para verle, en esta ocasión no necesitaría a Gayatri. Había pasado muchas horas pensando en su pelo, la ropa, ¿tendría que ser informal o elegante, nueva o vieja? ¿Cómo debería hacerse el pelo? ¿Hacia arriba o hacia abajo? ¿Suelto o recogido?

Vestida con su *churidar kamiz* más nuevo, ajustado alrededor de las caderas, suelto por la cintura, Astha fue a casa de Bunty, a las once como estaba planeado. El padre de él la recibió en la puerta.

—Bunty no está en casa, Beta —dijo con cortesía, sin preguntarle si quería pasar, una bofetada para Astha, de pie, incómoda, con su churidar kamiz nuevo, tan ajustado alrededor de las caderas, tan suelto por la cintura.

—¿Cuándo volverá, Tío? —logró decir, mientras el miedo le espesaba la voz.

¿La odiaba el padre de Bunty? ¿Le habría dicho algo Bunty? ¿En el tren de regreso a casa desde la Academia de Defensa había decidido detestarla en vez de quererla? ¿Era ésta su forma de hacérselo saber?

—No lo sé, Beta. Está de vacaciones, tiene tantos amigos y familiares a quienes ver. Puedes llamarle por teléfono algún día. Ahora adiós.

La puerta se cerró antes de que ella incluso hubiese bajado los escalones. Ni una despedida, nada de nada.

Caminó hacia casa, sintiéndose enferma. El año en que se habían estado escribiendo el uno al otro, él había dicho que quería verla, ¿había estado mintiendo, viendo hasta qué punto ella revelaría sus sentimientos en aquellas cartas estúpidas antes de que él se las mostrase a su padre? ¿Cómo podía haber olvidado el poco interés que había mostrado por ella cuando de hecho estuvo en Delhi? Estaba entreteniéndose, por eso había escrito, ahora que era momento de encontrarse tenía la intención de abandonarla. Cómo se reiría Gayatri. ¿Había algún modo en que pudiese dejar de ser amiga de Gayatri en aquel preciso momento? ¿Deshacerse de ella para siempre y no volver a verla jamás?

Astha no llevaba en casa ni diez minutos cuando Gayatri llamó.

—¿Qué ha pasado? —preguntó sofocadamente, como si fuese ella quien había estado esperando todos esos meses a que la besasen.

—Oh, nada —respondió Astha con ligereza, mientras apretaba los dientes.

—¿Nada? ¿Qué quieres decir con nada?

—Es muy triste. Uno de sus tíos ha muerto, y ha tenido que ir de inmediato a Bombay con toda la familia.

—¿Pero por qué no te lo dijo?

—No hubo tiempo para escribir.

—Qué raro —dijo Gayatri tras un silencio—. Podría haberte visto a solas unos pocos segundos. Después de todas esas cartas.

—Te estoy diciendo que no hubo tiempo —replicó Astha levantando la voz.

—Oh Asu, pobre de ti.

—En absoluto. Me di cuenta de que no me gustaba tanto cuando lo vi realmente. Parecía muy tonto. Todo lo que pudo decir fue: «Así que, ¿qué hay de nuevo?». Uno tiende a hacerse una idea de la gente a través de las cartas.

—Supongo —contestó Gayatri, que sonaba insatisfecha.

Las vacaciones pasaron. Astha sufrió a diario. Ni dibujar ni leer pudieron captar su interés. Sentía el corazón como una cadena, la mente como una piedra. No logró hablar con Bunty por teléfono, siempre estaba fuera. Timidez, reticencia, algunas pizcas de autoestima le prohibían insistir más allá de la cortesía. No importaba lo que hubiese pasado, él también debería querer verla, aunque sólo fuera para aclarar cualquier malentendido. Y de esta forma el orgullo la ayudaba a aguantar cada día triste.

Un año después, cuando el dolor era menor y la universidad había hecho que se sintiera más una mujer de mundo, escribió, una carta ligera y despreocupada: «¿Qué pasó?».

Él respondió: «Creí que lo sabías. Tu madre nos visitó la misma noche que llegué y le dijo a mi padre que te estaba distrayendo de tus estudios. Al mismo tiempo le preguntó cuáles eran mis intenciones. Mi padre pensó que era mejor que no tuviésemos nada que ver el uno con el otro. ¿Por qué crear complicaciones? Deseo que te vaya bien en la vida. Atentamente, Bunty».

¿Puede alguien morir dos veces de vergüenza? Astha lo hizo. ¿Cómo se atrevió su madre a interferir en sus amistades? Pero entonces, también, Bunty había cedido de forma tan fácil, sin preocuparse por descubrir cómo se sentía ella, ni una palabra, ni un gesto.

¿Dónde estaba el hombre cuyos brazos estaban esperando abrazarla? Hasta que llegase, caminaría sola, sola en la facultad, por pasillos de chicas felices, independientes, activas, por clases dedicadas al estudio de la literatura inglesa, sola en la colonia por las sendas monótonas entre las casas.

Intentó alejar a Bunty de su pensamiento, aunque una o dos veces, cuando las chicas se acurrucaban unas contra otras, con las cabezas inclinadas en el comedor, sacaba a relucir su nombre de forma experimental, para mostrar que ella también había vivido y sabía lo que era el amor.

—Sí, estos chicos...

—Sí, hubo alguien, justo el año pasado...

—Sí, era guapo...

—Oh, no estudia aquí. La Academia de Defensa en Kharakvasala.

—Sí, todavía nos vemos durante las vacaciones, nada especial por mi parte. Pensé que era mejor no tener una relación a larga distancia, ya sabéis cómo es...

Las chicas escuchaban con escepticismo, ¿cómo podían creer en la verdad de alguien a quien nunca se había visto frecuentar la puerta trasera? Sin embargo, la provocaban a veces pidiendo: «Astha, cuéntanos más sobre Bunty», y Astha maldecía su necesidad de sentirse parte de un grupo infravalorando algo que todavía hacía que su pecho se endureciese de dolor.

—

Cinco años después de su inicio, a la comunidad de viviendas del Ministerio de Ayuda y Bienestar Social le fue concedida una porción de tierra al otro lado del Jamuna.

La tristeza habitual en el rostro del padre se volvió incluso más obvia cuando transmitió esta noticia a su familia.

—Otros ministerios, donde los burócratas tienen contactos, lograron conseguir terrenos en South Delhi. ¿Pero qué conseguimos nosotros? Un solar al otro lado del Jamuna, donde no hay agua, no hay electricidad, no hay mercados, no hay servicio de autobús, no hay comodidades, ni siquiera carreteras de verdad.

—No importa —consoló su esposa, disimulando lo amargo que era este golpe también para ella, era mucho lo que había confiado en la porción de tierra prometida—. Una vez comience la construcción, las cosas cambiarán. Todo ha de tener un comienzo. ¿A cuánto se venden las parcelas?

—¿A cuánto pueden venderse? —respondió el padre—. En medio de la jungla con asesinos, *dakus* y animales salvajes. Siete, ocho mil rupias.

—¿Qué dimensiones?

—188, 235 o 290 metros cuadrados.

Su futuro hogar iba a ser pequeño y relativamente barato.

El solar se escogía mediante un sorteo. El día fijado, la madre le dijo a su hija:

—Espero que saque un solar de 290, en la esquina. Hay muy poca diferencia de precio.

—¿De qué? —preguntó la hija lánguidamente. Había estado prestando escasa atención a las fortunas de la familia sabiendo que dondequiera que construyesen una casa, ella no viviría allí.

—¿Nunca escuchas? Cuando nos hayamos ido será tuya.

—No la quiero.

La madre se estremeció de irritación.

—¿No ves nuestras vidas? —soltó entre dientes—. ¿Todavía no te has dado cuenta del valor de la tierra, pues, una vez la tienes, siempre hay algo sólido a lo que puedes recurrir?

Astha miró a su madre, la piel pálida con marcas de color hígado, el cabello teñido de forma descuidada, blanco y negro, las manos encallecidas por toda una vida de quehaceres domésticos, las venas sobresaliendo en el dorso, sólo cincuenta años, abatida, reseca, y vieja. Su sueño de una casa se estaba cumpliendo de una forma que hacía que ese sueño fuese para siempre irrealizable. Sus pensamientos se centraban ahora en 188, 235 o 290 metros cuadrados, en si estaría cerca de un parque, o cerca de la carretera principal, cerca de un mercado o una parada de autobús, si su esposo sería feliz o no, porque por supuesto ella podría ser feliz en cualquier parte.

Lentamente tomó las manos de su madre entre las suyas.

—Irá bien, Mamá —comenzando a decir de corrido lo que tantas veces había escuchado—. La zona al otro lado del Jamuna crecerá, South Delhi también fue una vez así, será diferente cuando se haya construido el puente nuevo. Tan sólo imagina, tendremos nuestra propia casa por fin. También un jardín.

La madre observó las manos jóvenes de su hija cogiendo las suyas propias, con la piel flácida, huesudas.

—Sí cariño, por fin —suspiró intensamente.

El padre llegó a casa.

—¿Qué tal? —preguntó la madre, cogiéndole la cartera.

—235.

Se produjo el silencio mientras la familia asimilaba esto. 235. Iban a vivir en 235 metros cuadrados. Con todo, era más que 188, de las que había tantas.

—Sólo había cuatro de 290.

—¿Sólo cuatro? Entonces naturalmente que no conseguiríamos una.

El padre se detuvo antes de proseguir.

—Una de ellas la sacó el Presidente.

—Estoy segura de que estaba amañado —lanzó la madre.

—Sabe Dios. Parecía bastante justo. Se hizo frente a todos nosotros.

—Por supuesto que parecía justo. Éstos no son niños.

Se consolaron tomando té con reflexiones sobre la perfidia general del mundo y sus propias incapacidades para triunfar en los juegos que se les exigían a los jugadores de la vida.

Ahora que tenían su terreno, se lanzaron en dirección a las afueras para verlo. Junto a ellos iba el Presidente del Grupo de la Comunidad de Viviendas del Ministerio de Ayuda y Bienestar Social, requerido para mostrar el camino.

—*Bahanji* —se dio la vuelta para dirigirse a la madre de Astha, sentada en el asiento de atrás con la poco entusiasta hija —en diez años esta zona estará verdaderamente urbanizada. El futuro de Delhi está aquí. ¿Cuánto más puede extenderse Delhi por el sur?

—Hay un largo trecho —murmuró la madre de Astha.

Se dirigían hacia el Norte, hacia Red Fort, más allá de los *ghats* para quemar a los muertos, hacia Shahadra, al otro lado del puente de dos alturas construido por los ingleses para coches y trenes, el puente aislado al otro lado del río hacia el este de Delhi.

—Cuando el puente nuevo esté terminado el viaje será más rápido, Bahanji —consoló el Presidente—. Veinte minutos y estarás en Connaught Place, corazón de Delhi.

El padre de Astha conducía sin responder a ninguno de estos comentarios. El privilegio de poseer un terreno en este lugar remoto era el resultado de pertenecer a un ministerio en el que se había sentido desaprovechado toda la vida. Esta amargura lo mantenía en silencio.

Las carreteras por las que estaban circulando en ese momento tenían baches y estaban mal conservadas, al igual que las carreteras sucias de los pueblos. De cuando en cuando divisaban una casa valiente en soledad.

—La gente ya está construyendo —señaló el Presidente.

La carretera se volvió más estrecha y agitada, los rastros de polvo florecían más grandes.

—Nirman Vihar, Swasth Vihar y, allí, Preet Vihar —señaló el Presidente, agitando la mano hacia los espacios desnudos a su alrededor. Un silencio abatido inundó el coche, demasiado viejos y demasiado joven para contemplar con emoción este futuro singular que se extendía frente a ellos.

—Aquí, gire aquí —indicó el Presidente.

Abandonaron la estrechez de la carretera principal por una pequeña senda imperceptible, todo el tiempo dando tumbos, giraron una vez, y allí estaban. La tierra era seca, polvorienta, desnuda, desarbolada e indeterminada. Asman Vihar. Sky Colony.

¿Qué habían imaginado? ¿Parcelas limpias, alineadas con árboles y pequeñas calles, aguardando a que los propietarios llegasen y construyesen casas? ¿Por ocho mil rupias? ¿Estaban locos?

—¿Qué es eso? —preguntó el padre de Astha señalando hacia un pueblo que podían ver a lo lejos.

—Oh, eso se irá, estamos en tratos con ellos —respondió el Presidente—. Creen que tienen derecho simplemente porque nadie les ha desalojado hasta ahora. La tierra está disponible, así que esos aldeanos la usan para cultivar. Y algún que otro *gujjar* vaga por ahí.

—¿Es seguro? —tembló la madre de Astha.

—Cuanta más gente venga, más seguro será.

—¿Y el agua, conexiones de electricidad?

—Para el agua tendremos que cavar nuestros propios túneles para pozos. Y han prometido un tendido temporal para la electricidad. Es sólo cuestión de tiempo que esto sea como su Golf Links, Jor Bagh, o Defence Colony.

Tras este viaje, ya no hablaban de la casa de sus sueños. Escuchaban historias de cómo, en una de las casas solitarias que había allí, los dakus entraron por la noche, lo robaron todo e hirieron al propietario de tal forma que estaba en un estado de semiparálisis.

Cuando el futuro se conseguía y se revelaba se concentraban en la diferencia que supondría el puente nuevo, los cambios de infraestructura que se producirían cuando el área estuviese más habitada. Cuando los precios subieran, podrían vender su terreno y comprar un piso pequeño en South Delhi. Tenían que confiar en Dios y esperar, aunque a sólo seis años de la jubilación del padre, el período durante el que podían esperar era limitado.

Ahora que Astha iba a la universidad, su madre se centraba ansiosamente en su obligación materna primordial. Todos los domingos escudriñaba las páginas matrimoniales con meticulosidad, lápiz en mano, marcando anuncios con un círculo. Después se los enseñaría al padre.

—Tienes que llevarla al estudio para que le saquen fotos bonitas. Una de pie y completa, otra de un primer plano del rostro.

—Está sólo en su segundo año, Sita, por el amor de Dios. Deja que al menos termine los estudios.

—En el tiempo que cuesta dar los últimos toques a una boda se habrá licenciado. Los buenos chicos no se encuentran tan fácilmente.

—Tan sólo acaba de cumplir dieciocho años. Déjala.

—¿Quieres que le pase como a nosotros? ¿Que se case a los treinta? ¿Y que todo el mundo se pregunte qué hay de malo?

—Deja que se establezca en una profesión, después veremos. No puedo ir por ahí suplicando a la gente para casar a mi hija.

—Hay un tiempo para todo —continuó la madre—. La chica está floreciendo ahora. Cuando la fruta está madura tiene que cogerse. Después puede que vaya en mala compañía y nos quedaremos retorciéndonos las manos. Si se casa a esta edad, no tendrá problema para adaptarse. Nosotros tampoco somos tan jóvenes como para arriesgarnos a esperar.

Astha, escuchando a escondidas, se preguntaba a dónde conduciría esta corriente de lógica. Ella misma había probado el amor y no quería en absoluto un matrimonio concertado, ¿pero qué pensaba su padre?

Su padre se negó a contestar y se negó a llevar a Astha al estudio fotográfico.

El día que la madre encontró un pretendiente, fue un día que Astha llegó a casa de la facultad, cansada, apestando a sudor, la bolsa pesada sobre los hombros, los zapatos rojos y puntiagudos de bailarina apretándole los pies. Todo lo que quería era bañarse rápidamente, desvivirse por comer y después perderse en la Georgette Heyer que había tomado prestada de una amiga.

Su madre estaba sentada en el salón con un hombre joven vestido de caqui.

—Beti —llamó—. Ven aquí.

—Voy —respondió Astha con un grito, aunque no le gustó el tono en la voz de su madre. Se escondió detrás de la cortina que dividía la habitación y escuchó.

Madre: «Ésa era mi hija».

Hombre joven: «¿Le gustan los deportes?».

Madre: «Mucho».

El miedo embargó a Astha. Su madre estaba mintiendo. De alguna forma había encontrado un novio sin foto de estudio. ¿Lo sabía su padre? Se encerró en el baño.

—Astha.

No hubo respuesta.

La puerta se sacudió ruidosamente.

—Sal Beta. Date prisa.

—¿Por qué?

—Hay alguien aquí para conocerte.

—¿Quién?

—Alguien.

—Primero dímelo.

—Ajá. Un chico.

—¿Por qué estás tan interesada en que un chico me conozca *ahora?* —preguntó Astha con resentimiento.

Bang, bang, bang... La puerta de madera del baño se agitó por el ataque violento de la furia de la madre. Astha observó cómo temblaban las toallas que colgaban de los ganchos, escuchó cómo goteaba el grifo junto al lavabo, cayendo en la lata que había debajo.

—No voy a salir —gritó.

—No tienes inconveniente en conocer chicos de otra forma. De repente te pones en plan engreído y te niegas siquiera a ser educada con alguien que ha venido hasta aquí —la madre bajó la voz para engatusar—. Ahora sal, ¿qué hay de malo? Sólo es un encuentro, nada más.

Astha fijó la vista en una hendidura diminuta que había en la madera vieja de la puerta del baño. Estaba a punto de humillar a su madre ante un extraño. Respiró hondo.

—No puedo —suspiró desesperadamente—, no puedo conocer a alguien de esta forma.

Al final la madre desistió, dejando a Astha desplomada contra la puerta del baño, las lágrimas caían, llorando, llorando por Bunty, llorando por la falta de amor en su vida estéril, llorando porque no quería ver en el salón a un hombre aburrido e impasible que ponía un anuncio para conseguir esposa y preguntaba por los deportes.

Se quedó en el baño hasta mucho después que se hubiera ido el pretendiente. El baño representaba su futuro; era mejor que comenzase a familiarizarse con él ahora.

Horas, días después, su madre golpeó la puerta de forma irritada.

—Se ha ido, fui tonta al intentar organizar algo para ti, eres exactamente como tu padre, pensando que todo va a pasar por sí solo. La comida se ha enfriado como una piedra, puedes recalentártela y limpiarlo todo cuando hayas terminado.

Un mes después de esto el chico apareció. Estaba en su último año de universidad, era un poco más mayor. Habían sido presentados por amigos de amigos en la cafetería de la universidad. Como todos a los que conocían, estaban faltando a clases para frecuentar estos cotos de caza, deteniendo la mirada en las mesas de forma inquisitiva.

Astha comenzó a ser incluida en grupos que lo incluían a él, en cines, restaurantes, citas fijadas en la cafetería, no de manera fortuita. Un chico estaba interesado en ella. Con cada visita que él hacía a la puerta trasera, el prestigio de ella crecía en la facultad.

Empezó a mentir en casa acerca de dónde iba y qué estaba haciendo. La mayoría de las chicas que conocía y que estaban saliendo con chicos mentían. Era lo rutinario, autoprotector. Y qué necesario, Astha ya se había dado cuenta.

Ahora, todas las tardes Astha daba un paseo por la colonia, anunciando su intención de dejarse caer en el trayecto de regreso por casa de viejas amigas del colegio. Mi mente se cansa tanto de estudiar, se quejaba, necesito un cambio.

Ve, Beti, ve. Haz algo de ejercicio, y recuerda, camina de forma enérgica, balancea los brazos y respira profundamente desde el estómago, decía la madre, contenta de que su hija al fin comenzase a comprender la importancia del aire puro.

Y Astha salía a toda velocidad de la colonia, bajaba la carretera principal hasta la esquina donde Rohan estaba esperando en su viejo Vauxhall. Una comprobación rápida para asegurarse de que nadie estaba mirando, después subiría de un salto y se marcharían con estruendo.

Era la primera vez en el viejo Vauxhall, juntos, en el asiento delantero. El coche estaba aparcado en una estrecha calle vacía, junto a la casa de un ministro en la parte de Nueva Delhi diseñada por Luytens. Rohan había cerrado las ventanillas y bloqueado las puertas. Era a finales de noviembre y estaba oscuro. El coche olía a Old Spice, la loción de Rohan para después del afeitado, y al aroma mohoso de la piel antigua.

Astha lanzó de lado una mirada a Rohan. Él estaba dando vueltas a las llaves del coche en sus manos grandes y delgadas con dedos velludos, dando con ellas golpecitos sobre el volante, de forma inquieta. Por fin se giró y llegó hasta ella con resolución.

—¿Quieres casarte conmigo? —preguntó ella sofocadamente, ansiosa de quitarse este asunto de encima.

—¿Qué? —dijo él de forma distraída.

—Casarte conmigo. ¿Quieres hacerlo?

Retiró las manos y la miró fijamente.

—¿No es un poco pronto para decidir eso?

Astha sintió que lo había ofendido.

—Bueno, ya sabes, de lo contrario... —dijo ella perdiendo fuerza poco a poco, tratando de parecer tan atractiva y cautivadora como le era posible.

—Dios mío, ¿es eso lo que te preocupa? No soy del tipo que deja que una chica se quede embarazada, ¿qué crees que soy?

Astha se dio cuenta de que estaba sonando muy poco moderna, pero no podía evitarlo. Debía saber lo segura que estaba.

—Matrimonio —insistió—, ya sabes...

Se apartó un milímetro de él.

—Oh Dios, de acuerdo. Puede que nos casemos. Algún día.

Su boca se cerró sobre la de ella, su lengua exploraba, mientras Astha se ahogaba y se revolvía frenéticamente.

—¿Qué pasa? —preguntó él, dejándola ir—. ¿No te gusta?

—No lo sé —balbució sin comprometerse.

—Bueno, vamos a descubrirlo —Rohan estaba empezando a sonar impaciente.

Astha había ido voluntariamente con él en el coche. Su cuerpo había expresado excitación cuando él aparcó en la callejuela oscura. Cuando se inclinó junto a ella, se sintió vencida por el miedo y el ansia. No había vuelta atrás. Ofreció sus labios, tratando de no encogerse en el asiento.

—Dios, estás tan tensa —dijo Rohan sacudiéndola un poco.

—Lo siento —murmuró.

—Esto no es una especie de tortura, ¿sabes?

Astha no sabía qué decir. Rohan la dejó, también en silencio. Al final dijo:

—Dame tus manos.

Ella extendió los puños con tensión. Lentamente él movió su pulgar alrededor de la muñeca de ella, acariciando la mano cerrada hasta que se abrió. Besó los dedos, las uñas, las palmas, con los labios cerrados sintió el poco vello en el dorso. Astha tuvo la sensación de que algo fluía en su interior mientras miraba fijamente la cabeza inclinada de él. Nunca antes había sido tan consciente de la vida individual de su propio cuerpo. Después de un poco más de esto él dejó caer a Astha en el rincón secreto.

Ella salió del coche con desgana. Algo no había pasado. Pero después, una vez más, algo sí lo había hecho. En general el encuentro la dejó deseando más.

Cuando Rohan por fin deslizó su lengua en el interior de la boca de Astha, ella era barro en sus manos. Su cuello, sus orejas, su garganta, ojos, barbilla, labios, todo había sido explorado, y en esta ocasión su sentimiento más fuerte era el de gratitud.

Fue el comienzo de innumerables besos en el coche. El único problema era encontrar un lugar lo suficientemente aislado.

A Astha todos los lugares le parecían iguales, pero no, rezongaba Rohan, sus ojos escudriñaban diversos sitios abandonados, sus dedos amasaban la palma de la mano de ella, ése no, allí no, aquél no es seguro, mientras Astha ardía en impaciencia. Al final antes de subir las ventanillas siempre sacaba la mano y cerraba la puerta desde fuera.

—¿Por qué haces eso? —preguntó Astha.

—Precauciones.

—¿Contra qué?

—Simplemente.

Astha no estaba interesada en realidad. Todo lo que quería era que él comenzase, de forma que el mundo pudiera desaparecer, y ella perderse. Esto es amor, se decía a sí misma, no es de extrañar que hablen tanto de él.

Una tarde, habían aparcado en su habitual esquina oscura en una calle secundaria cerca de Akbar Road. A Rohan le gustaba Akbar Road, lo consideraba uno de los lugares más seguros que podía encontrar.

Astha se había deslizado tan abajo del asiento como le fue posible sin dislocarse la cadera. Rohan estaba tendido sobre ella tanto como podía sin dislocarse la suya. Tenían los ojos cerrados, su respiración era perceptible. Absortos en lo que estaban haciendo, no escucharon los pasos que se acercaban, no vieron las caras apretadas contra las ventanillas a ambos lados, ojos escudriñándoles desde arriba.

El coche se sacudió, unas manos golpearon violentamente el cristal, las manillas traquetearon. Astha y Rohan se incorporaron de un tirón, cuerpos amenazantes rodeaban todo el coche como un enjambre tratando de entrar.

—*Oye, oye* —gritaban, mirando con lascivia y haciendo muecas, jugando furiosamente con las manillas.

Rohan giró la llave en el contacto de manera frenética, pisando el acelerador, el viejo Vauxhall se sacudió y bramó. Los hombres se cayeron mientras Rohan retrocedía a toda velocidad marcha atrás por la calle oscura, con las luces apagadas. Corrieron tras el coche un rato, después ya no pudieron ser vistos. A cierta distancia por la carretera principal, Rohan se detuvo.

—¿Quiénes eran? ¿Y por qué...? —balbució Astha, temblando de miedo.

Rohan le cogió la mano.

—Unos idiotas. Lo siento —dijo.

Ella empezó a llorar.

—Cálmate.

—Llévame a casa.

—Primero cálmate. Mira, en realidad no ha pasado nada.

Astha se sintió cada vez peor. Aquellos hombres quisieron atacar. ¿Y si hubiesen logrado romper el cristal del coche, la pandilla la hubiese violado por su desvergonzado comportamiento en un lugar público y le hubiesen dado una paliza a Rohan cuando éste hubiera intentado intervenir? Y mientras tanto sus padres habrían estado pensando que estaba tomando aire puro. Si su madre lo supiera primero la mataría y después se mataría a sí misma. Las lágrimas de Astha se volvieron abundantes y comenzó a sofocarse en su *dupatta,* mientras Rohan lanzaba miradas disimuladas a su reloj.

—Venga —dijo al fin—, ha sido malo, pero ya pasó. No llores, por lo que más quieras. No volveremos allí.

—*Hun* —pronunció Astha haciendo ruido con la nariz.

—Estás bien, ¿así que cuál es el problema exactamente?

Astha sólo sabía que se sentía fatal. Al final, cuando Rohan la dejó, percibía ojos escondidos en cada arbusto, ojos que veían y condenaban. Se colocó el dupatta alrededor de la cabeza y se apresuró hacia casa tratando de concentrarse en las mentiras varias que tendría que contar acerca de por qué llegaba tan tarde.

~

El día que la madre de Astha leyó el diario de ésta amaneció frío y despejado, bello como todos los días de invierno, con las flores en plena floración en el jardín y la promesa de disfrutar del sol durante horas.

Estaba inmersa en un libro cuando su madre llamó:

—Ven aquí, tengo que enseñarte algo.

Con desgana Astha señaló el lugar por donde iba leyendo, y entró. Cuando vio su diario en manos de su madre, quiso borrarse a sí misma de inmediato. Allí estaba, con la piel arrancada, expuesta en todos sus pensamientos y hechos libertinos.

—¿Eres tú? —la voz de la madre tembló, su apretón al brazo de Astha era como acero.

Astha negó con la cabeza nerviosamente.

—Entonces, ¿qué es esto?

Silencio desesperado mientras trataba de pensar en algo creíble.

—Contéstame —gritó la madre en un susurro.

—No... no lo sé —balbució la hija—, quiero decir, no me acuerdo.

Pero sí se acordaba, por supuesto. Todas sus fantasías secretas, las cosas que hizo con Rohan, detalles concienzudos de los momentos en su coche, furtivos y apasionantes.

—Bueno, míralo —la madre agitó la ofensiva libreta ante la nariz de Astha, algo inofensivo cubierto de viejo papel de estraza que en la parte superior decía *Escuela del Convento de Sta. Teresa* en una media luna. Había estado oculto detrás de sus libros de la facultad, ¿cómo lo había descubierto su madre? Parecía horrible en sus manos, lleno de pecado.

—No tienes derecho a leer mi diario —murmuró con timidez como defensa propia, apartando la vista.

La madre ignoró este comentario y continuó hojeándolo con cuidado.

—Aquí, ¿qué significa esto?

La escena de pasión habitual. Astha hizo movimientos perplejos de mirada, el paso de las páginas, la frente arrugada.

—Son los apuntes de una historia que estoy escribiendo —dijo, por fin inspirada.

El cuerpo de la madre se aflojó a medida que disminuía algo la tensión.

—¿Es tu imaginación?

—Sí. Sí, es mi imaginación.

La madre se quedó callada por un momento, después suspiró con intensidad y abrazó el delicado cuerpo joven de su inocente hija.

—Mi niña es demasiado sensata para hacer algo como esto —susurró.

La muchacha permaneció rígida, con los brazos a ambos lados.

Se evitaron la una a la otra durante el resto del día.

Esto tuvo tres consecuencias.

Una fue que Astha dejó de ser capaz de escribir en su diario. Intentó unas pocas anotaciones en un código elaborado, pero ahora había una audiencia marcada en cada página, y no pudo inscribir nada más allá de la narración informal de su día en la facultad.

La segunda fue que los padres de Astha desplegaron un fastidioso interés por lo que ella leía. Su padre comenzó a llevarle con diligencia libros de sustancia moral e intelectual.

—Necesitas percibir un sentido de tu entorno cultural —comentó el burócrata—. De lo que hizo grande a este país. Conocer tu herencia artística, puesto que ahí radica tu interés.

Su madre decidió que las virtudes de la tradición necesitaban explicitarse más.

—Nuestros shastras nos enseñan cómo vivir. Aprenderás del *Gita,* los *Vedas,* los *Upanishads.*

—No puedo leerlos —protestó Astha con violencia—. Mi hindi no es lo bastante bueno, ya lo sabes. Es culpa tuya por haberme mandado a una escuela de monjas.

—A tu padre se le ocurrió pensar que un colegio católico proporcionaría la mejor educación. Eso no significa que ahora no podamos ampliar tu base —respondió la madre.

Y comenzó a sacar libros y revistas en hindi de la biblioteca de su escuela, para que el hindi de Astha pudiera mejorar y los textos sagrados de los hindúes resultasen asequibles para ella.

La tercera consecuencia fue que los padres endurecieron su vigilancia. Conseguir encontrarse con Rohan resultó ser cada vez más difícil.

Ella no quiso contarle por lo que estaba pasando. Estaba preocupado con sus exámenes de final de curso y parecía tener menos tiempo para ella.

—¿Por qué no paras de llamar todo el tiempo por teléfono? —se quejó él una tarde cuando se vieron—. Tengo que estudiar.

—No te llamo todo el tiempo. Una o dos veces al día para preguntarte cómo va.

—Me distrae.

—Si no quieres hablar conmigo, tan sólo dímelo. No busques excusas —la voz de Astha tembló.

Rohan suspiró y la rodeó con los brazos. Astha se acurrucó contra él y deslizó las manos por debajo de su camisa.

—Cariño, no seas exagerada. Un hombre tiene que hacerlo bien. Conseguir una beca. Ir al extranjero.

Ésta era la primera vez que hablaba de ir al extranjero de forma tan clara. Astha salió de entre sus brazos.

—Eh, pequeña —arrulló Rohan, acercándose a ella—. ¿Qué pasa?

—Nada —dijo con tristeza.

—¿Crees que voy a olvidarte?

Astha pensaba exactamente eso, ¿pero cómo podía admitirlo?

—Tan sólo deja que termine los exámenes, pequeña, y después...

Las palabras de Rohan ayudaron a reanimar las ilusiones de Astha, estaba bien, todavía estaba a salvo, su relación amorosa iba a terminar en boda. Pero la sensación fría no desapareció, aunque cada vez que Rohan hablaba Astha se aferraba a sus promesas.

A Rohan le fueron muy bien los exámenes, y en ese paso adelante comenzó el proceso de su alejamiento. Alejamiento hacia Occidente, donde los comunes mortales no podían ir, donde tan sólo las palabras *PPE* y Oxford le mostraban a Astha lo enorme que era la distancia entre ellos.

—Oxford —susurró ella con temor.

De repente su vida parecía muy pequeña.

Rohan parecía indiferente.

—Quizá también siga la tradición familiar, tener contentos a los viejos parientes. Mi padre es un licenciado de Oxford, ya sabes.

No, Astha no lo sabía.

—Qué afortunado eres, Rohan —dijo.

—Bueno, mi padre es entusiasta —continuó Rohan, la mirada fija a media distancia.

—¿Cuándo vas? —preguntó ella, y después se odió a sí misma por hallarse en una situación en la que se veía forzada a sonsacar respuestas del hombre con quien había tenido tanta intimidad.

—Pronto.

—¿No cuesta mucho dinero? —preguntó de forma tentativa.

—Grandes cantidades —respondió Rohan, encendiendo un cigarrillo y soltando el humo de forma sensual—. Pero estamos intentando organizar algo.

Astha pensó que parecería descortés pedir más información, y esperó a que Rohan se lo contase. Rohan no lo hizo. La miró brevemente y sonrió.

—Vamos, deja que te lleve a casa —dijo—. Tengo muchas cosas que hacer.

No la había tocado ni una vez. Cuando giró la llave del contacto, Astha pensó que él se iba a Oxford, tenía sus recursos, su padre era un hombre de Oxford. ¿Qué era el suyo? Un burócrata sin importancia, que jamás había estudiado en el extranjero, cuya única propiedad eran 235 metros cuadrados en las afueras al otro lado del Jamuna.

—Espera, Rohan —dijo—, ahora apenas consigo verte, estás tan ocupado, y todavía es pronto.

Rohan continuó haciendo tamborilear las llaves contra el volante.

—¿Cómo es que nunca antes habías mencionado tus tradiciones familiares? —Astha prosiguió con cautela, rascando y escarbando en la piel con tanta fuerza que pudo oler el coche en sus manos mucho tiempo después.

—Bueno, no tenía sentido hablar de estas cosas, hasta que se volviesen seguras.

—Sí, pero podrías haberme dicho que existía una posibilidad de que te marcharas.

—Lo sabías —replicó Rohan fríamente, sin mirarla—. Nunca traté de ocultar nada. No tengo necesidad de esconderme.

—No, no, por supuesto que no. Eso no es lo que quería decir —titubeó Astha—. Pero sólo lo mencionaste una o dos veces, como hace la gente, ya sabes, sobre marcharse al extranjero, y yo no sabía... Porque, tus notas acaban de salir, y si te vas tan pronto debes de haber estado intentándolo desde el año pasado.

—Mandar solicitudes no es algo como para poner el grito en el cielo. Parecería muy estúpido después si no consiguiera ni admisión ni financiación.

Astha se sintió inútil. Sentada en silencio, junto a este chico a quien creía conocer. Las manos que él había utilizado sobre su cuerpo ahora apretaban su corazón, comprimiéndolo lentamente, lentamente haciendo daño.

—¿Qué hay de nosotros? —preguntó con brusquedad, tomando aire de forma intensa.

—Veremos —respondió Rohan brevemente.

Estaba esperando para llevarla a casa, esperando para librarse de ella. Arrancó el coche, mientras Astha mantenía la vista hacia la ventanilla durante todo el trayecto hasta el límite de su colonia.

—Adiós —dijo, cerrando la puerta con cuidado, con la sensación de que sería su última vez en el Vauxhall, mejor así. Los coches viejos eran tan feos, tan inútiles, tan lentos, ¿por qué se ocuparía alguien de ellos?

—Adiós —dijo Rohan—. Nos vemos —añadió, un comentario que la dignidad de Astha correspondió en silencio, con toda la frialdad y desdén de que era capaz su ser desmoronado.

—¿Dónde has estado? La cena se ha estado enfriando —llegó la voz de su madre, mientras Astha probaba su entrada discreta de costumbre.

—En ningún sitio.

—¿En ningún sitio tiene nombre o no?

—No —respondió Astha, que iba a encerrarse en el baño, libre de voces, libre de todo excepto de las cosas terribles que estaba sintiendo, porque Rohan no la quería, Rohan le había mentido. Rohan era sobre lo que su madre le había estado advirtiendo desde que era lo bastante mayor como para ser advertida, y qué satisfecha estaría si supiera que había tenido razón todo el tiempo.

En los días que siguieron Rohan no llamó, ni envió los mensajes secretos habituales a través de las amigas de Astha.

Había acabado. Acabado. Acabado.

Astha comenzó su tercer año con el deseo de terminar los estudios tan rápido como fuera posible. Cada día era doloroso para ella. Recordaba a Rohan constantemente, en la cafetería, en la puerta trasera, en el rincón secreto que tenían en la carretera, cada tarde en casa. En cuanto a los coches negros y viejos, la ponían físicamente enferma.

Rohan se fue al extranjero y Astha se matriculó en el posgrado, aburrida y sin entusiasmo. Tres años de licenciatura en Literatura Inglesa le habían proporcionado todo lo que quería saber sobre la materia. La emoción del descubrimiento intelectual no yacía ante ella, sólo más de lo mismo. Cuando hubiesen pasado dos años imaginaba que se dejaría llevar hacia la enseñanza, eso es lo que hacían mujeres como ella. Escuela o facultad, pendiente de decisión.

A lo largo de todo el tercer año sus compañeras de clase habían estado ocupadas preparando oposiciones o, como Rohan, mandando solicitudes para cursar estudios superiores en el extranjero. Quienes no estaban en esta categoría se habían casado y habían desaparecido, de vez en cuando se recibían noticias de ellas, andaban con marido, y después con bebé, acuñadas con las marcas de una madurez confirmada.

Ahora, en el posgrado, tenía pocas amigas.

II

Astha estaba en el último curso cuando llegó la propuesta matrimonial. El *MBA*, recién llegado del extranjero, hijo de uno de los burócratas que vivía en las casas más grandes que limitaban con Lodhi Colony, la había visto y quería conocerla. El padre de él los visitó de forma inesperada, e informó a los padres de Astha de su buena suerte.

—No lo conozco —objetó ella cuando le dieron la noticia.

—Él tampoco te conoce, señorita —replicó la madre airadamente—. Por eso quiere verte.

—Dale los detalles, Sita —regañó el padre—. Se trata de la felicidad de nuestra niña. No hay prisa.

—Con tu jubilación a un año vista, hay toda la prisa del mundo.

—Eso no es motivo para casarse.

La madre cayó en un silencio abatido. La jubilación, la salud incierta del padre, la precaria situación económica, el puente que conducía al terreno aún sin construir, y todavía tenían que colocar a su querida hija.

—¿Cuántas veces puedo verle? —exigió saber Astha, mientras surgía en ella una pequeña emoción.

Alguien la encontraba deseable y se había esforzado por descubrir quién era ella.

—Una, dos veces, ¿qué necesidad hay de más? —respondió la madre—. No puedes conocer a una persona antes del matrimonio, no importa cuántas veces lo veas.

Astha estaba sentada en silencio, haciendo círculos con los pulgares, con la vista baja, observando fijamente sus pies planos en zapatillas de baño. ¿Había conocido a Rohan? No en realidad, y el sentimiento sucio que ahora asociaba a aquel intervalo volvió a afectarle.

—¿Papá? —preguntó con rapidez—. ¿Crees que esto es bueno?

—No estoy seguro —respondió el padre de forma vacilante—. La parte positiva es que es el único hijo y que sus dos hermanas están casadas. La más joven, establecida en los Estados Unidos, quiso apoyarle económicamente, pero él decidió volver con sus padres. Tiene veintiséis años, metro ochenta, trabaja como subdirector en un banco.

—Es evidente que es un buen chico, familiar —dijo la madre con complacencia.

—Y al ministerio de Vadera se le adjudicó terreno en South Delhi. Podrán construir en él, no tendrán que esperar a puentes y conexiones de agua y electricidad, no tendrán que preocuparse por bandidos o gitanos —continuó el padre con amargura.

—¿No es eso algo bueno para nuestra hija? Ella al menos tendrá un hogar como es debido. Dios ha escuchado mis plegarias —añadió la madre de forma piadosa.

—Sita, ¿tus plegarias son para que la chica se case con un terreno en Vasant Vihar? ¿Por qué no vas y haces las *pheras* allí?

—¿Qué pasa, Papá? ¿No te gusta la familia?

—He oído cosas sobre Vadera.

—¿Qué cosas?

—Está en el Ministerio de Comercio. Un lugar agradable donde estar si quieres mantener cierto nivel de vida, y los permisos son necesarios para cualquier unidad de fabricación, grande o pequeña, para cualquier cosa que hagan.

—¿Y qué?

—Viaja al extranjero, les da a sus hijas grandes bodas, compra un coche, un coche *nuevo* cada tres o cuatro años.

De hecho esto parecía muy malo; una forma de vida tan elevada debía de tener alguna razón oscura detrás.

—¿Cómo lo hace, te pregunto? —prosiguió el padre—. Debe de estar aceptando sobornos. ¿Serás feliz en una casa que no comparte nuestros valores?

—Papá, no crees que es buena idea, no veré al chico.

La madre se derrumbó de rabia.

—Todo el mundo está corrupto, ¿verdad? Líbrate del noventa por ciento del gobierno, dirige el país tú solo con la tensión alta. Espera que toda la nación sea como Gandhi. Manda a tu hija a un *ashram*, porque no tenemos ni los medios ni el dinero para casarla adecuadamente.

—Cuidaré de mí misma —replicó Astha con valentía.

Nadie prestó atención.

—El único interés que tienen es la chica, su aspecto, su formación, sus virtudes. Eso es algo —contestó el hostigado padre.

—Es más que algo —insistió la madre. ¿A cuánta gente como ésa conoces? Se están ofreciendo dotes enormes por Hemant. Se le conoce por ser bastante distinguido.

—¿Es ése su nombre? —preguntó Astha.

—Sí.

Un nombre agradable. Hemant y Astha. Sonaba bien.

—¿Por qué no van a por dotes grandes? —indagó la posible novia.

—El chico no cree en la dote. Ha de ser por la influencia extranjera, no pudo ser por su padre.

Astha sintió un interés incluso mayor por el chico.

—Déjame conocerlo, Papá —afirmó—. Después de todo, el padre vino con la proposición, deben de pensar de la misma manera hasta cierto punto.

Hemant fue a la casa. Los padres les dejaron solos durante media hora. Astha estaba tan nerviosa que le sudaban las palmas de las manos. Él había ido sólo por el rostro de Astha, ella sabía que era aceptable, pero ¿qué había del resto? ¿Debería hablarle de Rohan, pero decir qué? ¿Que aunque había besado a un chico su himen estaba intacto? ¿Que él le había roto el corazón pero ella esperaba hallar la felicidad en el matrimonio? ¿Cómo podía decirle esto a alguien que no conocía? Alzó la vista hacia Hemant y sonrió de forma dubitativa, él le devolvió la sonrisa, le preguntó por sus aficiones antes de seguir hablando sobre sus experiencias en los Estados Unidos.

Unas pocas semanas más tarde se decidió el compromiso entre Astha y Hemant Vadera. La boda se celebraría en junio. Para entonces los exámenes de posgrado de Astha habrían acabado, los hijos de la hermana mayor de Hemant estarían de vacaciones y su hermana pequeña podría venir para un mes desde los Estados Unidos. Con todo esto establecido, Astha y Hemant comenzaron a salir juntos.

El día de la boda de Astha fue como cualquier otro día de junio. El calor aumentaba cada vez más, el polvo se acumulaba, y toda actividad batallaba contra una lasitud tediosa y pesada. Por la mañana la madre de Astha le llevó té y la contempló fijamente con aprobación.

—Hoy te casas y te vas a tu nuevo hogar —murmuró, con lágrimas en los ojos, mientras los familiares se arremolinaban y consolaban, hablando de la necesidad de este momento, el dolor de una madre al separarse, la dicha de una madre con su deber cumplido con éxito. Estos susurros revoloteaban alrededor de Astha, quien, inquieta y nerviosa, aguardaba a que comenzase la acción.

En el exterior los *valas* de los toldos habían comenzado a convertir el terreno común de la zona central en una sala de boda, cercándolo con *shamianas,* cubriendo la hierba reseca e hirsuta con *daris.* Por la tarde vinieron los proveedores, montando *tandurs* cerca del garaje. Se habían enviado quinientas invitaciones. Ambas familias vivían en la misma colonia, trabajaban para el mismo gobierno, habían vivido durante años en la misma ciudad. Era inevitable una lista de invitados inmensa.

Al anochecer hubo un *havan,* durante el cual le pusieron a Astha los brazaletes de boda rojos y blancos, con la *chura* colgando. Ella se sentó frente al fuego, arrojando dentro el *samagri,* sintiéndose aturdida e irreal.

Después de esto llegó la hora de prepararse. Se extendió su sari de boda, recién traído de los planchadores. Ella contempló la gruesa seda roja y oro que garantizaba sudor e incomodidad. Por lo general las novias de verano llevaban un tejido fino tramado con oro, pero con una boda que costaba tanto debía llevar el pesado sari de templo nupcial comprado años atrás a un precio especial por su padre durante un viaje gubernamental al sur de la India. Ahora Astha confiaba en que Hemant no la encontrara poco elegante o pasada de moda. Confiaba en que no le importase que tuviese pocas joyas, confiaba en gustarle sin maquillaje de novia de salón de belleza, y confiaba en que odiaría, como ella lo hacía, aquellas creaciones de línea de montaje, en rosa y blanco, con los ojos perfilados en negro.

*

La noche vino, la *barat* llegó. Llamaron a Astha para engalanar a su novio con música de *shehnais* grabada en cinta. En el momento feliz se sentaron uno junto al otro bajo un *pandal* destartalado, con un ventilador frente a ellos. El aire caliente del ventilador, el humo del fuego, la visión de su padre esperando para hacer la *kanyadan,* sentir su mano en la mano de su novio, en trance se dio cuenta de que éste era el comienzo de la vida que le estaba destinada.

El *pandit* estaba salmodiando. Ellos estaban dando los siete pasos alrededor del fuego, los pasos que significaban que estaban legalmente casados. Era sofocante, tal vez ella se fuese a desmayar. Sus primos y primas se apiñaron a su alrededor, alborotándole las joyas, ajustándole el *palla* y tomándole el pelo al novio.

Al día siguiente a esa hora estaría en Cachemira, rodeada de montañas, árboles y un lago, donde las aguas ondeaban suavemente alrededor de *shikaras* escurridizas, donde un libro no sería su compañero, sino que lo sería su esposo, inclinándose sobre ella con ternura, su compañero de por vida.

—

En el avión a Srinagar, Hemant cogió la mano de Astha, mientras ella, con timidez, miraba por la ventanilla las montañas sobre las que estaban volando. Un profundo germen de felicidad se asentó en la boca de su estómago, estaba casada, ya no tenía que ser el foco de las ansiedades de sus padres. Ahora era un ama de casa de pleno derecho, una mujer adulta, experimentando su primer viaje en avión.

Durante el trayecto, Hemant siguió tocando a Astha, un dedo se deslizó dentro de la manga de su blusa, una mano apretaba su rodilla.

La consumación tuvo lugar en una casa flotante en el lago Dal. Hemant la desnudó con lentitud, sin dejar de mirarla fijamente, mientras Astha observaba con nerviosismo el estómago de él.

—Ahora tú me desnudas a mí —dijo él.

Ella negó discretamente con la cabeza, envolviéndose con la sábana, remetiendo un borde.

—Venga —instó Hemant.

Ella inclinó aún más la cabeza y miró fijamente los zapatos de él, plantados junto a las piernas desnudas de ella, suaves y recién depiladas a la cera, y los pies, a los que se les había hecho la pedicura, los dibujos de *mahendi* todavía de color naranja intenso.

Hemant le cogió las manos a Astha y las colocó sobre su pecho. Ella le desabotonó y le quitó la camisa, haciéndola deslizar. Cuando él levantó los brazos para que ella le quitase la camiseta, el vello de sus axilas saltó hacia Astha, junto con el olor de él. Astha le quitó la camiseta con rapidez y se detuvo. Él volvió a llevar hacia sí las manos de ella, bajando él mismo la cremallera de sus pantalones en su impaciencia por guiarla al lugar preciso.

—Ahí —susurró, apretando la mano de ella contra su ropa interior, que se hinchaba y aumentaba—, es tuyo. ¿Te gusta?

Astha apenas lo sabía. Apartó la mano en un arrebato, y revolcó la cara sobre la almohada, mientras Hemant terminaba de desvestirse con excitación.

Después encontraron una mancha de sangre marital sobre la sábana. Ambos la miraron de cerca.

—¿Te dolió? —preguntó Hemant cariñosamente.

—Un poco —confesó su esposa.

Más tarde, en la intimidad del baño, Astha se permitió preguntarse si la habían engañado acerca de la magnitud del acto.

Sexo. Hubo mucho. El dolor que Astha sentía entre las piernas jamás estuvo muy ausente. Sólo podía dar gracias a Dios porque en realidad nunca pasaban demasiado tiempo haciéndolo. Hemant acometía todo el asunto con mucha urgencia, contemplándola de forma fija y un poco ansiosa después de cada vez, mientras ella devolvía una sonrisa vacilante a la mirada de satisfacción que transmitía el rostro de él.

Aparecieron pensamientos espontáneos sobre Rohan. Qué lentos habían sido sus besos, qué infinitamente largos, qué minuciosos. Después se regañó a sí misma. Rohan la había abandonado, Hemant se había casado con ella, la valoraba, pensaba que era bonita. No surgió la cuestión de qué forma de amar prefería.

De día deambulaban por los lugares turísticos de Srinagar, de la mano. La gente miraba los brazaletes en las muñecas de ella, y sonreía. Era una novia, y su forma de apretar la mano de Hemant se volvió más segura, y el rubor en su rostro más consciente. La atención de Hemant era constante. Hizo interminables fotografías y no la dejó leer en ningún caso.

Astha quería anotar lo que sentía. Ésta era su luna de miel, una vez en la vida. Intentó escribir en su diario, pero como de costumbre las palabras no salían. Intentó dibujar un esbozo de los alrededores, pero la belleza era demasiado abrumadora. En lugar de eso, dibujaba a Hemant, su rostro, cuerpo, torso, brazos, piernas, era la primera vez que tenía tanta desnudez con la que trabajar. Y cuando se cansaba del arte, probaba con la escritura.

Una tarde, sentada en el tejado de la casa flotante, tomando su té vespertino, mirando al lago, escribió un poema sobre el cielo, las shikaras, el sonido de los pájaros, el sol tras las montañas reflejado en el agua. Escribió que ella, la espectadora, era parte de aquella armonía, y era apropiado que su nueva vida comenzase con belleza. Cuando dejó el bolígrafo, tenía los ojos repletos de lágrimas.

Su esposo lo vio.

—¿Qué pasa, cariño? —preguntó, llevándola escaleras abajo hacia la cama, donde habían hecho el amor la noche pasada, esa mañana y esa tarde.

—Nada —Astha tragó saliva, con la cabeza apoyada sobre la almohada.

Hemant le cogió las piernas con las dos manos, y se tumbó junto a ella.

—No me gusta ver llorar a mi amor —dijo con dulzura.

Astha apretó su cara contra el hombro de él, y le rodeó la espalda con los brazos.

—¿Echas de menos a tu madre?

Ella empezó a reírse, la idea era tan absurda.

—No, tonto —respondió.

—¿Entonces, qué? Cuéntame, soy tu marido —apremió Hemant—. Cuéntame, esposa.

Astha no sabía por qué había estado llorando. Nada en su vida actual parecía justificar las lágrimas. Al final balbució, un poco vergonzosa:

—Duele.

—¿Dónde?

La mano de Astha danzó vagamente sobre su parte central. Hemant colocó una mano con firmeza entre las piernas de ella.

—¿Aquí? —preguntó él.

Ella asintió con la cabeza.

—¿Por qué no me lo dijiste? Debes decirme estas cosas, de otra forma no las sabré nunca. Somos uno, lo sabes. Ahora prométemelo.

Se inclinó para besarla.

Astha correspondió más cálidamente de como lo había hecho en todo su matrimonio.

—No sabía qué decir —se inclinó susurrando a los oídos de su legítimo esposo, su esposo, que cuidaría de todos sus dolores como estaba cuidando de éste.

—Pobre niña —murmuró Hemant—, no haremos el amor hasta que te deje de doler, ¿de acuerdo?

—¿Hemant? —preguntó Astha, una semana después de haberse casado.

—¿Mmmm? —respondió Hemant de modo soñoliento.

Astha tenía la cabeza sobre el hombro de Hemant, quien la rodeaba con el brazo, y había extendido el pelo de Astha de un lado a otro de su pecho.

—¿Por qué no te casaste con una americana?

—¿Por qué lo preguntas?

—Bueno, estuviste allí mucho tiempo, debes de haber salido con chicas. Enamorarte, pensar en el matrimonio.

—Nunca.

—¿Nunca tuviste mujeres?

Hemant evadió el asunto.

—Siempre estuve seguro de que quería casarme con una chica de aquí.

—Conmigo, quieres decir.

Hemant apretó a su mujer con más fuerza, mientras Astha se sentía excitada y deseada.

—Además —continuó, jugando con el pelo de ella—, tenía obligaciones para con mis padres. Soy el único hijo varón, y quería a alguien que pudiera acoplarse a nuestra vida familiar. Las mujeres americanas son demasiado exigentes. Sus hombres tienen que intentar complacer todos sus caprichos y antojos.

—¿Es eso cierto? —quiso saber Astha, pasaban con rapidez por su mente imágenes de mujeres americanas tratadas como reinas, disfrutando del amor.

—Sí —respondió Hemant con enorme certeza—. Por otro lado no puedes estar seguro de que no tendrán algo.

—¿Como qué?

—Otros hombres. No es tan impensable para ellas como lo es para una chica india.

Astha se quedó callada. Se preguntaba si le gustaba esta conversación. Se giró para besarle, pero Hemant no estaba por la labor de distraerse. Éste era un tema sobre el que había reflexionado con detenimiento.

—Quería una chica inocente, intacta, sencilla —prosiguió.

Hubo un silencio.

—Una virgen —detalló.

—¿Imaginas que yo no lo hubiese sido? —preguntó la esposa con cuidado.

—¿Y la sangre en la sábana, qué era? ¿Un espejismo?

—Algunas mujeres no sangran, aunque no hayan practicado sexo, ya sabes —respondió Astha.

Lo había leído en una revista.

—Puesto que eso no sucedió en nuestro caso, ¿para qué hablar de ello? —replicó Hemant.

El rostro de Rohan inclinándose hacia el suyo se alzó ante los ojos de Astha. ¿Había sido una virgen? A diferencia de Hemant, no estaba segura. Decidió olvidar todo el asunto, después de todo ahora definitivamente no estaba sola, ¿y qué sentido tenía pensar en el pasado?

—Veo que escribes —dijo Hemant, examinando su libro de notas—, además de ser artista.

—No mucho —respondió Astha con modestia, y esperó que él le hiciera hablar.

—¿Qué estás haciendo ahora? —preguntó.

Astha le enseñó el papel sobre el que había estado escribiendo un poema.

—Dicen que una imagen vale más que mil palabras —leyó él, después alzó la vista y frunció el ceño—. Pero esto no es una imagen —objetó.

—Lo sé —respondió Astha, con rapidez—. Tan sólo buscaba una forma de empezar. Siempre que esbozo la escena, termina pareciendo una postal, así que pensé intentarlo más bien con palabras.

Alargó la mano para coger el papel.

—Lo trabajaré más y te lo enseñaré.

—No, no, déjame leer. A lo mejor puedo ayudarte. Solía leer mucho cuando iba a la facultad.

—¿De verdad? —preguntó Astha con interés—. ¿Qué?

—Harold Robbins, Erle Stanley Gardner, Somerset Maugham, Agatha Christie, P. G. Wodehouse, todo tipo de autores. Era todo un lector, ya sabes.

Astha se quedó callada, mientras los ojos de Hemant escudriñaban la página con rapidez.

—Sin duda tienes buena imaginación —dijo—. Expresas bien las cosas.

Astha parecía encantada.

—Y por ser tan lista...

Se inclinó hacia ella, y llegó hasta debajo de su blusa. Astha lo abrazó con fuerza, y susurró mi esposo en su oído expectante.

—Mi pequeña —respondió Hemant.

Astha lo escuchó con satisfacción. Su esposo iba a alentar su escritura. Quizá podría convertirse en poeta además de pintora. La vida ante sí se estaba abriendo a perspectivas doradas.

—¿Crees que habrá perspectivas doradas en nuestra vida, cariño? —preguntó, encantada con el sonido de las palabras.

—Por supuesto, cielo —respondió él—. Doradas como tu cuerpo a la luz del sol cuando llega a través de la ventana, tocada por el agua de este lago.

—Oh, Hemant —rió Astha—, ¡no sabía que eras poeta!

Hemant pareció modesto. Después de que se hubieran besado, acariciado y no hecho el amor, Hemant le pidió al mozo que subiera la bandeja de bebidas al tejado.

Se recostaron en hamacas mirando al lago. El hielo tintineaba en el vaso de Hemant, sonidos de pájaros tintineaban en sus oídos, el agua chapoteaba alrededor del barco. Estaban demasiado altos como para ver el lodo que se había acumulado alrededor de la casa flotante, demasiado altos para darse cuenta del ligero olor que venía del margen estancado. Sobre el tejado, de la mano, el corazón de Astha estaba tan lleno de amor como lleno de agua estaba el lago.

De regreso en Delhi, Astha se sumergió en el papel de nuera y esposa. El tiempo que pasaba en la cocina experimentando con nuevos platos era tiempo que pasaba al servicio del amor y el matrimonio. Trataba con reverencia la ropa de Hemant, deslizando en sus cajones cada camisa un cuarto de centímetro hacia fuera de la que estaba encima, de forma que fuesen visibles con facilidad, zurciendo todos los pequeños agujeros de sus calcetines, organizando sus pantalones en perchas recubiertas de tela para que no pudieran arrugarse. Por las mañanas hacía visitas y compraba con su suegra, el recuerdo de la noche anterior, y la expectación por la venidera la apartaban de cualquier tedio que de otro modo hubiera podido sentir.

Cada tarde su suegro comentaba:

—Qué agradable es tener una hija en casa.

Hemant observaba como si todo fuese obra suya, mientras la suegra de Astha suspiraba y hablaba de sus hijas ausentes; Seema, tan lejos en América, y Sangeeta, bueno, ahora que Hemant estaba casado, él y su esposa eran responsables de Sangeeta, cuyos problemas con su esposo y parientes políticos siempre se insinuaban en lugar de explicarse con claridad.

Astha, orgullosa de ser considerada lo bastante responsable como para compartir los problemas familiares, respondía siempre:

—No te preocupes, Mami, nos tiene a nosotros—, aunque era siete años menor que Sangeeta, y tan sólo la había visto en la boda.

Después de haber tomado té, Hemant y Astha visitaban la casa de los padres de ella.

—No quiero que sientan que han perdido a una hija—, insistía Hemant, mientras caminaban por la colonia hacia la antigua casa de Astha, mientras Astha pensaba en lo agradable que era él, y lo afortunada que era ella.

—¿Por qué tenemos que tomar té dos veces al día? —se quejaba a veces, por el placer de escuchar a Hemant decir:

—¿Y decepcionar a Mamá y Papá, que nos están esperando? Y cuando Mamá prepara aperitivos especialmente para nosotros, en absoluto.

—Especialmente para ti, quieres decir —dijo Astha.

—Es lo mismo —respondió Hemant arrastrando la mano de Astha por su brazo de forma incluso más apretada.

En la cocina, la madre de Astha sisearía «¿Feliz?» y Astha le ofrecería la ligera cabezada no comprometida, con el deseo de guardar su felicidad para sí misma. Compartirla o decirla podría alentar su partida.

Mientras tanto Hemant se sumergió en manuales de sexo. Los escondía en su armario bajo filas de camisas.

—Mami podría verlos —objetó Astha con nerviosismo.

Su suegra visitaba la habitación frecuentemente, examinaba todos los objetos, y alisaba las cubiertas sobre la cama.

—¿Y qué? —rió Hemant—. Estamos casados, ¿qué puede decir nadie?

El número de manuales de sexo aumentó. Todos los libros tenían ilustraciones gráficas.

—¿Por qué tienes que leer estas cosas? —exigió saber Astha por guardar las formas.

—Son interesantes. Mira —Hemant trató de mostrarle, pero Astha giró la cabeza, y Hemant no insistió—. Te enseñaré de otras formas —murmuró al pelo de ella.

Astha se ruborizó y no dijo nada, demasiado comedida para decirle que ya había notado un cambio en su forma de hacer el amor, no tenía tanta prisa, y su centro de atención se había ampliado del punto único de la vagina.

Posturas nuevas, cálculo de la duración del coito, variaciones sobre un tema. Parecía no haber fin para lo que podían hacer dos cuerpos. Ante la sugerencia de ropa sexy ella se resistió.

—¿Qué crees que soy? ¿Una puta?

—No hay nada de qué avergonzarse cariño —respondió Hemant acariciándola—. Es para aumentar el placer conyugal.

Astha observó la cosa negra de encaje que él le estaba ofreciendo.

—¿Qué es? —preguntó con recelo.

—Un picardías.

—¿De forma que voy a ser tu picardía?

Hemant no estaba interesado en dobles significados.

—He tenido muchas dificultades para conseguírtelo —dijo.

—¿A mí?

—¿Quién más es la mujer de mi vida? —preguntó Hemant, empujándola hacia el baño. Gracias a Dios su habitación estaba ligeramente separada del dormitorio de sus suegros, pensó Astha, y éstos tenían su propio baño. De lo contrario no le sería posible hacer estas cosas. Cerró la puerta y se miró a sí misma en el espejo, vestida desde la garganta hasta el tobillo, desde el cuello hasta la muñeca. Transparente, de encaje, y de un rosa suave, todo el tiempo había pensado que este camisón la hacía parecer bastante atractiva. Lentamente se lo quitó y miró su cuerpo. Estaba depilada, la forma en que ella le gustaba a Hemant, con las piernas, brazos y axilas recién depiladas a la cera, brillando tersas, sin un desagradable segmento negro a la vista, sólo una serie de encontronazos rosas donde la cera había sido arrancada demasiado fuerte y había dejado su queja. Levantó los brazos y olfateó con ansiedad el espacio húmedo de debajo. A Hemant no le gustaba el olor a sudor, o a fluidos vaginales, era un poco aprensivo a ese respecto, y en ese punto ella se lavó y se empolvó con maquillaje antes de volver a prestar atención al asunto. Una sola pieza, encaje y raso, provocativo, con agujeros y cortes, podría estrujarlo en un puño, la única consistencia eran los aros en las copas.

Se lo puso, y desde debajo de su barbilla apareció un escote intenso con montículos de encaje negro a ambos lados, los pezones oscuros presionados por redecillas negras en forma de corazón. Casi no se reconocía a sí misma, con las partes sexuales tan acentuadas. Levantó los brazos para quitarse los prendedores del pelo, observando mientras sus pechos se elevaban y avanzaban, sintiendo una excitación que la avergonzaba.

Astha se envolvió con una bata, y fue lentamente al dormitorio, cerrando la puerta en silencio. Hemant estaba tumbado en la cama con la pequeña lamparita de mesa encendida, sus brazos y pecho brillaban, morenos y bien formados. Mantuvo los ojos sobre ella, mientras se quitaba la bata y caminaba con timidez hacia él, el deseo ascendía todavía más arriba, tratando de no pensar en lo que llevaba puesto, lo que le estaba haciendo a él, a ella. Se sentó junto a Hemant, quien asió su cuerpo apretadamente vestido.

—Siéntate sobre mí —le dijo con la voz ronca, tirando de ella para ponerla encima de él, plegando hacia un lado el pequeño trozo de encaje.

Astha se sentó encima de él, avanzando sus pechos firmes, cayendo sobre él, sobre mi marido, pensó, mientras se mecían juntos, mientras la sensación se apoderaba de ella, ahogando incluso los pensamientos sobre maridos.

Pasaron los días. Astha no había imaginado que el sexo pudiera ser tal amo. Ligeramente avergonzada, mantenía en secreto que anhelaba disolverse en Hemant, anhelaba ser los sorbos de agua que él bebía, anhelaba ser los pedazos de comida que tragaba. Los ratos que él estaba fuera Astha se centraba en una cosa, el momento de su unión. Cuando pasaba por la puerta, quería saltar sobre él, arrancarle la ropa, introducir los pezones en su boca, y dejar que se lanzara al ataque de parte a parte de ella. Una con él, una con todo lo que importaba.

En realidad no he vivido, pensó Astha, hasta ahora no sabía de qué iba la vida.

Se sintió una mujer de mundo, el mundo que estaba cubierto por el velo de su propio deseo, y los fluidos del sexo de ambos.

Unos pocos meses y el aburrimiento comenzó a echar a perder la nueva vida de Astha. ¿Qué iba a hacer mientras esperaba que Hemant llegase a casa? Sus parientes políticos no eran demasiado exigentes, tenían ayuda para las tareas de la casa, y la vigilancia, sin importar lo esmerada que fuera, todavía le dejaba suficiente tiempo libre para estar inquieta.

—Necesitas trabajar —dijo su madre.

El trabajo docente que nunca había considerado con interés se cernía amenazante. Ahora que estaba casada, Astha podía entender que las horas que requería lo clasificaban como el trabajo ideal, un hecho que su madre apuntaba incluso ahora.

—Como profesora ganarás algo de dinero, pero sólo estarás fuera medio día, de forma que la casa no sufrirá.

Astha parecía resentida. De repente su futuro parecía muy mediocre.

Fue unas cuantas tardes después cuando la madre de Astha sacó el tema con Hemant.

—Necesita estar ocupada, Beta.

—Sí, *Ma*, lo sé —respondió Hemant—. Yo mismo lo estaba pensando.

—¿Qué hay de la pintura y la escritura? —preguntó su padre—. Puedes hacer uso de esos talentos en el periodismo.

Madre y esposo expresaron escepticismo.

Mientras paseaban por la colonia de regreso a su propia casa, Hemant repetía:

—Los periodistas tienen que estar fuera hasta tarde, tienen horarios muy extraños. Debemos considerar un trabajo docente. Lees bastante.

—No creo que sólo eso me prepare —replicó Astha, preguntándose brevemente si todas las mujeres estaban destinadas a ser profesoras o nada.

Hemant se rió.

—Probablemente sabrás más que cualquiera —dijo.

Con el recién implantado *sistema 10+2,* no era difícil conseguir un trabajo para impartir materias optativas a clases de undécimo y duodécimo curso. En respuesta a los deseos conjuntos de los familiares de Astha, una de sus profesoras de la facultad telefoneó con la noticia de un puesto vacante en la Escuela St. Anthony, y si estaba interesada tendría que ir a ver a la directora, la señora Dubey.

Los parientes políticos de Astha dieron su aprobación.

—Es una buena manera de pasar el tiempo.

—Está lo bastante cerca. No tendrás que pasar mucho rato en la carretera —comentó la madre.

Su padre tan sólo dijo:

—Servirá hasta que decidas desarrollarte de otras formas.

Su marido dijo:

—Con un trabajo no estarás tan inquieta si llego un minuto tarde.

—Oh, ¿voy a trabajar para que puedas hacer lo que te gusta?

—¿Quién dice que quiero hacer lo que me gusta? Te beneficiará dejar la casa por las mañanas. Cuando lleguen los niños veremos si seguimos con esto.

En la entrevista la señora Dubey dejó claro que una profesora de su escuela necesitaba mostrar dedicación a la institución, fomentar los intereses de los estudiantes por actividades extracurriculares, y asegurarse de que lo hacían bien en los exámenes finales en los cursos décimo y duodécimo de la escuela, desafortunadamente la reputación de una escuela dependía de los resultados. Astha estuvo de acuerdo en todo y fue contratada. Más tarde pensó que puesto que el trabajo cayó en su regazo, su destino debía de ser la enseñanza.

Ser profesora significaba que la languidez de sus días había acabado. Ya no tenía el lujo de no dejar de pensar, de forma pausada, en su amor, tenía que levantarse pronto e ir a trabajar. Tenía ejercicios que corregir, y lecciones que preparar. Puso en marcha un club de lectura, un club de escritura, un club de pintura, dirigidos por las sugerencias de la directora y completados por su estímulo. Las periferias de su mundo ahora se agrandaban para incluir a muchas alumnas. La vida se iba perfilando de forma agradable, con su mente y su corazón empleados de manera ventajosa.

Hemant la acercaba de vez en cuando si a Astha se le hacía tarde para la reunión de la mañana. Ambas familias se admiraban ante su devoción como esposo.

Un día, como de costumbre, Hemant llegaba tarde. Astha había estado esperando toda la tarde, y ahora aprovechaba esta ocasión para mirarlo fijamente, con el alma en los ojos, el alma que estaba esperando entregar en bandeja.

—¿Cómo estás, cariño? —preguntó él, mirándola con afecto—. ¿Cómo fue tu día en la escuela?

—Me han pedido que dirija la revista escolar —logró contestar, pero incluso aquellas pocas palabras fueron difíciles, tan pesada era la pasión que la vencía.

La lengua se sentía inútil en la boca, a menos que fuese activada por la de él.

Hemant se sentó en el sofá, y Astha se arrodilló para quitarle los zapatos. Los desató, y tiró de los calcetines para sacarlos, acumulando el polvo del día en su regazo. En aquel momento amaba a Hemant con tanta intensidad que todo olor fétido, rancio, sudoroso que surgía de sus pies era un clavo más en la armadura de su amor.

—¿Qué tal tu día? —preguntó Astha—. ¿Por qué llegas tan tarde? He estado horas esperando.

—El director me llamó para una reunión —respondió Hemant con aspecto contrariado.

—¿A esta hora?

—¿Qué le importa a él? Torpe, ceremonioso, jodido lameculos.

—¿Qué ha pasado ahora?

—Las últimas instrucciones para distribuir préstamos. Nuestro objetivo ha aumentado, y está preocupado por si no podemos lograrlo. Entonces su cabeza estará en el tajo.

Vaya, éste no iba a ser un tema feliz.

—Este porcentaje para unidades rurales, aquél para granjeros, éste para unidades de pequeña escala, aquél para clases subdesarrolladas, ¡y sin seguridad! Sin garantía, sin un tercero, porque el gobierno tiene que parecer bueno en las próximas elecciones mientras nosotros soportamos las pérdidas. ¿Cómo puede funcionar de esta forma cualquier banco? Esto es lo que pasa cuando nacionalizas los bancos, intromisión e interferencia constante.

¿Cuánto tiempo necesitaría Hemant para prestarle atención a ella?

—No dejé de pensar en ti en la escuela —comenzó, pero Hemant no había terminado.

—¿Cómo vamos a alentar cualquier iniciativa, si estos cabrones consiguen dinero gratis? ¿Y cómo te aseguras de que alguien es de la casta prevista, joder? Hace sólo unos pocos meses tuve al funcionario de una sucursal quejándose de que el pez gordo local estaba exigiendo una comisión más grande de lo habitual por proveer al banco con gente de la casta prevista certificada. No estaba alcanzando su objetivo y tuvo que sucumbir. Maldito país, por esto nunca progresamos. En Estados Unidos no se tomaría en cuenta tal interferencia.

—Bueno, esto es la India, cariño —respondió Astha, que no quería que Hemant comenzase con el tema de Estados Unidos frente a India—. Así es como funcionan las cosas. Si te enfadas, tan sólo dañarás tu salud. Mi padre consiguió tener tensión arterial alta porque odiaba su trabajo. El fuego se quema a sí mismo —añadió, un dicho con el que había crecido.

Hemant se desinfló.

—Cuando pienso en cómo les va a mis compañeros de clase, cuánto dinero están ganando... Con un MBA estadounidense puedes hacer cualquier cosa, pero en este maldito país no hay oportunidades, ninguna. A veces desearía no haber regresado jamás.

—El dinero no lo es todo, cariño. Mira, tienes a tu familia, a mí, a nuestros padres.

—Tal vez todos emigremos, ¿eh? El marido de Seema continúa llamando, está dispuesto a patrocinarme.

¿Vivir en el extranjero?

—Sí, vayamos —respondió ella con entusiasmo.

Hemant suspiró.

—No, Az. Vine por *Papaji* y Mami, tengo que quedarme. Papaji sabe que aquí estoy desaprovechado, y hace todo lo que puede para hacerme feliz, pero aun así, ¿qué puede hacer respecto al empleo? Éste no es un trabajo satisfactorio, es una sección de compensación interbancaria, acepta este préstamo, aquél otro, trata con las exigencias de los sindicatos y la intromisión del gobierno, no se permite que nada sea eficiente.

El deseo de Astha se desvaneció. Se sintió fría, triste, y alejada de él. Le había estado esperando todo el día, pensando en estar juntos, pero nada de esto fue correspondido. Era un criminal, destruyendo su expectativa, arruinando su felicidad.

Su posición servil la afectó. No tenía por qué arrodillarse, quitarle los zapatos, sacarle los calcetines, sintiéndose embelesada por el olor de sus pies.

—¿Qué pasa, cielo? —dijo Hemant cuando las manos de ella dejaron de moverse. Alargó la mano y recorrió el pelo de Astha con los dedos—. Deja los zapatos, yo lo haré.

Se levantó, los guardó, y cogiendo a Astha por el codo la sentó junto a él. Pobrecito, pensó Astha, ablandándose, debe de haber tenido un día duro en la oficina, ¿era eso algo por lo que preocuparse? Debía hacer de su hogar un refugio para él, no un lugar de recriminación.

—¿Así que qué estabas diciendo sobre la escuela? —preguntó, bajando la mano por la espalda de Astha, presionando con suavidad la línea divisoria entre sus caderas.

Con sigilo Astha se acercó más a él, y la presión se volvió un poco más firme.

—No he dejado de pensar en ti —susurró—. Te he echado de menos cada minuto.

—Cariño —murmuró él, admitiendo que esto era lo que le correspondía—. ¿Y la escuela, cómo ha ido?

—Bien, me han pedido que ayude con la revista escolar, puesto que soy la profesora de las clases optativas de inglés para los cursos superiores. Y pensé, ¿por qué no?

—¿Saben que escribes?

—Claro que no. Cualquiera con un inglés razonable basta para esta tarea. En mi clase XI las chicas se emocionaron de veras, quieren organizar un concurso de escritura creativa. Podemos publicar los mejores poemas y relatos, quizás incluso mandarlos a la página infantil del periódico.

Hemant no estaba escuchando de veras. Astha dejó de hablar sobre escritura creativa cuando él se levantó para cerrar la puerta.

—Están esperando —objetó Astha.

—Sólo uno rápido —respondió Hemant.

—Sabrán lo que estamos haciendo —dijo Astha, ya imaginando lo que se avecinaba, incluso si era uno rápido.

—Deja que lo sepan. Estamos casados.

Astha se recostó, consciente de cada milímetro de su piel, consciente de cada hebra que llevaba puesta, que ahora iban a quitarle. El día, con sus molestias insignificantes, se deslizó alejándose de ella. Esto, lo que iba a suceder, era lo principal en su vida.

El último año de servicio del padre de Astha tocaba a su fin. Tendrían que dejar su casa pronto. Hemant se sumergió en los planes de sus suegros, reprimiendo educadamente su sorpresa ante el poco mundo que tenían.

—Az —le decía con frecuencia a su esposa, después de visitar a los padres de ésta—, ¿cómo es posible que Papá no se planificase más para su jubilación?

—Estaba planificando —respondía Astha con desesperanza—, de hecho siempre estaban planificando.

—Entonces, ¿qué pasó?

—Siguieron intentando comprar, pero siempre era demasiado caro. Entonces surgió lo de las comunidades de viviendas y les asignaron terrenos al otro lado del Jamuna. Pensaron que, cuando el puente estuviera construido y los precios subieran, podrían vender el solar y comprar un piso pequeño en esta parte.

Ahora, a Astha le pareció que esto no era demasiada planificación.

—Como inversión, Az, no es una buena estrategia —respondió Hemant, banquero—. El puente no está a la vista por ningún lado, no se puede depender de las promesas del gobierno.

—Bueno, no sé, eso es lo que hicieron —replicó Astha con irritación.

—Sin embargo, todavía pueden vivir de ello. La gente está construyendo, después de todo. Entonces cuando suban los precios, su propiedad incluso valdrá más.

—¿Cómo pueden? Aún está tan poco urbanizado que no es seguro. No hay infraestructura, nada. Deberías verlo, es tan sólo una parcela de barro. En una de las colonias cercanas, el propietario estaba solo en la casa cuando irrumpieron los dakus, lo robaron todo, y le golpearon hasta casi matarlo. ¿Quieres que les pase eso? —la voz de Astha se elevó un poco.

—Venga, cariño, no te disgustes, por supuesto que no deberían ir si no es seguro. Les ayudaremos todo lo que podamos.

—Está bien —respondió la esposa, sintiéndose aliviada por un momento, apartando la certeza de que una cosa es ofrecer ayuda, otra darla, e incluso otra aceptarla, y que su padre era un hombre muy orgulloso.

El padre de Astha se jubiló, y en el plazo de seis meses tenían que desalojar la casa en Lodhi Colony. Había sido céntrica y barata, el alquiler era el diez por ciento del sueldo del padre. Ahora se veían lanzados al mundo exterior. Mientras la madre estaba en la escuela, el padre recorría diversas colonias con agentes inmobiliarios. Las colonias privadas cerca de Lodhi Colony eran todas demasiado lujosas, era imposible intentarlo en Sundar Nagar, Golf Links o incluso en Defence Colony, donde los oficiales del ejército habían comprado terrenos medio regalados no hacía tantos años. Al final encontró un pequeño apartamento de dos habitaciones en Jangpura. La ventaja era que tenía un balcón grande, la desventaja, que estaba en un primer piso.

—Tendrás que subir y bajar todo el día —dijo Astha—, ¿estás seguro de que tu salud lo puede soportar?

—Subir escaleras es un buen ejercicio —dijo el padre.

—¿Si tienes tensión alta?

—Estaré bien.

¿Qué opción tenían? El piso era relativamente barato, la ubicación relativamente céntrica. El propietario era amable, sólo pedía tres meses de alquiler por adelantado, no insistía en un contrato de arrendamiento mercantil.

Desmontar la casa en la que habían vivido quince años no fue fácil. Se llevaron los muebles que el nuevo piso podía albergar, vendieron el resto. Los libros del padre los pusieron en cajas que después colocaron para formar dos camas y una otomana de salón. Todavía estarían con él, esa certeza tendría que sustituir el placer de verlos cada día. Dieron a la hija la ropa de cama, los pequeños cachivaches que la madre de Astha había almacenado a través de los años.

—Ya no los necesitaré más —dijo.

—Pero están totalmente nuevos —respondió Astha mirando las cosas conservadas con tanto cuidado, envueltas en saris suaves, viejos—. ¿Por qué no los utilizas?

—No, no, no lo necesito —insistió la madre.

Hemant ayudó en la mudanza.

—No me gusta pedirle que haga tanto por nosotros, Beti —dijo el padre.

—Es vuestro yerno, Papá. Está bien.

De nuevo, no tenían opción.

En el piso pequeño, cerca de la carretera, ruidoso, limitado, lejos de los árboles y la hierba, solo durante medio día mientras su esposa estaba en el trabajo, comiendo cosas que no debería comer, el padre deambuló por su vida, observando lo que había dejado atrás y lo que quedaba por delante, y decidió que no valía la pena vivir. Otros deciden lo mismo con menos éxito.

Llevaban en el piso nuevo poco más de un año cuando una tarde después de la cena el padre se quejó de un ligero dolor en el pecho. Esa noche murió mientras dormía. En la etapa de conmoción y lamento, Astha y su madre se aferraron la una a la otra.

—Ha sido el traslado —dijo la madre sin dejar de sollozar—. Nunca fue el mismo después de jubilarse.

—Era un santo —decían los parientes—. Nunca le gustó molestar a los demás.

—Yo no dejaba de decirle, no te excedas, no te esfuerces, pero no. Nunca tenía cuidado. Y ahora se ha ido y me ha dejado.

—Me tienes a mí, Ma —expresó Hemant.

—Sí, Ma. Todos estamos contigo.

Como consuelo para la viuda, ahora completamente sola, los familiares decían: gracias a Dios que vio a su hija establecida, descansará en paz.

En los meses que siguieron a la muerte del padre, la madre se volvió apática e introvertida. Las tardes que pasaba con su madre, Astha intentaba animarla desesperadamente.

—Todavía eres joven, Ma, todavía trabajas. Piensa en todas las cosas que puedes hacer.

—No te preocupes por mí, Beti —respondió la madre de forma apagada.

—Puedes viajar, puedes hacer algún servicio social, puedes hacer algo por los hijos de los pobres, siempre decías que querías ayudar a otra gente. Ahora puedes.

—*Han,* Beti. No te preocupes por mí.

—Pero lo hago. ¿Por qué no vienes a vivir conmigo?

—Vives con tu familia política, y además ¿dónde hay sitio en esos pisos del gobierno?

Eso era bastante cierto.

Astha trató de llamar la atención de Hemant sobre el problema de su madre. Era un buen yerno, todo el mundo lo decía, sus padres en particular, de quienes se hacía eco de cerca la propia suegra. En caso de enfermedad él llamaría al médico, si necesitaba dinero se lo ofrecería, si necesitaba ayuda para desplazarse se la proporcionaría. Pero las peticiones más allá de esto le irritaban y le molestaban.

Entonces la madre conoció a un *svami*. Se lo hizo saber a su hija de forma casual.

—¿Un svami? —repitió Astha, perpleja—. ¿Cómo lo conociste?

—Una de las profesoras de la escuela me llevó. Lo ha mencionado a menudo, pero cuando vivía tu padre nunca sentí la necesidad de nada más en mi vida. Además él desconfiaba de este tipo de cosas, tu padre siempre pensaba que sabía más que los demás.

—Con razón, Ma. Los svamis son conocidos por aprovecharse de las mujeres, especialmente las viudas —replicó Astha.

La madre ignoró esto.

—¿Por qué no vienes? —prosiguió—. Da una conferencia sobre el *Gita* en Gandhi *Bhavan*. Enseña cómo aceptar las cosas, cómo mirar en tu interior, cómo tratar con tus necesidades y deseos. Hay muchas chicas jóvenes allí.

—No quiero mirar en mi interior —respondió Astha.

—Bueno, estoy aprendiendo mucho de él. Gracias a él entiendo el *Gita,* es algo que he querido hacer toda la vida.

—¿De veras? ¿Cómo es que no lo sabía?

—¿Cuándo había tiempo o lugar en que yo pudiera decir quiero esto o aquello?

—¿Y ahora tienes un svami? ¿Para esto querías tiempo?

La madre de Astha pareció ofendida.

—¿Por qué no vienes y lo ves antes de empezar a criticar?

Aquella tarde Astha le dijo a Hemant:

—Ma ha encontrado un svami. Quiere que vaya a verle y que mire en mi interior.

—Tonterías. Esta gente tan sólo trata de sonar inteligente.

—Eso es lo que dije.

—¿Quién es ese tipo?

—No lo sé.

Hemant pareció alerta.

—Hay que tener cuidado con los svamis —dijo—. Gracias a Dios que estoy gestionando su dinero.

—Lo sé —replicó Astha, mientras crecía su abatimiento—. ¿Pero qué puedo hacer?

—Alguien le está metiendo ideas en la cabeza. La gente cree que las ancianas son objetivos fáciles.

—No escucha.

—No te preocupes, cariño, cuando tengamos un hijo olvidará todo este disparate. Habrá un interés nuevo en su vida.

Astha sonrió para expresar su acuerdo.

Amando a Hemant como lo hacía, Astha anhelaba quedarse embarazada. Durante el sexo imaginaba cómo la semilla de él se introducía a borbotones en su útero; después abrazaría su pene húmedo y arrugado, adorándolo fuerte, grueso y caliente, o húmedo, flácido y triste.

—Quiero tener a tu hijo —murmuraría Astha.

—No puedes ser tan anticuada reprendió el esposo progresista—. Es de pueblerinos, casarse, preñar a la mujer, un montón de hijos. No, no, cielo, necesitamos estar a solas. Después habrá bastante tiempo para estas responsabilidades. Con una esposa joven uno puede permitirse esperar.

Astha lo miraba con admiración. Todo en él era tan masculino, su firmeza, sus dedos bruscos y velludos, el conjunto de su figura alta y fuerte, sus extremidades musculosas, su bigote, que hacía cosquillas, el amargo sabor a tabaco de su lengua.

—Todas estas ideas son de Estados Unidos —decían los padres de él, negándose a ver el valor que tenía el vínculo del tiempo para la joven pareja. Habían contraído matrimonio, ahora debían hacerlo progresar.

Pasaron dos años hasta que Hemant cedió, dos años hasta que Astha pudo dejar de utilizar anticonceptivos, dos años hasta que la semilla de él encontró su hogar.

Astha y Hemant conducían a Jangpura para la visita semanal, repletos de buenas noticias.

—Ma —dijo Hemant—, vas a ser *Nani.*

Los ojos de la madre se llenaron de lágrimas.

—Tan sólo si él hubiera estado aquí —contestó.

Astha pensó en su padre y se sintió triste. La había impulsado hacia delante, y después se marchó, con el deber cumplido.

—Ma, es una ocasión para festejar —reprochó Hemant.

—Beta, tienes razón. Ojalá sea un niño, y lleve tu nombre para siempre. El gran hijo de un gran padre.

Astha pensó que su madre estaba exagerando.

—Pero Ma, yo quiero una hija —replicó Hemant.

—Es cierto, Ma —repitió Astha—. Quiere una niña.

—En Estados Unidos no hay diferencia entre chicos y chicas. ¿Cómo va a ir a algún lado este país si seguimos tratando a nuestras mujeres de este modo?

No había duda alguna de la admiración en los ojos de ambas mujeres.

Astha disfrutó cada aspecto de su embarazo. A medida que avanzaba, se volvía más y más bucólica. Dar clases era un esfuerzo, y no tenía energía para ninguna actividad adicional. En casa dormía casi todo el tiempo.

Hemant adoraba lo que le estaba pasando a Astha.

—Mi esposa se está convirtiendo en mujer ante mis ojos —dijo deslizando las manos sobre la barriga de Astha, voluminosa y llena, sobre sus pechos, sin duda más grandes y más repletos de lo que nunca habían estado—. Espero que se queden así —dijo él abrazándolos posesivamente.

—¿Qué pasará si no es así?

—Otro niño, ¿qué otra cosa?

—Te cansarás de ganar dinero para todos estos niños que planeas producir.

—Si tú tienes este aspecto, jamás —declaró Hemant de manera apasionada—. Una mujer real en lugar de una chica.

Astha había oído que a los hombres les repugnaba la apariencia que tenían las mujeres cuando estaban embarazadas, pero a Hemant no. A él le encantaba tocar la barriga y los pechos de Astha, en especial los pechos, mamando de manera experimental, extrayendo un poco de leche si succionaba bastante rato.

—Es muy dulce —dijo con sorpresa.

—Se llama calostro —le informó ella de forma erudita—. Surge los primeros tres días, y está repleto de nutrientes para impedir que el bebé se ponga enfermo.

Hemant sonrió.

—Qué cargada de información está mi mujer —comentó—. ¿De dónde sacaste eso?

—Libros.

—Nuestro bebé será el mejor cuidado que exista —dijo Hemant, acariciando la barriga tensa, golpeando con suavidad el ombligo abultado, siguiendo hacia abajo con los dedos la línea negra, hacia el vello púbico de Astha, antes de introducirlos en su vagina.

Anuradha. Nacida en marzo, tras quince horas de parto en una clínica privada de maternidad. Dos kilos, novecientos gramos, cuarenta y ocho centímetros. Uñas largas y suaves, cabeza de pelo negro y grueso, rosada, arrugada, como un feto.

—Oh —dijeron a coro los nuevos abuelos—. Exactamente como Hemant. La misma nariz y la misma frente.

—Una naricita tan recta —detalló la madre de Astha—, unos ojos tan grandes. Guapa como su padre. Las chicas que se parecen a sus padres son afortunadas.

Hemant se inclinó sobre el bebé diminuto y le besó con gran entusiasmo la cabeza en forma de cono. Astha pensó con asombro, no se da cuenta de la adulación de mi madre, antes de coger al bebé para darle su propio abrazo.

La primera vez que Anuradha puso la boca sobre el pecho de su madre y empezó a succionar, Astha se quedó anonadada. Los tirones de Hemant no eran nada en comparación, suaves como el sol de invierno. Anuradha iba en serio. Tiraba de manera feroz, y como respuesta el útero de Astha se contraía atentamente, arrojando sangre a chorro en la compresa que llevaba.

Un mes de humedad hasta que la sangre dejó de salir, hasta que el útero se contrajo todo lo que iba a hacerlo. Una época de pechos hinchados y doloridos cargados de leche que goteaba constantemente, empapando la toalla que estaba dentro de su sujetador de lactancia, manchándole la ropa, una época en la que tenía que rogarle a Hemant que bebiese de ellos para aliviar la presión.

Hemant, siempre obligado de buena gana, colocaba sus labios suaves sobre el pecho tenso, con las venas azules ahora claramente marcadas.

—Es muy aguada —dijo la primera vez, sorprendido de nuevo.

—¿En serio? —preguntó Astha—. A ver —ahuecó la mano en forma de copa bajo su pezón para atrapar una gota de la leche que todavía manaba, y la probó. Era dulce y acuosa, de color blanco azulado—. Supongo que estamos acostumbrados a la leche de vaca, que tiene más grasa. Ésa es para terneros, ésta para seres humanos —explicó con pedantería, mientras el conocimiento recién adquirido todavía florecía en su mente.

Anuradha bostezaba cuando dormía, y emitía soniditos de respiración de bebé mientras sus padres miraban fijamente las pequeñas variaciones de sus movimientos, con una alegría que se derramaba del uno al otro.

—Cariño —dijo Hemant una noche.

—¿Qué? —respondió Astha de modo inquieto.

Ahora Anuradha tenía seis meses, y acababa de empezar a dormir toda la noche. Astha estaba deseando dormir toda la noche también, algo que sentía que nunca había apreciado antes.

—¿Dónde está el picardías?

—¿Para qué demonios?

—Me pregunto qué aspecto tiene. Ha pasado mucho tiempo desde que te lo probaste.

—Ha pasado mucho tiempo desde que tenía buen tipo —replicó Astha.

—Tienes buen tipo —contestó Hemant, contemplando de forma fija y favorable la redondez de su esposa—. Venga, pruébatelo —urgió, empujando su silueta testaruda hacia el baño.

—No, no, no quiero hacerlo —trató de disuadir Astha.

—¿Por qué? ¿Crees que porque hemos tenido una hija nuestra vida ha acabado? No te he tocado en meses.

—Lo sé, lo siento. Pronto dejará de dolerme. Y nuestra vida no se ha acabado, si te refieres al sexo, pero no es necesario hacerlo con esa cosa puesta, ¿no? ¿Qué le pasará al subconsciente de Anu? Es posible que crezca con un problema.

—Mírala. Es totalmente inconsciente. ¿Cómo crees que folla la mitad del país? ¿Crees que tienen habitaciones separadas?

Astha sabía que no era así. No le gustaba la mirada lasciva en el rostro de Hemant, pero no podía pensar en más razones para oponerse. ¿Qué podía decir? ¿Que era demasiado mayor? Tenía veinticinco años. ¿Que los primeros días de su matrimonio habían acabado? Llevaban casados tres años. ¿Que Hemant tendría que desearla sin que ella se contonease vestida con una prenda negra ajustada y con un corte transversal? Pero se la había puesto antes, ella misma se había excitado, ¿no estaba siendo ahora algo mojigata? Lanzó una mirada a la pequeña, ¿tal vez se estaba despertando? Pero no, Anuradha dormía tranquilamente, mientras su madre se dirigía con lentitud al cajón donde el picardías estaba escondido de camino hacia el baño.

Se lo puso. Sus pechos se derramaron sobre la parte superior, y tenían un aspecto más voluptuoso que antes. Eso estaba todo muy bien, pensó Astha, pero la visión de su estómago hinchado a través del brillante encaje elástico transparente, aquella visión no era bonita. Además no había sido regular en su depilación, el pelo crecía por todas partes en sus extremidades.

Esto le quitará las ganas de picardías para siempre, pensó Astha, examinándose a sí misma en el espejo, un poco apenada por el hecho de que su cuerpo tuviera este efecto disuasorio. Al final se puso la bata de Hemant alrededor de la cintura y salió quejándose, es tan ajustado, mira cariño no me sienta bien, no volveré a ser la de antes.

Hemant la entendió. El picardías se guardó y no volvió a mencionarse nunca.

—Cuando construyamos la nueva casa, podemos comenzar a hacer planes para nuestro próximo hijo.

—Mmmm —respondió Astha de manera distraída, dándole a su esposo el aceite para la niña.

Hemant vertió un poco en la palma de su mano y comenzó a frotarlo con cuidado sobre su hija, la parte del baño de la pequeña del ritual matutino de su padre los domingos. Él insistía en hacerlo, las ideas sobre la paternidad son tan anticuadas en la India.

—Quiero tener a mi hijo pronto —declaró Hemant, con aspecto sensible y viril al mismo tiempo—. Quiero ser parte de su vida tanto como Papaji lo es de la mía.

—¿Cómo sabes que tendremos un hijo? —preguntó Astha, un poco asustada.

—Por supuesto que tendremos un hijo, y si no es así no necesitamos parar con dos.

Astha le cogió en silencio la botella de aceite y la cerró.

—¿El agua está lista?

Su esposa se apresuró a comprobar el agua en el equipamiento de baño embutido en un rincón del dormitorio.

—Sí —respondió.

El padre descendió para introducir con cariño a su hija en el agua, mientras la madre se quedaba de pie, lista con el champú, el juguete de goma y la toalla suave.

Tras el baño Astha llamó al sirviente para secar el suelo y sacar el agua mientras ella colgaba la toalla y se deshacía del aceite, el peine, los polvos, el juguete, el pañal sucio y el pijama. Después se relajó para amamantar a la niña mientras Hemant continuaba debatiendo sobre la casa y el futuro de ambos.

—¿Hemant? —preguntó Astha al rato.

—¿Sí? —replicó él, absorto con los pies suaves y las piernas diminutas de su hija.

—Creía que no te importaban esas cosas. ¿Qué pasa si no tenemos un niño?

—Claro que no me importan. Me hizo muy feliz que Anu fuese una niña. Pero eso no quiere decir que no intentemos tener un niño. Soy el único hijo varón.

—No está en nuestras manos, al menos no en las mías. Es el cromosoma del hombre el que decide el sexo, y con dos hermanas en tu familia, puede ser una niña. He leído sobre estas cosas.

—Siempre estás leyendo —dijo Hemant con frialdad.

—Lo siento. ¿Te molesta?

—Te llena la cabeza de ideas innecesarias. Primero deja que no tengamos un hijo y después veremos. No lo compliques. ¿De acuerdo?

Astha parecía insatisfecha pero no podía pensar en nada que decir.

—

La familia en la que se había casado Astha le daba sobradas oportunidades para que fuera testigo de cómo tenía que emprenderse el negocio de construir una casa y planear la jubilación. La comunidad de viviendas del ministerio de Papaji, la categoría de Papaji, el sorteo de Papaji habían logrado para ellos 530 metros cuadrados en Vasant Vihar. Y en los diez años siguientes la familia observó con asombro, satisfacción y autosuficiencia el ritmo al que su inversión inicial de veinte mil rupias se multiplicaba por quinientos.

El matrimonio de Astha le permitía las mismas emociones. Esto es lo que mis padres esperaban que les pasase a ellos, pensó con melancolía cada vez que se debatía el último precio de su terreno, y eso pasaba muchas veces.

Vasant Vihar también fue tierra salvaje tiempo atrás, hogar de conejos, pavos reales y ciervos, pero para finales de los años setenta casi un tercio estaba en construcción, un auge al que ahora se agregaba la familia Vadera.

Para los planos Papaji contactó con el arquitecto jefe del Ayuntamiento de Nueva Delhi, que gozaba del mismo estatus ministerial que él. Fue recomendado un catedrático de la Facultad de Urbanismo y Arquitectura de Delhi, se dibujaron los bocetos, se examinó de forma minuciosa el provecho para la convivencia respectiva.

La casa iba a tener dos plantas, el piso de abajo para Hemant y Astha, el de arriba para Papaji y Mami. Cada piso tendría una sala de estar, cocina, dos habitaciones con baños adjuntos, y un estudio pequeño para servir de cuarto de invitados. En el centro, dando a un área de césped que recorría el lado de la casa, habría una zona abierta e informal donde la familia se podría reunir. Habría una terraza grande pasando la sala de estar, y balcones pequeños en el exterior de los dormitorios. Sobre el tejado estarían los cuartos de los sirvientes.

Se hizo una puja en el solar, y se comenzó el edificio. Sólo podía obtenerse acero y cemento por cuotas, y se tardó casi dos años en construir la casa, a pesar de los contactos de Papaji, pues treinta toneladas de acero laminado y miles de bolsas de cemento se fueron soltando en cantidades pequeñas desde el ministerio correspondiente.

De vez en cuando Hemant y Papaji iban de compras con el contratista. A GB Road a por hierro fundido y tuberías de hierro galvanizado, letrinas, grifos, fregaderos de acero inoxidable y cerámica, baldosas de pared y fragmentos de mármol; a Bhagirath Palace a por tuberías de conducción de acero maleable, cables eléctricos para luz y energía, cajas de conmutadores, ventiladores, bisagras, cerraduras y tiradores para las puertas; a Paharganj a por madera y madera contrachapada; y al final de todo a Kotla a por cristal y pintura, Snowcem para el exterior, pintura al temple para el interior, cal líquida para los techos.

Hemant visitaba el lugar de dos a tres veces por semana, era un directivo joven, y no tenía las presiones que sentía Papaji. A veces Astha lo acompañaba, como audiencia ante la sensación de ser hijo de la fortuna que Hemant tenía de sí mismo.

—Esto... esto —decía agitando la mano hacia el terreno— hoy está valorado en más de un *karor*.

—¿Un karor? —respiró Astha—. Tanto.

Y entró en calor con el placer de ser parte de una familia que estaba a tono con los estilos del mundo. Ahora y por siempre cuidarían de ella.

Para evitar impuestos de sucesiones, los cinco Vadera se registraron como copropietarios, con una declaración firmada entre ellos haciendo constar sus intenciones en lo relativo a los derechos futuros. Hemant se quedaría con el piso de abajo; Seema, que había aportado dólares para la construcción, se quedaría con el primer piso; y Sangeeta, que no había aportado nada, se quedaría con la terraza, que permitiría una zona edificada del veinticinco por ciento. En caso de que alguna de las hermanas quisiera vender tendría que hacer la primera oferta a su hermano.

Cuando la casa estuvo construida, se alquiló a una embajada, por más de cien veces la cantidad que pagaban por su alojamiento gubernamental en Lodhi Colony. La madre de Astha escuchaba los detalles del aumento de las finanzas de la familia con los ojos brillantes, suspirando con fuerza, bendiciendo a su hija, recordando a su difunto esposo, un hombre muy sencillo, sin sentido del mundo.

Pasados los dos años de entusiasmo y fascinación por construir una casa, Hemant comenzó a aburrirse. En el camino de regreso a casa desde el trabajo se aficionó a frecuentar el club donde, haciendo natación, jugando al tenis o bebiendo, conocía a hombres como él.

Eran una especie nueva, estos hombres. Sus padres habían optado por la seguridad y el prestigio de la administración pública, pero los hijos querían desafíos y dinero. Educados en el extranjero, habían ejercido su idealismo con la opción de regresar a la India, ahora querían beneficios tangibles por ese sacrificio. Sin duda Hemant los quería. Decidió probar por primera vez en los negocios.

—¿No es tremendamente arriesgado? —preguntó Astha con nerviosismo—. Los negocios están llenos de sobornos y corrupción, dolor de cabeza e incertidumbre.

—Az, ésta es la forma de pensar del pasado. Tal vez un trabajo en la administración estaba bien para nuestros padres, querían servir a su país tras la Independencia. Y quizás en otro tiempo era el lugar donde se podía tener importancia, pero ya no es así. La inercia, el papeleo y la estrechez de miras te matan. Ahora la gente se sienta sobre sus traseros y se pasa el día apilando ficheros. Como empresario puedes ver el resultado de lo que haces. Y genera trabajo.

—Pero andamos bien de dinero, tienes un puesto seguro, tu trabajo no es agotador. Incluso ahora, pasamos tan poco tiempo juntos, ¿cómo será con horarios más largos?

—Yo también te echo de menos —dijo Hemant de forma distraída—. Pero no voy a iniciar el negocio de inmediato. Puedo conseguir un préstamo con más facilidad si estoy en el banco, y la empresa, cariño, se registrará a tu nombre.

—¿Y qué haré? —indagó Astha.

—Fabricarás televisores.

—¿Televisores? ¿Qué mercado hay para los televisores? Todo lo que tienes son programas malos, como *Krishi Darshan*, *Chitrahaar*, y media película hindi antigua en blanco y negro el sábado, con la otra media el domingo.

—Espera, Az, los televisores son el futuro. En los países desarrollados, la televisión ha tomado el control de la cultura, y aquí también, cuando el color llegue a la India...

Se detuvo y, conmovido por su visión del futuro, rodeó a su esposa con el brazo.

Su esposa tenía menos imaginación.

—¿Qué pasará? —preguntó.

—¿Sabes cuánto margen de beneficio hay en una televisión en color?

—No, no lo sé, ¿y qué sentido tiene?, no hay color, incluso si de veras hacemos los aparatos.

—Espera y verás.

Bueno, pensó Astha, al menos tenemos la seguridad de la casa si algo sale mal.

Hemant solicitó un terreno a la Corporación de Desarrollo Industrial del Estado de Uttar Pradesh, y se le asignó uno en la ambiciosamente denominada «Ciudad Electrónica» de Noida, Sector 16. Por él, como porción de propiedad todavía no desarrollada, tuvo que pagar nueve *lakhs* a plazos con un diez por ciento de entrada. Gracias a los contactos que pudo aprovechar en su banco, le resultó fácil obtener un préstamo: unos pocos viajes a Lucknow y el préstamo se envió a través de la sucursal de Noida. Registró la unidad de su esposa como un negocio de pequeña escala, algo que fue facilitado por la posición de Papaji en el Ministerio de Comercio.

Junto con otros propietarios de fábricas anteriores, Hemant esperó a que Noida se desarrollase, mientras tanto alquiló una fábrica. Hizo a sus padres miembros del consejo de dirección, y comenzó el servicio produciendo mil televisores en blanco y negro al mes. Tenían la pantalla estándar de veinte pulgadas, se vendían a 1.850 rupias por aparato, con un margen de beneficio del veinte por ciento.

Todo esto tardó un año en llevarse a cabo. Ahora Hemant salía de casa todas las mañanas a las siete para visitar la fábrica, y después conducía el largo trecho hasta Parliament Street.

—Mi familia es lo primero —decía, mientras hacía malabarismos para compatibilizar la fábrica, el banco y el hogar.

Astha observó a Hemant en su nuevo avatar y se sintió conmovida por su dominio de las reglas para progresar, su habilidad para aprovechar situaciones en lugar de ser vencido por ellas. Puesto que era su esposo eso significaba que ella tampoco caería entre las amplias grietas del mundo, como sí habían hecho sus padres.

En algún lugar del camino la actitud de Hemant hacia Astha cambió. Se dijo a sí misma que sólo era un poco, pero la angustiaba. De vez en cuando trataba de atender a esto de forma directa.

—Hemant, ¿por qué ya no hablamos nunca?

—Hablamos todo el tiempo.

—Sobre el negocio, la casa, o Anuradha. No sobre nosotros. Como hacíamos antes.

—Madura, Az, no se puede estar siempre de cortejo.

—¿Estar de cortejo es estar interesado por el otro? ¿Por sus sentimientos?

—¿Por qué eres tan infantil? Trabajo duro todo el día, y cuando llego a casa quiero relajarme. Si sientes algo, dímelo. No tengo tiempo para todos estos juegos.

—Quiero estar cerca de ti, tener una relación mejor... —balbució Astha, sabiendo que había perdido la disputa incluso antes de haber sido capaz de definir los parámetros de la misma.

—No hay nada malo en nuestra relación.

—¿Estás diciendo que hay algo que falla en mí?

—Lo has dicho tú, no yo.

—Pero no soy feliz, así que cómo puedes... —se mordió los labios para no decir palabras que pudieran señalar indiferencia por parte de Hemant.

—Piensas demasiado, ése es el problema.

Astha le miró de forma fija y desconcertada.

—Te quiero —dijo sin convicción, pero significaba algo más.

—Lo sé, cariño, lo sé —contestó Hemant, tirando de ella para acercarla, acariciándola—. ¿Tal vez tendríamos que salir juntos más? ¿Te gustaría eso?

—¿Qué hay de Anu? No me gusta dejarla tanto con Mami. Tal y como están las cosas la cuida cuando estoy en la escuela.

—La llevaremos con nosotros, eres tú quien tiene todos los escrúpulos. Venga, cariño.

Deslizó la mano por debajo del sari de Astha, desabrochó los dos primeros corchetes de su blusa y dejó que su mano resbalase sobre los pechos.

—Pobrecitos —arrulló—, ¿he estado descuidándolos?

—No es eso —murmuró Astha.

—Anímate, pequeña. Haz que me resulte agradable estar contigo.

Pequeña. Así es como le gustaba. El aspecto del rostro de Hemant se concentró mientras retiraba el palla del sari de Astha y daba un tirón al resto de los corchetes de su blusa, haciéndola bajar por los hombros y los brazos. Entonces hundió la cabeza entre los pechos, los apretó contra sí por ambos lados, le chupó los pezones, y ambos pudieron ser pequeños juntos.

Esto la tranquilizó, y más tarde se regañó a sí misma por ser tan exigente. Hemant estaba ocupado, Hemant estaba construyendo su futuro, ella tenía que adaptarse, de eso trataba el matrimonio.

~

Cuando Anuradha tenía cuatro años, Papaji se jubiló. Los arrendatarios se fueron, la familia se trasladó a su casa en Vasant Vihar, y Astha se volvió a quedar embarazada.

—Si Dios quiere será un niño —dijo su madre—. He pedido consejo a svamiji acerca de qué ofrendas hacer.

—Tonterías, Ma —replicó Astha con inquietud—. Esta gente no es así.

—Eres todavía tan inocente. Lo que la gente dice y lo que hace son dos cosas distintas. Además, ¿por qué está trabajando Hemant tan duro? ¿Para quién, si no es por su hijo?

—A Hemant no le importa —dijo Astha con decisión.

—Por tu bien espero que tengas razón.

Unas pocas noches más tarde. Hemant, riéndose:

—Mami es tan dulce.

A menudo Hemant consideraba dulces las cosas que su madre decía o hacía, de forma que Astha no prestó mucha atención.

—Está contratando los servicios de un pandit para que venga cada día y haga algunas pujas especiales.

—¿Por qué?

—Para garantizar un nieto.

—Pero la puja da lo mismo, todavía puede ser otra nieta —objetó Astha alarmada.

—No te preocupes, amor, entonces lo volveremos a intentar, todo está bien, ¿por qué te pones tan tensa por nada?

—Pero Hem, no quiero seguir intentándolo una y otra vez hasta que tengamos un niño. Ya es muy difícil con la docencia.

—Ajá, ¿qué pasa con la docencia? Apenas es un trabajo serio, tan sólo vas, les hablas a algunos niños de poemas y relatos, organizas unos cuantos clubs, y vuelves. Si de verdad tienes la sensación de que es importante, razón de más para que no te moleste si Mami hace alguna puja. ¿Quién sabe si puede proporcionar buenos resultados?

Pero Astha sí se exaltó, no podía evitarlo. Trató de estar calmada por el bien del bebé, se aficionó a la meditación, se concentró en pensamientos pacíficos. Pero no se le permitía olvidar que todo el mundo, sus colegas, sus parientes políticos, las esposas de los amigos de su marido, su madre, el cocinero, el jardinero y la asistenta de media jornada, todos, tenían una opinión sobre el sexo del bebé, y que la opinión más general era que sería un niño y heredero.

—Cielo, ellos quieren que tú seas un niño —susurraba Astha a veces—, ¿eres un niño o una niña? Yo te querré de cualquier forma

—y con sus manos preocupadas calmaba al feto, a quien imaginaba muy preocupado.

Cuando por fin nació el hijo de Astha, ella sintió una gratitud tan profunda como avergonzada.

—La familia está completa al fin —apuntó la madre de Astha de manera devota, sintiendo su propia aportación.

La madre de Hemant estuvo de acuerdo, también feliz por el nacimiento de su nieto, portador de la generación, la semilla, el nombre, para responder con su reserva habitual a alguien a quien ella percibía como socialmente inferior cada vez más.

La ceremonia para ponerle nombre al niño se llevó a cabo a una escala mucho mayor de lo que había sido la de Anuradha. Avisaron a proveedores, que llegaron por la mañana temprano, y colocaron sus fogatas en el estrecho camino de acceso. Los sacerdotes llegaron para una esmerada puja y havan. La letra que salió para el nombre del bebé fue la «h». Una señal propicia, la misma letra que el padre, dijo todo el mundo, y se le llamó Himanshu.

A Astha le dieron joyas de oro y un sari nuevo. A Anuradha y las tías de los niños les dieron collares de oro. Al recién nacido, guineas de oro.

Astha fue declarada oficialmente madre de un hijo. Su estatus ascendió, y ella alejó de su mente los pensamientos acerca de qué había pasado si no hubiese sido capaz de cumplir con su obligación.

Himanshu tenía dos meses cuando levantó su cabeza insegura desde el pecho de su madre para sonreírle, con los labios húmedos color rosa extendidos sobre pequeñas encías desdentadas. Astha pensó, me reconoce, y le devolvió la sonrisa, en silencio, a través de su pecho, este ser humano y ella conectaron. El pequeño, poniendo a prueba la fuerza de su cuello, empezó a reír, lo que hizo que Astha también riera. La felicidad fluía a través de ella como un río, chapoteando contra su pensamiento. Nunca olvidó este primer intercambio, vivió en su memoria, un vínculo entre un varón y ella que era alegre, sencillo y no problemático. Y qué importaba si era con su hijo de dos meses.

A menudo Astha observaba a su familia: esposo, hija, hijo. Los tenía a todos. Estaba satisfecha. Sus parientes políticos comentaban con frecuencia, «la mujer es la tierra», y de verdad ella se sentía copiosa, su vida consistía en dar y recibir, rodeada de abundancia. Quienes visitaban la casa decían, «el amor de una madre», y después ya no tenían nada más que decir, las palabras se derrumbaban en un silencio lleno de significado, que a cambio envolvía a Astha y hacía que sintiese que había tomado parte de las experiencias arquetípicas destinadas a la raza femenina.

III

Entre el nacimiento de Anuradha y el de Himanshu, Hemant pasó de ser un padre típicamente americano a ser uno típicamente indio.

Tras llegar a casa la última cosa sobre la que quería preocuparse era cuidar a un niño.

—Es trabajo tuyo —dijo.

—No es eso lo que pensabas cuando tuvimos a Anu —respondió su esposa—. No puedo hacerlo todo yo sola. Es agotador.

También era aburrido, aunque esto no se reconocía.

—Es trabajo de una mujer —replicó Hemant con firmeza—. Contrata a alguien para que te ayude, o deja tu empleo.

—Es nuestro hijo, el que tanto quisiste. Es agradable que lo cuidemos juntos.

—Súbeselo a Mami si no puedes arreglártelas.

Astha se quedó sin habla. ¿Eran intercambiables él y Mami?

—Y —continuó Hemant—, mi hijo va a darnos mucha suerte.

—Oh, Hemant, ¿cómo? —preguntó Astha haciendo un esfuerzo que no se notó.

—Espera y verás.

~

Hemant había invertido en el futuro con su proyecto de televisión, y ahora estaba a punto de ser testigo de los frutos de su previsión. Tres meses antes de la *Asiad* de 1982, el Ministro de Información y Radiodifusión afirmó que India tendría color: tenemos cierta dignidad que mantener, una imagen que proyectar. Los juegos se emitirán internacionalmente, transmitiendo la pompa y esplendor, esperanzas y aspiraciones de una nación en vías de desarrollo. ¿Cómo puede hacerse todo esto en blanco y negro, si la tecnología en color es la que predomina en el mundo? Es cuestión de avanzar con los tiempos.

La izquierda protestó: tal prioridad es elitista, falsa y un despilfarro de costosas divisas. Cuando la nación todavía es pobre y subdesarrollada, cuando la electricidad, el agua, las carreteras, la educación y la asistencia sanitaria básica todavía tienen que llegar a cientos de pueblos, ¿por qué deberíamos desarrollar una tecnología del todo inútil que ni alimenta ni viste?

Pero tanto si la tecnología era inútil como si no, tanto si ayudaba a la nación como si no lo hacía, estaba allí para quedarse. Ahora Hemant tenía que viajar al sudeste asiático; la televisión autóctona en blanco y negro podía montarse en el ámbito local, pero la experiencia con la de color todavía no estaba disponible en la India. Dimitió del banco y la seguridad para dedicarse a tiempo completo al riesgo y el dinero.

Hemant hizo su primer pedido en Corea del Sur, veinte mil equipos de televisores en color. Junto con el pedido llegó un supervisor para formar a los trabajadores. La contribución local suponía el ensamblaje de los televisores, la caja de madera, la prueba, la venta y el mantenimiento. El producto final se anunciaba como fabricado bajo supervisión extranjera, aun cuando ya no había ningún extranjero.

Hemant viajaba cuatro veces al año. El glamour de las referencias internacionales entró en la casa, pues volaba a Corea del Sur y Japón en busca de los mejores contratos. Siempre iba solo, siempre se aseguraba de que sus viajes incluyesen al menos dos fines de semana, lo que afirmaba necesitar para establecer contactos personales. Siempre regresaba con enorme buen humor, con regalos generosos para todos: perfume, chocolate, suéters, vaqueros, juguetes, muñecas japonesas, juegos para los niños, ropa interior para Astha, artículos de tocador, jabones, cremas, champú, aparatos electrónicos y para la cocina. De manera paulatina su casa adquirió el brillo de una casa con dinero.

Ahora Astha era casi una madre soltera. Acosada por el trabajo, los niños pequeños y la casa, a veces consideraba la idea de dejar la escuela, pero entre su matrimonio y el nacimiento de sus hijos, también ella había pasado de ser una mujer que sólo quería amor a una mujer que apreciaba la independencia. Además del placer de interactuar con mentes en lugar de con necesidades.

En la escuela se había convertido en la mano derecha de la directora, apreciada y valorada por una décima parte del trabajo que hacía en casa, y remunerada por ello también. Su salario significaba que no tenía que pedirle a Hemant cada insignificante rupia que gastaba. Con dos hijos, obligaciones familiares, gastos de entretenimiento y vacaciones, los viajes que implicaba cada negocio nuevo, la incertidumbre del negocio en sí, la subida de los precios, sabía que Hemant preferiría que ella misma se hiciese cargo de sus pequeños gastos. Como él gastaba bastante en ropa y joyas para ella, a Astha siempre se la veía bien arreglada.

Y de esta forma el trabajo antes infravalorado se volvió querido. Astha no podía dejarlo. Tampoco podía seguir contando demasiado con su suegra para el cuidado de los niños, esto conducía a comentarios de la suegra a Hemant y Astha que dejaban a ésta llena de enfado e indignación.

Así comenzó la búsqueda de una sirvienta. Una procesión de mujeres desfiló por su piso, pero o bien acudían con familias grandes, o no tenían suficientes referencias, o robaban, o eran perezosas.

Hemant sentía que Astha era culpable de mala administración, ¿de verdad era posible que ninguna aya fuese adecuada? Después de todo él administraba una fábrica con cuatrocientos trabajadores.

—¿Por qué no puedes instruir a estas sirvientas de forma adecuada? —exigió saber.

—Lo intento de veras —respondió, sin que le gustase reconocer lo incompetente que se sentía con todas ellas.

Funcionó con Bahadur (su cocinero) y las dos trabajoras a tiempo parcial. (Para lavar la ropa, fregar los platos, limpiar el suelo con estropajo y quitar el polvo de las habitaciones.)

—Entonces no contrates a ninguna.

—Necesito a alguien que me ayude —replicó Astha con amargura, preguntándose cuánto sabía su marido de su vida en realidad.

—Ten toda la ayuda que quieras —continuó Hemant de forma descuidada—, tan sólo aprende a administrarla.

La búsqueda continuó hasta que Bahadur, el cocinero, fue a casa, a Nepal, en su permiso anual, y volvió con una viuda.

—Mi hermana —dijo, presentándola de manera lacónica—. Mire si le gusta.

Astha observó a la mujer. Tenía el rostro ancho y plano, ojos rasgados y una expresión aburrida.

—¿Ha realizado trabajos domésticos antes? —preguntó Astha, comenzando con las cuestiones corrientes, mientras se preguntaba si esta mujer era hermana de sangre de Bahadur, prima hermana o hermana del pueblo, y si estaban durmiendo juntos.

—Mala lo sabe todo —contestó Bahadur, interrumpiendo—. Pruébela.

Había algo en la mirada fija de la mujer que llamaba la atención, y fue contratada. El atractivo de Mala creció cuando Astha descubrió lo rápida y capaz que era. Era veloz, era limpia, no necesitaba que le dijesen nada dos veces. Cuando Astha y Hemant salían, ella se aseguraba de que los niños comieran a sus horas y estuviesen en la cama a las nueve. Incluso se aseguraba de que Anuradha terminase sus deberes, y eso que Mala era analfabeta.

Tenía algunas cualidades pésimas. Robaba comida y ropa, contestaba con mala educación, se tomaba su tiempo cuando bajaba de su cuarto, se volvía sorda cuando le convenía, y los días libres de Bahadur tendía a desarrollar enfermedades de las que no se recuperaba por completo hasta que éste regresaba.

Por desgracia para Astha esto solía ocurrir los fines de semana, cuando Hemant estaba por allí.

—Voy a despedir a esa maldita mujer —vociferó Hemant la última vez que Mala tuvo fiebre.

—No puede evitarlo —defendió Astha.

—Está fingiendo.

—¿Cómo podemos probarlo?

—Es así porque la animas.

—¿Cómo la animo?

—La vi saliendo con Bahadur.

—Dijo que la llevaba al médico. ¿Quieres que en vez de eso la lleve yo al médico?

—Ella cree que puede salirse con la suya en todo.

—Estoy segura de que pronto estará bien.

—¿Dónde está Mala? —gimoteó Himanshu, que estaba escuchando.

—¿Ves? Haces que los niños dependan demasiado de ella.

—Ayuda a cuidarlos, es natural que la quieran.

—La tratas como si fuera alguien de la familia. Tienes que aprender cómo manejar a los sirvientes.

—No puedo comportarme de otra forma.

—Está fingiendo —Himanshu comenzó a decir de pronto y de forma insistente, queriendo ser escuchado.

—Está enferma, cariño, ¿tú no te pones enfermo a veces? —contestó Astha.

Fue en este escenario, con dos niños, esposo, sirvientes y trabajo, donde Astha comenzó a tener dolores de cabeza. Años después recordaría la primera vez que sucedió, considerándola como un presagio de lo que se avecinaba, podría haber anunciado la llegada a su vida de forma más amable, concediéndole tiempo para acostumbrarse a este dolor en la frente, esta palpitación en las sienes, este estiramiento de la piel alrededor de los ojos.

Había puesto la mesa para la cena, y todos se habían sentado a comer cuando Astha se dio cuenta de que se había olvidado el agua. Se levantó de la silla, y en ese momento, entre levantarse y quedarse de pie, en el momento suspendido entre un cuerpo doblado y una espalda recta, apareció. Justo encima de su nariz, en el ángulo interior de la ceja. Presionó el lugar, y en ese instante el dolor se dispersó en direcciones precisas por la cuenca del ojo. Desaparecerá tan repentinamente como ha venido, pensó, sirviendo agua con cuidado en los vasos de todos.

La pesadez de su cabeza aumentó mientras comía. Si no se tumbaba pronto, podía caer precipitadamente sobre el plato, golpeándose contra la mesa, alarmando a la familia.

—Voy a tumbarme —logró decir.

—¿Estás enferma? —preguntó el marido, mirando las cejas arrugadas y el rostro contraído de su esposa.

—Estaré bien. Sólo es un pequeño dolor de cabeza.

Astha no supo cómo metieron a los niños en la cama, cuándo entró Hemant en la habitación. A lo largo de la noche el dolor fue a peor. La náusea la invadió, ya no pudo permanecer tumbada. Se levantó y se sentó fuera, tal vez el aire más fresco ayudaría. No lo hizo.

Mientras se inclinaba para tener arcadas sobre el retrete, confiaba en que después se sentiría mejor, pero aunque la sensación de mareo amainó de forma gradual, la palpitación todavía estaba allí. Le temblaban las extremidades, tuvo que tumbarse otra vez. A veces, si estaba tumbada sobre la parte que le dolía, parecía que se sentía mejor, otras veces sentía que no, la otra parte estaba mejor, y no dejaba de girar la cabeza con cuidado tratando de inmovilizar el punto de escaso alivio.

A medida que se acercaba la mañana, cuando el cielo se iluminaba, y el dolor comenzaba a disiparse, se quedó dormida.

Al día siguiente, el mundo entero parecía nuevo. Todavía estaba de una pieza, aquella cosa terrible había pasado. Su cabeza se sentía frágil, había atravesado malos tiempos y necesitaba ser tratada con delicadeza.

—¿Estás bien ahora? —preguntó Hemant, con aspecto preocupado.

—Sí, estoy mejor —respondió Astha.

—¿Qué te pasó?

—No lo sé.

Obtuvo permiso en la escuela y se quedó sentada todo el día, sin utilizar los ojos para leer, sin utilizar la mente para pensar. Limpiaba el polvo y ordenaba, un trabajo mecánico que la sosegaba y la mantenía ocupada. Confiaba en que lo que le había pasado la noche anterior fuera cosa de una sola vez.

Pronto quedó claro que sus dolores de cabeza habían llegado para quedarse. El estrés los hacía empeorar, salir cuando hacía sol los hacía empeorar, dormir demasiado poco, demasiado tarde, los hacía empeorar, comer cosas inadecuadas los hacía empeorar. Lentamente su vida cambió para acomodarse a los dolores de cabeza. Aprendió a temer cada pequeña punzada de dolor, ¿iba a ser de los terribles o de los medianos? Tal vez estaba cansada, ¿debería tumbarse y descansar? O tal vez era la ansiedad, ¿debería meditar, cerrar los ojos, ignorar la palpitación, limpiar su mente de imágenes, y centrarse en un punto de luz entre las cejas? Lo último era lo más difícil, pero su médico de cabecera había dicho que no había nada malo en ella en términos fisiológicos, todo estaba en su mente. Recetó algunos analgésicos, pero sólo proporcionaban alivio pasajero, volviéndola lenta y adormilada, con mayores posibilidades de tener un dolor de cabeza al día siguiente.

Su madre la llevó a un homeópata en su vecindario en Jangpura.

—Mi hija no está bien, doctor, sufre de tensión. Las pequeñas cosas la alteran, y le dan dolor de cabeza.

El homeópata, uno bien conocido en la especialidad, pareció preocupado.

—Tensión —afirmó—, la enfermedad de la vida moderna. El secreto de la salud es una mente equilibrada.

—Intento estar tranquila —dijo Astha con seriedad—, pero aun así tengo dolores de cabeza, y el dolor dura bastante tiempo.

—¿En el lado derecho o el izquierdo?

—Normalmente en el derecho.

—¿En la parte delantera o por detrás de la cabeza?

—Por las cejas. Una o la otra, nunca las dos.

—¿Por la mañana o por la tarde?

—En cualquier momento. A veces me despierto con dolor de cabeza, otras veces aparece por la tarde o al anochecer.

—¿En qué época del año?

—Todas.

—¿Te sienta bien el calor o el frío?

—El frío.

—¿El sol o la sombra?

—La sombra.

Etc. Etc. Etc.

Astha salió del homeópata agarrando con fuerza sanguinaria y belladona, treinta gramos. Cuatro veces al día, de manera alternativa. Regresa en dos semanas.

Obedientemente, Astha tomó sanguinaria y belladona cuatro veces al día de manera alternativa. Escribía un diario de sus dolores de cabeza. De una a dos veces por semana. Hemant opinaba que la homeopatía era una monserga, y la llevó a un especialista en otorrinolaringología. El especialista observó la nariz de Astha e informó a su marido de que con un tabique tan desviado era sorprendente que Astha pudiera respirar de forma adecuada, de hecho, si te fijas, tiene la boca abierta.

Astha cerró la boca con rapidez.

Y por supuesto que va a tener dolores de cabeza. El tiempo no mejorará su situación.

Al pensar que todo iba de mal en peor, cualquier poder de decisión abandonó a Astha.

La familia buscó una segunda opinión, y se optó por la cirugía.

Astha estuvo cuatro días en el hospital. Tenía la nariz vendada de forma considerable y enormemente hinchada. Apenas podía respirar. No fue un buen comienzo para una vida de respiración fácil y una cabeza que no doliese.

Hemant pasó parte de cada tarde con ella, mientras Papaji atendía la fábrica.

—Pobrecita —murmuraba mientras le acariciaba la mano—, ¿duele?

Astha asentía y a ambos lados de su nariz vendada corrían lágrimas. Intentó hablar, pero cuando su nariz se movió, dolió más, y las lágrimas surgieron con mayor rapidez.

—Cariño, no hables —dijo Hemant con ternura.

Astha deseó apresar la expresión de él para siempre en su corazón. Pareció más suplicante, más lastimosa, y Hemant presionó un beso suave bajo el bulto hinchado, alargando el momento sobre los labios salados.

—¿Cómo les va a los niños? —preguntó Astha con voz ronca.

—No te preocupes —respondió Hemant, cabeza de familia, el tipo de persona con quien podía contar su esposa, pobrecita—. Mala es muy digna de confianza cuando no estás allí. Sabe que no puede probar sus tonterías conmigo. Además les encanta estar con Mami, que cree que no están bastante bien vestidos, y les ha comprado a ambos equipos de ropa nuevos.

Cuando se marchó:

—Qué bueno es el *Sa'ab* —dijo la enfermera de día en un suspiro—. Viniendo a verte todos los días. No todos los maridos son tan agradables.

—Sí, lo es —contestó Astha.

—¿Matrimonio por amor? —preguntó la enfermera de noche.

—No.

—Concertado es mejor —apuntó la enfermera con un suspiro todavía mayor, y después procedió a contar la historia de cómo su esposo primero sedujo y después se casó con su hermana. Apenas podía soportar hablar con él cuando llegaba a casa por la noche, ése era el motivo por el que ella se había decidido por este trabajo, por lo demás procedía de una familia respetable donde las mujeres no trabajaban, pero ahora qué otra cosa podía hacer, eso estaba muy mal, señora, su hermana cuidaba de todos los niños y llevaba la casa.

Después de la operación, Astha fue a casa, esperó a que sus dolores de cabeza se fuesen y que la vida se volviese indolora. Pero los dolores de cabeza continuaron, y naturalmente Hemant no era tan atento como lo había sido en el hospital.

Si aquella enfermera pudiera verla ahora, su envidia se diluiría en gran medida, pensó Astha mientras se preocupaba por su marido ausente, y a menudo también por sus hijos ausentes.

¿Dónde estaban? En el piso de arriba. Cinco días habían bastado para establecer esta pauta. Cuando los llamó para que bajasen, se vio esto como una objeción a que estuviesen con los abuelos. Astha intentó hablar con Hemant sobre este tema.

—La rutina de los niños se trastoca si pasan tanto tiempo arriba —protestó—. Y si comen tantas porquerías, se les echa a perder el apetito para la cena.

—Te alteras demasiado. Además sus *Dada Dadi* están solos. Se quejan de que no ven bastante a los niños.

—Los mando arriba siempre que puedo, Hem, lo sabes.

—Sí, pero sabes cómo es con la gente mayor, creen que les queda poco tiempo, todo son tonterías claro, pero si les anima tener a los niños, ¿por qué no?

—¿Qué hay de mí? Tal y como están las cosas cuando estoy en la escuela Himanshu se queda arriba. Cuando llego a casa quiero a los niños. Apenas te tengo a ti, debería tenerlos a ellos.

Los ojos se le llenaron de lágrimas. Más lágrimas para Astha, pobrecita. Estaba escalando una montaña, y cuando alcanzaba la cima tenía el rostro empapado de sudor, el corazón le iba lo más deprisa posible, todo lo que podía ver era otra montaña. Mientras contemplaba los bordes abruptos, le empezó a doler la cabeza, y la sangre que palpitaba con fuerza en su corazón se veía obligada a moverse hacia la cabeza y palpitar allí.

Hemant puso los ojos en blanco, y sacó un pañuelo para secarle la cara.

—Qué tontería —repitió—. Es tu imaginación. ¿Cuándo no me tienes? Eres tú quien continúa queriendo quedarse en casa con los niños, o con tu trabajo de la escuela, o con tus libros cuando nos invitan a fiestas, o cuando quiero ir al club.

—¿Cómo puedes decir eso? Siempre voy contigo.

—Y lo detestas, no lo niegues. Rechazo la mitad de esas invitaciones por ti. Yo soy quien está solo, y sin compañía.

¿Por qué arte de magia se habían vuelto idénticos sus problemas?

~

Astha continuó haciendo bocetos, pero de forma inesperada se encontró garabateando poemas, el estímulo de su padre con más firmeza en su mente ahora que cuando fue ofrecido por vez primera. Escribía sobre jardines y flores, los rostros oscuros y silenciosos de los jardineros ocupándose de las plantas sin que nadie lo valorase. Escribía sobre el amor, el rechazo, el deseo y la añoranza. El lenguaje era oblicuo, pero era su propia experiencia repetida sin cesar.

Escribir aliviaba la pesadez en su interior, una pesadez con la que le resultaba difícil tratar. Debatir sus sentimientos con Hemant por lo general conducía a pelea, alejamiento y mayor desdicha. En la lucha por expresarse hallaba alivio temporal.

Tras haber escrito alrededor de doscientos poemas, Astha tuvo la sensación de que necesitaba ir a alguna parte con ellos. La publicación haría que su trabajo pareciese menos vano, pero ¿cómo lograrlo? Comenzó a revisarlos, a mecanografiar la copia definitiva en la pequeña máquina de escribir portátil que Hemant había traído consigo de los Estados Unidos.

Tras hacer veinte se los enseñó a Hemant. Como hombre de mundo, ella confiaba en su sentido de cómo hacer las cosas.

—¿Poemas? —comentó Hemant, con aspecto satisfecho—. No sabía que seguías escribiendo.

Astha sonrió y dijo, sí, todavía estaba escribiendo.

La última vez que había visto sus poemas fue en la luna de miel, recordó él, mientras Astha sonreía un poco más.

—Aquél era sobre un lago —continuó Hemant.

—Ahora no escribo sobre cosas así.

—¿No lo haces?

—He perdido interés en la naturaleza. Soy más mayor, pienso de forma diferente —respondió Astha.

—Pero pareces igual de joven —replicó Hemant de manera automática.

La rodeó con el brazo por un momento antes de volver a centrar la atención en su escritura.

Astha esperó con nerviosismo. Era la primera vez que alguien veía sus poemas. Hemant frunció el ceño, desordenando las veinte hojas mecanografiadas. Para horror de su esposa comenzó a leer uno con voz perpleja:

CAMBIOS

La eventual liberación de dolor
en la desgarradora separación inexorable
de aquellos amados por costumbre

puede llegar tan lentamente
que parece que nunca habrá un día
de paz y tranquilidad final

quien me prometía, que si yo
contemplaba de forma fija la realidad
la aceptaba, la abrazaba, la trataba como una amiga

nunca volvería a sufrir
pero no importa cuántas veces
empuje las entradas de mi alma

para dejar que entre la luz fría
que la oscuridad crezca en silencio
para ocultarme al despuntar el día.

Hemant la miró fijamente. Astha se encogió.

—En realidad, olvídalo —dijo—. Es probable que necesiten más elaboración.

—Pero estoy aquí para ayudarte —apuntó Hemant de forma afable—. Personalmente opino que el que escribiste en Srinagar era muy bueno. Lo dije entonces, ¿no?

Sí, lo hiciste, lo hiciste, lo hiciste. Pero ahora todo ha cambiado, y quiero golpearme la cabeza contra la pared porque nunca entiendes nada.

—Pensé que podrías ayudarme a decidir qué hacer con ellos —dijo tensa y tranquila.

Hemant continuó hojeando los poemas, evitándole a Astha la vergüenza de más lectura en voz alta.

—¿No te gustan?

—No sé qué pensar de ellos. Mira, no suelo leer, pero suenan más bien tristes, ¿no crees?

—¿De verdad?

—Dios mío, Az, son todos sobre jaulas y pájaros, y ratones, y sufrimiento en situaciones que ni siquiera están claras. No hay ni un solo poema feliz aquí.

—Los poemas son sobre emociones —defendió Astha.

Quizá ahora él le preguntaría por qué se sentía triste y podrían hablar de veras.

—¿Qué tipo de emociones? Esta persona suena absolutamente neurótica.

—No lo creo.

—Si otros leyesen estos poemas, de hecho podrían pensar que no eres feliz.

—No, no, no son sobre mí —respondió Astha con rapidez.

—Lo sé. Pero la gente es tan veloz que suma dos y dos y salen cinco, rápido al cotilleo, lo sabes Az.

—Tal vez tendría que probarlo enviándolos a alguna parte —dijo Astha con la mirada baja, sin querer ver la cara de Hemant.

Hemant parecía indeciso.

—Bueno, no lo sé, depende de ti.

Alargó los poemas y ella los cogió con total desamparo.

Aquella noche pensó largo y tendido sobre «Cambios». Qué autocomplaciente había sonado cuando lo leyó Hemant. Y éste era uno de los que ella consideraba mejores, sugerentes y conmovedores. Tal vez él tenía razón, todos eran demasiado parecidos, estaría exponiéndose a sí misma ante el mundo.

Dejó de escribir y de forma bastante abatida continuó dibujando, esbozando con lápices suaves y carboncillos de colores que Hemant le traía de Japón. Nadie podría sumar dos y dos sobre la pintura, decir que era negativa en lugar de positiva, decir que debería pintar lagos de Cachemira en lugar de ratones, pájaros y jaulas. Tal vez un día podría hacer algo con su arte, pero por ahora la escuela y ella misma eran una audiencia suficiente.

Aquel verano la madre de Astha anunció:

—Voy a Rishikesh a pasar un mes.

—¿Por qué? —preguntó Astha.

—Svamiji va a dar un curso.

—¿Y? Le escuchas aquí, ¿no?

—Su ashram está a orillas de un río. Será una experiencia diferente.

—Creo que deberías quedarte aquí —dijo Astha con inquietud.

—En mi etapa de la vida una está libre de lugares. Pronto me jubilaré. Tengo que pensar en qué hacer... dónde ir.

—Puedes quedarte con nosotros —respondió Astha, que no había aprendido la inutilidad de hacer esta afirmación.

—¿Por qué no vienes tú también? —preguntó su madre de forma igualmente inútil—. Será bueno para tus dolores de cabeza.

—Estoy bien —respondió Astha.

Miró a su madre, que sonreía de manera afable. Astha se volvió suspicaz, su madre no era muy dada a sonreír, y además por nada en particular.

*

—Ma se va a Rishikesh —le dijo Astha a Hemant aquella noche.

—¿Por qué?

—Dice que está libre de lugares.

—Muy estúpido por parte de tu madre.

—Habla con ella.

—Lo haré, tan pronto como encuentre tiempo —respondió Hemant. Lo que resultó no ser antes de que ella se fuera.

Desde las orillas del Ganges en Rishikesh la madre de Astha le envió a ésta un paquete que contenía una carta, un comentario sobre el *Gita*, y un pequeño folleto titulado *El propósito de la vida*.

Querida hija,

¿Cómo estás?

El aire aquí es puro, y el paisaje es hermoso.

Hemant, tú y los niños deberíais venir. Yo reservaría una habitación. Yo me encargaré de todo. Te haría bien conocer a Svamiji. Es tan sabio, sólo verle es una satisfacción. Él también te pide que vengas. Yo me encargaré de todo.

Te mando dos libros que ha escrito Svamiji. Léelos cada día. Sólo en nosotros mismos está la paz. Incluso cuando sabemos lo difícil que es cambiarnos a nosotros mismos, todavía esperamos que otros cambien, y somos infelices cuando nuestras expectativas no son respondidas. Recuerda eso. También te ayudará con tus dolores de cabeza.

Si escuchases a Svamiji te darías cuenta de que para mantener una relación en marcha se debería ignorar la parte oscura, por ejemplo las debilidades de una persona. Acepta sin condición si quieres vivir en paz. Cualquier relación puede ser preciosa si la alimentas. En momentos de dificultad no pierdas coraje. Liberarte de todos los complejos es esencial. No impongas tu ego... no discutas. Utiliza la sabiduría para resolver el problema. Estás comprometida CONMIGO, dice el dios Krishna.

La acomodación y la aceptación mantienen a las familias juntas. Lo que no puedas cambiar acéptalo con amabilidad, con alegría como *prasad* para el Señor. Crea un hogar donde estés. Una persona así está libre de tristeza. Todo entendimiento requiere una mente sosegada. Lo peor en la vida es la cólera.

Lee el *Gita*, especialmente el capítulo XIV.

Con mil bendiciones para una vida larga y feliz,

Ma

Astha miró fijamente este mensaje. ¿De dónde procedían estos pensamientos, qué le estaba pasando a su madre, una viuda vulnerable, con su hija demasiado metida en la red de su vida diaria como para ir y liberar a su progenitora de otra red? Tan sólo si Hemant hubiera hablado con su madre, pero entonces ¿por qué debería confiar en Hemant cada vez?

Cuando la madre regresó tras su mes en Rishikesh, empezó a insistir a menudo en invitarla a ir a casa. La madre iba de un lado a otro, señalando los hábitos despilfarradores de los sirvientes, la suciedad en varios rincones de la casa, la delgadez de los niños y sus malas costumbres alimenticias, y la negligencia de Astha respecto a sus parientes políticos.

Cada vez más nerviosa, Astha pagó su ira con los niños.

—No les regañes —la voz suave de su madre se filtraba melosamente a través de sus gritos, haciendo que los niños se comportasen peor que nunca—. Sólo son niños.

¿Cómo es que, pensó Astha con resentimiento, esta idea nunca se le ocurrió cuando era joven?

—Svamiji me ha enseñado mucho —continuó la madre de Astha, interpretando el silencio de su hija—. En los viejos tiempos yo era ignorante. Ahora sé más. Si cometí errores contigo, no quiero cometerlos con tus hijos. Esta etapa pasará demasiado pronto. Déjales que disfruten de su niñez.

Astha se sintió perseguida. Nada que pudiera hacer estaba bien.

Su madre le presentó a la Sra. Reddy, bajita, regordeta, pelo gris peinado hacia atrás, viuda como ella y quien originalmente le había presentado a Svamiji.

—Cuéntale —ordenó— lo mucho que le ayudará ir a las clases.

—Bahan, no pasa nada. Cuando sea el momento apropiado para ella, vendrá por sí misma —respondió la Sra. Reddy.

—Cuéntale —insistió la madre, preocupada por la felicidad de su hija.

—La religión hindú —opinó la Sra. Reddy— es amplia, es profunda, capaz de interpretación interminable. Cualquiera puede conseguir cualquier cosa que desee de ella, ritual, historias, pensamientos que te sustentan. Pero primero tienes que darte cuenta de tu necesidad.

—Siempre está tan tensa y enfadada —se lamentó la madre.

—No necesito la religión, como quiera que esté —replicó Astha con firmeza, mientras las dos mujeres más mayores parecían apenadas.

Llegó el momento de jubilarse para la madre de Astha.

—Debo dejar este piso, Beti —dijo la madre—. Es demasiado caro para mí.

—Por supuesto vendrás a vivir con nosotros, Ma —contestó Astha.

La tradición levantó su cabeza obstinada.

—¿Qué pensará la madre de él?

—¿Qué pensará? Nada. Ella vive arriba. No es como si estuvieras quitándole su espacio. Además a Hemant le va bastante bien como para que una suegra no sea considerada un lastre para sus recursos.

—No parece agradable.

—¿Para quién? ¿Para quién no parece agradable?

—Para mí.

—Desearía que no fueses tan testaruda, Ma. ¿Por qué no tuviste un hijo para que te cuidase cuando fueses mayor, si no puedes aceptar nada de una hija? ¿Por qué paraste conmigo?

—He hablado con Svamiji —respondió la madre—. Él también cree que uno ha de ser independiente.

—¿Qué sabe Svamiji? Los padres pertenecen a sus hijos.

Para entonces Astha estaba rechinando los dientes con impaciencia. ¿Cuándo se había vuelto tan importante este svami para que todo lo que Astha estaba diciendo no significase nada?

—Estoy pensando en mudarme a Rishikesh.

—¿Rishikesh? ¿Vas a vivir allí toda la vida? —Astha estaba horrorizada.

—Are, ¿quién sabe cuánto va a vivir uno? La atmósfera debería ser pura, uno debería llevar una vida de virtud y verdad, no importa dónde y cómo.

—¿Qué pasa si te pones enferma? ¿Quién te cuidará? ¿Svamiji?

—No se puede vivir con miedo —replicó la madre de forma adusta.

—Ni aislado. Estarás sola.

La madre se quedó callada. Astha también, ¿qué podía decirse de la soledad?

—Svamiji insiste en que me tome mi tiempo y lo piense —dijo la madre al fin—, no está de acuerdo en que sea ahora mismo.

—Y una buena cosa también —dijo Astha desconcertada.

Sentía que de alguna forma había sido puesta a prueba y había resultado inadecuada. Sintió envidia de Hemant por la relación relativamente sencilla que tenía con sus padres. Éstos le exigían cuidado material... que él proporcionaba, nietos... que él proporcionaba, consideración emocional y presencia física... que él proporcionaba. Deberes, responsabilidades, obligaciones, todo parecía claro.

Unas pocas semanas después, la madre de Astha rescindió el contrato de alquiler de su piso y se deshizo de la mayoría de sus pertenencias.

—Las posesiones materiales son una carga —informó a su hija.

Su hija no lo sentía del mismo modo. Le encantaban las cosas bonitas que decoraban su casa, sus libros, sus lámparas, sus alfombras, su cubertería, servicio de mesa, ropa de cama, muebles, todo lo que Hemant y ella habían comprado juntos. Ahora quería añadir las doce cajas de libros que habían formado las camas y la otomana en casa de sus padres.

—¿Estás loca? No tenemos sitio —afirmó Hemant.

—Lo tenemos, podemos construir estantes.

—Vamos, Az, dónalos a una biblioteca. No podemos atestar nuestra casa con un montón de libros viejos. Y sabes que no los lees.

—Ése no es el asunto.

—¿Cuál es el asunto? Los libros están hechos para ser leídos, y en una biblioteca serán de utilidad. También los cuidarán mejor.

—Por favor, Hemu, los libros de mi padre.

—No seas tan sentimental, Az. Hablaré con Ma, verás como estará de acuerdo.

La madre de Astha estuvo hasta tal punto de acuerdo que los libros fueron donados a una biblioteca antes de que Astha siquiera se enterase.

Astha se quedó desolada.

—¿Por qué hiciste eso? —le gritó a su madre—. Eran míos también. Los adoraba.

—Pero nunca mostraste ningún gran interés por ellos cuando estabas creciendo —protestó la madre.

—Eso era entonces. Esto es ahora. ¿No te importa la memoria de Papá? ¿Cómo pudiste hacerle esto a él, a mí?

—La gente no vive en sus cosas, Beti. Además —añadió la madre—, es la casa de Hemant, y él dijo que no había sitio.

—¿Entonces quién soy yo? ¿La inquilina? Podíamos haber encontrado sitio, podíamos haber construido estanterías para libros, haber hecho algo, podíamos al menos haberlo discutido.

—Sabes cuánto trabajo suponían. Sacarlos cada año, quitarles el polvo, y después quedan infectados de lepisma, acumulan polvo y espacio. En una biblioteca al menos los leerán.

—Suenas como él. Como mínimo me habría quedado con unos pocos, ¿o crees que yo tampoco debería estar oprimida por las posesiones materiales?

La madre sorbió por la nariz, con aspecto de martirizada y malentendida. De qué servía decir nada, pensó la hija, los libros se habían ido, y todos los gritos del mundo no iban a traerlos de vuelta. Pero juntos su marido y su madre la habían privado de la parte más querida de su padre, y a los ojos de Astha continuaron siendo inconscientes de sus crímenes.

Ahora la madre de Astha era libre para marcharse a Rishikesh.

—¿Cuándo regresarás? —preguntó Astha con ansiedad, al dejar a su madre en la estación.

—No lo sé, Beti, déjame ver cómo va.

—Desearía que no hubieses recurrido a la religión, Ma —dijo Astha, que sentía como si su madre la hubiese estafado, poniendo de manifiesto un extraño cambio de pensamiento que su hija no podía ni seguir ni entender.

—Todos buscamos serenidad de pensamiento —respondió la madre—. Svamiji me guiará.

El tren llegó y ella se fue. Astha se quedó de pie en el andén y observó a su madre marcharse de la ciudad donde había pasado toda su vida laboral y de casada. Ahora, con tan sólo un petate y un baúl, se estaba embarcando en un peregrinaje, en busca de una comunidad que pudiese llamar propia, sin posesiones que la oprimiesen.

Pasaron los meses. La madre de Astha no dio muestras de regresar. Sus cartas, sobre amor, paz, renuncia y conocimiento, no revelaban nada.

> Querida Beta,
>
> Realiza una acción con el pleno entendimiento de que no tienes control sobre el resultado. El éxito y el fracaso tienen que ser encarados por todo el mundo. Siendo pensativos, reflexivos y devotos podemos superar el espíritu del «yoísmo» que domina todas nuestras acciones. Este enfoque mantiene a las familias intactas y no nos vuelve inseguros. Tenemos una organización en la que relajarnos, esto pavimenta el camino hacia la seguridad y hacia el autoconocimiento.

El sentido de la vida es luchar. Hay desafíos en todos los oficios de la vida, la cuestión es cómo abordarlos, no huir de casa, el trabajo, la sociedad y las obligaciones. Realiza tus deberes con desapego. Aprende a dar y a no recibir. Cuando desarrollas el espíritu de dar con inteligencia, hay serenidad en la mente. La mayoría de nuestros problemas se deben al descontento con lo que tenemos.

Dales mi amor y mis bendiciones a los queridos Hemant, Anu, el pequeño Himanshu, y a tu suegra y suegro.

Con muchas más bendiciones para mi querida hija,

Ma

Una o dos veces Astha le preguntó a Hemant, «¿por qué no vas a verla, a convencerla de que su lugar está con nosotros?», pero estaba claro que Hemant no estaba bastante interesado en hacerlo. Las reticencias de Astha se endurecieron, tal vez su madre tenía razón, no sería tan bueno para ella vivir con su hija. Desearía tener una casa que fuese más claramente suya.

—Necesito ir a ver a mi madre —le dijo al fin a su marido—. Podría terminar quedándose en Rishikesh. Es probable que se sienta desatendida.

—Eso es absurdo —respondió Hemant—, ¿por qué debería sentirse desatendida? La gente mayor recurre a la religión. Es natural.

—No lo es —replicó Astha con indignación—, sólo cuando no tienen otras alternativas.

Hemant la miró.

—La religión es una alternativa tanto como cualquier otra cosa —dijo—. Si ella decide quedarse en Rishikesh, debe de ser porque es feliz allí. Además, te he dicho que hablaré con ella.

—¿Como cuándo?

—Cuando venga.

Astha se detuvo. Sintió que la situación de su madre era en parte culpa de Hemant. Si él hubiese mostrado más interés... Con sequedad indicó:

—Sé que no tuviste ocasión, pero esto no se puede dejar por más tiempo, necesito ver si está bien.

Hemant se sintió ofendido.

—Si era así como te sentías, deberías haber ido antes —contestó—. Ya tengo bastantes problemas.

—Y así lo haré. Tan pronto como hayan pasado los exámenes de los niños.

Eran las cinco en punto de un sábado por la mañana de la siguiente semana, cuando Hemant llevó a su esposa y a sus dos hijos a la estación de tren de Nueva Delhi. Le compró a su mujer un *Femina* y un *Stardust*, para sus hijos patatas fritas y chocolate, y se sentó con ellos en el compartimento hasta que el tren salió.

—Adiós Papá, adiós Papá —dijeron sus hijos—. ¿Por qué no vienes con nosotros, Papá? Hasta pronto, Papá.

Papá los rodeó con sus brazos, le dio a Astha una breve palmadita y saltó al andén.

Los niños pasaron las cinco horas hasta Haridwar tomando su desayuno, jugando, peleando, comiendo porquerías, dormitando y yendo al baño, mientras Astha estaba dividida entre cuidarlos y mirar por la ventanilla. En los campos de ambos lados estaba creciendo el trigo. Su madre debía de haber visto este paisaje y se habría sentido sola. Si no estuviera cargada con niños, marido, trabajo, también ella podría volverse nada, algo no diferente a los puntitos de personas que estaban pasando, perdidas en llanuras lisas del norte de la India.

En Haridwar se bajaron y atravesaron la carretera hasta la estación, desde donde iban a coger un autobús hasta Rishikesh.

—¿Autobús para Rishikesh? —dijo la persona de Información—. Media hora. Lo anunciaré.

Astha y sus hijos se arrellanaron en uno de los bancos, observando a los demás sentarse, ponerse en cuclillas o dormir en el suelo. La sala era grande y espaciosa. El aire ya se sentía más fresco que en Delhi, la brisa menos contaminada.

Se quedaron sentados, y sentados observaron cómo se iba un autobús tras otro. Al final, tras veinticinco minutos Astha preguntó en Información:

—¿Cuándo anunciará el autobús que dijo que salía hacia Rishikesh en media hora?

—Ya está saliendo —respondió el hombre con languidez mientras señalaba un autobús que se alejaba pesadamente.

No había tiempo para enfadarse.

—Rápido —gritó Astha, agarrando la única maleta y lanzándoles a sus hijos las bolsas más pequeñas.

Corrieron hacia el autobús que se movía con lentitud, golpeando el polvo con los pies mientras los pasajeros los observaban de manera fija y con curiosidad. Astha golpeó un lateral:

—Pare, pare —y las manos de los pasajeros hicieron eco de las suyas al golpear, y el autobús de hecho paró cuando giraba hacia la salida.

Sintiéndose estúpida e incompetente —ni siquiera puedes coger un autobús— Astha empujó a sus hijos para subir los escalones y subió con dificultad. Dentro colocó a Anuradha y a Himanshu donde halló sitio en los asientos brillantes y duros de piel sintética, cada uno empacado con tres o cuatro personas. Logró maniobrar la maleta en el pasillo abarrotado, sostuvo sobre su regazo los paquetes, y con la atención vagando entre sus hijos, los árboles verdes, las mariposas, la estrecha carretera que ascendían con lentitud, las montañas más allá, las trenzas apretadas y aceitadas y las cintas de nailon magenta brillante de la niña pequeña que tenía enfrente, pasó la hora hasta Rishikesh.

Por fin se detuvieron en una plaza pequeña y polvorienta, que parecía ser la estación. Arrastrando el equipaje hasta un grupo de escúters que esperaban, Astha dio la dirección del ashram, y fueron dando tumbos por carreteras estrechas, pautadas por desperdicios y cloacas abiertas, el escúter-vala pitando con estruendo para alejar de su camino a todo cerdo, vaca, perro callejero, *riksha,* vehículo de dos ruedas y peatón.

—¿Qué es eso? —preguntó Himanshu señalando algunas criaturas enormes y negras que husmeaban en la basura abundante, feas como un pecado.

—Cerdos, cariño.

—Pero no son de color rosa —objetó.

—Eso es sólo en los libros, estúpido —replicó Anuradha.

Ella misma estaba viendo un cerdo negro por primera vez, pero su comprensión de la diferencia entre realidad y conocimiento teórico era infinitamente más rápida que la de su hermano.

Fue a última hora de la tarde cuando llegaron a las puertas del ashram, localizado en medio de muros elevados. Mientras entraban en el recinto, parecía otro mundo, limpio, verde, espacioso, los edificios grandes y bajos ocultos por árboles y arbustos a ambos lados de un espacio central abierto. En el extremo más alejado podían ver bancos, más árboles y una terraza pavimentada que daba a las montañas al otro lado del río.

La madre de Astha estaba esperando con los brazos abiertos para recibir a los niños, mostrarles su lugar, pacífico, sereno, y en su centro un svami que tenía las claves para la vida.

En el ashram Astha pudo ver cómo había cambiado su madre. Sus movimientos eran seguros, su sonrisa menos vacilante. Había hecho amistades, pasaba mucho tiempo paseando por la terraza, y muchas horas leyendo los apuntes que había tomado durante las conferencias de Svamiji.

—Mira —dijo, mostrándole su libro de notas a Astha:

> El sueño, el estado en que se es más puro. En el sueño no hay pensamiento, no hay emoción, ni sujeto, ni objeto. El sueño es el estado donde no hay «yo». El estado en sí mismo no es diferente de la muerte, o las vidas previas en las que estamos en estados idénticos... Necesitamos dormir no sólo para sobrevivir (no puedes estar despierto si no hay sueño) sino para comprender la realidad.

—¿Qué demonios significa todo esto?

La madre de Astha tenía aspecto de complicidad.

—Pregúntale a Svamiji, él te contará. Es un hombre muy sabio, estudió quince años antes de que su propio svami lo lanzase al mundo.

—Pero cuando da una conferencia lo hace con micro —criticó Astha—. Eso no es muy poco mundano.

—Si vives en este mundo, haces que sirva a tus propósitos. Para él es difícil hablar de manera continuada y en voz alta a audiencias tan grandes —advirtió la madre de modo protector—. Así que insistimos en que tuviera el micro.

—¿Un regalo de uno de sus discípulos? —indagó Astha, pensando de forma ociosa que como profesora ella también podría tener un micro, y nunca hablaba tanto como este hombre.

—Un regalo mío —respondió la madre sonriendo de nuevo con aquella pequeña sonrisa.

—¿Lo pidió él?

—Él nunca pide.

Aquella tarde Astha pasó mucho tiempo mirando fijamente al svami sobre la tarima, a quien, tras su conferencia, rodearon de inmediato sus devotos, muchas mujeres, algunos hombres, algunos residentes y algunos de la ciudad.

Estaban sentados en la agradable sala de conferencias, junto al río. Todos los ventiladores, dieciséis, estaban zumbando. Grupos de gente, mientras aguardaban su turno para el svami, comparaban apuntes sobre lo que había dicho: hoy ha explicado muy bien, hoy ha usado muchas palabras sánscritas, difíciles de entender, pero entonces realmente necesitas diez años para comprender. Qué era lo que Svamiji decía, cuando aquel hombre hizo una pregunta sobre la mente... responderla me costaría seis años, comprenderla te costaría doce. Svamiji estaba en buena forma, cómo te hace reír a veces, y cómo ha cambiado mi vida desde que empecé a venir a las conferencias, sí, logras paz mental, no cabe duda.

Un hombre en tantas vidas. Desde luego en la de su madre. Se giró para mirarla.

—¿No quieres preguntarle nada? —quiso saber.

Su madre negó con la cabeza de forma tímida.

—Esta gente sabe mucho más que yo. Déjales preguntar.

Mientras descendían los escalones soplaba una brisa, y un matiz rosa sobre el agua reflejaba la puesta de sol.

—Vayamos al templo —dijo la madre.

Astha la observó fijamente.

—¿Desde cuándo has empezado a ir al templo? —preguntó. Su padre no había creído en ir a los templos, y como consecuencia nadie fue jamás.

—Hay *arti* por las tardes, y una de las mujeres de aquí es muy buena cantante —indicó la madre mientras la pregunta de Astha se deslizaba por su lado—. Venid —dijo, llamando a los niños—, Anu, Himu, venid, vamos al templo.

El templo estaba en otro recinto, pequeño, blanco, con columnas rosas decoradas y un tejado, que daba a la ribera del río, iluminado con luces fluorescentes y pavimentado con mármol. Estaba exquisitamente limpio, con devotos que esperaban en silencio a que comenzasen las oraciones de la tarde. La madre se sentó en la parte de atrás, Astha se sentó junto a ella, los niños no pararon de moverse y mirar a su alrededor.

La ceremonia duró cuarenta y cinco minutos. Cánticos *bhajan,* rezos, arti, ofrendas de *bhog,* recibir prasad, beber agua sagrada y alisar la mano húmeda sobre la cabeza y los ojos.

En la cola para recibir prasad Anuradha preguntó:

—¿Cómo es que no hacemos esto en casa?

Astha no supo qué decir. «No creemos» no era exactamente cierto, «no tengo tiempo» trivializaba la religión de una forma que podría ser mala para sus hijos, decir que sólo la gente vieja rezaba así sugería que la religión tan sólo es útil cuando estás endeble y decrépito. En vez de eso dijo:

—Dios está en nuestros corazones, Beti, y algunos de nosotros no creemos en el rito. Quizá cuando Nani venga a Delhi puedas rezar con ella.

—Lo haremos todos juntos —dijo Nani de modo firme, los ojos centelleantes ante la expectativa de iniciar a sus nietos en la puja, el ritual, *Vedanta,* y los firmes comienzos de una vida hindú.

Fue hacia el final de la visita de Astha cuando su madre dijo:

—Estoy pensando en vender mi terreno y construir una serie de habitaciones en el ashram. Svamiji está de acuerdo.

—Vive con nosotros, Ma —contestó Astha.

Estaban sentadas en uno de los bancos que daban al río. Los niños estaban corriendo arriba y debajo de los escalones. El calor del día se había ido, la luz era suave, el agua debajo de ellas se estaba volviendo oscura.

—Es una vida solitaria —replicó la madre, embargando a Astha con un desagradable sentimiento de culpa.

—También es mi casa. Si a la gente le importa pues mala suerte. No creo en toda esta mierda de que los padres sólo son responsabilidad de los hijos.

—Después de todo los padres de Hemant viven con él, ¿verdad?, no con sus hijas.

—Sus padres no pueden vivir con las hijas, una está en Estados Unidos, y otra... —Astha iba a decir y otra vive con su familia política, pero lo cambió y dijo—: y otra tiene un mal matrimonio, con una casa pequeña.

*

A la mañana siguiente, en la charla, Astha miró de nuevo al maestro de su madre con atención. Tenía la barba gris, había pequeñas puntas blancas que sobresalían de su cabeza rasurada. Llevaba gafas, y los ojos tras ellas eran fulgurantes, penetrantes, inteligentes, ella suponía que compasivos —era un svami después de todo— ¿y cómo describir los ojos de un svami? Tenía las piernas cruzadas, movía los pies, toda la ropa de color azafrán. Su voz era pausada y sosegada:

«Hay dolor y sufrimiento en toda vida. Cuando el peso se vuelve intolerable buscamos distracciones, que a cambio nos atrapan. Desarrollamos un ansia de placer y sensación, hasta que al fin estamos por completo a merced de nuestros deseos, que debido a la ignorancia hemos fomentado para que se convirtiesen en monstruos.

Con el deseo llega la insatisfacción, y un hombre insatisfecho está lleno de desdicha, incluso si tiene a mano los placeres que el mundo puede ofrecerle.

Nos equivocamos complaciendo a nuestros sentidos para vivir en el mundo. Actuamos para ser felices, y después nos sorprende que la felicidad no dure, y buscamos otras cosas, y se repite el mismo esquema. La insatisfacción es la causa del desasosiego.

Todos nuestros placeres están conectados con nuestros hechos. Tienen un comienzo y un final. De manera parecida los frutos de nuestras acciones tienen un comienzo y un final. Son transitorios y por lo tanto pueden no saciar nuestro anhelo jamás.

Respiramos para vivir, pero cada aliento nos lleva un paso más cerca de nuestro final. En nuestro cuerpo está nuestra decadencia. No podemos alterar esta decadencia, el hombre más rico del mundo comparte el destino del más pobre.

Contra el mundo somos débiles. Hambre, sed, frío, calor, inundación, hambruna, tormentas, todas estas cosas crean miedo. Corremos buscando protección aquí y allí, pero la protección más fuerte contra el mundo viene del conocimiento que surge del interior.

Sólo en un estado de autorrealización podemos sacar del depósito interior para alcanzar la felicidad. Si hallamos satisfacción dentro de nosotros mismos, encontraremos lo bueno en todas las cosas. Así como el sol brilla la satisfacción dentro de nosotros iluminará nuestras vidas y las vidas a nuestro alrededor.

Nos protegemos los pies con zapatos, nos protegemos el cuerpo con ropa. No pueden herirnos las piedras en nuestros caminos, ni el sol o la lluvia que cae sobre nosotros. Del mismo modo, quienes han logrado la autorrealización están satisfechos en toda circunstancia. Los problemas que hallan en su viaje por la vida no pueden hacerles daño».

Astha escuchaba, atrapada en sus palabras, como todos los demás en la sala. El svami parecía más allá del tiempo, porque nada lo doblegaba. Si los ejemplos eran lo que uno tenía para guiarse, él era un buen ejemplo de lo que predicaba. Su rostro traslucía falta de apego, aunque sus discípulos dependían con apego firme de cada palabra que él pronunciaba.

Toda esta gente estaba buscando, buscando zapatos para protegerse de los caminos duros por los que tenían que andar. Ella también quería zapatos. Se sentó frente al svami, probándoselos. Por un momento desesperado quiso llegar hasta él y suplicar, dime qué hacer.

Y él le diría, ¿qué? Ella ya lo sabía. La desdicha brota del deseo, el deseo brota del apego, y si dejaba todas estas cosas, sería feliz.

El peso en su pecho aumentó. Había venido a rescatar a su madre, y sin embargo viendo a su madre en aquel lugar la persona que parecía necesitar ser rescatada era ella misma.

No volvió a intentar impedir que su madre viviera en Rishikesh, o que vendiera su parcela de tierra. Estaba claro que su madre necesitaba bastante dinero si iba a vivir dignamente en el ashram. Parecía una locura vender una propiedad de bienes inmuebles, cuyo valor, ahora que el puente se había construido, prácticamente se duplicaba cada año, pero cuando se abandonaban las posesiones materiales, también se abandonaba la especulación para el futuro.

Otros tres días y Astha se marchó.

—

En octubre de aquel año, se llevó a cabo la venta del terreno.

—Querida hija —dijo la madre de Astha, que estaba en Delhi para firmar los papeles—, le he dado a Hemant parte de las ganancias de la casa.

—¿Por qué? El dinero es para ti, Ma.

—No necesito tanto. Puedes considerarlo como la herencia de tu padre.

—¿Entonces por qué dárselo a Hemant? —preguntó Astha refrenándose.

—¿Por qué no? Es un hombre, sabe de dinero. Invertirá para ti y los niños. Lo he tratado todo con él.

¿Cómo había pasado esto? Hemant había encontrado un comprador y había comprobado los aspectos legales de la venta, pero aunque fuera él el hombre de negocios, ella quería tomar parte en cualquier decisión sobre el dinero que su madre decidía darle.

—¿De veras, Ma, no crees que las mujeres pueden ser responsables de sus propias inversiones?

—Por supuesto, pero esto era mucho. ¿Estás sugiriendo que ponga todo este asunto en tus manos?

No, Astha no lo estaba sugiriendo. Lo triste era que ella misma se hubiera sentido nerviosa manejando una gran cantidad. Imagina que hiciese algo insensato y que no se multiplicase lo bastante rápido, por su arrogancia el dinero no habría funcionado de modo óptimo.

—Hemant es muy inteligente, mira cómo lleva los negocios, sin ninguna formación —continuó la madre—. Tú misma has dicho que se ocupa de todo lo económico. Era lo mismo con tu padre, yo sólo llevaba las cuentas de la casa.

—Tú también ganabas dinero, Ma.

—Sí, sí. Pero él cuidaba de mi ahorro fiscal, mi fondo de inversión, decidía cuánto deberíamos gastar, cuánto ahorrar, todo eso. Tras él, Hemant se hizo cargo.

—Sí, Ma.

—Ha prometido duplicar la cantidad en pocos años.

¿Podría haber hecho Astha alguna vez una promesa así? Jamás, ni siquiera si las puertas del infierno se abriesen y el mercado de valores se colapsara en su regazo. Lo mejor era que continuase con su trabajo, y lo que le hacía ganar. Nadie pensaba que fuese algo. Nadie debatía sobre él, especulaba con él, prometía aumentarlo hasta índices maravillosos. Podía hacer con él lo que quisiera, llevarlo a la cama, mascarlo, defecar rupias por la mañana y nadie pestañearía.

Su madre la había dejado en manos de Hemant. Si su madre era culpable, también lo era su padre, por hacerse cargo del dinero y enseñarle a su esposa que ésta era la conducta normal, también lo era su suegra por educar a Hemant para que nunca considerase a las mujeres como seres con quienes consultar sobre sus propias vidas, también lo era el Svamiji por enseñar que la felicidad sólo radica en el desapego, cuya lección puede leerse de tantas formas distintas como personas y apegos.

Después de que la madre de Astha se fuese, se discutió sobre el dinero de forma sucinta y amarga.

—¿Cariño?

—Querida.

—¿Qué sabes del dinero de Ma?

—Tengo varios planes para él. Será bien invertido, no te preocupes. A largo plazo para los niños, a un plazo más corto para ti.

—Gracias, cariño. Pero me estaba preguntando, ya sabes, si yo también podría opinar sobre lo que haces con él.

Hemant comenzó a fruncir el ceño.

—¿No confías en mí?

—Por supuesto, por supuesto, confío en ti. No es una cuestión de confianza, claro. Eres mi marido.

—Exacto. ¿Qué pasa?

—Quiero sentir... —Aquí Astha se detuvo y anduvo con cuidado entre los campos espesamente plagados de minas de ingresos, gastos, derechos, responsabilidades, conocimiento, poder y dependencia—. Quiero decir que si no fuese tan ignorante en lo que se refiere al dinero, no me sentiría tan estúpida.

Hemant se relajó.

—Cuando termine te lo explicaré todo. De hecho estoy contento de que hayas sacado esto a colación. He estado pensando que deberías saber lo que pasa. De esa forma si algo me sucede, no te quedarás en la ignorancia.

—Pero Hemu —dijo Astha—, no quiero ser ilustrada sólo porque puedas morir, lo que espero que no ocurra en mucho mucho tiempo, y por supuesto no antes que yo.

Hemant sonrió.

—Moriremos juntos en la vejez, ¿eh?

—Sí —contestó Astha—, sí —repitió—, sí —balbució—. Moriremos juntos, espero, pero mientras tanto, me siento tan despistada sobre nuestra situación económica. Sé que en los negocios las cosas pueden ser inestables, así que pensé que ahora que tengo algo de dinero, sería útil que me ocupase de él. De esa forma adquiriré experiencia.

—Tu madre me dio este dinero para que lo administrase, no lo pedí —contestó Hemant con frialdad—. Ella confía en mí aunque tú no lo hagas.

—Eso no es lo que quiero decir. Sé que confía en ti, sin duda mucho más de lo que confía en mí, ¿pero es tan malo que sepa cuánto hay a mi nombre y cómo puedo acceder a ello?

Ahora Astha estaba implorando, suplicándole a Hemant que comprendiese. No significaba nada personal. No quería sentirse dependiente, eso era todo. Los iguales podían relacionarse mejor que amo y esclavo, ¿no?

—No entiendo lo que te pasa por la cabeza. Le diré a tu madre que te lo dé todo a ti, tú misma lo gestionarás. Ella debería habértelo consultado primero, antes de darme nada a mí. ¿De hecho por qué no te pidió que buscases un comprador y consiguieses un abogado para comprobar las escrituras de la venta? Te has estado perdiendo tantas cosas que no merece la pena vivir la vida, ¿no es así?

Astha se sentó, anonadada. ¿Qué clase de estúpida había sido al esperar que Hemant comprendiese? Tenía una buena vida, pero era buena porque nada se cuestionaba. No se podía hacer zozobrar el barco. Debería pintar eso sobre un lienzo y colgarlo de la pared, y mirarlo fijamente día y noche, de forma que el mensaje abrasase el camino a través de su cerebro y dentro de su corazón. No se puede hacer zozobrar el barco.

Por otro lado, si no se podía hacer zozobrar el barco, ¿qué necesidad tenía ella de dinero, o de conocimiento de inversiones? Las manos que habían manejado dinero, y que habían sentido cómo pasaba entre los dedos, eras las únicas capaces de hacer zozobrar el barco. Las suyas no.

A la mañana siguiente, preparó a los niños y los mandó al colegio deprisa, se tomó el té deprisa, envolvió el desayuno para comerlo más tarde, apretujando una tortilla entre dos rebanadas de pan frío de la nevera y haciendo gotear con violencia salsa de guindilla roja sobre las partes interiores. Deprisa, hizo todo esto deprisa, sonriendo, sonriendo todo el tiempo, de forma que ninguna angustia fuese perceptible.

Sólo en la sala de profesores de la escuela pudo Astha estar a solas con sus pensamientos.

—¿Por qué estás tan callada? —preguntaron—. ¿Estás enferma?

Astha negó con la cabeza. Miró a sus compañeras, mujeres a quienes veía todos los días, mujeres a quienes les gustaba, cuyas vidas discurrían de modo afable, mujeres que no tenían sombras entre sus maridos y ellas mismas, cuyos maridos eran «a él» y «él», y cuyos parientes políticos eran «ellos». ¿A quién de entre ellas podría contarle que no había sido capaz de dormir? ¿Qué motivo podría dar que ellas no considerasen autocompasivo?

—Estoy bien —repitió, y abrió el montón habitual de cuadernos de clase cubiertos con papel de estraza que acordonaba cada día de trabajo.

IV

Fue a comienzos del año 1987 cuando la directora de la escuela de Astha invitó al Grupo de Teatro de Calle a ofrecer un taller en sus locales. El taller tendría lugar durante las vacaciones entre los exámenes finales en marzo y el comienzo del nuevo año académico en abril.

El personal no estaba contento.

Como de costumbre la directora quiere llamar la atención sobre sí misma.

Tan sólo porque está interesada en el teatro, estamos obligadas a estarlo también.

Querrán voluntarios de la plantilla, esperad y veréis.

Tenemos que corregir exámenes, preparar boletines de notas, ocuparnos de los listados de menciones especiales, preparar un informe sobre el progreso de cada alumno o alumna en los archivos de la escuela... ¿Cuándo hay tiempo para hacer toda esta actividad extracurricular?

Se produjo un silencio abatido. La directora no era conocida por respetar la conveniencia de sus profesoras.

Astha se preguntaba si se lo pedirían, no le apetecía trabajar durante las vacaciones mientras sus hijos estaban en casa. Le tenía mucho cariño a la Sra. Dubey pero a veces sentía que esa relación especial hacía que fuese explotada. Había hecho bastante por la escuela, la directora debería buscar en otro sitio, resolvió, preparándose para una pelea.

En la que perdió.

—Necesita a alguien con más experiencia si viene una persona de fuera —trató de objetar.

—Con Aijaz no necesitas experiencia —respondió la directora—. Para él cualquier lugar es un escenario, cualquier persona un actor. Ha actuado en entradas de fábricas, en el exterior de oficinas, en paradas de autobús, frente a tiendas. Ha escenificado asuntos como el desempleo, atrocidades contra las mujeres y la pobreza ciudadana. De hecho es la voz de los desvalidos. Ése es su talento.

Puede llevar su talento a cualquier parte, pensó Astha, ¿por qué lo trae aquí?

—Es amigo de mi hermano y viene por petición personal mía —continuó la directora, un tanto tímida—. Es una gran oportunidad.

—Son las vacaciones de mis hijos.

La aproximación mujer a mujer.

—Tráelos, les será de provecho. Aijaz es un mago. En realidad es profesor de Historia, pero su conocimiento de teatro es inmenso. Aparte de escribir sus propias obras de teatro y canciones, ha adaptado a Brecht, Shakespeare y la tragedia griega al hindi. La gente se queja de la falta de actividad en la escuela pero cuando llega el momento de darles a nuestros estudiantes alguna orientación salen con todo tipo de objeciones. ¿Dónde está el espíritu de la escuela?

Astha no tenía más opción que estar de acuerdo.

Hemant no se alegró. Planeaba el momento de sus viajes para estar libre durante las vacaciones de sus hijos.

—¿Por qué no puedes quedarte en casa? ¿Y por qué mezclar a los niños en esto?

—No tuve elección —replicó Astha—. En cualquier caso, será bueno para los niños ver escuelas que no sean tan elitistas como la suya. De hecho Anu estaba preguntando cuándo vamos a llevarla a Disneylandia. Todas sus amigas de la escuela han estado, dice. No la creo. ¡Disneylandia! ¡Imagínate!

—No hay nada malo en querer ir a Disneylandia —dijo Hemant.

—¡A esta edad! ¿Por qué?, yo todavía no he estado en el extranjero.

—No estamos hablando de ti. Si los padres pueden permitirse mostrarles el mundo a sus hijos, ¿por qué no? —respondió Hemant—. Estamos en los ochenta. Ya no somos indios desvalidos.

Astha sentía que había algo moralmente incorrecto en el hecho de conseguir cosas sin luchar por ellas, pero sabía que esta opinión irritaba a Hemant. Estaba ganando más dinero a su edad que sus padres, juntos, al jubilarse, y no parecía tener ninguna intención de dejar que sus hijos luchasen. Giró la conversación hacia el tema que estaba a mano.

—Al parecer Aijaz Akhtar Khan, el fundador del Grupo de Teatro de Calle, es muy conocido. Da clases de Historia, y durante las vacaciones actúa en barrios pobres, fábricas, calles, pueblos y ciudades pequeñas.

—¿Qué sentido tiene eso?

—Crear empatía, generar conciencia social desarrollando talleres que impliquen a trabajadores y estudiantes, tender un puente sobre la separación de clases —respondió Astha con elocuencia, reproduciendo el intercambio que había mantenido aquella mañana con su directora.

—Son carroñeros en temas culturales —bufó Hemant—, ¿por qué no hacen algo real sobre la separación de clases, como crear empleos?

—No todo el mundo puede ser dueño de una fábrica.

Himanshu estaba encantado. Su rostro rompió en una sonrisa lenta y fulgurante que fue directa al corazón de su madre. Siempre quería ir a la escuela de ella en lugar de a la suya.

Anuradha detectó la satisfacción de su hermano y protestó en voz alta ante la injusticia que se estaba cometiendo con ella.

—¿Por qué tengo que pasarme las vacaciones yendo a tu escuela? —exigió saber—. ¿No voy bastante a la mía?

—No puedo dejarte aquí sola toda la mañana. No son clases, es un taller de teatro. Harás cosas divertidas.

—No quiero hacer cosas divertidas. Además, Papá dijo que iba a pasar menos horas en la fábrica y que saldríamos.

—Bueno, deja que prepare el programa de verdad y después veremos —contestó Astha con algo de irritación.

—No lo haré —replicó Anuradha con los ojos brillantes, preparándose para un enfrentamiento que se prolongaría hasta el fracaso o la victoria—. No puedes obligarme. Pasaré las vacaciones arriba con Dadi.

Himanshu miraba impotente y de forma piadosa, mientras Anuradha aguardaba el siguiente asalto.

—Por favor, Beta —dijo Astha—, después tu Dadi se queja ante mí porque se cansa. Tienes tanta energía que ella no sabe realmente cómo seguirte. Ven unos pocos días, si no te gusta no tendrás que seguir. Lo prometo.

Una vez quedó claro que Anuradha le estaba haciendo un favor a su madre, fue más fácil llevarla.

Al principio Astha no le prestó mucha atención a Aijaz. Parecía bastante capaz de controlar sin ella a treinta y dos niños. Los sentó en un círculo sobre el escenario. ¿Sabéis por qué la gente se sienta en círculo... para que no haya jerarquía... todos tenemos algo que ofrecer, desde quienes están entre bambalinas hasta quienes están en primera fila... ¿sobre qué trata el teatro?... comunicación... ¿de qué tipo?... teatro... más antiguo que la palabra escrita... ¿cuál creían que era el propósito del teatro?... ¿dónde lo encontraron?...

Qué pedante, pensó Astha, ¿está dando historia del teatro?, ¿van a hacer un examen?, ¿o va a seguir adelante con el taller?, que para empezar es por lo que estamos todos aquí, estoy segura de que todos los niños están aburridos. Y su mente vagó, hasta que regresó diez minutos más tarde a un Aijaz que estaba explicando que la forma en que el hombre vivía en sociedad era la política y que esto afectaba a todo el mundo, alfabetos, analfabetos, poderosos, débiles, pobres, ricos. Leyó en voz alta secciones del periódico y preguntó cómo traducirían al teatro lo que estaba pasando para gente que no supiera leer. Por ejemplo, ¿qué harían con la polémica *Babri Masjid-Rama Janambhumi?*

Algunos dicen que el lugar donde Rama nació hace miles de años es el sitio exacto donde hoy en día se alza una *masjid*. ¿Es esto un hecho o es fe? Si es fe, ¿es sacrosanto? ¿Existen formas en que las fuerzas políticas motivan y se aprovechan de la fe...?

Su voz perdió intensidad, y la mente de Astha se dirigió hacia la religión que se consumía en casa en uno de los aparatos de televisión de su marido. Desde que el *Ramayana* era serializado, verlo se había convertido en un rito, en el que insistían los abuelos, apoyados con fuerza por Hemant.

Y de este modo, todos los domingos por la mañana, la familia se reunía en el piso de arriba frente a un televisor ClearVision, pantalla de veinte pulgadas, fabricado por el hijo de la casa, y veían la historia del *Ramayana*. Semana tras semana estaban de acuerdo, ésta era la edad dorada de la India, éste es nuestro noble patrimonio, ahora completamente en decadencia, cuando la justicia prosperaba, cuando los hindúes tenían orgullo, cuando un rey mostraba responsabilidad ante su pueblo, cuando el deber, el honor, la devoción, la verdad y la lealtad tenían un lugar en *Rama Rajya*. Y hoy el lugar de nacimiento de este rey, nuestro Señor, está ocupado por una mezquita, qué vergüenza, descartar como una tontería la protesta de que no era posible ubicar en realidad el lugar exacto de nacimiento de alguien hace tantos miles de años.

De repente Astha vio el largo brazo de la historia retorcido y refractado, hasta que asomó por la tele, los llevó a Ayodhya y los plantó en *Ramkot* frente a la Babri Masjid.

Estaba sentada en la parte trasera del escenario, con los brazos alrededor de las rodillas, pensando en todo esto, cuando levantó la vista y vio a Aijaz mirándola. Ella sonrió de forma vacilante.

—¿Qué piensas, Astha? —preguntó.

¿Cómo había averiguado su nombre? Y de serle indiferente a Aijaz, el simple hecho de que utilizase su nombre creó un placer en el que ella, no acostumbrada a los modos de los hombres fuera del matrimonio, vio como interés antes que como estrategia comunicativa.

—¿Crees que puedes escribir el guión? —continuó.

—Mmmm —Astha vaciló—, no sé nada sobre la Babri Masjid.

Aijaz se inclinó sobre ella y dijo:

—Sólo un guión de trabajo. Tu hija ha propuesto tu nombre. Dice que escribes.

—No soy una escritora en realidad, sólo unos pocos poemas —respondió Astha sorprendida, con los ojos sobre la espalda de su hija, donde el pelo descendía ensortijado sobre la camiseta blanca.

Aijaz estaba acostumbrado a persuadir a la gente.

—Tan sólo un sencillo guión de trabajo sobre el que podamos improvisar, Astha.

Se estaba centrando en ella. Astha se ruborizó.

Himanshu frunció el ceño. ¿Estaban obligando a su madre a hacer algo desagradable?, pero no, ella estaba aceptando, estaba participando en actividades extracurriculares, haciendo la parte que no era necesaria, ofreciéndose voluntaria a pesar de la incertidumbre sobre sus capacidades, porque valía la pena intentarlo todo.

Aijaz sonrió, mostrando sus dientes uniformes y nacarados. ¿Por qué sonríe así?, sabe que es encantador, pensó la recién nombrada escritora de guiones.

Regresando en el escúter, Astha pensó en el Centro Internacional de la India, del que sus suegros eran miembros, y en la biblioteca que sólo ella estaba lo bastante interesada en utilizar. Seguro que allí había algo sobre la Babri Masjid. Como si leyese sus pensamientos, Himanshu saltó:

—Yo te ayudaré, Mamá.

Anuradha resopló.

—¿Tú? Eres tan tonto. ¿Qué puedes hacer? ¿Sabes siquiera lo que es la Babri Masjid? ¿Sabes dónde está?

Himanshu se dio la vuelta y le dio un golpe a Anuradha en el estómago. Anuradha le respondió dándole dos veces igual de fuerte, después otra en la espalda por si acaso. Astha pegó a Anuradha en la mano. Anuradha le lanzó una mirada desafiante a su madre. Himanshu empezó a llorar. Justo entonces el escúter giró de forma equivocada dentro de la colonia, y en medio de los gritos a sus hijos, Astha tuvo que parar y redirigir al escúter-vala a través del laberinto de Vasant Vihar. Éste insistió en cobrar diez rupias más, y ése fue el final de la primera mañana de la madre y los hijos en el taller de teatro.

Más tarde Astha tuvo una charla con Anuradha.

—Vamos a estar juntos quince días —comenzó—. Y en ese tiempo te prohíbo que llames tonto a tu hermano.

Anuradha parecía maliciosa.

—¿Y después?

—Incluso después. No puedes andar llamando tonto a alguien. Hiere sus sentimientos.

—Pero él lo es.

—Incluso si lo es.

Anuradha parecía victoriosa.

—¿Lo ves?, tú también lo piensas.

Astha se quedó mirando a su hija.

—Anu, ¿qué es lo que pasa contigo? Es cuatro años más pequeño, ¿qué comparación puede haber?

—Siempre estás de su parte.

¿Por qué sería, pensó Astha con cansancio, que el amor siempre tenía que ser sopesado por su opuesto? Sentía una ternura secreta por Himanshu que su hija atacaba de modo infalible, maltratando a su madre, manifestando a gritos su descontento, haciendo parejos el amor y el odio en el mundo. Astha miró el rostro contraído de Anuradha, y la mirada de enojo, y engatusó:

—Necesito ayuda para escribir un guión. Himanshu no puede ayudarme.

Anuradha parecía recelosa.

—No intentes halagarme —respondió.

—¿Quieres decir que lo que digo no es verdad?

Por un momento Anuradha quedó fuera de juego.

—Así que, tendrás que ser tú —continuó Astha.

—¿Cuándo empezamos?

—Esta tarde. Iremos a la biblioteca y primero conseguiremos algunos datos.

—Y dejaremos a Himanshu.

—Por supuesto. Lo mandaré arriba.

Aquella tarde Astha y Anuradha se dirigieron a la biblioteca. Mientras Anuradha miraba las revistas, Astha echó un vistazo rápido a los libros en la sección de Historia. El alboroto sobre esta mezquita parecía no tener fin. ¿Hubo un templo en este sitio, reivindicado como el lugar de nacimiento del dios Rama? ¿Había ordenado Babur destruir este templo? ¿Había exacerbado la arrogancia de la conquista construyendo una mezquita que lleva su nombre utilizando materiales del templo? Historiadores entusiastas, en busca de pruebas y racionalidad habían acudido a su estructura, pilares, piedras, inscripciones, habían investigado el diario de Babur, sus costumbres en cuanto a religión y construcción de edificios, habían citado ejemplos de las políticas divisionistas británicas, pero nada había logrado disipar la polémica.

Astha miró fijamente la imagen de la Babri Masjid. ¿Qué pasaba con este monumento que había causado tanto derramamiento de sangre y lucha durante dos siglos? Ni siquiera era extraordinario, achaparrado y con tres bóvedas, rodeado de árboles. ¿Cómo podría ella exponer con eficacia su historia, larga y atormentada, de un modo que fuese sencillo sin distorsionarla?

A lo largo del fin de semana, mientras repasaba libros y fotocopias que había hecho en la biblioteca, pensó que las polémicas necesitaban lugares, las disputas necesitaban sitios, y no al contrario, y que la Babri Masjid era uno de ellos. Babri Masjid-Rama Janambhumi. La cantidad de sangre, odio, y pasión por la propiedad que estas palabras evocaban bañaba cada piedra con una mezcla corrosiva, rajando la superficie de forma que ya no era una vieja mezquita. Era un templo, un lugar de nacimiento, un monumento a la gloria pasada, cualquier cosa menos un nido de murciélagos en desuso. A pesar de todo esto había perdurado cuatrocientos años.

Era demasiado para manejarlo como una obra de teatro. Tuvo ganas de abandonar, pero la idea de no tener nada que mostrarle a Aijaz la empujó a seguir adelante. Agarró con fuerza su bolígrafo, respiró profundamente, y se sumergió.

Estaba todavía sumergida cuando Hemant regresó del té de los domingos que había tomado arriba con sus padres, fortaleciendo sus lazos familiares mediante charlas sobre los negocios y la política.

—¿Ya de vuelta? —preguntó.

—Han sido dos horas —respondió él.

—Oh, no me he dado cuenta. Todo este asunto es muy complicado —dijo Astha.

—La gente lo complica —replicó el esposo—. ¿De lo contrario qué hay en una mezquita abandonada? El gobierno es jodidamente blando con esos musulmanes, ése es el problema.

—Sin duda ésa no es la cuestión. Quienes buscan el poder... por ambas partes... utilizan la religión de forma muy ostensible. ¿Cómo pueden las creencias sobre Dios ser compatibles con la violencia?

—No conoces *su* religión.

—Como si la nuestra fuese mucho mejor. Rama habría detestado lo que está sucediendo en su nombre... un hombre que lo sacrificó todo para conservar el honor de su padre, que dejó su hogar, su palacio, su reino, para asegurar que su hermano heredase, él sería el último en apreciar la agitación sobre su lugar de nacimiento.

—Los tiempos han cambiado. Estamos preservando su honor como se necesita hacer ahora.

Astha miró fijamente a su marido. ¿Estaba mostrándose de acuerdo en que la gente debería ser asesinada en nombre de Dios? No quería saber qué pensaba.

—¿No iba a escribir Aijaz esta obra de teatro? —continuó Hemant—. ¿No me contaste que era profesor de Historia? Seguro que ésta es su área de especialidad, no la tuya. ¿Cómo es que estás tan involucrada?

—Quiere que todo el mundo participe —respondió Astha pensando con rapidez—. Además olvidas que soy la profesora voluntaria.

—Voluntaria, no burra.

—Traducir la historia al teatro es un trabajo que difícilmente una burra puede hacer.

—Tampoco tú. ¿Qué experiencia tienes?

—No necesito experiencia.

Sintió que se le estaba negando algo, no siendo entendida, sino acallada e interrumpida. Y sin embargo era sólo una obra de teatro. Él llevaba razón, no tenía experiencia. Aunque Aijaz estaba en mejor situación para escribir sobre masjids y controversias, aun así ella se aferraría a la suya, por mísera que fuese.

—Aijaz no cree que la experiencia sea necesaria —continuó como defensa.

—Oh perdone —replicó, y su esposa detestó la burla en su tono—, está claro que sabe cómo hacerte trabajar.

—¿Puedo hablar contigo un momento? —le preguntó Astha a Aijaz el lunes durante el descanso de quince minutos que éste les dio a los niños.

—¿Problemas con la masjid? —sonrió.

Astha asintió brevemente.

—¿Vamos al comedor?

En el comedor ella abrió su bolso y sacó un aluvión de fotocopias.

—No sé por dónde empezar —comenzó—. Es una historia tan enmarañada, y dejar fuera una pieza la vuelve sesgada. Además está siendo utilizada para muchos propósitos políticos diferentes hoy en día también.

Astha se había percatado de esto tan sólo el día anterior. Hasta entonces la Babri Masjid había sido algo mencionado en las noticias con el aire molesto de un problema que no iba a desaparecer.

—Quisiera que escribieses sobre ello, o que lo ideases. Estoy segura de que estás mucho más informado.

Aijaz la observó agarrando con fuerza las fotocopias.

—¿Crees que sólo a los así llamados expertos se les debería permitir ofrecer opiniones? Lo estás mirando desde fuera. Tu perspectiva es fresca, es inestimable.

—Pero no tengo ni idea y no es posible que le haga justicia —respondió ella, menospreciándose rápida como un rayo.

—No importa, Astha —replicó.

Su voz se le venía encima, sus ojos la miraban, en cualquier instante sus dientes resplandecerían. Estaba casada, no debería estar detectando estas cosas. Cambió de postura de forma inquieta sobre el banco duro del comedor, agarrando con fuerza el bolso sobre su regazo.

—La cuestión es —prosiguió él— que tenemos que crear conciencia. Puede haber diferencias de interpretación, no importa. Si nuestros actores y nuestra audiencia piensan por un momento en este asunto, habremos hecho nuestro trabajo.

—Ya has creado conciencia en una —musitó con osadía.

—Y tú la crearás en muchos.

—No lo sé —respondió ella—, no tengo experiencia.

La sonrisa, los dientes, la mano que tocaba ligeramente las fotocopias.

—¿Qué es todo esto?

—Material que he recopilado. He esbozado algunas ideas, aunque no estoy segura...

—Veamos —interrumpió él, inclinándose hacia delante.

Astha pudo olerle, un ligero aroma intenso. Se volvió a mover de forma inquieta, agarrando el bolso incluso con más firmeza contra su estómago, hojeando los papeles.

—Pensé en empezar en 1528, ya sabes, cuando Mir Baqi decreta que se construya una mezquita en el punto más alto de Ayodhya en nombre de su soberano más noble, el emperador Babur, una escena breve de dos líneas. Podemos tener a un chico con un cartel que anuncie fechas y lugares. Tal vez el mismo niño podría hacer de la mezquita, una mezquita que tan sólo quiere que la dejen tranquila, pensando que cada lucha será la última.

—Himanshu sería bueno para este papel. Es el más pequeño.

Exactamente lo que ella pensaba. Levantó la vista y sonrió, él devolvió la sonrisa, ella bajó la mirada con rapidez, debía pensar que Astha consideraba fascinante su propia barriga, de tanto que la miraba.

—Sigue —dijo Aijaz tras un momento de silencio.

—Después una escena corta ambientada en 1855. Los musulmanes creen que el soberano de Ayodhya muestra favores a los hindúes. Reclaman que el templo de Hanuman Garhi está construido sobre una mezquita, marchan hacia él, los hindúes contraatacan diciendo que la Babri Masjid está construida sobre un templo y marchan sobre ella.... —se detuvo—. En realidad había mucho más pero lo he reducido a lo esencial, todos pensando que habían sido dañados, e imponiendo su poder mediante templos y mezquitas —miró a Aijaz con inquietud—. Espero haberlo captado bien.

—Completamente. ¿Y después?

—Mucha gente fue asesinada durante este período, tanto hindúes como musulmanes, y todo el asunto se volvió abiertamente político. Hubo una comisión investigadora compuesta por hindúes y musulmanes, presidida por el *British Resident.* Pero tras 1857 los equilibrios de poder cambiaron, y dos años después los británicos declararon que el acceso a la Babri Masjid se bifurcaría. Los hindúes entrarían por el Este, y los musulmanes por el Norte.

—¿Entonces?

—Esta situación continúa hasta que se marchan los británicos. Entonces, en 1949 aparecen algunos ídolos. Los hindúes reivindican que es un milagro, mientras que los agentes de servicio aseguran que entre cincuenta y sesenta personas irrumpen en la masjid la noche del 22 de diciembre. Al día siguiente el Juez del Distrito declara que el área está agitada y se colocan cerrojos en la masjid. En este punto me detuve.

—¿No has escrito más? —Aijaz sonaba desilusionado.

—Bueno, el pasado febrero el tribunal del distrito ordenó que los cerrojos fuesen abiertos. Es probable que Rajiv Gandhi esté implicado, pero no sé cuán lejos llegar al mostrar la masjid como un instrumento en las ecuaciones políticas modernas —dijo Astha, satisfecha por el tono de voz de Aijaz.

—Lo arreglaremos.

Aijaz sacó su cartera, mientras Astha tanteaba buscando cambio.

—Si no me dejas pagar un dulce y una taza de té recalentado me disgustaré mucho —dijo Aijaz mientras se levantaban para marcharse.

*

El interés que había mostrado Aijaz impresionó tanto a Astha que ésta no pudo evitar hablar sobre ello en la cena.

—A Aijaz le gustó el guión —comenzó.

—Nos dijo que era un guión maravilloso —agregó Himanshu— pero podemos cambiarlo como queramos porque vamos a llevar nuestras propias... propias... ¿qué, Mamá?

—Interpretaciones.

—Sí, eso... a nuestros papeles. Yo voy a ser la mezquita y a llevar carteles. Tengo que estar llorando y me golpearán. Todo el mundo me quiere.

Sus padres lo miraron con indulgencia.

—¿De veras, Beta? —preguntó Hemant—. Debo ir a verte.

—Sí, Papá. Vamos a hacerlo el último día de vacaciones. Todas nuestras familias y amigos deberían venir, dijo Aijaz.

—Tío Aijaz —corrigió el padre—. Es mayor que tú.

—No Papá, Aijaz no cree en la je... je... —miró de nuevo a su madre.

—Jerarquía.

—Las niñas en la escuela de Mamá no le llaman de ninguna forma —dijo Anuradha—. Son tan tímidas, ¿puedes imaginártelo? Es muy bueno que Himanshu y yo vayamos, de lo contrario el pobre Aijaz pasaría un mal rato con ellas.

—Anu —reprendió Astha—, no son tan malas.

—Oh, Mamá, no lo sabes.

Sólo más tarde Astha se percató de que en realidad Hemant no había dicho nada sobre su guión. Bueno, no importaba, vería la obra representada y reconocería los talentos ocultos de su esposa. Por la noche, tumbada en la cama, se quedó dormida pensando en Aijaz y en los días siguientes.

A Astha le encantaba mirar a Aijaz sobre el escenario, permitiéndose frecuentes miradas furtivas. Tenía una estatura media, un cuerpo compacto. Su rostro era del color marrón claro delicado y luminoso de la tierra sobre la que acaba de llover. Sus labios eran de un marrón más oscuro que su piel, y tenía los ojos negros y angostos. Mientras trabajaba se subía las mangas de la camisa, permitiendo que Astha viese cuando quisiera sus rotundos brazos fuertes, sin vello, tersos y musculosos. De forma prematura tenía el pelo gris, que, espeso y ágil, caía alrededor de su cara y su cuello de modo que revelaba el trabajo de un buen peluquero. Debe de ser presumido respecto a su pelo, pensó Astha, sabiendo lo atractivo que resultaba el gris para un rostro joven.

Durante aquellos quince días, Astha vio cómo se transformaba la pequeña cosa que había redactado, y su admiración por él creció. Canción, baile, mímica, acción, improvisación, implicación del actor, Aijaz fundió todos estos elementos sin esfuerzo en una obra ágil y absorbente.

Ella y sus hijos no hablaban de otra cosa que no fuera la obra, los ensayos, la forma en que todo el mundo estaba actuando, quién era bueno, quién era malo, quién llegaba tarde, quién no, quién tenía espíritu de equipo, quién no, y lo que Aijaz había dicho. Todos los días llamaban a Astha para que añadiese un poco de información, para que corroborase alguna evidencia, de repente era la experta en la Babri Masjid, y ella sintió que esto era cosa de Aijaz... él, que era el profesor de Historia, le permitía hacer gala de su conocimiento cuando seguramente el suyo propio era mayor.

La miraba, quería su opinión incluso cuando no era necesaria, sonreía cuando no había motivo. Quizá no debería pensar tanto en él, pero pronto acabaría, ¿qué había de malo?, le hacía feliz, ¿y eso no valía algo en sí mismo?

A veces cuando estaba sentada en el escenario de manera distraída, Astha se hacía un esbozo de las escenas, queriendo captar a su hijo como la mezquita, a su hija como incitadora de la muchedumbre, y a Aijaz como su maestro. Para entonces conocía de memoria sus dientes perfectos, sus labios carnosos, la tersura de sus mejillas, el hoyuelo profundo cerca de su boca, el rizo de su pelo, el brillo de sus ojos. Trató de traducir esas cosas sobre el papel, pero sólo registró copias pálidas. Sus movimientos llamaron la atención de Aijaz.

—¿Qué haces? —preguntó durante un descanso.

—No mucho.

—No, vamos a ver —y con suavidad tiró de los papeles que ella había puesto boca abajo en su regazo.

Por un momento su puño enroscado descansó sobre la rodilla de Astha.

De manera precipitada empujó los dibujos hacia él, repitiendo el obligado «No es mucho».

Aijaz dio la vuelta a los papeles. Astha dibujaba rápido y había diez esbozos en total.

—¿Cuánto tiempo llevas dibujando? —preguntó él.

—Sí y no desde que era joven. Casi siempre no.

—Deberías seguir. Captas bien cualquier cosa que pase.

Astha sintió que la presencia inmediata de Aijaz era demasiado perturbadora para conversar.

—¿Por qué no vienes a mi casa alguna vez?, puedes echarle un vistazo a lo que hago.

Silencio paralizado por parte de ella. Tras un segundo él dejó caer los papeles de nuevo sobre el regazo de Astha y gritó «Se acabó el tiempo», aplaudiendo para llamar la atención de los niños.

¿Qué significaba eso?, ¿ella le gustaba?, ¿quería tener una aventura con ella?, ¿por qué se había sobresaltado tanto con la mano de él sobre su rodilla?, ¿por qué no había reaccionado?, pero era una mujer casada, con dos hijos justo ante sus ojos.

—¿Qué te estaba diciendo Aijaz, Mamá? —preguntó Anuradha, que tenía mucha vista, en el escúter de vuelta a casa.

—No demasiado, Beta. Estaba mirando mis dibujos, eso es todo.

—¿Le gustaron?

—No hay mucho que pueda gustar —respondió Astha, enseñándole a su hija cómo devaluar su trabajo, y transmitiéndole la tradición de mujer a mujer.

Anuradha perdió interés. Himanshu, que acababa de captar el tema de conversación, quiso saber:

—¿Qué? ¿Qué? ¿Qué te dijo Aijaz, Mamá?

—No demasiado, Beta.

—¿Entonces qué estaba diciendo Didi?

Anuradha le lanzó su mirada habitual de «eres tan tonto».

—Quería saber qué había dicho él sobre mis dibujos, eso es todo.

—¿Qué dijo?

—Nada.

—¿Qué dijo?

—Dijo que no eran malos, que debería seguir, seguir dibujando —repitió Astha rápidamente antes de que Himanshu pudiera volver a preguntar qué.

Aquella noche, tumbada despierta en la cama, Astha repasó todo lo que había dicho Aijaz, revivió aquel tacto en su rodilla, la cabeza inclinada sobre sus dibujos.

En unos pocos días más el taller terminaría. ¿Repetiría su invitación? ¿Había sido un impulso del momento o se sentía atraído por ella? ¿Por qué era tan tímida? Tal vez debería llamarle por teléfono, invitarlo a casa, ¿pero cómo?, con todo el mundo mirando, era tan difícil, ¿volvería a verlo alguna vez después de esto? ¿Cómo podrían volver a encontrarse?

Se removió y se dio la vuelta, tratando de no molestar a Hemant. Si un roce fortuito contra su rodilla causaba tanto trastorno, ¿cómo sería cualquier otra cosa? Y entonces se sintió tan idiota, ¿le había pedido Aijaz que se fugase con él? No, simplemente la había invitado a ver sus dibujos. ¿Qué relación tenía eso con su matrimonio? Era tonta, tonta, tonta.

Sin embargo una cosa estaba clara, a él le gustaban sus dibujos, pensaba que tenía algo. También era un artista, tenía que saber de qué estaba hablando. De pronto Astha vislumbró posibilidades, de pronto su vida pareció menos limitada.

Suspiró, y cerró los ojos, dispuesta a que llegase el sueño, apretándose con firmeza contra su esposo, confiando en la comodidad de la costumbre.

El auditorio estaba oscuro. Los padres estaban impacientes en la sala, siendo indulgentes con el retraso de veinte minutos para que se levantase el telón de *Babri Masjid: Realidad, ficción y tú.*

—Suena a un maldito panfleto político —dijo Hemant.

—¿No te gusta? —preguntó Astha, sentada junto a él en primera fila—. El título era mío. Aijaz pensó que era bueno.

—Cariño, no irías a ver una obra titulada *Babri Masjid: Realidad, ficción y tú* si tus hijos no participasen en ella.

—No, no iría, pero quizá debería. Hay demasiada gente como yo en este país que no presta atención a lo que está sucediendo.

Hemant arqueó las cejas.

—¿Qué está sucediendo?

—Los cerrojos de la masjid se abrieron para apaciguar los sentimientos hindúes. Entonces el Proyecto de Ley de las Mujeres Musulmanas se propuso veinticinco días después en el Parlamento para apaciguar los sentimientos musulmanes. En esencia ambas comunidades fueron complacidas como estratagema electoral.

Su esposo la miró fijamente.

—¿Estás bien?

Astha parecía cohibida.

—Por supuesto que estoy bien, ¿por qué no debería estarlo?

—Hablas como un loro.

—¿Tener una opinión es hablar como un loro?

—Por favor. Quédate con lo que conoces mejor, la casa, los niños, dar clases. Todo esto no te viene bien.

La obra había acabado. Himanshu fue corriendo hacia ellos.

—¿Me visteis? —gritó—. Estaba debajo de la sábana.

—Beta, eras la mejor mezquita que nadie ha visto jamás —respondió Hemant balanceándolo en sus brazos—. No es extraño que todo el mundo se pelease por ti.

—¿Y yo? —gritó Anuradha tirando de la manga de su padre—. ¿Me has visto?

—Claro que sí. Estuviste taaaan bien, cariño.

—Ven a conocer a Aijaz, Papá —continuó Anuradha arrastrándolo hacia donde estaba de pie el director, rodeado de padres que le daban la enhorabuena, diciéndole cómo habían disfrutado sus hijos del taller, cómo no hablaban de otra cosa que no fuese su obra, y ¿cuándo iba a hacer otra?

Astha observó cuando Hemant conoció a Aijaz, observó mientras se daban la mano, intercambiaban unas pocas palabras, mientras Aijaz alborotaba el pelo de Himanshu en un gesto de despedida, observó cuando se volvió hacia otros padres. Algunos meses más tarde oyó que tenía una relación con una mujer que trabajaba en una ONG.

~

Se llamaba Pipeelika Trivedi. Vivía sola en Delhi, lo bastante apartada de la sociedad convencional como para creer que la elección de su pareja le concernía sólo a ella. Su madre se quedó horrorizada cuando supo de su compromiso.

—No puedes hacer esto —le dijo a su hija.

—¿Por qué no? Eres tú quien siempre está protestando para que me case.

—Pero no con un musulmán.

—Es encantador. ¿Así que qué importa si es musulmán?

Su madre chasqueó la lengua.

—Se casan cuatro veces.

—¿Cómo lo sabes?

—Es parte de su religión.

—¿Tú conoces, tú personalmente, conoces a algún musulmán que se haya casado cuatro veces?

—¿De qué modo es eso relevante?

—Demuestra que estás hablando por prejuicio. Conócele y después decide.

—No tiene nada que ver con conocerle. Te gusta, debe de ser agradable. Pero todo el mundo sabe que todo lo que hacen es decir *talak, talak, talak,* y la chica está fuera por las calles.

—No lo está.

—¿Cómo lo sabes?

—Lo dice el Corán.

—¿Cómo lo sabes?

—Lo dice Aijaz.

—No es verdad. Él miente.

—¿Sabe más del Corán él o tú?

—Yo sé más sobre el mundo —respondió la madre, tirante y tensa.

—Bueno, yo sé más sobre Aijaz.

La madre miró a su hija testaruda.

—¿Por esto sigues diciendo que no a cualquier chico que sugiero? ¿Por esto luché después de que tu padre muriese, para que te eches a perder?

—Él no es un montón de mierda, ¿sabes? Además tengo casi veintinueve años, siempre has dicho que querías verme casada, ahora es tu oportunidad. No voy a encontrar a nadie más. Es inteligente, sensible, socialmente comprometido, profesor de Historia, activista teatral, pero todo lo que tú puedes ver es a un musulmán que va tanto a divorciarse de mí como a casarse cuatro veces.

La madre se quedó callada, odiando estar tan en contra de su hija. La hija se preguntaba por lo poco razonable que era su madre. Siempre habían estado muy unidas.

La Sra. Trivedi, la madre, había sido viuda la mayor parte de su vida adulta. Los temores de sus padres en cuanto al matrimonio de su hija con su profesor de la Universidad de Delhi, veinte años mayor que ella, quedaron plenamente justificados cuando cayó muerto una mañana frente a la pizarra de su clase. La viuda se quedó con dos niños pequeños.

Durante un tiempo trató de desenvolverse en Delhi, pero fue difícil. Era demasiado dulce, demasiado guapa, demasiado dócil, demasiado joven y sus circunstancias demasiado estiradas. Sus padres la llamaron para que viviese con ellos en Bangalore.

La Sra. Trivedi fue. Aunque era dulce y dócil, también había sido una esposa, y le resultó mortificante ajustarse de nuevo a la posición de hija. A esto se añadía la evidente sensación que sus padres tenían sobre su fatalidad. Los años con Jyotin habían sido los mejores de su vida, era un insulto a su memoria ser tratada como una cornucopia de la desgracia. Hizo averiguaciones sobre un trabajo de profesora en un internado en el que podría vivir con sus hijos.

—Me mudo a Shiksha Kendra —anunció—. Comida, alojamiento y atención a la educación de los niños.

Sus padres se oponían a más desplazamientos.

—¿No has sufrido bastante? —preguntaron—. ¿No han padecido bastante estos pobres niños?

—Nos las arreglaremos. Su hogar está conmigo, su madre, no en un lugar —replicó la hija viuda, mostrando todos los signos de un matrimonio con un esposo intelectual.

—¿Con qué dinero?

—En Shiksha Kendra no necesitaré gastar en lo básico. Mi sueldo pagará los extras.

Shiksha Kendra, ubicado en un bosque, lejos de cualquier parte, la creación del filósofo S. Swaminathan, una escuela que enfatizaba la armonía con la naturaleza, el respeto por cualquier forma de vida y el desarrollo completo del cuerpo y la mente. Todo esto decía el folleto, y todo esto sintió la Sra. Trivedi cuando visitó la escuela. Un hogar para ella misma y sus hijos era lo que estaba buscando, y en Shiksha Kendra lo encontró.

—Esta escuela no preparará a Ajay y Pipeelika para el mundo competitivo —advirtieron los abuelos—. Necesitan progresar. No tienen padre, parten con una desventaja.

—Swaminathan progresó —replicó su hija, de forma un tanto elíptica—, si la fama y la reputación son algo a lo que atenerse.

Ajay, el hijo, mostró su determinación por triunfar desde una edad muy temprana. No era necesario decirle las desventajas de su situación, él mismo las percibía todas. Un chico con la competencia en la sangre, siempre fue el primero de su promoción, en la escuela, el *IIT*, marchándose directo a Estados Unidos tan pronto como le fue posible con una beca maravillosa para el *MIT*. Su éxito provocaba lágrimas de alegría en todos los interesados. Los sacrificios de la madre viuda habían dado su fruto. Se marchó en medio de un gran júbilo, y nunca regresó.

Pipeelika, la hija, se quedó para satisfacer las esperanzas de su madre en tierra nativa. Tras la escuela, se trasladó al Norte, a Miranda House, facultad y residencia, para estudiar una licenciatura en Sociología. Después de eso un posgrado en la Facultad de Economía de Delhi.

Su hermano pensaba que debería ir a los Estados Unidos y hacer un doctorado, incrementar su valor en el mercado, él la financiaría, pero no deseo unirme a la diáspora, y qué hay de Ma, dijo Pipee, moralmente la superior. En lugar de eso, tras un breve período como profesora, se unió a una ONG dirigida por tres mujeres que se ocupaba de la educación alternativa para la infancia de los barrios pobres.

Pipee llevaba trabajando en *Ujjala* cuatro años cuando conoció a Aijaz Akhtar Khan, en un congreso. Ella iba a presentar una comunicación sobre los efectos del comunalismo en la educación de niños y niñas de religión musulmana en la *basti*. Les discriminaban, les hacían sentir tontos y retrasados, les decían que sus lealtades eran para Pakistán, y les miraban con desconfianza. Aijaz hablaba sobre la utilización del teatro de calle para la difusión de la conciencia social y política en las instituciones educativas. Estaba claro que sus intereses eran parecidos.

Cuando terminaron las sesiones, él buscó la forma de conocerla, invitándola a una *dhaba* cercana a tomar un vaso de té si estaba libre. Ella lo miró, el cálido color marrón claro algo rojizo, la nariz larga y delgada, los dientes fulgurantes y parejos, el denso pelo gris, y después sonrió, entregando su boca, marcando sus comisuras. Sí, estaba libre.

Hablaron durante horas, se hizo de noche y Aijaz insistió en escoltarla de regreso a su piso. Se quedó tumbada y despierta toda la noche pensado en él. Parecía tan divertido y optimista, con muchos intereses aparte de las clases. No sólo dirigía y fomentaba las actividades teatrales en su facultad, sino que era quien movía los hilos del Grupo de Teatro de Calle. El teatro era una forma eficaz de atender a los asuntos comunales y tratar con los demonios sociales, si ella quería él podría llevar al grupo a su basti. Pipee quería, y estaba segura de que Neeraj, su amiga y colega, también lo aprobaría. Ujjala ya se estaba interesando en presentar el teatro a sus niños y niñas a través de colaboraciones, sería una oportunidad maravillosa.

*

El noviazgo duró seis meses. Ahora Pipee quería casarse con él. La Sra. Trivedi probó una vieja táctica.

—A tu padre no le habría gustado —dijo.

—Sí le habría gustado. Mi padre era laico —respondió la hija con firmeza—. Cualquier padre que le pone a su hija el nombre de hormiga lo demuestra.

(¿Pipeelika? Eso no es un nombre propiamente dicho, es una palabra.

¿Qué significa? ¿Cómo lo deletreas, pronuncias?

¿Es un nombre de verdad? Nunca lo he oído.

¿No es hormiga en sánscrito? ¿Cómo puedes llamarte hormiga?

Y así a lo largo de los años.)

Pipee observó que por un momento su madre no sabía qué decir y continuó con su ventaja.

—No puedes negarlo —dijo—, mi padre no quería que la vida de su hija estuviese atestada de referencias a diosas, y ahora voy a ser digna de su legado. Él se casó con quien quiso, como hiciste tú, ahora es mi turno.

—No sabes en lo que te estás metiendo. Sólo te darás cuenta más tarde.

—Esperaremos a que llegue ese día. En este momento nos vamos a casar.

—¿Qué dice su familia?

Pipee vaciló.

—¿Ves? Tampoco están contentos —señaló su madre con rapidez.

—Sois todos iguales. No nos importa.

—Oh, Pip, a todos los demás les importará —suspiró su madre.

—A Neeraj no. A ella le gusta, es tan carismático que es difícil que no te guste, a ti también te gustaría si te dieses a ti misma la oportunidad.

—Vuelvo a decirte que no es por él.

—Mucho peor para ti, Ma. Además *Neeraj* piensa, aunque *tú* no lo hagas, que seré feliz con él, ella me animó.

La Sra. Trivedi se quedó callada por un momento. Neeraj era alguien a quien respetaba, por cuyo interés por su hija se había sentido agradecida hasta entonces. Ahora dijo con amargura:

—Todas trabajáis en vuestra propia ONG, y creéis que no tenéis que responder a nadie. Mi niña, estás nadando en un estanque muy pequeño.

—¡Estanque pequeño! Cuando llevo cinco años trabajando con mujeres, yendo a todo tipo de barrios pobres, viendo toda clase de injusticias cometidas con gente que además he conocido. Si les ayudamos de forma tan abierta aislamos a la comunidad, y perdemos toda la influencia que tengamos. Es tan frustrante. Ma, ni siquiera has visto un barrio pobre.

—Confío en que mi hija no juzgará a su pareja por los hombres de los barrios pobres —dijo la Sra. Trivedi enojada—. Y no me digas lo que piensa Neeraj. No tenía ni idea de que te animaría a ir contra tu familia y tu religión.

Éste no era momento para que Pipee señalase que le importaba un bledo la religión.

—Venga, Ma —dijo en vez de eso, rodeando con los brazos el cuello de su madre—, el mundo ha cambiado, no te das cuenta viviendo en este lugar diminuto. Cuando conozcas a Aijaz lo querrás, ya verás.

—Al menos asegúrate de que mis nietos sean hindúes. Cuando te cases con él, Dios sabe lo que te hará hacer.

—¡Ma! Serán sus hijos también. No es ese tipo de persona, ¿y crees que le amaría si lo fuese? Nunca menciona la religión, excepto de forma política, nunca sugirió la conversión, nada. De hecho eres tú quien está obsesionada con todo el asunto.

Aijaz a Pipee en Delhi:

—¿Fue malo?

—Podría haber sido peor.

—Pobrecita, debe de ser muy duro para ella —contestó Aijaz, moviendo la cabeza de Pipee para que estuviese más cómoda sobre el hombro de él. Acababan de hacer el amor, y estaban hablando de su boda.

—Cuando te vea, se le pasará.

—El mundo entero no puede tener la fe que tú tienes en mí.

—Pero mi mundo sí, y ella es una gran parte de él.

—Estás muy unida a ella, ¿verdad? —preguntó Aijaz con nostalgia.

—Por supuesto. Es todo lo que tengo. A la familia de mi padre no le gusta mi madre, no estamos en contacto con ellos, mis abuelos desaprueban mi forma de vida, y Ajay no muestra señales de regresar. ¿Qué sentido tiene tener un hijo y un hermano si todo lo que hace es escribir cartas condescendientes desde los Estados Unidos?

—Bueno, ahora me tienes a mí, y tu madre también.

Aijaz tiró de Pipee para ponerla encima de él, e introdujo las manos en su cabellera, llevando su cabeza hacia atrás de forma que pudo observar su piel lechosa, y su boca rosada con las comisuras marcadas que sonreían de forma peculiar. Entonces ella sonrió, amando la sensación de las manos de él en su pelo, la forma en que masajeaba su cuero cabelludo.

Pipee tenía mucho pelo, surgía alrededor de su cabeza en ondas y bucles y rizos. Aijaz lo adoraba, lo adoraba casi tanto como adoraba sus pechos, grandes y generosos. Movió las manos hacia ellos, y Pipee se retorció un poco. Todavía no estaba acostumbrada a la cantidad de sexo que Jazu parecía necesitar, pero los hombres eran así, y todo el tiempo antes y después estaba el asunto de la felicidad, cuando estaban hablando, envueltos uno en los brazos del otro.

Más tarde Aijaz lanzó una mirada nostálgica a su alrededor:

—Echaré de menos esta habitación —dijo.

—Yo no —replicó Pipee—. El casero es un extorsionista. Debe de ser la habitación más pequeña de toda Delhi.

De hecho era una de las seis diminutas, construidas alrededor de una escalera de caracol en la parte trasera de una de las casas más grandes de Greater Kailash II.

—Nuestro amor creció aquí —declaró Aijaz.

Pipee rió.

—Bueno, puede florecer en algún lugar más grande.

—Sí —contestó Aijaz de manera pensativa—. A veces desearía tener mi propio piso... pero todo el día fuera de casa, dando clases, viajando, el teatro... ser inquilino era lo más conveniente.

—Pronto ambos tendremos una casa de verdad. Estoy harta de vivir en residencias y habitaciones alquiladas. Han sido casi diez años, pero ahora todo eso ha terminado.

Pipee sacó un brazo, el futuro brillaba en sus ojos. Aijaz sonrió y besó el brazo que se agitaba.

—Tienes que prometerme que pasarás más tiempo conmigo —siguió Pipee—. Me niego a ser una esposa gruñona. Tienes que prometerlo y mantener tu promesa, y no romperla nunca, sin que yo diga ni una palabra.

—Por supuesto. ¿Por qué crees que me caso?

—Sexo a cada minuto, parece ser.

—¿Crees que es necesario casarse para eso? —rió Aijaz.

Pipee se quedó callada.

—¿Qué pasa?

—Nada.

Pero el número de mujeres que Aijaz había tenido le fastidiaba a veces.

—Quiero sentar la cabeza, quiero un hogar, te quiero a ti —dijo Aijaz girándose hacia Pipee de nuevo con impaciencia.

Pipee le apartó.

—De verdad, Jazu, a veces creo que sólo tienes una cosa en la cabeza.

Aijaz parecía orgulloso y viril.

—Espera a que vivamos juntos... ya verás entonces.

—Sí, veamos si el matrimonio refresca tu ardor.

—Mi ardor, como dices, no se refrescará nunca. Y en serio debemos empezar a buscar, es muy difícil sin un contrato de arrendamiento mercantil, o meses de alquiler por adelantado.

—Tengo una sorpresa para ti.

—¡Has encontrado una casa!

—De alguna forma.

Aijaz parecía cauteloso.

—¿Qué forma?

—Escucha... escucha bien...

—Estoy escuchando, estoy escuchando.

—¿Sabes lo que Premlata le dijo a su padre cuando iba a casarla? Dijo que con trece años era menor de edad y que iba contra la ley, y que si fuese necesario ¡llamaría a la policía! ¿No fue valiente por su parte?

—Mucho. ¿Pero cuál es la conexión?

—Nuestros esfuerzos están dando su fruto, eso es. Tras tres años acudiendo a nuestro centro en Salempuri, más niños han alcanzado el nivel de alfabetización, más niñas están yendo a la escuela, ¡y no creerías cuántos han cambiado! Siempre han trabajado duro, estos niños y niñas, cocinan, lavan ropa, cuidan a las vacas, los búfalos, a sus hermanos y hermanas menores, los mandan a la escuela, ayudan en los negocios de la familia, bordan, hacen sobres, collares, cosen lentejuelas, pero a menudo se les hace sentir que no tienen valor. Pero en el centro desarrollan confianza en sí mismos, ¡mira a Premlata! Queremos abrir más centros.

—Aún no entiendo qué tiene que ver eso con nosotros —repitió Aijaz con paciencia. Había escuchado a Pipee hablar sobre su trabajo muchas veces.

—Puesto que nos estamos extendiendo, vamos a solicitar licencia del Ministerio del Interior para pedir financiación extranjera. Entonces Ujjala me alquilará un piso en lugar de subirme el sueldo. Saben que voy a casarme...

—Asumo que no me desaprueban, no, no me lo digas, nuestra boda es una hazaña para la armonía comunal.

—¿Qué hay de malo en que lo aprueben?

—Tu madre me odia porque soy musulmán. Tus amistades me adoran porque soy musulmán, no sé qué es peor.

—¿Qué importa? Mira lo que van a hacer por nosotros, ¿no es eso amable por su parte?

—Mucho —contestó Aijaz con reserva—. Y estoy seguro de que exigirán su libra de carne. Te harán trabajar diez veces más duro, requerirán tanto tu presencia que apenas estarás en nuestro precioso piso.

En ocasiones se sentía contrariado por las mujeres en la vida de Pipee, especialmente por Neeraj.

—No sabes cómo actúan las mujeres. Sólo piensa, tendremos suficiente espacio para que mi madre nos visite en Delhi durante sus vacaciones, y por supuesto tu familia también.

Aijaz bostezó y se dio la vuelta. Pipee trató de reprimir su enojo. ¿Por qué era este hombre tan reacio a debatir sobre su familia?

—¿Ya se lo has dicho? —quiso saber.

—Se lo diré, se lo diré, ¿qué prisa hay?

—Son tu familia, quiero verlos, conocerlos.

—Eres tan idealista —comentó Aijaz.

—Ha de ser agradable tener a tanta gente que te pertenezca.

—Es una completa pesadez. Puedes ponerte de acuerdo con las expectativas de una persona, pero aquí está toda la comunidad.

—¿Y?

—Y todos se ponen de parte de mi padre. Él nunca ha aceptado mis actividades teatrales. Si su hijo mayor quería ser profesor, lo mínimo que podía hacer era ayudar con los huertos de mangos en Shahjehanpur durante el verano, en lugar de meterse en alguna estúpida *drama-shama*. Ni siquiera se paga, lo que lo hace mucho más difícil de entender.

—Ambos podemos ayudar en los huertos de vez en cuando —dijo Pipee con entusiasmo e ignorancia.

—Eso no es todo. Querían que me casase con mi prima Azra. Mi madre estaba especialmente dispuesta ya que crió a Azra tras la muerte de mi tía. Supongo que estaban tratando de asegurarse de que al final regresaría. No entienden mi vida, no se dan cuenta de que no tengo tiempo para todo este alboroto.

—Estoy segura de que me odiarán —dijo Pipee con un hilo de voz.

—Lo asumiremos cuando llegue. ¿Por qué preocuparnos ahora?

La subvención tardó seis meses en llegar. El alojamiento en el que terminaron pertenecía al marido de la hermana de Neeraj que estaba establecida en los Estados Unidos. Como inversión había comprado un piso en Vasant Kunj, y ahora estaba buscando un inquilino de confianza (a saber, que se marchase cuando se lo dijeran). Neeraj le convenció de que Ujjala y Pipee eran lo que estaba buscando.

Tenía dos dormitorios, dos baños, una cocina con muebles de obra, una zona de comedor en el ángulo derecho del salón. Fuera del salón-comedor había un balcón grande, fuera de los dormitorios había dos más pequeños.

—Voy a tener un jardín en macetas aquí —dijo Pipee, estirando los brazos hacia el cielo blanco y caliente por encima de la terraza—. Voy a tenerlo todo. No puedo esperar a enseñárselo a mi madre.

—¡Mira todo este espacio! Qué lista eres, cariño —exclamó Aijaz, poniendo las manos bajo la camisa de Pipee y desabrochándole el sujetador mientras ella daba vueltas.

—Bueno, en realidad fue Neeraj. Siempre consigue hallar soluciones para los problemas.

—Prefiero pensar que fuiste tú.

—¿Estás celoso? —rió Pipee—. No deberías, ella te adora.

—Apenas me conoce.

—Le hablo a veces.

—¿Sobre nosotros? —Aijaz parecía horrorizado.

—No se puede estar hablando de trabajo todo el rato —dijo Pipee para ganar tiempo, y después cambiar el tema—. Oh, nunca te lo he dicho, también tendremos un teléfono, piensa en lo agradable que será eso.

—Podríamos haber conseguido eso por nuestra cuenta.

—Hubiéramos tenido que esperar años.

—Yo también tengo contactos, ¿sabes?, podría haber conseguido un teléfono para nosotros. Ahora deja de moverte.

—Jazu, ¿alguna vez piensas en otra cosa? —murmuró Pipee, como tenía que hacer con tanta frecuencia.

—No —contestó Aijaz inmovilizándola contra la pared, esta vez en serio.

Fue en septiembre de 1988 cuando el matrimonio entre Aijaz Akhtar Khan y Pipeelika Trivedi se formalizó en Tees Hazari. La novia y el novio pagaron su propia boda, que ascendió a un total de quinientas rupias. No hubo parientes presentes por ninguna de las dos partes, un compañero de Aijaz y Neeraj actuaron como testigos, mientras la gente del teatro, unos pocos compañeros de Aijaz y el personal de Ujjala se reunieron más tarde en Karim's para completar los actos conmemorativos.

Pipee se las había arreglado en el trabajo para poder estar libre las dos semanas de las vacaciones de otoño de Aijaz. Iban a Shiksha Kendra y, como las vacaciones de invierno de la Sra. Trivedi comenzaban a mediados de octubre, regresarían todos juntos.

—Creo que evitaremos a mis abuelos, en realidad no necesitan saber que vamos. Además son muy ortodoxos, y se inquietarán como locos por el asunto *muzzi*.

—Si quieres puedo aparentar ser hindú.

—Ni se me ocurriría, ¿por qué deberías hacerlo? No eres un paria, después de todo.

—No es cuestión de ser paria, ¿qué diferencia hay? La gente mayor necesita que la traten con cuidado.

Pipee tan sólo necesitó un segundo para darse cuenta de la posible aplicación personal de este comentario.

—¿Tu familia me considerará como una paria? ¿No deberíamos visitarles para que me conozcan?

—No, primero démosles tiempo para que se acostumbren —contestó Aijaz—. Además tu madre va a volver con nosotros, y no podemos complicar las cosas.

—Si tu madre viniese también, podrían hacerse compañía la una a la otra —dijo Pipee, mostrando lo poco que sabía sobre la ciencia de los parientes políticos.

—En otra ocasión.

—Se tiene que viajar bastante para llegar a esa escuela vuestra, Pip —dijo Aijaz el segundo día de su trayecto en tren hasta Bangalore.

—Es la mejor escuela de la India —respondió Pipee con orgullo.

—Y como todos los santuarios, de difícil acceso —replicó Aijaz con gesto inexpresivo.

Pipee sonrió como le encantaba a Aijaz, las comisuras de los labios hacia dentro, los hoyuelos cada vez más profundos. Ella le pellizcó en el costado varias veces en el abarrotado compartimento de segunda clase.

—Ya verás —dijo Pipee con altivez—. No diré nada más.

—¿Lo prometes?

Esta vez Pipee le pellizcó tan fuerte que él gritó, y todo el mundo los miró con curiosidad y desaprobación. Jóvenes, solos y divirtiéndose.

En Bangalore tomaron un autobús hasta Madnapalle.

—Desde allí cogeremos un taxi —dijo Pipee—. Son dieciséis kilómetros.

Mientras iban en el taxi hacia Shiksha Kendra, Pipee se tornó más pensativa, los hoyuelos y la sonrisa desaparecieron.

—¿Por qué estás tan callada, cariño? —preguntó Aijaz—. No estoy acostumbrado a esto.

—No es nada.

—Venga, cuéntame.

—Fue en la escuela cuando me enamoré por primera vez, y ahora vengo aquí en mi luna de miel. Me siento extraña cuando pienso en ello, eso es todo.

—¡Tu primer amor! Nunca me lo habías contado.

—No había nada que contar.

Aijaz ignoró esto.

—¿Quién era él? —siguió.

—Ella.

—¿Ella?

—Se llamaba Samira.

—¿Estuviste enamorada de una mujer?

—¿Mujer? Apenas lo era. Una colegiala, en realidad. Sólo tenía diecisiete años.

—No era tan joven. En mi pueblo las chicas se casan a los dieciséis, ¿cuántos años tenías tú?

—Bueno, Shiksha Kendra no es Shahjehanpur —respondió Pipee con un poco de frialdad—. ¿Y qué importa cuántos años tenía yo? Fue hace tanto que no lo recuerdo.

—¿Lo sabía tu madre?

—¿Qué había que saber? Éramos colegialas —replicó Pipee apartándose de la conversación.

—¿Dónde está ella ahora?

—Se casó —respondió Pipee de forma breve—. Perdimos el contacto tras la facultad.

Aijaz se quedó callado. Pipee estaba tan distinta de como solía ser que no sabía qué pensar. Debió de haber sido como esos enamoramientos que las chicas sienten por estrellas de cine o por sus profesores. Era joven e inexperta y pensó que sus sentimientos eran amor.

La miró de reojo, todavía parecía distante. ¿Creía que era lo bastante intolerante como para desaprobar un enamoramiento de colegiala, él que sabía de los estrechos lazos que existían entre mujeres en el *zanana?* Trató de cogerle la mano.

—No estés triste, Pip. Estoy aquí. Después de todo ésta es nuestra luna de miel.

Pipee le sonrió y pensó que había algunas cosas que no podían compartirse, sin importar lo comprensivo que fuese el otro. Pero, con todo, era afortunada por haberlo encontrado. Tantas conocidas suyas estaban todavía luchando, buscando amor y compañía, rechazando matrimonios concertados sólo para experimentar desengaños por su cuenta.

En la entrada de Shiksha Kendra, Pipee paró y pagó el taxi.

—Quiero caminar —le dijo a Aijaz—. Quiero que lo veas despacio, que lo asimiles todo.

El camino que llevaba dentro era ancho y estaba flanqueado por árboles, sombreado, verde.

—La escuela plantó éstos —dijo Pipee señalando con un gesto a su alrededor—. Es una zona de sequía, incluso ahora las hojas se están marchitando.

Aijaz observó con cuidado y pudo ver que de hecho las hojas se estaban marchitando.

—Tienen su propia lechería, panadería, sus propios huertos, árboles frutales, árboles de *immli,* árboles de mango, que arriendan —continuó Pipee.

—Ajá —dijo Aijaz.

—No nos estaba permitido tocar ninguna fruta porque no era de la escuela.

—Pero por supuesto tú lo hacías.

—Por supuesto.

—¿Adónde vamos?

—Ahora estarán comiendo —contestó Pipee mirándose el reloj—. Es la una.

Y empezó a caminar más rápido, aunque iba cargada de bolsas, temiendo no encontrar a su madre en el comedor, anticipando la sorpresa y la satisfacción en su rostro.

El barullo en el comedor era ensordecedor, aunque Pipee parecía no darse cuenta. Aijaz se quedó atrás mientras ella echaba un vistazo a las hileras de mesas y bancos.

—Allí está —dijo, señalando de modo certero hacia una espalda en particular.

Su esposo permaneció en la entrada observando el reencuentro.

*

Más tarde, en las dos habitaciones de la Sra. Trivedi en Peacock House:

—Mamá, ¿no te gusta Aijaz? ¿No es todo lo que te prometí?

—Mucho, Beta —respondió la madre—. Es tu marido después de todo.

—Enseñémosle dónde crecí —siguió Pipee.

—¿Qué hay que enseñar aquí? Estas dos habitaciones.

—Y donde Ajay no creció.

La Sra. Trivedi lanzó una mirada a su yerno, que tenía cuidado por parecer tan anodino e inofensivo como le era posible.

—Mi hijo se alojaba en la residencia —dijo—. Era mejor, podía participar más en las actividades, y por supuesto venía cada día.

—Durante quince minutos —apuntó Pipee.

—Y cada fin de semana.

—Sólo para comer.

—Pipee piensa que debería haberse quedado conmigo como hizo ella —continuó la Sra. Trivedi—. No comprende que los chicos necesitan estar con chicos. Tenía un profesor encargado de residencia que era como un padre para él. Y yo tenía a Pipee.

Pipee apretó la mejilla contra la de su madre.

—Y ahora tienes a Jazu.

Jazu parecía encantador.

—Así es —contestó la Sra. Trivedi.

Pasaron diez días en Shiksha Kendra. Pipee llevó a Aijaz por todo el campus, el árbol *banyan*, las rocas que tuvieron que escalar, el lugar donde veían el amanecer cada mañana, los talleres de arte, música y danza, los patios, el colegio de enseñanza secundaria, la biblioteca, el laboratorio donde ella había hecho exámenes.

—Es un mundo entero en sí misma, ¿verdad? —se preguntó Aijaz.

—Algunos padres no están contentos con lo aislada que está, piensan que sus hijos no serán capaces de sobrevivir fuera. Pero mírame a mí. He sobrevivido perfectamente bien.

—Desde luego que lo has hecho —respondió Aijaz besándola—. Un ejemplar perfectamente intacto.

*

Pipee tenía razón, cuando la Sra. Trivedi logró conocer a Aijaz, lo adoró. Llevaban dos semanas en Delhi cuando Pipee dijo de forma triunfal:

—Bueno Ma, ¿qué tienes que decir de los musulmanes ahora?

—Es muy buen chico, Beta —respondió la Sra. Trivedi.

—¿Entonces? —preguntó Pipee de repente, sabiendo lo que venía a continuación.

—Estoy segura de que a su familia tú le gustas de la misma manera —contestó la Sra. Trivedi con soltura.

—Lo harán cuando vayamos a visitarlos en vacaciones. Son una familia muy extensa, y su madre es mayor y no puede viajar con facilidad —dijo Pipee, con una maña que estaba a la altura de la de su madre.

Más tarde a Aijaz:

—Le he dicho que vamos a visitar a tu familia en vacaciones.

—¿Qué necesidad había de hacer eso?

—Da la casualidad de que piensa que es muy extraña la ausencia de tu familia en nuestro matrimonio. No te preocupes, sólo es una señora mayor que se pone nerviosa por cualquier cosa.

Aijaz no dijo nada. Pipee se sintió culpable. ¿Qué importaba la familia de él de todos modos? Que pensasen lo que quisieran, ella no debería insistir en el tema más que él. Además Aijaz había sido tan dulce con su madre, disuadiéndola de su prejuicio, sin que nunca parecieran importarle las alusiones indirectas de la Sra. Trivedi respecto a los musulmanes, cuatro esposas, familias enormes, divorcio instantáneo, matrimonios entre comunidades, la religión de los niños nacidos de tales uniones. Cuanto más relajada se sentía con él, más quería saber.

—Hay un límite para tus preguntas —gritó Pipee un día—. ¿Tu yerno es él o toda la comunidad musulmana desde la época de Babur hasta ahora?

—Está bien —dijo Aijaz con voz tranquilizadora—. Deja que pregunte. Después de todo soy el primer musulmán con quien ha tenido algo que ver.

—Aun así.

—Estoy acostumbrado. No es la única.

Tal dulzura merecía ser recompensada con una confianza total. Pipee juró que no volvería a mencionar a la familia de Aijaz a menos que él mismo sacase el tema.

Cuando la Sra. Trivedi se hubo marchado la joven pareja se acostumbró a los placeres de vivir ellos solos.

Pipee tenía un horario flexible, y trataba de estar en casa cuando Aijaz llegaba. Por lo general no era difícil. Tras una mañana dando clases, Aijaz solía ir a ensayos en la facultad, o a idear programas con el Grupo de Teatro de Calle. Y, pensó Pipee con indignación, todo el mundo cree que los profesores de universidad no tienen sino tiempo libre.

Para entonces Ujjala estaba en proceso de establecer un centro comunitario en otra basti. Este segundo lugar tenía muchas más prestaciones. Tenía máquinas de coser para que las mujeres adquiriesen una destreza que aumentase su potencial de ingresos, tenía una biblioteca, juguetes, y materiales de artesanía para entre quince y veinte niños que iban cada tarde de tres a cinco.

Pronto ampliaron sus actividades organizando viajes fuera de Delhi. Los resultados eran alentadores. Chicas, colaboradoras y administradoras se unieron, y se había fortalecido la autoestima de las muchachas. Cada una de ellas escribió un trabajo sobre cómo había vivido el viaje, qué había sentido lejos de casa con otras de la basti, sin formar parte de una estructura familiar por primera vez. Pipee los reunió en una serie de folletos titulada *Yatra aur Vichar* en la que empleó muchas horas. Se sentía llena de una sensación de logro, todo el día con Ujjala, cualquier otro momento con Aijaz, pensaba que la vida no podía tener nada más que ofrecer.

Fue casi un año después de su boda cuando Aijaz hizo un anuncio despreocupado.

—Tenemos que ir a Shahjehanpur. Quieren verte.

Pipee, repantigada sobre los cojines del sofá de dos plazas de mimbre que habían comprado recientemente, levantó la vista, asombrada. En todo este tiempo la familia de Aijaz no había dado muestras de que ella existiese.

—Eso es bueno —dijo con cuidado.

Aijaz se quedó mirando la terraza con aire taciturno. Pipee lo miró fijamente, y por milésima vez pensó cómo adoraba la forma en que él miraba. Su pelo gris ondulado, su piel marrón claro, su nariz afilada, sus ojos cálidos.

—Sabes que mi madre también tenía sus reservas —continuó Pipee de modo alentador.

—La mía las tendría también, si lo hubiera sabido —murmuró Aijaz.

—¿Qué? ¿Qué has dicho?

—Me has oído.

—¿Quieres decir que tu madre... familia... no sabían que nos íbamos a casar?

—Algo así.

—¿No se lo dijiste?

—¿Cómo podía decírselo? —preguntó Aijaz— Conocías los problemas.

—Aun así, podrías habérselo *dicho*. Ahora deben de sentirse fatal, mucho peor que si se lo hubieras *dicho*.

—Por el amor de Dios, Pip, no insistas.

—Les ocultas cosas a ellos, a mí, y me acusas de insistir —gritó Pipee—. ¿Cómo crees que me siento?

—Tienes que aceptarme como soy —respondió Aijaz también gritando—. A mí, a mí solo. Si no se lo dije fue para ahorrarles sufrimiento a ellos, y problemas a ti.

Pipee trató de decirse a sí misma que Aijaz era un ser humano ejemplar, socialmente comprometido, personalmente tierno, pero este paliativo la irritó más. Él no tenía derecho moral a comportarse de forma que no tenía sentido.

Todas las cosas que su madre solía decir sobre los matrimonios hindu-musulmanes le vinieron a la mente de manera desagradable. Por un momento se quedó mirando a Aijaz con repugnancia. ¿Qué sentido tenía que pareciese un sueño si podía comportarse como una pesadilla?

—Y qué, Aijaz —dijo—, tienes una idea pobre del problema. No has sido justo ni con tu familia ni conmigo.

—Lo siento, Pip, de verdad, no te enfades. Mi familia no es como la tuya. Son tantos, y todos quieren ser parte de las cosas, nunca habrían tolerado una boda en Tees Hazari, tendríamos que haber ido allí y habernos casado en medio de al menos cinco mil personas, Dios, es bastante para disuadir a cualquiera. Y después habría habido alboroto por el tema de la conversión... no deseé que pasases por todo eso.

—O que pasases tú —contestó Pipee con sequedad.

—Lo que fuera —replicó Aijaz, con aspecto encantador.

—Bueno, ¿por qué ahora?

—Escucharon rumores. Hicieron averiguaciones.

—De modo que voy a conocerlos con la garantía de que me odiarán.

—Te adorarán.

—¿Con estos antecedentes?

—No conoces a mi familia. Cuando saben las cosas no pueden cambiarlas, sólo las aceptan.

Esta vez Pipee se guardó sus reservas para sí misma.

—¿Cuándo vamos? —preguntó por fin.

—Estamos en la lista de espera. Tan pronto como pueda conseguir reservas confirmadas.

—¿Qué hay de mi trabajo? Tenemos una reunión importante con los ayudantes comunitarios de ambos centros la semana que viene. A Neeraj, al resto, no les gustará.

—Diles que vas a visitar a tus parientes políticos musulmanes. Les encantará.

Sus reacciones fueron reservadas, que era justo lo que esperaba, pensó Pipee, y muestran lo poco que Aijaz sabe sobre familias en general.

—Confío en gustarles pronto —le dijo a Aijaz la primera noche en Shahjehanpur.

Era verano, y las camas estaban esparcidas por la terraza, por deferencia a su condición de matrimonio, un poco aparte hacia un lado de una despensa. Tan pronto como fue lo bastante tarde se apretaron el uno junto al otro en una de ellas, bajo una mosquitera.

Aijaz bostezó. Pipee le dio un codazo.

—¿Crees que les gustaré? —preguntó.

—Dale tiempo al asunto, Pip, ahora déjame dormir.

—Te dije que no les gustaría.

—Están tan contentos de que esté casado que les habría gustado cualquiera.

—¿Pero habrían preferido a una musulmana?

—Vamos, Pip, sé razonable. Después de todo tu madre habría preferido a un hindú. De cualquier forma, ¿quién tiene tiempo para preocuparse por cosas así?

—Yo, supongo —contestó Pipee con tristeza, pensando en la madre de él y en el joyero que había puesto frente a ella.

—Para la esposa de mi hijo mayor —había dicho.

—No —respondió Pipee, avergonzada, aunque se moría por ver lo que había dentro.

—Toma —dijo *Ammi*, con un indicio de reproche, las manos ocupadas con la tapa.

Pipee observó los dedos rechonchos, regordetes, adornados con anillos de oro, las uñas cortas que brillaban con esmalte claro, las largas y adecuadas mangas de la *kurta* y los muchos brazaletes que tintineaban en sus muñecas. Parecía muy segura de sí misma, a diferencia de su pobre madre, que vivía en dos habitaciones en Shiksha Kendra, sin nadie a quien dar órdenes excepto a unos niños muy pequeños.

Al final, puesto que ella no lo cogería, le dieron un pesado collar de oro, brazaletes gruesos de oro con flores talladas en relieve y un juego de *jhumkas* decorados con perlas y rubíes.

Los sujetó, admirando su belleza, maravillándose por su peso antes de devolverlos, no tengo caja con llave, tendré que estar preocupada por su seguridad, guárdelas por mí, por favor.

En los días que siguieron, Pipee comprendió por primera vez que se había casado con un musulmán. Todo era extraño, la *haveli* enorme, los platos de los que comían, la comida que comían, su forma de hacer *pan*, la forma en que vestían, cómo se saludaban los unos a los otros, *As salam alaikum... Wa alaikum as salam,* su manera de hablar, las *kas* que hacían que su hindi pareciese ordinario y poco sofisticado.

Y después había muchos parientes. Ella no supo hasta el final de su visita cuánta gente vivía en aquella casa. Eran un mundo completo para sí mismos, muy diferente de todo lo que ella había conocido mientras crecía. A veces, cuando comían en el gran salón comedor, reunía a tantos como podía en un solo vistazo y sentía un enorme anhelo por el día en que sería completamente aceptada como una de los suyos.

~

Era el año 1989, y se estaban reuniendo ladrillos para el *Rama Mandir*... reuniendo, venerando y siendo escoltados para sacarlos de las ciudades, envueltos en seda y tela de color azafrán, en su camino a Ayodhya. Si los disturbios comunitarios ocurrían al paso de estas procesiones, eso no era culpa de los ladrillos, sino de la intolerancia de las comunidades minoritarias, que no podían soportar sentir que su control en este país había terminado.

En este ambiente Aijaz y el Grupo de Teatro de Calle viajaron a Rajpur, a cincuenta kilómetros de Delhi, para representar una obra.

—Desearía que no fueses —dijo Pipee—, Rajpur es una zona delicada. No es seguro.

—Si sólo fuese a lugares donde resultase seguro, nunca iría a ninguna parte —contestó Aijaz—. El teatro es un medio limitado, ¿pero qué otra cosa tenemos gente como nosotros?

—Entonces no vayas —replicó Pipee—, no vayas si no sirve de nada.

Aijaz parecía deprimido.

—Uno tiene que hacer lo que tiene que hacer —contestó—. Por supuesto es mucho más fácil trabajar con gente de escuelas y facultades, ellos incluso escriben los guiones y llevan a cabo la investigación.

—Bueno, quédate aquí, y ve a escuelas y facultades, en vez de salir a toda velocidad los fines de semana a algún pueblo o *mohalla*, o fábrica, Dios sabe dónde. Ahora estás casado, tienes una responsabilidad conmigo, con nosotros —dijo Pipee, y después se sintió culpable.

En este momento sonaba como una esposa quejica. ¿Le gustaría a ella que Aijaz le prohibiese ir a las bastis? ¿O que llegase a la conclusión de que su trabajo en Ujjala la llevaba a situaciones peligrosas?

—¿Qué sentido tiene limitarse a las clases medias donde resulta seguro... seguro y cobarde? —siguió Aijaz de forma pensativa.

—Al menos espera a que toda la agitación sobre los ladrillos haya pasado —enmendó Pipee—. Iré contigo la próxima vez. Nunca he viajado contigo. Además me estarás dejando sola en Fin de Año.

Aijaz la miró con asombro.

—Nunca supe que ese día significase algo para ti, Pip. Es sólo un recurso capitalista para hacer dinero.

—Si puede hacer que te quedes en casa, entonces soy una capitalista comprometida.

—Estás siendo totalmente neurótica. Cuando vaya a algún lugar agradable, entonces vendrás. Los mohallas de este distrito están sucios y abarrotados, no hay mucho que ver o hacer. Estaré preocupándome por ti, en vez de concentrarme en la obra y el grupo.

—Puedo cuidar de mí misma —replicó Pipee con gran dignidad.

—Lo mismo digo —replicó Aijaz alborotando el pelo de ella.

—¿No conocías a este hombre? —preguntó Hemant echando un vistazo a los periódicos tres días después.

—¿Qué hombre? —preguntó Astha con indiferencia, su vida era un desierto árido en lo que a hombres se refería.

Hemant agitó los periódicos frente a ella. Allí, en medio de la página tres estaba el titular, GRUPO TEATRAL QUEMADO VIVO EN UNA FURGONETA, y debajo la historia:

> Un terrible incidente tuvo lugar aquí la pasada noche, en el distrito de Rajpur. Aijaz Akhtar Khan, conocido activista teatral, y su compañía de teatro fueron arrastrados desde el lugar de su actuación, y se los llevaron en una Matador. Más tarde los restos calcinados de la Matador junto con los cuerpos fueron encontrados cerca del río. Los culpables siguen huidos.
>
> Se sospecha que las tensiones crecientes entre dos comunidades llevaron a esta acción. Aijaz Akhtar Khan, líder del famoso Grupo de Teatro de Calle, estaba en la ciudad para actuar en los mohallas. Los asuntos que se trataban eran de naturaleza delicada, y es sorprendente que en este momento de malestar comunal consiguiese permiso para llevar a escena una obra que implicaba la controversia Babri Masjid-Rama Janambhumi. El juez del distrito dice que fue deliberadamente engañado en cuanto a los contenidos.
>
> Según nuestras fuentes, una procesión que llevaba ladrillos para el templo de Rama planeado en Ayodhya fue enviada junto a una hondonada contigua al mohalla de una comunidad minoritaria a pri-

mera hora de esa tarde. A pesar de la presencia de la policía, se gritaron consignas. Se evitaron entonces incidentes desafortunados, pero aquella tarde la violencia, posiblemente premeditada, estalló durante una actuación del Grupo de Teatro de Calle. Individuos incontrolados de la muchedumbre comenzaron a interrumpir con abucheos a los actores. Otros individuos respondieron. En la confusión se llevaron a los miembros del grupo en una furgoneta, aparentemente para su seguridad. Parece haber sido una estratagema.

Aijaz Akhtar Khan deja una esposa.

Seguía una lista de los otros miembros del grupo de teatro, junto con los familiares que les habían sobrevivido, pero Astha no pudo leer más a causa de las lágrimas en los ojos. Qué forma de morir, qué horrible, horrible forma de morir... ¿y por qué? Porque el hombre estaba tratando de llegar a la gente y hacer algo bueno. Ni siquiera sabía que estaba casado. Apartó la cabeza para llorar un poco más.

Hemant, viéndola, se enfadó de inmediato.

—¿Por qué lloras? —exigió saber—. ¿Qué era él para ti?

—¿Unos asesinos atrapan y queman a todo un grupo de teatro en una furgoneta y tú me preguntas que por qué lloro?

—Este tipo de cosas pasa todo el tiempo, no te veo malgastando tus lágrimas.

—No puedo llorar por el mundo entero, sólo cuando significa algo para mí. Tal vez soy deficiente, pero le conocía, siempre estaba trabajando por el bien de todo el mundo, incluso los niños le querían. Y ha sido quemado hasta morir. ¿No es ésa razón suficiente? —dijo sollozando, meciéndose de un lado a otro con rabia y pena.

—No me entiendas mal, esto no debería haber pasado. Pero si te entrometes en cosas que no te conciernen, tienes que aceptar las consecuencias. Era musulmán, debería haberse limitado a los asuntos dentro de su propia religión.

Astha se quedó mirando a su marido con repugnancia. Diez hombres habían muerto de la forma más espantosa posible y esto era todo lo que podía decir. ¿No tenía sentimientos?

Después de que Hemant se marchase a trabajar, Astha empezó a llamar por teléfono. La identificación de los cuerpos se estaba llevando a cabo en el Hospital Willingdon, probablemente fuesen devueltos al día siguiente. Un velatorio iba a tener lugar esa tarde en el

Constitution Club. Al día siguiente habría una procesión de funeral que comenzaría en el Club y recorrería todo el camino hasta el crematorio eléctrico.

De forma aturdida, Astha se puso un sari blanco, iría directamente desde la escuela a la reunión, al menos estaría con gente que se sentía como ella. Conocería a su esposa, ¿cómo sería ser ella en este momento, y que tu marido hubiese muerto así? ¿Podrías superarlo alguna vez?, debería organizar las cosas para que el conductor llevase a sus hijos allí después de la escuela, habían conocido a Aijaz, se entristecerían con ella, deberían ser expuestos a las realidades políticas de este país, pero entonces ser expuestos a tal violencia, tal odio sin sentido, cómo podría explicárselo, ella misma apenas podía tratar con ello. Las realidades políticas podían esperar, Mala los cuidaría, si ella llegaba tarde podían ir al piso de arriba.

En el Constitution Club los asistentes al funeral se congregaban sobre céspedes polvorientos, de pie sobre las aceras, vestidos de blanco, con brazaletes negros, rostros sombríos. Hubo muchos discursos:

Estamos siendo testigos de crímenes deliberadamente activados por las fuerzas del comunalismo. Las voces neutrales son vistas como amenazadoras, la voz del laicismo no se tolera. ¿Es posible que diez hombres sean quemados vivos, sacados del mohalla a la vista de todo el mundo sin la complicidad de las autoridades? ¿Qué ha hecho el Estado hasta ahora, qué ha hecho la policía hasta ahora para detener a los criminales? ¿Es éste el mensaje para los ciudadanos de este país?, vivid con miedo, no levantéis vuestras voces porque serán reprimidas con fuego, asesinato y violencia.

Esto es lo que el estado proporciona, *esta* anarquía, *este* desprecio por la vida, *esta* fuerza bruta. *Ésta* es la protección para sus ciudadanos.

Hablar y ser escuchado es la libertad que hay en el corazón de una nación laica, es el derecho por el que estos valientes hombres jóvenes dieron sus vidas. Ahora debemos continuar como si estuvieran entre nosotros, obligándonos a resistir a las fuerzas fascistas represivas. Ésta es la lucha que tenemos ante nosotros.

Astha vio a la Sra. Dubey, con los ojos húmedos e hinchados, fue hacia ella y la tocó en el hombro, se quedaron mirándose la una a la otra sin palabras, y entonces las lágrimas de la propia Astha, empapando su pañuelo, mientras su nariz moqueaba.

Anocheció. Se encendieron velas y se distribuyeron. Empezaron a cantar. Canciones de protesta, canciones que Aijaz había escrito, canciones que muchos habían cantado en circunstancias diferentes. Terminaron con *Venceremos* en hindi. Circuló la voz sobre los preparativos para el funeral. Mañana comenzarían a mediodía desde el Club y recorrerían todo el trayecto hasta el Crematorio con los diez cuerpos. Que la ciudad vea la atrocidad que se ha cometido, que el tráfico se detenga, que la línea de la muerte sea visible a ritmo lento.

Al día siguiente había una multitud de miles de personas esperando a que los cuerpos fuesen devueltos del hospital. Muchos no habían conocido a los diez hombres, pero no era necesario haberlos conocido. Venían para protestar por un acto cruel, para suscitar protestas similares en un público anestesiado. Artistas y hombres inocentes habían sido asesinados sin ninguna provocación durante una actuación a plena luz del día. Hoy ellos, mañana nosotros. ¿Cómo puede suceder esto? ¿Qué podemos hacer?

Por fin la procesión comenzó. Caminaron sin parar, obstaculizando el tráfico, creando confusión, silenciosos, disciplinados y decididos. La policía intentó detenerles, no tenían permiso, deberían dar la vuelta. La noticia se extendió... están intentando pararnos, vamos a desafiarles, nada puede hacernos dar la vuelta, lucharemos si es necesario y después la policía tuvo que ceder, escoltándoles en cambio, mientras descendían las calles de Daryaganj, más allá de la Jama Masjid, girando a la derecha hacia Ring Road, después siguiendo hasta el crematorio eléctrico, donde otros miles esperaban para recibirles.

Tardaron seis horas en llegar a su destino. La inmensa sala se llenó con rapidez mientras el resto de la multitud esperaba fuera. Las familias de los hombres amortajaron los cuerpos, y de dos en dos sus restos carbonizados, indistinguibles unos de otros, se deslizaron dentro de las hogueras masivas y las puertas se cerraron con gran estruendo. Habían estado juntos en vida, y estaban juntos ahora. El silencio ocupó la sala. Astha, observando desde un lugar apretado cerca de la puerta, recordó al Aijaz que había conocido, y sobre quien una vez pensó que sonreía demasiado.

Cuatro días después se organizó una gran manifestación de protesta desde Red Fort hasta la casa del Primer Ministro.

—Hoy llegaré tarde al volver a casa desde la escuela —le dijo Astha a su marido aquella mañana. Su tono era frío; todavía no le había perdonado.

—¿Por qué? —preguntó él ocupado con sus propios preparativos para la fábrica— ¿Adónde vas?

—A una manifestación para protestar por las circunstancias de las muertes de diez hombres.

Hemant miró a Astha. Astha le devolvió la mirada.

—¿Cuándo hacen algo bueno las manifestaciones? Los *gundas* contratan a gente de pueblos vecinos por diez rupias al día para venir y causar problemas, obstaculizar el tráfico y mostrar su fuerza.

—No es el tipo de manifestación política, maquillada. Queremos llamar la atención acerca de lo que ha pasado. ¿Cómo hablar para que te escuchen? Dime una forma mejor.

—¡Manifestaciones! —bufó Hemant ignorando la pregunta—. No importa lo grandes que sean... ¿a quién le importan... quién recuerda sobre qué son?

—Además, no queremos que mueran sus recuerdos.

—Estoy seguro de que tú no quieres.

Astha salió de casa sin más palabras.

*

Para cuando la escuela hubo finalizado y Astha llegó a Red Fort, el aire estaba poblado de pancartas. Algunos de los manifestantes llevaban carteles con la fotografía de Aijaz enormemente ampliada. Algunos llevaban pancartas con lemas izquierdistas. Se estaban distribuyendo brazaletes negros.

La manifestación se puso en camino. Marcharon bajando la carretera, gritando consignas, bloqueando el tráfico de una forma que a Astha le pareció de lo más satisfactoria. Los coches permanecieron quietos, los conductores echaban humo, y la gente estaba llegando tarde por su culpa. Gritó con los demás:

Sampradayakta
Abajo Abajo
Abajo Abajo

El comunalismo
no triunfará
no triunfará

El Grupo de Teatro de Calle
Todos mártires
Aijaz Akhtar Khan
Recordado por siempre

Por qué tuvieron que morir así, pensó Astha, atrapados en una furgoneta, cuáles fueron los últimos pensamientos de Aijaz, él que había vivido para los otros. ¿Cómo iba a haber justicia en el mundo cuando un hombre así podía ser asesinado de forma tan brutal? Los ojos se le llenaron de lágrimas, pero las lágrimas no eran un homenaje adecuado para Aijaz, eran demasiado efímeras.

Él había visto talento en ella, ¿cómo era vivir con un hombre que te veía como alguien con algo que ofrecer? Si tan sólo hubiese alguna causa a la que pudiese dedicarse, tal vez no se sentiría tan perdida e insatisfecha, ¿pero qué?, ¿y cómo? Era tan difícil saber qué hacer, y sin quitarse su vida de la cabeza continuó gritando y levantando su puño con los demás. La procesión desfiló bajando Red Fort Road, más allá de Asian Circus, más allá del Centro para los Refugiados Tibetanos, más allá del mercado cachemir de mantones de lana, más allá del *chauki* de la policía, más allá de los vendedores de agua, los vendedores de limonada, más allá de los *bhelpuri-valas,* bajando Connaught Place y Janpath. Apretados en la mitad de la carretera, los coches avanzaban lentamente, mirándolos de forma fija, curiosos, comprensivos, frustrados, enojados.

Llegaron al club de remo. Astha se hundió bajo uno de los árboles, sumamente acalorada y cansada. No se había dado cuenta de que su ropa era poco apropiada para desfilar bajo el sol, llevaba un grueso polo negro, con una camiseta de Hemant por debajo. Significaba que aunque estaba húmeda y acalorada no podía quitárselo y dejar al descubierto su ropa interior.

Los oradores sobre el estrado estaban empezando a hablar sobre atrocidades del gobierno, una lista interminable. Después hubo recitales apasionados de poesía de Brecht en hindi. Se cerraron los puños, se lanzó un desafío al Parlamento, que se levantaba por encima de las copas de los árboles detrás del club de remo.

Una hora más tarde la comitiva partió hacia la residencia del Primer Ministro. Tres calles más adelante hallaron un bloqueo policial.

—No más —dijeron los policías—. Cuestión de seguridad.

Entregaron su comunicado y fueron obligados a dispersarse.

Cuando Astha se estaba marchando, su directora la detuvo.

—Astha, conoce a Reshana, solía actuar como cantante para el Grupo de Teatro de Calle. Era amiga íntima de Aijaz.

Astha miró de forma fija aquellos ojos directos, el rostro todavía apenado. Amiga íntima... ¿cómo de íntimo era eso? ¿Qué había del matrimonio de él... fue amiga íntima antes o después?

—Estoy tratando de conocer a toda la gente que trabajó con él —estaba diciendo Reshana con los labios hinchados—. Tenemos que asegurarnos de que su recuerdo no muera, ¿estás interesada?

—No hay nada que no haría por él —dijo Astha en un suspiro.

—Bien —replicó Reshana—. Te informaré de nuestra primera reunión.

Cuando Reshana se fue, Astha se volvió hacia la Sra. Dubey.

—¿Quién es?

—Reshana Singh. Es una cantante clásica de una familia antigua y de renombre. Tiene muchos contactos, es bueno que se esté tomando tanto interés por esta causa.

—¿No está aquí la mujer de Aijaz?

—Pobrecita, sólo la vi en el funeral. No creo que sea capaz de hacer frente al trauma de todo esto.

—Me habría gustado conocerla.

—Cuando se recupere, podemos organizar algo.

Por la tarde Hemant preguntó algo irritado cómo había ido. Astha estaba demasiado emocionada por el día como para seguir enfadada con él. Si era limitado, ésa era su desgracia, ella podía ser generosa. ¿Por dónde debería empezar?, la muchedumbre gritando consignas, la determinación palpable por hacer algo, cantando *Vence-*

remos, la sensación de compañerismo, su entusiasmo cuando Reshana le preguntó si quería ser parte de la nueva asociación.

—El tráfico era horrible como de costumbre —comentó Hemant, sin darse cuenta de que Astha tenía una explicación—. Tenía una reunión con el distribuidor en Connaught Place, y fue del todo imposible llegar allí. Por qué permiten manifestaciones en medio del día, en el centro de Delhi, nunca lo sabré. Are, quieres protestar, protesta, ¿quién te lo impide? Deja que el contribuyente común lleve su vida, pero no.

La generosidad de Astha no era requerida, podía guardarse su voluntad de compartir. Ella no podía participar en sus frustraciones, él no podía compartir su entusiasmo.

El resto de la tarde hablaron de los niños, la preocupación de Hemant por la artritis de su madre, la tensión en la sangre de su padre, su próximo viaje a Corea del Sur, tal vez podrían ir todos al extranjero de vacaciones el próximo año, y al final algo que estaba empezando a molestarle cada vez más: la competencia creciente de los televisores en color.

Sólo en Noida, donde Hemant tenía su fábrica, habían surgido otras ocho. Estaba produciendo mil quinientos televisores en blanco y negro y mil doscientos en color al mes, pero el mercado se había vuelto tan despiadado que se vio obligado a reducir el margen de beneficio para mantener su situación.

No importa, intentó consolar Astha, llevando a la fuerza su pensamiento hacia asuntos de negocios, ahora que el gobierno ha permitido la religión en televisión, no acabarán los espectáculos que tendrán el mismo tipo de popularidad que el *Ramayana* y el *Mahabharata*. Había una audiencia cautiva de millones de espectadores, con un mercado lo bastante grande para todos.

Hemant refunfuñó. Aquel mismo día había oído que una fábrica rival estaba tratando de promover una huelga entre los trabajadores de la suya. Había logrado sobornar a los hombres en cuestión, pero el ambiente general de sospecha hacía difícil seguir sobornando. Discutiría el problema con su padre por la mañana.

V

Unos pocos días más tarde en la reunión de la *Sampradayakta Mukti Manch,* un foro creado en memoria del Grupo de Teatro de Calle, se decidió que los pintores donarían un cuadro para una exposición dedicada a la unidad trabajadora y el laicismo. Astha estaba ocupada mirando fijamente las ventanas sucias, ¿dónde estaba su esposa?, ¿todavía estaba superando su dolor?, ¿cómo es que no estaba allí?, ¿no conseguiría verla nunca?, cuando escuchó que Reshana se dirigía a ella.

—Astha, ¿qué hay de ti?

Astha se alarmó. ¿Por qué preguntaba Reshana?, ¿había hecho la Sra. Dubey afirmaciones sobre su talento?, pero no era buena, era una principiante, una dibujante, una bocetista, nada serio, su apoyo era completo, pero no podía hacer nada por su cuenta.

—No estoy segura —logró decir.

Reshana sonrió de forma cálida.

—Sólo inténtalo —sugirió.

Astha percibió la desaprobación de la concurrencia a su consentimiento retardado. Había demasiada gente mirando. Asintió, y se hundió de nuevo en la silla.

Su ansiedad por la tarea era tan grande que tuvo que comenzar de inmediato. Después de la escuela al día siguiente esbozó escenas de multitudes, a semejanza de las miniaturas rajastaníes, tratando de elegir entre un funeral y una procesión. Al final decidió que habría más colorido e interés en una procesión.

Pintó una calle ancha, a un lado filas de siluetas, motas de pelo negro, sosteniendo pancartas, al otro lado, hileras de coches, escúters, taxis, bicicletas, y bordeando esto las tiendas blancas de Connaught Place, los árboles en la sección central, los peatones apiñados, el enorme cielo azul.

No podía pensar más que en su cuadro. Cuando estaba dando clases, su pensamiento estaba en las siluetas, los espacios, los colores de su lienzo. En casa, después de comer, pintaba, y como consecuencia no había tiempo de hacer las siestas a las que estaba acostumbrada. Sus dolores de cabeza empeoraron y, a menudo, por la tarde, después de los deberes de los niños, se tumbaba en el sofá, embadurnada de bálsamo, adormilada con analgésicos. Cuando el dolor era muy fuerte, vomitaba. Trató de ocultárselo a su esposo, para participar con entusiasmo en su vida social. Pero él se dio cuenta, y de hecho se preocupó.

—¿Por qué te haces esto a ti misma? —le preguntó Hemant una tarde, cuando era evidente que le dolía, el olor a bálsamo impregnándolo todo, los ojos caídos, la frente arrugada, el rostro demudado—. No puedes pintar y dar clases, siempre que llego a casa estás tumbada en el sofá. Estás sufriendo, todos estamos sufriendo.

Sin duda había sufrimiento, era cierto. Astha se quedó callada, con los hombros encorvados. Asentimiento e impotencia.

—Tu cuerpo no puede soportar el esfuerzo. Mami dijo que estabas descuidando a los niños, no duermes por las tardes, estás exhausta al anochecer, estás extendiendo el desorden por la casa, todo huele a trementina. ¿Y todo por qué? Un hombre muerto.

Nunca mencionaba a los otros nueve.

—No es por *unos* hombres muertos —dijo Astha con rapidez—, es por una causa. Y siento que tu madre considerase más conveniente quejarse ante ti que ante mí.

—¿Qué es eso para ella? Se preocupa por ti.

—Yo conozco mejor mis preocupaciones.

—No lo parece. No puedes hacerlo todo. Deja el trabajo si insistes en pintar. Nunca aportó el dinero suficiente como para justificar que salieses de casa.

—Eras tú quien pensó que debería trabajar.

—Pero ahora no lo necesitas, cariño, estoy ganando bastante dinero.

—Quiero algo por mí misma —murmuró Astha.

—¿Qué?

—Mi propio dinero —aunque sabía que iba en contra del espíritu de los buenos matrimonios que una esposa dependiese de las cosas y dijese que eran suyas.

—Haces que suene como un marido tacaño, Az —respondió Hemant un poco dolido.

—No, no, eso no es lo que quería decir —replicó de forma tenue.

—¿Entonces? Déjalo, por amor de Dios.

Pero no era todavía lo bastante pintora como para arriesgarse a dejar un empleo que tenía desde hacía diez años. Representaba la seguridad, quizá no de dinero, pero de su propia vida, de un lugar donde podía ser ella misma.

Reshana la llamaba por teléfono con frecuencia, investigando sobre el progreso del cuadro; una vez se pasó por casa, halagando a Astha con su interés y elogio.

En esta visita Astha preguntó:

—Reshana, ¿cómo es que nunca he visto ni he oído nada de la esposa de Aijaz? Debe de estar todavía verdaderamente desolada, pobrecita —añadió por si su comentario se interpretaba como crítica.

Reshana hizo una mueca.

—Sólo entre tú y yo, Astha, algunas personas tienen problemas trabajando con otras. No quiero decir nada más.

—Oh.

Seis meses después de la masacre, la exposición estaba lista para llevarse a cabo.

—Diez mil rupias —dijo Reshana.

—¡Diez mil!

—Necesitamos el dinero.

—¿Pero la gente comprará? No soy conocida.

—Es un lienzo grande. Es bueno. Si fueses conocida le habría puesto un precio de cincuenta mil.

Diez mil rupias... la indignación entre los espectadores, cada uno diciendo: no querría este cuadro aunque me *pagasen* diez mil. Sería examinada, puesta a prueba y rechazada. Pero el dinero era para la *Manch,* y no podía protestar demasiado.

Reshana tenía razón. El cuadro se vendió al segundo día. La concurrencia era grande, mucha gente quería ayudar en la causa anti-comunalista, en especial si podía conseguir algo a cambio.

—Les he dicho a todos mis amigos que mi madre ha vendido un cuadro —dijo Anuradha, tratando de darse importancia.

—Sólo uno, cariño —respondió Astha.

—¿Y qué? Estaban muy impresionados. Ninguna de sus madres es pintora.

—Bueno, no cuentes demasiado sobre eso, no fue por mí. La gente compró para ayudar a quienes han resultado perjudicados por la violencia estatal.

El rostro de Anuradha se ensombreció mientras miraba fijamente a su madre, y Astha supo que había arruinado su satisfacción. Quería decir sí, lo he hecho, he vendido mi primer cuadro, he conseguido algo, vamos a celebrarlo, pero el número de «yoes» que eso suponía aseguraba que las palabras se negasen a abandonar su mente.

La Manch estaba preocupada en no perder el ímpetu que había logrado y se hicieron esfuerzos para redactar un plan de acción a largo plazo. Por desgracia la Manch también tenía su buena parte de miembros que no podían ponerse de acuerdo, y se empleó un tiempo valioso en discutir. Algunos hablaban con entusiasmo del reconocimiento internacional que su causa podría lograr con una película que documentase las atrocidades comunales en los pueblos del norte de la India. Podría terminar con el asesinato del Grupo de Teatro de Calle de forma que la clase media también se identificase con el tema.

Algunos querían comenzar a un nivel más local, haciendo el tipo de cosas que Aijaz había hecho, obras en la calle, consignas, pósters, reuniones, panfletos, despertar la conciencia.

Algunos querían juntar a activistas y profesores universitarios anti-comunalistas para explotar el foro de la palabra escrita, tal vez poner en marcha una revista. Otros pensaban que esto era demasiado elitista, demasiado alejado del espíritu del grupo teatral.

Algunos querían concentrarse en publicar una compilación de escritos de varios miembros del grupo, mientras que los objetores opinaban que puesto que Aijaz era quien principalmente escribía, sería como publicar sus escritos, y tal individualismo era adverso al espíritu de la Manch.

Algunos pensaban que todas sus energías deberían dirigirse a pedir cuentas a los asesinos. Hasta entonces no se había producido ni un solo arresto, y esto sólo reflejaba la complicidad de la policía en los disturbios comunales y los asesinatos.

La mayoría pensaba que esto sólo podría acabar en frustración, y con la corrupción incontrolada del gobierno también podrían dar con la cabeza contra un muro de ladrillo el resto de sus vidas. La necesidad del momento llamaba a la acción positiva.

Al final se formó un subcomité. Presentarían un informe, todos volverían a reunirse.

Astha estaba sentada en silencio en la parte de atrás, inclinando la cabeza a un ritmo constante para mirar las manecillas del reloj, y a medida que avanzaba la hora también lo hacía su inquietud. Se estaba haciendo tarde, los niños estaban en el piso de arriba, tenía que atender a sus tareas escolares, Hemant estaría llegando a casa.

Cuando se puso de pie para marcharse, Reshana, cerca de la puerta, levantó los dedos.

—Cinco minutos —dijo moviendo los labios.

Astha volvió a hundirse en la silla. Sintió el conocido dolor avanzando por sus sienes con la música de lo que eran cinco minutos.

Tardó veinticinco. Astha estaba desesperada de dolor. Reshana se volvió hacia ella una vez en el medio, guiñó un ojo y sonrió, encerrándola en una mirada de complicidad de la que Astha no podía hacer nada por escapar. Pensó en la cena, podían pedir algo de pollo del restaurante vecino. Arroz, una ensalada, patatas fritas con comino y cilantro, sólo tardaría un minuto, quedaba dal del mediodía.

Con la reunión finalizada, Astha se aproximó a Reshana.

—Tengo que irme —susurró—, se está haciendo muy tarde.

—Quédate un momento, quiero presentarte a alguien a quien de verdad le gustó lo que hiciste.

—¿Su esposa?

—No. Este hombre es un cineasta.

Pajama-kurta, barba gris, pelo gris.

—Me encantó la emoción representada en tu cuadro. Desearía haber podido permitírmelo, pero aquí Reshana le puso un precio demasiado alto.

—Muy divertido, Arjun —respondió Reshana de forma distraída—. Si empezamos a comprar nuestro propio trabajo también podríamos darle un beso de despedida a la Manch. Y aquí, Astha, éste es Kabir, era un buen amigo de Aijaz, solían actuar juntos. Está en el subcomité.

Kabir exhaló humo a través de su cigarrillo, y le sonrió a Astha:

—Cuéntame del resto de tu trabajo.

—No he expuesto ninguna otra cosa.

—Debes hacer más.

—Gracias —respondió Astha algo desconcertada. Apenas podía hacer que su voz no temblase.

Reshana la miró.

—¿Estás bien? —preguntó.

—Me duele la cabeza —contestó Astha, apretando los dientes, y pronunciando las palabras con cuidado.

—Oh, pobrecita. ¿Por qué no lo has dicho? Venga, deja que te lleve a una parada de escúters —en la calle Reshana le dio a Astha un abrazo breve—. Cuídate.

Astha contestó, sintiéndose tonta:

—Tú también, nos vemos, adiós —y se volvió hacia un conductor de escúter que se estaba limpiando los dientes con una ramita de *nim*.

—¿Cuánto hasta Vasant Vihar?

—Treinta.

—Demasiado.

—Es lo que cuesta.

—Pagaré según el contador.

—El contador no funciona.

El escúter-vala escupió sobre la acera para enfatizar su argumento.

—Veinticinco —propuso Astha —, pago veinticinco cada vez.

—Treinta. Esta vez no tendré un viaje de vuelta —añadió para hacerle a Astha la derrota más fácil.

Astha se sentó en el interior. El escúter-vala, impulsado a la acción, arrojó su ramita de nim y saltó con vigor arriba y abajo sobre el pedal. No se puso en marcha. Abrió el asiento de un tirón, sacó sus herramientas junto con un trapo, toqueteó algo en la parte de abajo, limpiándose las manos con cuidado cada cinco segundos.

—Puedo coger otro —rogó Astha.

No se atrevió a mirar el reloj.

El escúter-vala la fulminó con la mirada.

—Estoy ajustándolo —afirmó—. No hay nada mal. Sólo estoy ajustando.

Al final el vehículo tosió y tembló. La cabeza de Astha palpitó junto con todo lo demás.

En la siguiente luz roja volvieron a atascarse. Con coches pitando de forma furiosa tras él, el escúter fue empujado de mala gana a un lado de la carretera, y ajuste, ajuste, una y otra vez hasta que volvió a la vida zumbando, sólo para quedar exhausto en el puente sobre las vías del museo del ferrocarril. Astha no podía soportarlo más. Bajó de un salto, abrió su monedero con actitud desafiante, y arrojó quince rupias hacia la mano del hombre.

—¿Qué es esto?

—La tarifa. ¿O no la quieres? Éste es el peor escúter que he visto en mi vida. Me has hecho llegar tarde, muy tarde.

—¿Qué puedo hacer? El escúter está a punto de arrancar. Sólo estoy ajustando.

—No. Aquí.

—Veinte.

—Me haces llegar tarde, y ahora discutes la tarifa.

Astha estaba casi fuera de sí.

El escúter-vala no estaba impresionado.

—Soy un hombre pobre —insistió, rascándose sus partes—. ¿Qué puedo hacer? Son veinte hasta aquí.

Astha carecía de coraje como para arrojar quince rupias al hombre pobre y marcharse. Le lanzó otras cinco, y bajó caminando por el puente hasta el semáforo siguiente, donde había una parada de taxi. Estaba cubierta de polvo. El sonido del tráfico rugía en sus oídos, estaba el problema de la cena esperándola y los deberes de los niños que no habrían sido tocados.

Desde el momento en que puso un pie dentro quedó claro que tenía problemas. Hemant la recibió de forma helada, sin pregunta alguna acerca de cómo había ido la reunión, pareces cansada, ¿estás bien?, yo me ocuparé de las cosas, ve y túmbate.

En lugar de eso hubo silencio durante la comida colocada a toda prisa, silencio mientras ella revisaba los cuadernos de los niños tras la cena.

Himanshu arrugó la nariz por el bálsamo en la frente de su madre.
—Hueles mal, Mamá —se quejó.
—Lo siento, cariño, me duele la cabeza —murmuró Astha.
—¿Quieres que la apriete? —preguntó.
A Himanshu le gustaba apretar la frente de su madre, y a ella le gustaba tenerle a él para hacerlo, el tacto de sus manos pequeñas y torpes calmándola.
—De acuerdo —concedió.
Himanshu trepó al regazo de su madre, y puso su rostro junto al de ella, logrando meterle el dedo en el ojo. La molestia fue leve, pero aun así brotaron las lágrimas. El día había sido demasiado.

Finalmente los deberes estaban hechos, las bolsas de la escuela preparadas y los niños dormidos. Antes de hundir la cabeza en su propia almohada y borrar todo aquel día horrible, Astha tuvo que intentar arreglarse con Hemant. Él había llegado a casa, ella no estaba allí, él debía de haberse sorprendido, preguntándose, quizá incluso preocupado.

Desde el pasillo pudo verle en su silla reclinable, con el periódico, sintiéndose solo. Era su esposa. Sin embargo ella miró, expuesta con su camisón ligero, los pechos colgando y evidentes, los ojos llorosos por el bálsamo recién puesto. Levantó los pies para ir hacia él, pero se encontró caminando hacia la cama. Estaba cansada, sus pies se lo estaban diciendo, y las mujeres cansadas no pueden ser buenas esposas.

Aquella noche, mientras el dolor se alejaba y se quedó dormida, soñó. Ella y otra persona iban muy juntas en un escúter-riksha. La persona se giró, era Aijaz con el pelo largo y sedoso, rozando la cara de Astha. Ella se inclinó para acercarse más, las comisuras de sus labios se encontraron y se apretaron, solos frente a la conmoción de la calle. Lentamente Astha abrió la boca, y mordió el pelo. No lo soltó, ni siquiera cuando el escúter se detuvo, y se bajaron, la boca de ella agarrada con firmeza al pelo abundante, largo, negro, espeso, con aroma dulce, polvoriento. Esto la dejó muda, no pudo discutir con el escúter-vala, que estaba cobrando demasiado, pero Aijaz se ocupó de él. Aijaz se ocupó de todo. Juntos, entraron en una habitación llena de puertas y ventanas, con una enorme cama de matrimonio en el centro. Cortinas azules y blancas ondeaban por la brisa, la luz del sol llegaba en una corriente, la cama estaba cubierta por colchones suaves con estampados rajastaníes. Las puertas se abrieron, entraba y salía gente, pero ellos eran invisibles.

Cayeron con lentitud sobre la cama, besándose todo el tiempo, cuando Aijaz, entrelazado alrededor de ella, se convirtió en Reshana.

¿Reshana?

Se despertó. Era temprano por la mañana, el cielo estaba amaneciendo, pudo escuchar a los pájaros comenzando el día afuera. Profundamente inquieta, se volvió hacia Hemant, abrió su pijama, le provocó una erección y se subió encima.

Él, respondiendo, le perdonó los pecados del día anterior.

La alteración permaneció en Astha todo el día siguiente, la intensidad y las emociones fuertes de su sueño exigían algún tipo de reconocimiento. De forma vacilante comenzó a hacer bocetos. Dos mujeres estaban frente a frente en un escúter, tenían la nariz tapada por la contaminación, sólo se les veían los ojos. El escúter-vala era un *sardarji* moreno con un llamativo turbante rojo. Sentado junto a él había un hombre joven, dando una vuelta. Alrededor de los bordes del lienzo, tráfico, edificios, calles, pero, en el centro, el escúter con sus pasajeras inclinadas la una hacia la otra, las miradas vehementes, el sardarji y el hombre joven.

—¿Cómo va? —Reshana llamó para preguntar.

—Bien —respondió Astha con brevedad, sin querer entablar una conversación con Reshana cuando tenía la cabeza repleta de otras cosas. Comenzaría el lienzo para la Manch cuando terminase éste.

Ahora que Astha dedicaba prácticamente todas las tardes a pintar le resultaba difícil trabajar dentro de casa. Había demasiadas interrupciones, la sirvienta, los niños, el teléfono, la cocina, su propia mente inquieta. Además era observada de forma constante por cualquiera que casualmente estuviera por allí, observada de forma atenta mientras hacía bosquejos preliminares, preparaba el lienzo, exprimía la pintura, mezclaba y aplicaba color, limpiaba los pinceles. No podía decir marchaos, eso era rudo al tiempo que una forma egoísta de ocultarse.

Los cuadros también significaban que cuando tenían invitados en casa algunas secuencias conversacionales se ponían en marcha de forma invariable... ¿quién pinta?, mi esposa, oh ¿de veras?, un pasatiempo muy bueno para una mujer, mi hija también pinta muy bien, o mi hermana, o la hermana de mi mujer... todo lo habido y por haber, siempre había alguien que conocía a alguien que pintaba. Cada vez que pasaba esto Astha se veía obligada a hacer de su trabajo tema de cotilleo inútil, algo que odiaba hacer.

Le mencionó esto a Hemant un fin de semana. Estaban en la habitación, tumbados para descansar de una comida pesada que habían tomado en el piso de arriba.

—Necesito más espacio.

Hemant la acercó más.

—Toda la casa es tuya, Az.

—Estaba pensando en algo más específico. Ya sabes, un sitio donde trabajar en paz, donde extender mis cosas.

Sabía que sonaba presuntuoso y poco familiar querer espacio que fuese suyo y sólo suyo. Fue evidente que Hemant también lo creía así, cuando dijo:

—No necesitas más, aquí tienes todo lo que puedes utilizar.

—No lo bastante. Estorbo a todo el mundo.

—Muchas mujeres morirían por tener el espacio que tú tienes. Nunca habríamos podido permitirnos algo como esto ahora. Tan sólo si tu padre hubiera hecho lo mismo...

—¿Quizá pueda tener la otra habitación del *barsati?* —interrumpió Astha deprisa, una habitación tan incómoda, alejada, remota, e indeseable que podía pedirla con calma, y que era de esperar que le diesen sin reticencia.

—¿Qué?

—Nadie la está utilizando.

—Pero pertenece a Sangeeta, puede sentirse insegura. Sabes lo susceptible que está ya.

Una oleada de enfado golpeó a Astha, Sangeeta allá en Meerut iba a ser más tenida en cuenta que ella.

—Lo desocuparé cuando sea necesario, además los sirvientes ya están allí, y me imagino que ella tolera eso.

—Pero cariño, no tiene conexión eléctrica, ¿cómo vas a utilizarla?

—Haré que la conecten, todo lo que tenemos que hacer es alargar la conexión desde el cuarto de los sirvientes.

—Te matará, con tus dolores de cabeza, eso es seguro.

—Por favor, por favor, por favor.

Hemant estaba claramente enfadado. Su esposa en el tejado, junto a los cuartos de los sirvientes, pintando.

—¿Qué hay de malo con trabajar aquí abajo? Te dejo trabajar... no te freno... no digo nada sobre el olor, sobre los lienzos por todas partes.

—El olor, los lienzos, la inconveniencia, es exactamente por eso. Por favor, cariño.

Hemant habló con sus padres. No estuvieron de acuerdo. Sangeeta sería muy susceptible a que un miembro de la familia invadiese su territorio, los sirvientes eran diferentes.

Astha juró con amargura que ganaría bastante dinero como para alquilarse su propio estudio algún día. Mientras tanto si no había ninguna zona disponible para ella, intentaría arreglárselas con los espacios amplios dentro de su cabeza. Dado que percibía que nadie consideraba que ella merecía lo bastante el espacio que le recordaban de forma constante, se ponía de muy mal humor durante las interrupciones. Al final se armó de valor, cerró la puerta, y si la molestaban con mucha frecuencia echaba el cerrojo. De esta forma se le otorgó una cierta privacidad inquieta.

Tras *Mujeres de viaje*, la imaginación de Astha trabajó cada vez más en los cuadros. Para el de la Manch decidió experimentar con un asunto por el que tenía sentimientos muy fuertes. Trataría con la *Rath Yatra*, con el viaje que un Líder estaba haciendo a través del centro hindú en nombre de la unificación de la nación. Como los líderes religiosos de antaño, conducía una cuadriga, idéntica a la de Arjuna en el serializado *Mahabharata*, familiar para millones de espectadores. Que la cuadriga fuese en realidad un Toyota DCM era una concesión necesaria ante los diez mil kilómetros que tenían que hacerse en treinta y seis días. Su viaje iba a empezar en Somnath, uno de los primeros lugares en ser destruidos por los saqueadores musulmanes (Mahmud de Ghazni) en 1026, para terminar en Ayodhya, donde nació el dios Rama, el lugar santo que necesitaba ser reapropiado para aliviar los sentimientos de setecientos millones de hindúes. También era un viaje a la prominencia política.

Para representar esto Astha escogió un lienzo grande, de metro veinte por metro ochenta, y volvió a inspirarse en las miniaturas rajastaníes. A un extremo había un templo, al otro la Babri Masjid, sobre su pequeña colina. Entre los dos viajaba el Líder, en una *rath,* flanqueado por hombres santos, vestidos de azafrán, llevando *trishuls,* unos viejos, otros jóvenes, con las barbas flotando sobre sus pechos. Junto a la rath había hombres más jóvenes en moto, con gafas protectoras y cascos, cuyas ropas ella pintó también de azafrán, para sugerir una religión militante. Esbozó escenas de violencia, incendios premeditados y apuñalamientos que ocurrían por el camino en los pueblos, gente luchando, gente muriendo; mostró a hombres jóvenes acuchillando sus cuerpos, y ofreciendo una *tilak* de sangre al Líder; mostró a hombres jóvenes ofreciendo incluso más sangre en una vasija; mostró el arresto del Líder cuando se aproximaba a Ayodhya.

El día que Astha terminó su cuadro para la Manch, simplemente llamado *Yatra,* respiró hondo y se quedó mirándolo un largo rato. Éste era bueno, sentía que lo era. La Manch le había prometido la mitad del dinero del cuadro, se preguntó cuánto sería eso.

Esta vez Reshana puso el precio de veinte mil rupias al cuadro de Astha.

—Es muy fuerte. Un poco sangriento, pero la escala es tan pequeña que no es ofensivo. Y lo cierto es que resalta el color.

—Gracias —respondió Astha, sintiéndose entusiasta y resplandeciente.

—No tenía ni idea de que estabas haciendo la yatra. Un asunto polémico se tendrá en cuenta en las críticas.

Astha vio respeto en su rostro, lo que le agradó, pero por desgracia también hizo que se acordase de su sueño. El deseo por Hemant entró en ella como una flecha, lo seguro, sólido, estable, fijo en su vida.

—Vuelve mañana a ver dónde lo hemos puesto —continuó Reshana, y Astha regresó de la sala de exposiciones con un sentimiento de vacío en el pecho. El lienzo en el que había trabajado y pensado todos estos meses ya no estaba.

De nuevo Reshana demostró tener razón. El cuadro de Astha fue mencionado en las críticas, un periódico incluso publicó una fotografía del mismo, y se vendió antes del final de la exposición.

Hemant dijo:

—Felicidades, has de estar realmente encantada, me alegro por ti —como si se hubiesen conocido en una fiesta, en vez de haber compartido la misma cama durante años.

Astha respondió, con la misma cortesía:

—Gracias, Hemant.

Se quitó de la cabeza una fantasía romántica infundada, que fuese él quien lo había comprado, quien lo pondría en un lugar de honor en casa o en la oficina, y le diría a todo el mundo que era un ejemplo del trabajo de su esposa. Ella sabía que esto era imposible, y que la gente que espera lo imposible se sitúa en la desdicha, y Astha preferiría morir antes que ser una mujer así de patética.

En vez de eso se abrazó a la visión de sí misma como una mujer que había vendido dos cuadros en un año, sumando un total de treinta mil rupias, diez mil de las cuales eran suyas. Se sentía rica y poderosa, así, qué importaba si este sentimiento sólo duraba un momento.

Un día sería tan famosa que Hemant se sentiría obligado a exhibir algo que ella hubiese hecho, y alguien, ¿un amigo?, ¿un banquero?, ¿un socio?, lo vería, impresionado, y le pediría conocerla. A diferencia de Hemant, la consideraría fascinante. ¿Querría tener una aventura con ella? ¿Cómo sería ese tipo en la cama? En este punto Astha trazó con firmeza una línea de un lado a otro del resto de su fantasía, que superaba cualquier cosa remotamente creíble.

Vacaciones de verano. Todo lo que se tocaba o respiraba estaba cargado de polvo. El calor era el de siempre, intenso e insoportable.

Era del todo imposible que Astha pintase, sus hijos estaban por todas partes, estaba ocupada con cosas para mantenerlos ocupados a ellos, talleres de verano, el transporte que implicaba, y la visita inminente de Sangeeta con sus hijos.

—¿Le enseñarás tus cuadros a Sangeeta *Bua,* Ma? —preguntó Anuradha.

—Ahora mismo no tengo nada que enseñar.

—Tienes la imagen en el periódico, y la mención en la crítica.

—Déjalo, *Babu,* podría pensar que estoy presumiendo.

—¿Y? Shefali siempre está alardeando de todas las cosas que tiene.

—Pobrecita. Tesoro, hay muchos problemas en casa de Shefali, sus padres se pelean, y tal vez ella habla así porque se siente insegura. No digamos nada sobre mis cuadros, podría hacer que Sangeeta Bua se sintiera mal.

—Quieres decir celosa.

Eso era lo que Astha quería decir, pero era de la tía de la niña de quien estaban hablando.

—Pintar no es plato del gusto de todo el mundo —dijo Astha tratando de ganar tiempo.

Durante el verano, y las dificultades con Sangeeta, los hijos de Sangeeta, Shefali y Samir, y sus propios hijos, su pintura permaneció con ella, en el fondo de su pensamiento. Suspiraba por los momentos en que su mano, su ojo y su cerebro se fundían en uno, y su vida diaria quedaba borrada. Había experimentado esto de forma creciente con el segundo y tercer lienzo, y estaba impaciente por experimentarlo de nuevo.

Mientras tanto los seis fueron de compras, fueron al zoo, al cine, a restaurantes, a Appu Ghar, al museo de ciencia, al museo de artesanía, a nadar. Durante una semana los nueve fueron a Nanital, donde Hemant alquiló una casita. Ahí navegaron, deambularon por el lago, dieron largos paseos, montaron en poni y Astha fue esposa, madre, cuñada, nuera.

Hemant estaba contento con ella. Le resultaba más fácil cuando sus familiares estaban allí y Astha pasaba tanto tiempo con ellos. Cuando llegó su aniversario, le compró un anillo, una esmeralda rodeada de diamantes diminutos. Era de excelente calidad, y el anillo quedaba bien en su mano.

—Resalta tu color —dijo Hemant dándole vueltas a la mano de Astha en la suya propia, sonriéndole.

—Qué marido —murmuró la suegra por el fondo.

Sangeeta miraba, detectando cada gesto.

No era necesario que Astha dijese nada.

El verano terminó, Sangeeta y sus hijos se marcharon, la escuela a punto de comenzar. Astha estaba de pie en la terraza que daba al jardín minúsculo, pensando que su exilio forzado de la pintura, trementina y aceite de linaza había terminado al fin. Observó la escena frente a ella, preguntándose cómo podría captar siquiera una fracción sobre el lienzo. El cielo estaba cargado de nubes oscuras, el aire tenía un carácter gris amarillo que hacía más luminosos la hierba y los árboles, más vívidas las flores rojas del árbol de *gulmohar,* más llamativas las flores blancas como la cera del árbol de *champa* en contraste con sus hojas verde oscuro. Había tanta humedad en el aire que cuando soplaba la brisa rozaba su rostro con rocío.

Las miniaturas mogolas estaban repletas de escenas del monzón, amantes sobre el tejado, la mano del hombre acariciando el pecho de la mujer mientras ella se apoya con fuerza contra él, un cielo gris en lo alto con pájaros blancos volando en formación de V frente a las nubes. ¿Qué tal una escena urbana de monzón, niños chapoteando en charcos, cometas volando, vendedores de *jamun, bhutta* y *phalsa* sentados en cuclillas frente a sus canastas sobre las aceras y, sobre el tejado, una mujer solitaria mirando hacia la oscuridad densa allá arriba? La melancolía la embargó. Tras la falta de vida del verano, el monzón era una época de despertar y deseo, ¿pero qué iba a hacer una con la añoranza que sentía?

Deseaba poder compartir sus sentimientos con alguien, pero sólo con Hemant a quien recurrir no cabía duda de que su soledad estaba asegurada. Sin embargo él era todo lo que tenía, y ella hizo un intento cuando él llegó a casa y se dispuso a tomar su copa.

—Fue bonito de verdad el día de hoy.

—Supongo. No he tenido tiempo de darme cuenta.

—Por eso te lo digo. Quiero compartirlo.

Pero el tono ya era tenso, y Hemant respondió de inmediato.

—Sí, es agradable cuando tienes tiempo de admirar la naturaleza.

Las insinuaciones ofensivas estaban claras. Astha forzó una sonrisa vaga en sus labios, después se puso a estudiar la etiqueta de la botella de whisky. No podía mentir más que esto.

—Tengo una sorpresa para ti —dijo él.

Se sintió agradecida.

—Oh, ¿de veras? ¿Qué?

—Nos vamos a Goa.

—¡Goa! ¿Por qué Goa? El monzón ha empezado allí.

—¡Are! Eras tú quien quería ir.

—Eso fue en invierno. En temporada.

—Exacto. ¿Y sabes lo caro que es en temporada?

—No si nos hubiésemos alojado en un sitio barato. Hay muchos de ésos.

—¿Por qué ir si tenemos que vivir a lo pobre? Ahora tengo un excelente viaje organizado —su mirada se suavizó y apretó el brazo de Astha—. Hace quince años que nos casamos. Es un regalo de aniversario para ti.

—Nuestro aniversario ha pasado.

—Ajá, mayo... julio es lo mismo. O hace calor o llueve. Y las tarifas son de temporada baja. Tengo reservas para el Taj. Cuando se va a uno de cinco estrellas, el hotel se convierte en el destino que realmente merece tu dinero —Hemant parecía encantado consigo mismo—. Tarifas de temporada baja —repitió mientras se disponían a cenar.

—Pero Hem —dijo Astha, consiguiendo entusiasmarse ante la idea de alojarse en un hotel de cinco estrellas, si llovía fuera, qué importaba, cinco estrellas eran cinco estrellas—. Costaría dos días llegar allí, dos días para regresar, casi tanto tiempo como la estancia en sí, ¿vale la pena?

—Vamos en avión —y el orgullo le hinchó el pecho y llenó la habitación.

—¿Qué? ¿Has ganado la lotería?

—Tengo que ir a Bombay a ver a un representante, los billetes de los niños costarán la mitad, el tuyo es el único que tenemos que pagar. Gastaremos el dinero que ganaste con tu cuadro.

—Pero cariño, podías haberme preguntado si quería gastar el dinero en un billete de avión, y además cuando es temporada baja.

—Tienes lo de las temporadas metido entre ceja y ceja. Te estoy diciendo que será muy agradable, no confías en mí.

—Lo hago, de verdad que sí.

—Pues demuéstralo.

Era justo, se dijo a sí misma más tarde, que su dinero se destinase a pagar unas vacaciones familiares, en definitiva por qué tendría que pagar Hemant por todo. No había posibilidad de elegir en este asunto. Estaba ya todo decidido. Llegaron a Goa con lluvia, condujeron hasta el hotel con lluvia, los niños corrieron hacia la playa con lluvia.

—¿Por qué no vamos nosotros también? —preguntó Astha—. Puede que nunca pare de llover.

—No, ve tú.

—No quiero ir sin ti —respondió Astha.

Había una posibilidad de que él le recordase que estaban de vacaciones, ¿y para qué iban de vacaciones si no era para estar juntos? Astha lanzó una mirada pensativa afuera. A lo lejos, el sonido del mar, podía vislumbrar una línea gruesa gris y blanca, ondulante.

—Eres tan cría —respondió Hemant con indulgencia moviéndose hacia ella—. ¿Recuerdas que este viaje era para celebrar nuestro aniversario?

Empezó a tirar de su sari.

—¿Qué haces? Los niños pueden venir en cualquier momento.

—Sólo uno rápido. No vendrán al menos en otros quince minutos.

Rápidos. Parecía que eso era lo que siempre fueron todos. Terminaron el acto en el tiempo especificado, el sonido de la lluvia y el sonido del mar, más distante, se mezclaban con la respiración de Hemant en los oídos de Astha.

El día siguiente estaba despejado por la mañana.

—He estado hablando con recepción y dicen que deberíamos salir de excursión ahora porque probablemente lloverá por la tarde. He alquilado un taxi.

—¿Adónde vamos? —quiso saber Anuradha.

—Mapusa, y después algunas playas.

Se pusieron en camino. Marido, mujer, dos niños guapos, en un taxi, de excursión en Goa.

La ciudad de Mapusa era pequeña y, salvo por los vestigios de influencia portuguesa, no muy interesante. El estilo de arquitectura colonial mediterránea podía verse aquí y allá en casas viejas rodeadas de jardines de exuberante verde, buganvilla e hibisco coloridos que se derramaban sobre muros divisorios, o que se lanzaban con desenfreno sobre las casas.

Después de llevarles dando una pequeña vuelta, el taxi se paró frente a un espantoso centro comercial con círculos de cemento colocados por todas partes a modo de decoración. El tráfico era caótico y ruidoso, taxis, coches, bicicletas y motocicletas conducidas por extranjeros escasamente vestidos que pasaban zumbando.

—Anacardos, vinos de Goa —dijo el conductor con firmeza mientras la familia vacilaba dentro del coche—. Antigüedades, plata, joyas —continuó, señalando con un gesto los espacios oscuros tras puertas abiertas.

—¿Por qué no vemos lo que esta ciudad tiene que ofrecer? —comentó Hemant.

Quizá eso fue un error. Porque una de las cosas que la ciudad ofrecía era una caja antigua de plata, que costaba cinco mil rupias. Era tan bonita que Astha se enamoró de ella de inmediato... vieja, ennegrecida, tallada de forma intrincada, y del todo inservible.

—Por favor, ¿puedo comprar esa caja? —le preguntó a Hemant.

—Debes de estar loca —contestó Hemant.

El tono, la negativa, ambas cosas la hirieron. Era una mujer que ganaba dinero, ¿por qué no podía opinar sobre cómo se gastaba parte del dinero de los dos? Nunca dijo nada cuando él decidió derrochar dinero en billetes de avión, ¿por qué no podía comprar una caja que le gustaba? Tal vez era demasiado cara, pero estaba segura de que si regateaban, se volvería más barata. Además la plata era la plata.

—Es tan preciosa. También sería un recuerdo de Goa.

—Es demasiado cara, todos éstos son estafadores.

El comerciante, percibiendo indecisión, hizo hincapié en la caja, muy bonita, caja antigua, precio antiguo, ahora sería el doble de cara si vais a comprar.

—¿Lo ves? —dijo Astha—. Precios antiguos.

—¿Cómo puedes creerle? Todos mienten.

—Yo también gano dinero. ¿No puedo comprar una caja si quiero, aunque el precio sea un poco excesivo?

—¡Tú ganas dinero! —bramó Hemant—. Lo que ganas, ahora que es realmente algo, sí, pagará estas vacaciones.

He ganado para mi billete, pensó ella, pero éste no era el lugar para sacarlo a relucir.

Los niños, que deambulaban por la tienda, se habían quedado callados. Anuradha fue y se quedó de pie en la entrada observando de forma fija el tráfico. Himanshu jugueteaba con los anacardos que habían comprado para llevarlos de regreso a Delhi.

Astha dejó salir su respiración a sacudidas de forma que nada pudiera oírse.

—Vámonos —dijo casi para sí misma.

Fueron a ver las otras playas, y en el camino de vuelta desde Vagator, Hemant la rodeó con el brazo por un momento conciliador en el taxi. Ella pudo sentir la solidez del cuerpo de Hemant junto al suyo. Se sintió flácida, agredida y perpleja. No quería el tacto de él, que su cercanía compitiese con la pureza de su desesperación.

Superó el resto del día de algún modo, enferma y desdichada. Las playas eran preciosas, y ella se sentía resentida por su belleza, resentida por ser forzada a percibir cualquier cosa aparte del dolor en su interior.

De vuelta en el hotel, los niños golpeaban su mente, demandando atención mediante las conchas.

Mira, mira ésta... no estás mirando... mira, la mía, póntela en la oreja, ¿puedes oír el sonido?... así no, tienes que ponerla así, ¿puedes oír el mar ahora?... quiero llevarme todas estas conchas a Delhi, tendrán un aspecto tan bonito... no estoy poniendo arena por todas partes, están perfectamente limpias... ésa es mi concha... ella ha cogido mi concha... es mía... yo la vi primero... no, él no fue... ella siempre me está cogiendo las cosas... siempre estás de parte de él...

Otra hora y la cabeza de Astha estallaría. Para cuando los niños hubieron cenado y se cambiaron ella estaba lista para las oleadas de dolor que ahogaban su conciencia.

Pasó la noche. Se tambaleó dos, tres veces hasta el baño, agarrándose con fuerza a las paredes en busca de apoyo para vomitar en la bacinilla. Cada vez confiaba en que el dolor disminuiría, pero no lo hacía, y su náusea continuó hasta que los pájaros empezaron a piar, y el cielo oscuro se volvió plateado con el día. Al final, sin que quedase nada en su estómago, nada de ella, consiguió cerrar los ojos y sumergirse en un agotamiento tranquilo.

Una o dos veces fue consciente de que Hemant preguntaba desde su lado de la cama, expresando preocupación con voz tensa:

—¿Estás bien?

Respondió a este detalle diciendo con una voz ronca de vomitar:

—Estoy bien.

—¿Estás segura?

—Sí. El dolor se irá pronto.

Era tarde a la mañana siguiente. Hemant les había dado el desayuno a los niños, y ahora estaba sentado con Astha en la terraza, frente a una bandeja de té y papaya. Astha miraba por encima de las zonas ondulantes cubiertas de hierba hacia la línea del mar. Podía oír el bramido de las olas. En lo alto, el cielo se bamboleaba con densas nubes grises. No podía recordar haber visto una miniatura del mar. Tal vez tradicionalmente los pintores de miniaturas vivían en el interior.

—¿Te sientes mejor? —preguntó Hemant.

Ella asintió. Él alargó la mano, y Astha puso la suya en ella. La sensación era seca y cálida. Había cierta comodidad que asociaba con esta mano.

—Había confiado en que con el aire del mar tus dolores de cabeza podrían mejorar, no empeorar —continuó, una culpa cuidadosa, solemne, en su voz.

—Eso habría sido agradable —logró decir ella con el mismo cuidado.

Dentro, podían oírse las voces de los niños intercambiando conchas, con algunos breves momentos de discusión.

—Creo que a los niños les ha gustado de veras estar aquí —comentó Hemant, soltando su mano para ponerle a ella una taza de té.

Estaba tibio, pero Astha lo sorbió con gratitud, consciente de la pesadez residual en su cabeza a cada movimiento.

La cuenta por cinco días y cuatro noches fue de nueve mil quinientas rupias. Hemant se sentía victorioso.

—Ha sido dinero bien gastado —dijo cuando regresó a la habitación después de arreglar todas las cuentas en el mostrador principal.

Nueve mil quinientas rupias gastadas en una de las peores semanas de mi vida, pensó Astha, mientras subía al autobús del hotel que les llevaba al aeropuerto. Pensó inútilmente en todas las cosas que podría haber hecho con ese dinero, en la hermosa caja de plata que podría haber tenido y admirado para siempre. Pero era él quien decidía cómo gastar el dinero de ambos, no ella.

—Oh, Dios, tienes un aspecto horrible. ¿Has estado enferma?

Así fue recibida Astha por sus colegas el primer día de escuela.

—Las vacaciones fueron agotadoras —respondió—. Mi sirvienta no estaba.

Todo el mundo entendió lo que significaba esto.

—Os lo digo, después de que la sirvienta de una se tome unas vacaciones, debería entenderse que nosotras también lo hagamos. Mirad a Astha, pobrecita, es evidente que necesita un descanso.

Tomarse un descanso, cómo lo decían todas a modo de *mantra,* como si hacer un descanso sirviera de algo cuando siempre volvías a lo mismo.

La segunda colega estaba hablado de su cuñada, establecida en Estados Unidos, que había descubierto que su marido la estaba engañando y que ahora quería el divorcio. Esto sacó a colación las habituales reacciones virtuosas centradas en Nosotros y Ellos, Oriente frente a Occidente.

—Allí siguen divorciándose... casándose hasta que tienen sesenta, setenta años.

—No entienden el concepto de familia. Sólo piensan en sí mismos.

—El índice de divorcios es de tres de cada cuatro matrimonios.

—No saben qué es ser una mujer, qué es sacrificarse.

Bueno, Astha era una mujer, y estaba harta de sacrificarse. No quería ser mangoneada en nombre de la familia. Estaba cansada del ideal de la condición de la mujer india, acostumbrada a la trampa y la prisión. Disculpen, detengan esa creencia destructiva y déjenme marchar. He tenido bastante.

—Puede no ser algo malo —dijo de forma tentativa—. Si un matrimonio es terrible, es bueno ser capaz de dejarlo.

Todo el mundo se quedó mirándola. Astha jugueteó con sus libretas. Estarían preguntándose si su matrimonio andaba bien.

—Pensad en mi cuñada, por ejemplo —añadió con rapidez—. Su único tiempo libre es el que pasa con nosotros en verano. No se le permite trabajar, por el contrario sus parientes políticos la hacen ser una esclava dentro de casa, no es sino una sirvienta no retribuida. Si se queja, su esposo se pone de parte de sus padres. Si estuviese en Occidente pensaría en el divorcio sin la muerte social y económica que le seguiría aquí.

Sonó el timbre. Astha se levantó llevando las cuarenta libretas de sus estudiantes y se dirigió a clase. Tenía un trabajo, no había duda al respecto, pero dudaba si eso hacía que estuviese menos atrapada que la pobre Sangeeta. Debería haber mantenido la boca cerrada en cuanto al divorcio. El único resultado sería que especulasen sobre ella.

*

Mientras tanto Anuradha cumplió trece años y comenzó a menstruar. No se lo tomó bien, y Astha aprendió a temer sus reglas, salpicadas como estaban de ataques de rabia, dolor y depresión. No podía recordar haber llamado tanto la atención jamás hacia sí misma durante esas ocasiones, ni siquiera cuando le había dolido de forma insoportable.

—Es el destino de una mujer —explicó.

—¿Por qué, por qué es el destino de una mujer?, no es justo —se quejaba Anuradha, mientras sujetaba con fuerza su bolsa de agua caliente y las lágrimas fluían de sus ojos, humedeciendo ambos lados de su rostro, desapareciendo en su pelo.

Dónde estaba la justicia en esto, pensó Astha. Duele, lo soportas. Ahí se acababa el asunto.

—Pasa para que puedas tener niños —volvió a intentar.

—Nunca voy a tener niños, voy a adoptar.

—Ya veremos cuando llegue el momento. Puede que quieras hijos propios.

Anuradha le lanzó una mirada feroz a su madre y no se dignó a responder.

—¿Qué le pasa a Didi? —saltó Himanshu, que estaba mirando a su hermana llorar y gritar con gran interés.

—Tiene dolor de estómago. Ve a ver qué hacen en la tele, Beta.

—No hay nada en la tele. ¿Por qué no podemos tener una antena parabólica y ver la guerra del Golfo?

Astha se giró para mirar fijamente a su hijo. Anuradha olvidó su dolor bastante tiempo como para señalar lo malcriado que estaba.

—¿Qué hay de malo con *Chitrahaar?* Siempre te ha gustado.

—Quiero ver la guerra del Golfo. En la escuela todo el mundo mira la CNN y la BBC.

—Dudo que todo el mundo en la escuela tenga una antena parabólica. Puedes hablar con tu padre cuando venga.

—¿Cómo ha ido el día? —preguntó Hemant cuando llegó a casa aquella noche.

—Terrible. Anu tiene la regla.

—Oh, pobrecita. ¿Ha sido muy malo?

—Sí. He tenido que darle dos de Brufen. Espero que no le causen dependencia. ¿Cómo soportará el dolor más adelante en la vida?

—Todavía es muy pequeña. ¿Por qué tendría que sufrir tanto?

—No es tan pequeña, y es parte de la naturaleza.

—¿Dónde está ahora?

—En la cama con una bolsa de agua caliente, leyendo a Nancy Drew. Y tiene un examen mañana.

—Pobrecita mi niña, dejémosla —repitió Hemant con rapidez, sirviéndose algo de beber y dirigiéndose a la cabecera de Anu.

—Oh Papá, quiero un poco de chocolate —murmuró Anuradha con voz infantil, acurrucándose junto a su padre.

—Mañana, ¿de acuerdo?

—De acuerdo.

Nunca suena o tiene ese aspecto cuando yo tengo dolor de cabeza, pensó Astha, y después arrojó ese pensamiento de su conciencia. El vínculo padre-hija no podía compararse con el terreno pedregoso de una relación conyugal.

Unas pocas semanas después apareció una antena parabólica en la terraza. Astha fue informada de esto de manera fortuita la noche anterior.

—¿Una parabólica? Pero es muy cara.

—Es buena para los niños. Verán la BBC, la CNN, sabrán lo que está pasando en el mundo. ¿Quién puede ver *Doordarshan?* Dos canales, ¿te lo puedes creer? Ahora al menos tendrán competencia.

—Pero tal cantidad de dinero para tener una parabólica en nuestra propia casa. No somos un hotel, o algo así.

—Are, estoy en el negocio de la televisión, tengo que estar al día con estas cosas.

La mente de Astha viajó hasta la pequeña caja de plata en Mapusa, sólo cinco mil, mientras que la parabólica costaría al menos ocho veces eso. Pero era inútil decir o sentir nada, los niños y el negocio garantizaban la naturaleza incomparable de cualquier razonamiento. Si supiera cuánto dinero tenían, estaría en un terreno más firme, pero nunca lo supo.

31 de diciembre. Constitution Club. seis y media de la tarde. Una ligera neblina estaba comenzando a añadirse al frío generalizado. Astha no se había dado cuenta de que haría ese frío, y se quedó de pie estremeciéndose con su jersey y su chal. Cerca había un vendedor de cacahuetes, tostándolos sobre un fuego pequeño, pero no se atrevió a avanzar hacia él, por si parecía que pensaba más en su apetito que en la causa.

Era el aniversario de la masacre del Grupo de Teatro de Calle. También era una protesta contra la decisión del *Hindu Samaj Andolan* de construir un templo en el lugar de la Babri Masjid.

—Ven a ayudarme, Astha —dijo Reshana, acercándose con dos bolsas grandes de plástico.

En cuclillas sobre la acera, introdujeron velas en diminutos platillos forrados de papel de aluminio para evitar que la cera gotease en las manos que las llevaran. Absorta, Astha pudo olvidar la escena que había tenido con Hemant antes de salir de casa.

Diez días antes, Hemant había preguntado:

—¿Qué haremos esta Nochevieja?

Astha pareció desconfiada. El año anterior habían gastado más de dos mil en ir a un hotel de cinco estrellas con amigos, y Astha se avergonzó a sí misma al tener un dolor de cabeza y vomitar a la una de la mañana con el malestar de la preocupación de todos dirigida hacia ella.

—Déjame en casa —había rogado cuando Hemant le habló del tema—. No puedo controlarme.

Pero eso tampoco era socialmente aceptable.

—No sé —dijo ahora—. ¿Qué tienes en mente?

—No estoy seguro —respondió Hemant hojeando invitaciones de colores intensos que habían mandado varios hoteles y clubs sobre la Noche de Navidad, la Noche de Fin de Año, cena y baile—. El distribuidor de Delhi nos ha invitado, han reservado una sala en el Sayonara Club. Pero no es muy personal, llaman a todos sus clientes, y es un gran *tamasha* —dijo Hemant con aspecto hastiado.

—¿No podemos quedarnos en casa? —preguntó Astha para tantear el terreno—. Eso es personal de verdad.

—¿Quedarme en casa en Nochevieja? No, gracias.

—Dime entonces, ¿dónde vamos?

—Tenemos varias invitaciones, veamos cuántas podemos aceptar —respondió Hemant, mostrando en su voz el orgullo por ser solicitado socialmente.

—De acuerdo —replicó Astha, sin preocuparse por preguntar de quiénes eran las invitaciones.

Algunos amigos, algún lugar. Comer, beber, reír, hablar. A ella le daba lo mismo. Su mente nunca estaba del todo allí.

No le contó lo de la manifestación, también planeada para Fin de Año. Sentía que esta información no sería bien recibida.

Ahora estaba a punto de comprobar que tenía razón. Hemant la vio preparándose para salir y quiso saber:

—¿Adónde vas? Estoy libre, ya lo sabes.

Astha pensó en todas las tardes que ella había estado libre y había estado esperando, y se preguntó si habría un día en que podría sentir el mismo derecho a quejarse que sentía Hemant. Entonces trató de ser conciliadora, no quería tensión en una noche de intensa diversión obligada.

—No voy a estar fuera mucho rato, sólo una hora.

—¿Adónde vas? —repitió Hemant.

—A una manifestación fuera de Rashtrapati Bhavan. Es el aniversario de la masacre.

—Pareces olvidar que tu lugar como mujer de una familia decente está en el hogar, y no en las calles. También olvidas que hoy es Nochevieja, y vamos a salir.

—No, no me olvido. Volveré a tiempo, ¿qué importa lo que haga una o dos horas antes?

El rostro de Hemant asumió su aspecto enclaustrado. Astha sabía que estaba siendo poco explícita. Importaba porque salir con su esposo debía ser el momento más importante del día, no algo que encajar en el resto de actividades, inadvertido, menor, hecho porque sí. Se fue de casa, confiando en que la expectación de las fiestas haría su pequeña parte para eliminar el mal humor de Hemant.

De regreso al Constitution Club. A las siete de la tarde ya se habían congregado alrededor de trescientas personas.

—Buena concurrencia —le dijo Reshana a Astha mientras terminaban la última de las velas y se levantaban de la acera—. Y además en Nochevieja. Contactamos de hecho con todo el mundo pero nunca puedes estar segura.

—Es posible que muchos piensen que ésta es la mejor forma de pasarla —dijo Astha con sentimiento—. Hacer algo en lo que crees hace un poco más fácil el resto de cosas.

Reshana retrocedió. Astha enrojeció. Allí estaba ella tratando de darle a Reshana su corazón y su alma, comportándose de modo inapropiado. Debía recordar que todo el mundo estaba ahí por la causa, y si la causa también tenía un ímpetu personal, la discreción exigía que se cubriese de silencio.

Descendieron Rajpath desfilando, las velas resplandecían. Llevaban pancartas que declaraban que estaban a favor de una India unida, que el laicismo era parte de nuestra Constitución y tradiciones, que el comunalismo era el azote de la nación.

Gritaban al caminar:

Alzad vuestras voces... Somos uno
Combatiremos la injusticia... Lucharemos juntos
El comunalismo nunca... nunca vencerá, nunca vencerá
Estas son armas falsas... del verdadero dios Rama
Falsos amantes de Rama... armas falsas
Templo, iglesia... mezquita, gurudwara,
Todo es lo mismo... Lo mismo para todos

Subiendo hacia Raisina Hill, las velas goteaban cera sobre los platillos de papel, sosteniendo un memorándum para el cual todos habían recopilado firmas el último mes, protestando por los ataques contra los musulmanes, protestando por la tentativa de demoler la Babri Masjid.

A su alrededor se arremolinaban coches y peatones, irritados por tener que parar frente a pancartas agresivas y velas encendidas, mientras el desfile avanzaba por tantas calles como podía, dificultando el tráfico, llamando la atención sobre su mensaje.

Cerca de Rashtrapati Bhavan, hogar del Presidente, hogar de los virreyes del pasado. Enorme, gigantesco, sobresalía a lo lejos, más allá de las verjas de hierro forjado, altas e imponentes, que impedían la entrada no autorizada. Allí se detuvieron quienes iban en el desfile, iluminados por cámaras de televisión que atenuaban las velas en las que se centraban. Desde Raisina Hill, Astha pudo ver las luces de los coches zumbando arriba y abajo de Rajpath. Qué pocos somos, qué insignificantes en esta única calle. Miró hacia la antigua Residencia del Virrey. Diseñada como un majestuoso testimonio de piedra arenisca de la gloria británica, había servido a su propósito sólo durante diecisiete años, antes de convertirse en testimonio de la ilusión.

Las canciones y consignas de protesta continuaron. Por último llegó un funcionario y una puerta lateral abrió una rendija desconfiada. El memorándum junto con dos portavoces se deslizaron dentro; dos personas y un millar de firmas sobre todo de profesores de escuela y universidad, artistas, pintores y gente del cine. Muchos de los manifestantes habían llevado a sus hijos, que parecían tan convencidos como sus padres de la justicia de su causa y de la utilidad de su protesta, sin importar qué pocos eran.

Mientras esperaban se leyó una carta en voz alta. Redactada en inglés... objeción... debería estar en hindi. El escritor, un profesor universitario de inglés, explicó rápidamente en hindi que la carta estaría en ambos idiomas, y se mandaría a todos los periódicos destacados. Por el momento les suplicaba su indulgencia, leería la carta en inglés, quedando pendiente su traducción inmediata.

La carta proclamaba que la Sampradayakta Mukti Manch y la comunidad docente y artística estaban unidas para condenar tanto al *BJP* como al Congreso por alentar fuerzas fascistas en el país, y por fallar en adoptar una acción rápida contra las amenazas a la Babri Masjid. Si estas amenazas se volviesen reales, el laicismo estaría en grave peligro, y el odio comunal se desencadenaría a una escala que resultaría difícil de controlar. No adoptar ninguna medida equivalía a alentar las divisiones sociales por líneas religiosas. Los sectores más débiles sufrirían. No se iba a tolerar esto. Apelamos al gobierno para que haga algo antes de que sea demasiado tarde.

Firmado...

Se adoptó entonces la resolución de establecer un grupo central que se ocuparía de la acción posterior, lo primero sería hacer circular más peticiones.

Con esto hecho, se reanudaron las canciones:

¿Cuánto tiempo saquearán mi pueblo?
Iré llevando una antorcha
Vagaré por el mundo
Para hacer que mi pueblo sea seguro para mí.

Pasó media hora sin rastro alguno de los portavoces. Estaba transcurriendo la última noche del año. Astha no dejaba de lanzar miradas furtivas a su reloj.

—Are, ¿llamaremos al Nuevo Año aquí?

—Vámonos, pueden venir más tarde.

—No vale la pena esperar.

El equipo de la televisión comenzó a recoger. Las velas se habían consumido. Mientras el desfile comenzaba a volver hacia la oficina de la Manch, Astha se quedó rezagada, sin dejar de buscar intensamente con la mirada un escúter libre. Tenía que estar en casa para las ocho y media, o las cosas se pondrían peor con Hemant. Encontró uno en un punto en que el desfile había detenido el tráfico, y acordando con rapidez pagar el precio que pedía el conductor, fue a casa dando tumbos.

Resultó que iban al menos a tres de las fiestas a las que habían sido invitados. Un director de banco sénior, un amigo querido y un *NRI* norteamericano que había venido a visitar a sus padres.

Astha se apresuró hacia un sari elegante, de vestir, desprendiéndose de sus prendas de lana. El sari era verde con un ribete ancho rojo y dorado con flores, corazones y pavos reales entretejidos. Una blusa de verde intenso que hacía juego estaba salpicada con diminutos estampados dorados de cachemira. Sus joyas habituales tendrían que servir, no tenía tiempo de ir a la caja de seguridad del banco a sacar algo del material más pesado. Con suerte Hemant no se daría cuenta. Lanzó de manera informal sobre su hombro el chal de *pash-*

mina granate de su suegra, y de esta forma se aseguró de que iba a congelarse al estilo de las mujeres que iban de fiesta en los inviernos de Delhi, estaba lista.

Lista para sentir frío, lista para beber, bailar, sonreír, reír, hablar, lista para cualquier cosa que el último día del año pudiera traer. Había hecho un gesto de alguna trascendencia frente a Rashtrapati Bhavan, que ahora le hacía estar más dispuesta para la noche. Tener algo propio te hace fuerte, pensó.

—¿Todo listo? —preguntó Hemant recogiendo su cartera y las llaves del coche.

—Sí —respondió Astha.

Estaba encantada de que él hubiese dejado atrás el disgusto por haber participado en la manifestación. Iban a pasar un rato agradable.

—Estás muy guapa —comentó con admiración.

—Gracias —respondió Astha, sintiendo un pequeño rubor de satisfacción.

—Pensé que deberíamos ir primero a casa del director. Seguro que es la más aburrida, podemos marcharnos rápido.

El director de banco sénior vivía en una casa enorme en la parte más antigua de South Delhi. Era evidente que creía en hacer las cosas a lo grande. El pequeño césped de la parte delantera, cubierto con una shamiana, la terraza, el salón, el comedor, todos preparados para la fiesta.

—¡Vaya! —dijo Astha, mientras iban chocando con gente de forma constante, esquivando vasos, y cigarrillos encendidos—, debe de haber cinco mil personas aquí.

—Más bien doscientas —respondió Hemant sonriendo con indulgencia.

Astha pudo ver que su humor se había vuelto más alegre. Habían hecho falta doscientas personas, pero aun así estaba contenta.

Sacó las manos para calentarlas sobre un *angithi* y trató de no respirar las espirales delgadas de humo acre que surgían de él, era evidente que los carbones estaban húmedos. Otras mujeres que sostenían refrescos y vasos de zumo también estaban de pie alrededor del angithi. Astha les sonrió con aire vacilante, fijándose en los *jamawars* y las pashminas echadas por encima de sus hombros, sus brazos blancos y suaves depilados, la joyería rutilante, y el peinado hecho en un salón de belleza. Tenían un aspecto perfecto, perfecto de una forma que ella nunca podría esperar tener, lacado y pulido. Deseaba poder decir que despreciaba ese aspecto, y de hecho lo despreciaba, en teoría, mientras se desmoronaba sin palabras ante él en la práctica, nunca capaz de mantener su propio equilibrio.

Respiró hondo, se giró hacia la mujer que estaba a su lado, y comentó:

—Hace frío, ¿verdad?

La mujer sonrió su acuerdo.

—¿Qué hace tu marido? —le preguntó a cambio.

—Fabrica aparatos de televisión. ¿Y el tuyo?

Y de esta forma las frases fluyeron, hasta que Hemant, que había tomado un whisky doble, le hizo una señal para decirle que era el momento de marcharse.

La siguiente fiesta era en la casa de los padres del NRI. El lugar estaba lleno de hombres que se daban palmaditas en la espalda unos a otros, contando los años que se conocían, recorriendo caminos de la memoria, esos caminos siempre tan evidentes en esta época del año con quien regresaba del extranjero, regreso para dos-tres semanas cuando el clima era bueno y los niños pueden soportarlo.

La comida era principalmente chaat y aperitivos. Había de todos los tipos: papri, gol gappa, y para quienes no podían comer cosas frías cuando el clima era frío, tikkis calientes, con chatni verde avinagrada y chatni roja dulce, bhatura gorda e hinchada servida con channa picante, atada con chiles verdes partidos por la mitad y aros de cebolla, dosas, *idlis* y *vadas* y, finalmente, *jalebis* flotando en aceite caliente, crujientes, dulces, invitando a ser mascados aro a aro. Incluso había té en tazas de barro que todos los que no estaban bebiendo alcohol tomaron a sorbos con agradecimiento.

—Oh, ¿no podemos irnos a casa, ahora?—gimió Astha, que pensó que explotaría si tenía que comer alguna otra cosa.

—Sólo una fiesta más, cariño —respondió Hemant sobre su vaso de whisky—. Ánimo.

Espero que no esté demasiado borracho para conducir, pensó Astha, mientras se desvanecía el ardor que le había dado la comida, mientras pensaba en el trayecto en coche hasta Greater Kailash II, donde vivía el mejor amigo de colegio de Hemant.

La fiesta de Ankur era en la terraza de su barsati de dos habitaciones. Ankur se había divorciado tras diez años de matrimonio, y ahora estaba descubriendo los placeres de una próspera vida de soltero en un ambiente rotundamente masculino. Se las daba de cocinero, y con el rostro sonrojado ofrecía tazones de barro con ponche, ponche al estilo étnico, dijo de manera amistosa. A un lado de la terraza se instaló una barbacoa. *Sikh kebabs*, *panir*, *tikkas* de cordero y pescado se estaban sirviendo con *rumali rotis* delgadas, dobladas en triángulo, sobre platos frágiles de papel de plata. Había cuatro ensaladas de aspecto apagado, todas cubiertas de mayonesa brillante y pegajosa: rosa (¿mil islas?) verde (¿hierbas?) dos blancas (¿ajo?, ¿yogur?). Mientras Astha pinchaba pedazos de panir —era más fácil aparentar que se estaba comiendo que discutir con el anfitrión—, se asombró por el hecho de que sólo cinco horas antes había estado mirando fijamente cómo goteaba la cera sobre un plato idéntico de papel de plata.

En el interior la música estaba ahogando de forma ruidosa todo lo demás.

—Venga, cariño, vamos a bailar.

Hemant, ayudado por el alcohol, tenía los ánimos muy activos.

Con obediencia Astha se balanceó, el palla de su sari se deslizaba, mientras observaba con disimulo a los demás haciendo lo suyo en números populares retumbando por la habitación poco iluminada y llena de humo.

—¿Estás bien? —gritó Hemant por encima del barullo.

—Sí —le respondió en otro grito, respuesta-sonrisa automática.

—Bien —dijo, su voz ligeramente arrastrada, y en la oscuridad se acercó a ella y le besó la mejilla.

El aliento le olía a whisky, y ella dejó que su cabeza se inclinase hacia él, imitando reciprocidad, antes de que una pareja chocase contra ellos y les obligara a separarse.

—Ahora, ahora —chillaron—, nada de besos entre maridos y mujeres.

Qué estúpidos son todos, pensó Astha. Nada de besos entre maridos y mujeres. Como si fuésemos algo más que indios conservadores, estrechos, de mediana edad. Si se besase una pareja no casada, me gustaría ver la reacción, eso me gustaría.

Astha se levantó temprano a la mañana siguiente, se preparó una taza de té y salió. Era otro año, y quería señalarlo de alguna forma especial para ella. Los Años Nuevos tendrían que ser un asunto privado, pensó, recordando todas las fiestas a las que había ido la noche anterior. Habían chillado Feliz Año Nuevo, se habían abrazado, besado, bailado, comido sin cesar, bebido esto y aquello, y por fin a las dos de la madrugada se habían ido a casa, Hemant despacio y con cuidado, porque estaba tratando de aparentar control, y Astha callada, porque sabía que Hemant había bebido más de lo que debería, y no había un tono lo bastante neutro en que ella pudiese expresarlo.

Hacía frío en el jardín minúsculo. Astha agarró la *jharu* del *mali* y comenzó a barrer las hojas muertas para hacer un montón. Quería hacer una hoguera. Una hoguera era algo bueno por Año Nuevo. Quemar los desechos del año anterior.

Mientras las llamas hacían salir humo de las hojas húmedas, Astha sostenía entre las manos la taza de té. Era Flowery Orange Pekoe, un aroma delicado y sabroso. Sonrió, pensando en el año que tenía por delante. Había encontrado lo que realmente quería hacer, algo en lo que era buena, tenía suerte. Ahora se sentía lo bastante reconocida como pintora como para darle a su arte el tiempo y la energía que le correspondía. Estaba preparada para dejar su trabajo. Había estado dando clases durante casi quince años, sin dejarlo porque había sido una buena ocupación para una mujer.

Se terminó el té, y entró en el cuarto de invitados. Era temprano, pero quería comenzar el primer día del Nuevo Año con un trabajo importante para ella. Sacó su archivo y comenzó a imaginar escenas para una Marcha por la Justicia. La idea había surgido la pasada noche entre las velas. El cuadro sería oscuro, con un grupo de gente apiñada frente a las puertas de Rashtrapati Bhavan, que se alzaría lejana y enorme al fondo. Las manchas brillantes iban a ser las velas que llevaban los manifestantes, el amarillo de las farolas halógenas y las luces rojas y blancas de los coches que había en Rajpath. El resto estaría en la sombra. Astha tarareaba mientras trabajaba. No había nadie que le dijera lo poco melodiosa que era su canción.

VI

Pipee entró a trompicones en el Nuevo Año sola en su piso, mirando fijamente la estufa de dos bielas, con un vaso pequeño de ron con Coca-cola entre las manos. Había pasado un año desde la muerte de Aijaz, y como cada día del pasado año, había sido feroz en su deseo de estar sola, rechazando invitaciones bienintencionadas que le llovieron de amigos, colegas, parientes y conocidos.

Su suegra había telefoneado desde Shahjehanpur pidiéndole que la visitase. Pero no podía. Todavía no. La única vez que Pipee lo había hecho, apenas fue capaz de soportar los recuerdos que la rozaban a cada paso del camino. En cada rostro veía huellas de Aijaz, y la dulzura que le mostraban lo hacía incluso más duro.

Ella y su suegra habían llorado y llorado juntas, pero la conversación había sido difícil, todo lo que tenían en común estaba en el pasado. Sólo se quedó unos pocos días, y cuando se estaba marchando la suegra le dio un cheque por un lakh.

—No lo gasté en vuestra boda, ahora tómalo.

—No lo quiero —la voz de Pipee tembló, parecía no haber límite para el número de ocasiones que podrían llorar juntas.

—Por favor, por él —respondió la madre—. No le gustaría pensar que no cuidamos de su esposa. Quiero que sepas que siempre tendrás un hogar con nosotros.

Sin ánimo, y con la ayuda de Neeraj, Pipee compró un piso en Vasant Kunj. Tenía el dinero de Shahjehanpur, el seguro de vida y los dólares que le había mandado su hermano.

Por lo general se tarda una vida en poseer un lugar propio.

—No puedes seguir así —había protestado Neeraj en Nochevieja en la oficina—. No es sano. Todavía eres joven.

—No me siento joven. No siento nada.

—Haz un esfuerzo, ni siquiera lo intentas.

Pipee se dio la vuelta. ¿Qué creía Neeraj, que le gustaba sentirse así? De hecho daría cualquier cosa por liberarse de los pensamientos que la perseguían. Sólo desde la muerte de Aijaz se había dado cuenta de que cómo mueres es tan importante como la pérdida en sí misma, y puede suponer toda una diferencia para quienes se quedan.

No había consuelo para el dolor de los últimos momentos de Aijaz. No podía dejar de pensar en él atrapado en la Matador, asfixiándose de calor, quemándose pedazo a pedazo, gritando para pedir ayuda quizás, tratando de romper las ventanas, abrir de un tirón las puertas, y después el momento terrible en que se diera cuenta de que iba a morir, él junto con los otros nueve, aquellos nueve que estaban allí por él. ¿Cómo se había sentido? ¿Había sido capaz de pensar en ella, en el amor de ambos, su futuro perdido?

Hasta el momento ni un solo culpable había tenido que rendir cuentas. Tal vez si los asesinos hubiesen sido identificados y castigados, un poco del horror se habría calmado; no lo sabía, sólo sabía que no era probable que sucediera. En cuanto a esa Sampradayakta Mukti Manch, la odiaba más que a ninguna otra cosa. ¿Qué habían hecho para asegurar la justicia? ¿Habían trabajado para presionar a alguna organización gubernamental? No, tenían una plataforma en nombre de Aijaz que llamaban libre del comunalismo, y todo lo que hacían era celebrar exposiciones, conseguir dinero y permitir la estupidez cultural. Los odiaba, a todos y cada uno de ellos de forma individual, pero sobre todo odiaba a Reshana Singh, que había surgido de quién sabe dónde, de Dios sabe dónde, tras la muerte de Aijaz, y se había hecho cargo de su recuerdo. Logró dar a entender que la suya había sido una relación profunda, casi se estaba haciendo pasar por su esposa. Qué bien había conocido a Aijaz, Reshana era mucho mayor que él, por lo que cualquier atracción por parte de su esposo debió de haber sido una mera fase pasajera.

¿Qué debería hacer, debería marcharse de Delhi? Su madre había tratado de hacer que se trasladase al Sur, puedes encontrar una

ONG en Bangalore o Madrás, aquí también hay barrios pobres. Necesitas dejar atrás el pasado, comenzar una nueva vida, estarás cerca de mí, ven, ven, persuadía carta tras carta. Pipee miraba ahora la última:

> Mi querida hija,
>
> Cada día te extraño, pienso en ti, le rezo a Dios por tu bienestar y el coraje que te acompañará en esta crisis. Aijaz era un hombre maravilloso, un marido cariñoso, y fuiste afortunada en tu matrimonio. Digo esto a pesar de la terrible tragedia, porque lo que vosotros dos tuvisteis nunca puede abandonarte. Has sido esposa, has sido amada, y esto permanecerá contigo el resto de tu vida.
>
> Sé por lo que estás pasando y, cariño, habría dado mi mano derecha para que no te hubiera pasado lo mismo que a mí. Pero parece que no podemos escapar a nuestro destino, tanto si nuestros maridos son jóvenes como si son viejos.
>
> Tal vez es una bendición disfrazada que no tengas niños. Cuando tu padre me dejó, tenía a mi Pipeelika, y a mi Ajay, no necesitaba a nadie más, pero tú con tu juventud, tu inteligencia, tu personalidad, tú necesitas otras salidas. Aijaz no habría querido que fueses infeliz o que estuvieras sola. Lo sé. La vida tiene sus propias leyes que serán escuchadas y sentidas.
>
> Estás siempre, siempre en mi corazón,
> Tu Ma que te quiere

Tal vez, pensó, mirando de forma fija la carta de su madre, de verdad debería hacer un esfuerzo mayor para salir. Aunque había pasado un año no se sentía nada mejor, quizá eso no pasaría nunca. Pero seguir negándose a ver gente, estar siempre sola, eso tampoco era la respuesta. Su vida se extendía frente a ella, larga y sombría. Lo que su madre le aconsejaba era que formase una nueva relación. ¿Pero cómo? Había sido bastante difícil encontrar a Aijaz. Y estuvo Samira cuando era joven. Nunca había amado a nadie más.

Tal vez debería ir a los Estados Unidos, dejar a Aijaz para la gente como Reshana. Todo el año pasado Ajay había estado llamándola con insistencia para un programa de doctorado, te sorprenderá lo que supone un cambio completo de lugar.

Sí, se sorprendería. Ajay no tenía imaginación, pero aun así ella, que lo había perdido todo y no tenía nada más que perder, podría intentarlo. Mientras tanto podría viajar con Ujjala.

Con estos pensamientos, frente a la estufa, comiendo su cena de huevo revuelto sobre una tostada, Pipee entró en el Nuevo Año.

Ondearon banderas color azafrán, el hinduismo desfiló de un lado a otro del país en los meses siguientes, desfiló a tiempo de filmar canciones convertidas en bhajans, y a líderes tratando de convencer a las masas de que la gloria de una tierra ancestral podría ser resucitada por sus manos unidas. Hombres jóvenes, mostrad vuestra hombría, rescatad a la Madre India de la influencia de los invasores musulmanes, cuya sombra alargada cae sobre nosotros incluso ahora. Se han de reparar los daños del pasado.

Estas hordas, reunidas sobre todo desde la zona central hindi, se convierten en el rostro del hinduismo militante, armado con tridentes, espadas, y una determinación de morir si es necesario por la causa que les ha sido encomendada. Esta bestia gira la cabeza hacia el Rama Janambhumi. Se necesita construir un templo sobre la tierra sagrada del lugar de nacimiento de Rama, aplastado durante tantos años por una mezquita. Se fija una fecha para el acontecimiento.

Cuando convergen en Ayodhya, se acordona la ciudad, las carreteras son bloqueadas, a los trenes y autobuses se les deniega la entrada, cualquier líder sospechoso de crear problemas es observado con atención.

Pero siempre hay campos y aldeas, siempre hay gente que ofrece comida, agua, descanso, y muestra el camino.

Y de igual modo hay líderes que se ocultan en las sendas de Ayodhya para dirigir con habilidad el quiebro del cordón que hay alrededor de la ciudad, hay oficiales en el cuerpo de la policía que sienten que es su responsabilidad ayudar a título personal a todos aquellos predispuestos de modo semejante.

Los *kar sevaks* declaran que ni las pistolas ni las balas pueden pararles. Lo demuestran cuando, desafiando todos los obstáculos, escalan la mezquita, colocan una bandera color azafrán en la cúpula más alta y la reclaman como propia. La policía les dispara, cientos de ellos resultan heridos, muchos mueren. Se realizan vídeos de esto, y más tarde se muestran por el país como ejemplo de la amenaza al hinduismo.

El gobierno cae, y de momento se impide una crisis mayor, pero sólo de momento, prometen las fuerzas para la Restauración Hindú en la India.

Dadnos tres lugares en India, eso es todo lo que queremos, Ayodhya, Benarés y Mathura, donde el invasor musulmán construyó mezquitas sobre nuestros sitios sagrados. Si es necesario bañaremos con sangre estas mezquitas. ¿Por qué deberían abandonar los hindúes su situación de predominio en el único país hindú del mundo? Si lo que quieren los musulmanes son mezquitas, que se vayan a los muchos países donde el Islam es la religión oficial, no les detenemos.

La Sampradayakta Mukti Manch estaba haciendo lo que podía ante el comunalismo renaciente. Prepararon folletos, organizaron manifestaciones con otros grupos de izquierda y decidieron ir a las orillas del Saryu para hablar directamente con la gente de Ayodhya para oponerse a la creciente retórica del fanatismo religioso. Cuando planificaban su viaje, Reshana sugirió que Astha también fuese.

—Entre tú y yo, me pregunto si los intelectuales tienen a veces el impacto que deseamos. Cómo desearía que Aijaz estuviese con nosotros hoy. Él podía ganarse a una multitud como nadie —suspiró y continuó—. ¿Si pudieras hacer un pequeño discurso de cinco-diez minutos? Creo que podría significar mucho para las mujeres. Si se dan cuenta de que tienen algún tipo de voz, será un impulso de réplica útil contra la violencia y la agresión. Después de todo siguen siendo quienes más pierden. Merece la pena intentarlo.

Astha estuvo de acuerdo. Ahora que ya no daba clases agradecía tener respiros breves de casa. Y sí, merecía la pena intentar cualquier aportación a la causa. En su relación con la Manch había sido expuesta, detalle a detalle, a atrocidades perpetuadas en nombre de la religión. Hizo cuadros por este motivo, formó parte de debates que se preocupaban por las implicaciones de largo alcance del fundamentalismo, vio la expansión del peor tipo de retórica patriotera y esto le había proporcionado tanto una plataforma como un foco alrededor del cual construir su trabajo. Cuando miraba atrás le parecía asombroso haber recorrido un camino tan largo en dos años. El desvío que había tomado entre el hogar y la escuela se había convertido ahora en la carretera por la que viajaba.

—Espero que no sea un problema, dejando a tus hijos —terminó Reshana.

Era una afirmación retórica, pero Astha respondió con una risa seca:

—¿Desde cuándo se permite que lo personal interfiera con la necesidad del momento?

Hasta entonces su suegra no había hecho comentarios sobre sus actividades. Pero que Astha fuese a Ayodhya era un asunto distinto.

—Sabes que nunca me entrometo en nada que decidas hacer. Hoy en día la gente joven siente que debe vivir su propia vida. Pero hay momentos en los que es necesario escuchar el consejo de los mayores. ¿Para qué es necesario dejar a tu familia y vagar como una mujer sin hogar por las calles de una ciudad extraña?

—Para protestar.

Mami parecía desconcertada.

—¿Pero por qué ir a Ayodhya? —reanudó tras un silencio—. Si quieres decir algo escribe una carta a los periódicos. Eso es mucho mejor. La gente lo logra escuchar. Solías escribir.

—Hace mucho.

—Todo esto es política, no deberías implicarte. Además, ¿has pensado sobre lo que vas a protestar? El *Janamsthan* de Rama está en Ayodhya, ¿hay algún país del mundo donde el lugar de nacimiento de su Dios no se honre? La tolerancia hindú no significa que aceptes todo y cualquier cosa. ¿Es éste el orgullo que sentimos por nosotros mismos?

—Pero Mami, si se construye el templo, miles de personas morirán agitadas por él. Porque podrían alimentar a cientos de niños pobres con el dinero que están recaudando para los ladrillos.

Su suegra la miró.

—No es asunto de una mujer pensar en estas cosas —dijo con firmeza.

Astha se quedó callada, con la mente ocupada por su marido. Había mencionado su viaje como una posibilidad en una conversación fortuita con Hemant. ¿Era ésta su forma de hacerle saber que no quería que fuese? Ni siquiera tenía tiempo para discutir con ella.

Mientras tanto Mami estaba repitiendo:

—Sabes que nunca intento impedir que hagas cualquier cosa. Incluso cuando descuidas a los niños, y estás ocupada con tus cuadros y reuniones, no digo nada. No soy el tipo de persona que se entromete. Estoy contenta de que mi nuera no sienta que tiene que quedarse en casa. Te ayudaré mientras pueda usar mis manos y mis pies, pero es mi obligación hacer notar que estás yendo demasiado lejos.

—No tendrás que ayudar con los niños esta vez, me los llevaré —respondió Astha pensando con furia en el rostro enfurruñado de Anuradha, y en la expresión desconcertada de Himanshu—. Es bueno que estén expuestos a estas cosas pronto.

—¿Exponerles a qué? ¿Suciedad y multitudes? ¿No te importan tus hijos o tu marido? Pero él es demasiado bueno, no dirá nada. Si estuvieses viviendo en las condiciones en que lo hace Sangeeta, apreciarías mejor lo que tienes. Espero que nunca te arrepientas de esto.

Astha se quedó sin habla. Su suegra nunca antes le había hablado de forma tan franca. ¿Y cuándo tenía tiempo Hemant para darse cuenta de lo que ella hacía, mucho menos para preocuparse? Pero se había dado cuenta, se había preocupado, y también lo habían hecho los demás. Murmurando algo anodino se retiró abajo temblando de rabia y desesperación. Con una madre así, ¿qué posibilidad tenía Hemant de apoyarla alguna vez? Le dio miedo tratar de convencerle, y la posible escena. Y puesto que temía estas cosas, se sintió incluso más resuelta a ir.

*

La discusión comenzó aquella noche cuando estaban preparándose para ir a la cama.

—He decidido ir a Ayodhya —dijo ella.

—Como esposa mía, ¿crees que es apropiado dar vueltas de un lado para otro, abandonando la casa, dejando los niños a las sirvientas?

Astha se adentró en una angustia conocida. ¿Como esposa suya? ¿Eso era todo lo que era?

Trató de hacer que él se interesase en el asunto, sacando un folleto del cajón de su mesita de noche.

—Mira el material que están publicando. Es muy incendiario, pero la gente se lo traga.

—Deberías ver el material que publican contra la India y los hindúes en Pakistán. ¿Por qué no protestas contra eso?

—Sí protesto. Da la casualidad de que creo que cualquier religión que incita a la violencia es mala, la nuestra, la suya, la de todo el mundo. Escucha esto:

> Ésta no es una «nueva» lucha política. Es el 77° intento en la historia por restaurar el *Ramjanambhumi*, nuestro patrimonio. Hasta la fecha más de 300.000 kar sevaks han dado sus vidas en estos 400 años.
>
> Pseudo-laicistas quieren que la mezquita sea declarada monumento nacional olvidando que Rama era un indio y Babur un invasor. Es una deshonra nacional que se declare así un símbolo de la invasión:
>
> «¡Ahora pregúntate a ti mismo!»
>
> ¿Puede incluso el indio más tolerante, más razonable y amante de la paz escapar de su orgullo... la razón de su ser? Ha llegado el momento de luchar por nuestra fe amenazada.
>
> «¡Hindúes, uníos! Actuad como uno.
> ¡No contra cualquiera!
> Sino en defensa de nuestra maternidad.»

Astha observó mientras Hemant alargaba la mano y daba la vuelta al folleto de *Ramjanambhumi Nyas* en sus manos. A ella le gustaban las manos de Hemant. Eran tan cuadradas, tan competentes, olían de forma agradable, se sentían de forma agradable sobre ella. Sus palmas eran suaves y rosadas, sus uñas siempre cortas y limpias. ¿Por qué era así entre ellos? Se colocó con sigilo junto a él, y colocó las manos bajo su kurta, masajeando su estómago terso.

—Yo también desearía que no lo hubiesen planeado alrededor de Año Nuevo. Detesto dejarte solo, pero, ¿qué hacer, cariño?

Lastimera, suplicante, enfática.

Hemant gruñó.

—Decir que no, ¿qué otra cosa hay que hacer?

—Pero me he comprometido, se verá mal.

—No son tus dueños.

—Sólo por dos días. Estaré de vuelta tan pronto que no te darás cuenta de que me he ido —replicó Astha intentando ser juguetona.

—No estaré aquí.

—¿Por qué?

—Tengo que irme.

—Pero no me lo habías dicho.

—Lo he sabido justo hoy.

No le creía. ¿Cómo iba a dejar ella a los niños? Tendría que trasladarlos arriba, y eso además tras su afirmación digna de que se los llevaba con ella. Estaba haciendo esto para castigarla.

—¿Adónde vas?

—A Bombay. A ver a un comerciante. Es importante.

Astha no preguntó cómo ni por qué, ni Hemant lo explicó con detalle.

—¿Qué hay de los niños? —preguntó ella con un poco de tristeza. Nunca habían estado sin ninguno de sus padres antes, sin ella en realidad, Hemant estaba fuera con frecuencia.

—Eso es responsabilidad tuya —respondió él—. Tengo trabajo que hacer, una fábrica que dirigir, no puedo ser tanto padre como madre.

Astha tendría que ser conciliadora con Mami, tendría que sentarse y explicar por qué se iba en lugar de enfadarse, tendría que decirles a los niños que iba a dejarlos con la abuela, y esperar que la abuela no hablase mal de ella mientras estaba fuera. También podría ahorrarse la preocupación de lo que iba a hacer Hemant, se las iba a arreglar bien.

Aquella noche no pudo dormir. Su mente se negaba a descansar, vagando sin cesar entre las cosas que componían su vida, su hogar, hijos, marido, pintura, la Sampradayakta Mukti Manch. ¿Era demasiado para que lo manejase una mujer; tenía razón su suegra? ¿Pero por qué? Sus hijos estaban bien cuidados, tenía sirvientes dignos de confianza, tenía a alguien que cocinaba mejor que ella, había dejado de dar clases. Y sin embargo estaba encadenada.

Sus pensamientos se volvieron cada vez más oscuros. Con impaciencia se movió de un lado a otro, buscando una postura que obligase a su mente a imitar sus ojos cerrados, y la liberase dentro del sueño. Hemant roncaba junto a ella, y su impenetrabilidad la irritó más.

A la mañana siguiente, cansada y desconcertada, se levantó, miró a su esposo, que parecía descansado y estupendo. Él le lanzó una mirada, y ella sonrió, los labios se ensancharon en su rostro, resquebrajándole el cráneo, pero aun así sus labios se ensancharían y sus ojos se levantarían para mirarle.

Hemant se marchó a Bombay, yéndose un día antes de que lo hiciese ella, destruyendo la fantasía que había tenido acerca de que él la llevaría a la estación, y se despedirían tiernamente con muchas expresiones de te echaré de menos, date prisa en volver, llámame cuando llegues.

—¿Tú también te vas? —preguntó Himanshu, con los ojos redondos.

—Sí cariño, sólo por dos días.

—¿Pero por qué?

—Tengo algo de trabajo.

Pero esta explicación no resonaba cómo lo hacía la del padre, y tanto la madre como el hijo no acabaron de sentirse convencidos.

La noche siguiente, el tren a Ayodhya desde Old Delhi a las nueve y media Anuradha y Himanshu insistieron en acompañarla a la estación. Se llevó a Mala para que los escoltase de vuelta. Se fueron de casa a las ocho y a las ocho y media se vieron atrapados en una procesión religiosa que salía de un gurudwara.

Madre, hijo e hija observaban cómo la esfera verde del reloj del salpicadero marcaba los minutos mientras esperaban y esperaban. Por primera vez Astha sintió la impaciencia de Hemant con el tráfico, pero no había nada que pudiese hacer, a ella culpar al gobierno no le surgía de forma tan sencilla, nadie a quien culpar en realidad, sino Dios en lo alto que los había creado a ellos, los indios, en una tierra abarrotada.

La gente entraba y salía con rapidez del tráfico, chocando contra rikshas, coches, autobuses, zigzagueando dentro y fuera por toda la calle. De vez en cuando los coches, los escúters y los escúter-rikshas avanzaban unos centímetros apretándose dondequiera que pudiesen, pero no podían apretarse de forma tan estrecha como lo hacía la gente.

—¿Mamá perderá el tren? —preguntó Himanshu con interés.

—No seas estúpido —contestó Anuradha.

Astha apretó los puños.

—Creo que puedo ver el semáforo ahora —dijo después de que el coche hubiese avanzado a paso de tortuga durante veinte minutos.

Eran las nueve menos cinco. Por fin se veían los semáforos, eran los últimos importantes antes de la estación, el final del cruce estaba casi a la vista.

Finalmente llegaron. Estación. Parking. Andén. Podrían haberse ahorrado toda esa mirada ansiosa al reloj. El tren llevaba un retraso de una hora. Se quedaron dando vueltas por el andén, rodeados de gente de pie, sentada, en cuclillas, tumbada, esperando. Apenas había sitio para moverse. Para el año 2010 ya no quedan asientos en la India. Hagan sitio, hagan sitio, apretújense más, ese año acecha a la vuelta de la esquina.

—¿Cuánto rato tenemos que esperar a ese estúpido tren? —se quejó Anuradha, mientras Himanshu se pegaba a su madre.

Astha sintió el cuerpo del niño a través del sari, sintió sus brazos alrededor de la cintura, su mano descansando en el pedacito de espalda desnuda entre el sari y la blusa.

—¿Quieres una naranja? —preguntó.

Él asintió. Astha metió la mano en el bolso de correa larga que llevaba colgando y comenzó a pelar una.

—Yo también quiero —dijo Anuradha con indignación. Astha le dio su mitad.

Aviso. El tren se retrasaba otra hora. En el andén la gente se revolvió, murmuró, y después se apaciguó para volver a esperar.

—Id a casa —dijo Astha—. Mala, llévalos a casa. Se está haciendo muy tarde.

—No, no me voy, voy a esperar contigo —gimió Himanshu.

—Esperaremos, está bien —dijo Anuradha con brusquedad. Pidió algo de dinero para comprar *Stardust* y, arrellanándose sobre la maleta de su madre, empezó a leer. Himanshu se hurgó la nariz, y observó con expresión ausente las vías del tren bajo sus pies.

Por fin el silbido, el estruendoso ruido metálico, la llegada. El andén se despertó, y una bestia enorme se puso en marcha. Impulsaba, empujaba, zarandeaba. Cajas de esquinas puntiagudas y maletas pesadas eran llevadas a cuestas sobre las cabezas de los culis mientras los paquetes y bolsas que colgaban de sus brazos resaltaban, asomaban, obstruían, sobresalían y corrían el riesgo de ser dañados. Astha sujetaba con fuerza a Himanshu con una mano y arrastraba a Anuradha con la otra, tratando de seguir al ritmo del culi que buscaba su compartimento.

Allí estaba su nombre y número de litera, en el papel pegado en la parte exterior de un vagón de segunda clase con aire acondicionado. Más apretones y empujones hasta que llegaron a la litera.

Por fin. Pagó al culi, y Mala y los niños se quedaron sentados de forma un tanto apática, escuchando más avisos de trenes con retraso, antes de que todos estuviesen de acuerdo en que la familia se había despedido de Astha y ahora podían marcharse a casa.

—Adiós cariños, adiós queridos míos —dijo ella—. Estaré de vuelta antes de lo que imagináis, y llamaré por teléfono, ¿de acuerdo? Sed buenos, no le causéis ningún problema a Dadi.

Los niños bajaron de un salto y guiados por Mala lograron salir de la muchedumbre.

Al final, tres horas después de la hora prevista, se tocó el silbato de salida, y el tren dio una pequeña sacudida.

Astha se arrellanó en la soledad. Extendió la almohada y las sábanas que un encargado le había arrojado y se preparó para la noche, meciéndose con el ritmo cada vez más acelerado del tren, todavía sin querer cerrar los ojos e ir a dormir.

La mañana siguiente, y el paisaje de Uttar Pradesh a través de la película violeta que cubría las ventanas del tren. La tierra a ambos lados era lisa y seca, con áreas de campos verdes. Uttar Pradesh, hogar de ochenta millones de personas, muchas de ellas llevan vidas pobres, analfabetas y duras, pero están listas para dejar sus campos, aldeas y ciudades para reunirse en la Babri Masjid, para proteger su fe y su patria, algo que no se les habría ocurrido antes.

Faizabad, la ciudad gemela de Ayodhya, once de la mañana. La Sampradayakta Mukti Manch se había encargado de los preparativos para que las mujeres se quedasen en una pensión que utilizaban con frecuencia. Astha se metió en un riksha y dio la dirección.

—¿Ha venido para hacer *darshan* a Rama en la masjid? —preguntó el riksha-vala, mientras Astha colocaba los pies sobre su bolsa para evitar que se cayese a la carretera.

—Sí —respondió con cautela.

El riksha-vala asintió con la cabeza; era la respuesta esperada, Astha pudo verlo.

La pensión era un bungalow grande y blanco descolorido, aislado de la carretera, en lo que antes eran las Faizabad *Civil Lines*. Una señora de mediada edad salió a recibirla.

—¿Astha Vadera? Las otras de tu organización no están. Estarán de vuelta pronto.

La llevó a un salón oscuro y de techos altos y le sirvió té. La señora inició con tranquilidad una historia breve de su vida, la casa le pertenecía, en realidad no necesitaba el dinero, llevar una pensión era una forma de pasar el tiempo, una debe estar activa, su hijo y su hija estaban en Estados Unidos, ella no quería ser una carga en sus vidas. Mira, aquí están, señalando las fotografías en marcos ornamentados de plata y madera en el macizo aparador de madera de teca de Burma.

Una casa, pensó Astha, si mi madre tuviera una casa, también podría haber hecho algo como esto, en lugar de ir a Rishikesh y perderse en un ashram.

La viuda se puso de pie, ajustándose el palla de su sari alrededor de la cabeza.

—Tu habitación está arriba. Ven.

Las escaleras descubiertas estaban junto a la pared exterior, y conducían a cinco pequeñas habitaciones contiguas. Había una terraza en toda la longitud, una vista agradable del jardín, en una esquina estaban los baños, en otra un área de la terraza donde sentarse.

—La comida tiene que pedirse con dos horas de antelación —dijo la viuda—, abriendo con llave la puerta de una habitación pequeña, una ventana pequeña, suelo rojo, una cama, silla, mesa y armario.

Cuando Astha se sentó allí, a las doce menos cuarto de la mañana, la sensación de aventura que había experimentado en el tren se desvaneció. La habitación estaba limpia, aseada, sin personalidad y totalmente alejada de todo lo que conformaba sus días. Se sintió extraña y dislocada. ¿Qué estarían haciendo sus hijos? Los echaba de menos, esperaba que Anuradha no estuviera peleándose demasiado con Himanshu, esperaba que la abuela de los niños no los estuviese alimentando con demasiadas porquerías, pero no importaba, sólo eran dos días, esperaba que no viesen demasiada televisión, pero entonces eso tampoco importaba, sólo eran dos días.

Esta noche será mejor, pensó, tratando de disuadir a la depresión, esta noche en la función estaría donde estaba la acción, pronunciaría su discurso, percibiría más el propósito de su visita.

Un poco más tarde, cuando Astha se lavó y bajó, descubrió que en opinión de la viuda había siete mil templos en Ayodhya.

—¿Siete mil? ¿Estás completamente segura? —quiso saber con incredulidad.

La viuda la miró de forma severa.

—Es el lugar de nacimiento de Rama. Se necesitan tantos. Cuando hay un festival como *Rama Navmi,* lakhs de peregrinos vienen de visita. Muchos templos hacen a la vez de *dharamshalas*. Cobran de una a diez rupias, y los peregrinos duermen donde pueden.

—Tantísimos templos. Y quieren uno más.

Los números la sobresaltaron y la volvieron ingenua, sabía que la agitación no tenía nada que ver con números.

—Por supuesto —respondió la viuda—. Rama nació justo en el lugar exacto donde está la Babri Masjid. Incluso puedes ver en las columnas interiores que había un templo allí. Ocho columnas con tallas hindúes, hojas de mango, diosas, *apsaras, kalash* en piedra negra. ¿De dónde vienen? Construyeron la mezquita alrededor de ellas para burlarse de nosotros.

—¿Burlarse de nosotros?

La viuda le lanzó una mirada de lástima, y explicó con detalle.

—Para recordarnos que tienen poder para destruir nuestros templos.

—No creo que sea exactamente así —comenzó a decir Astha cuando la viuda interrumpió.

—Incluso ahora, los musulmanes que viven aquí en realidad tienen su lealtad en otra parte. Verás que durante los partidos de críquet quieren que gane Pakistán, ésta no es su tierra.

Astha sabía que era inútil protestar. Opiniones como ésta, basadas en ideas preconcebidas, no cambiaban. ¿Cuánto costaba, toda una vida? ¿Toda una historia nueva? ¿Qué?

La viuda parecía agradable, incluso culta, no aprobaría la violencia, no. La suya sería la voz dulce que declaraba que «ellos» eran todos iguales, y éstas eran palabras que tendrían mayor alcance que cualquier misil que se lanzase.

¿Era así en Pakistán?, se preguntó Astha. ¿Miraban los musulmanes a los hindúes con recelo? Ah, ¿pero dónde estaban los hindúes en Pakistán? Todos habían muerto o se habían ido, dejando cicatrices que dolían incluso ahora.

Llegó Reshana:

—¿Has estado esperando mucho rato? —y no aguardó respuesta—. Están acompañando un nuevo lote de ladrillos a Ayodhya, ladrillos envueltos en tela color azafrán, seda, algodón, con tikka por encima, sellados con el nombre de Rama, como si fuesen objeto de culto, ladrillos para construir el templo, histeria elevada alrededor de todo el asunto. Hemos estado intentando asegurarnos de que asista mucha gente a nuestra función de esta noche, pero... —su voz se fue apagando, un poco abatida.

Astha comprendió. Como artista, el llamamiento de ladrillos revestidos de azafrán sería mucho más potente que cualquier llamamiento a la razón y la historia. Aun así, una tenía que hacer lo que tenía que hacer.

La tarde se difuminó en el anochecer, mientras, no lejos de las orillas del Saryu, sobre un estrado frente a un micro, un profesor universitario delgado ofrecía la historia de la Babri Masjid.

El público que se extendía frente a él se había congregado mediante carteles y anuncios, con la promesa de espectáculo y canciones. Pese a los temores de Reshana la concurrencia era abundante, aunque era discutible si habían ido por el espectáculo o por una buena disposición a ser convertidos a un punto de vista histórico.

No hay pruebas, bramó el profesor, salpicando el aire con un puño excitado, no hay pruebas de que Babur, ocupado luchando contra los afganos, viniese alguna vez a Ayodhya, mucho menos que destruyese un templo.

¿Creéis que Babur, fundador de un imperio en la India, hubiese venido aquí a construir esta pequeña mezquita? Sí, hay una inscripción en el interior que dice que lo ordenó, pero el tipo de letra apretada es de un estilo muy posterior, tallada para reforzar rumores de destrucción imperial. La viga de madera debajo del arco no es un vestigio del templo, sino que fue colocada allí por albañiles locales, utilizando materiales locales, no especializados en construir arcos. Hay otros como él en Jaunpur.

Hermanos y hermanas, no he venido de Delhi para aburriros con detalles históricos, sólo para mostraros que por cada fragmento de evidencia utilizada para probar que había un templo dedicado al dios Rama aquí, hay un contra-argumento que prueba que no lo había.

La historia puede utilizarse para construir o para destruir. Escogemos las lecciones que deseamos aprender de ella. Durante años los musulmanes y los hindúes han vivido juntos de forma pacífica. Son los británicos quienes sugirieron que un templo antiguo fue destruido para que los hindúes se volvieran contra los musulmanes. Hermanos y hermanas, hemos visto lo que los británicos lograron hacer. Creían en el «Divide y Vencerás». Abrieron ríos de sangre de un lado a otro de nuestro país. Las mismas fuerzas oscuras nos amenazan ahora. Son los políticos quienes están creando inseguridad religiosa para conseguir votos. No permitamos que triunfen.

*

Astha estaba sentada en la parte delantera, esperando su turno con nerviosismo, sujetando con fuerza en la palma fría de su mano el pedazo de papel sobre el que estaban escritas sus ideas ensayadas. Miró alrededor para observar la reacción del público. Posiblemente había sido apasionado, pero aun así era un profesor universitario.

—¿Crees que entienden lo que está diciendo? —le susurró a Reshana.

—Es todo lo que podemos hacer, aunque dudo que podamos competir con las organizaciones que han estado trabajando la retórica fundamentalista a nivel local durante años.

—Creo que este orador debería apelar a sus emociones, en lugar de hablarles de vigas, arcos e inscripciones —comentó Astha.

—Es un historiador muy respetado —replicó Reshana de forma tensa—. Y está mostrando la importancia de las vigas y las inscripciones.

Su tono molestó a Astha, Reshana se ofendía con mucha facilidad. ¿Cómo es que el amor por la gente no se autotraducía en tolerancia hacia las personas? Miró a su alrededor buscando una vista más agradable.

Estaban frente a un canal, junto a un puente. Al otro lado del parque moderno en la otra orilla del agua se extendía la ciudad vieja, sus cúpulas y agujas intercaladas transmitían con claridad su herencia mixta. Tenía un aspecto viejo y frágil bajo el rosa amarillento de la luz del anochecer.

Por fin el profesor terminó.

—Ahora es tu turno —susurró Reshana.

Astha se levantó. La irritación le había dado energía. Cuando habló su voz fue firme y clara.

—Hermanos y hermanas —comenzó—. En esencia las mujeres de todo el mundo somos iguales, pertenecemos a las familias, nos afecta lo que afecta a nuestros esposos, padres, hermanos e hijos. En la Historia muchas cosas no están claras, lo que está bien para una persona está mal para otra, y es difícil decidir nuestro camino de acción. Juzgamos no por lo que nos cuenta la gente, sino por lo que experimentamos en nuestros hogares. Y esa experiencia nos dice que donde hay violencia, hay sufrimiento, innecesario y continuo sufrimiento. Cuando buscamos reparar daños cometidos hace cientos de años, miramos al pasado. Pero ese pasado no puede alimentarnos, vestirnos o darnos seguridad. La Historia no puede repararse con facilidad, pero las vidas se pierden con facilidad, el dolor y el trauma para mujeres y niños llega con facilidad. Mañana vuestro sacrificio se habrá olvidado porque el deber de la vida es para con quienes viven.

Vio que algunas personas asentían, y terminó repitiendo que con la violencia no iba a lograrse nada sino dolor y sufrimiento.

Una canción, seguida por una obra de teatro en la calle, y la noche concluyó con una invocación a Gandhiji:

Gandhiji era un hindú devoto... nadie más devoto que él. Pero él conocía el verdadero significado de la religión. Todos los hombres son hermanos. El odio entre comunidades condujo a su muerte, y escuchando la voz del odio volvemos a matarlo.

El orador hablaba en términos que todo el mundo podía entender... Gandhiji, padre de la nación... amor... odio... unidad. ¿Pero eran lo bastante fuertes como para ahogar... explotados durante siglos... despertar... defender... proteger... patria... Rama... Dios, fe y amor por Él?

En medio de todo esto Astha levantó la vista y vio a alguien que la miraba fijamente. La mujer pillada in fraganti continuó mirando fijamente en lugar de apartar la mirada. Después sonrió despacio, sus dientes delanteros avanzaban ligeramente respecto al resto.

Me pregunto quién es, pensó la que era observada.

Más tarde.

—Me gustó tu discurso de verdad.

—Oh, gracias. No fue para tanto.

—Tenía sentido. Las mujeres de la basti que están conmigo se relacionaron con él.

—Era mi primera vez. No estoy acostumbrada a dar discursos.

Un silencio.

—¿Cómo te llamas?

—Pipeelika.

—¿Pipeelika? ¿Hormiga?

—Sí. El legado de mi padre. Le gustaba cómo suena y tenía sentido del humor. Significa que me he pasado la vida explicándolo. Tal vez me ha afectado, no lo sé. ¿Y tú cómo te llamas?

—Astha.

—¿Fe?

—Sí. No sé si me ha afectado. La fe en mi familia se centra en mi madre y su svami.

—¿No tienes fe en nada?

—No sé. Quizás en mi pincel.

—¿Pintas?

—Sí.

—¿Puedo verlo?

—En cualquier momento.

Acordaron verse a la mañana siguiente.

—¿Conoces el lugar? —insinuó Astha al despedirse—. Pensé que vería algo de Ayodhya antes de que mi tren salga mañana por la noche.

—Por supuesto que conozco el lugar. Te enseñaré lo que merece la pena.

Pensó en ella más tarde. Su pelo era como un halo alrededor de su rostro, apartándose de él, negro, marrón, rojo, naranja y cobre, su piel era de color café con leche pálido. Le gustaba cómo se reía, pero parecía triste al mismo tiempo, ¿por qué era eso? ¿Ella había sonado interesante, por qué no había llevado nada más bonito que ponerse, imagina que no va al parque a las diez como está planeado, por qué no le había preguntado dónde se alojaba?

Trató de impresionarse a sí misma, si ella no iba, visitaría Ayodhya por su cuenta.

Al día siguiente mientras se apresuraba en un riksha hacia el lugar de encuentro, la vio esperando bajo un árbol. De inmediato se sintió estúpida. Una extraña con quien apenas había hablado, preocuparse por su ropa, ¿qué le pasaba? Se encontrarían, se despedirían, cogería el tren nocturno hacia casa.

—Hola.

—Hola.

No dijeron mucho más mientras paseaban por la pequeña ciudad. En cada camino había tiendas abarrotadas de representaciones de dioses, ilustraciones y figuras, kalashes pequeñas, medianas, grandes, campanas para hacer arti, cuentas para orar, verdes, amarillas, negras, azules con perlas, y la *rudraksha* obligatoria en todo tamaño y color posible desde rubio pálido a marrón oscuro. Ésta era una ciudad de serios compradores religiosos a juzgar por el número de tiendas.

—Estamos cerca de Hanuman Garhi, está de camino a la masjid, ¿quieres verlo?

—¿Crees que vale la pena verlo? —preguntó Astha, humilde en su forma de ser guiada.

—Es uno de los templos más grandes y ricos aquí. Los hindúes y los musulmanes también lucharon por él, aunque eso no se publicita tan bien.

Subieron escalones flanqueados por mendigos, en su mayoría personas viejas vestidas de blanco o azafrán, frente a platos para las limosnas, en los que la gente dejaba caer dinero, cocos, dulces, prasad. Más adelante había peregrinos saltando, gritando: «*Jai Shri Ram, Jai Siya Ram*».

—Se supone que éste es el templo que tiene más escalones —comentó Pipee, mientras adelantaban a una señora mayor que estaba inclinada sobre su bastón, los ojos puestos en sus pies huesudos, desnudos y marrones, con los dedos extendidos. Pudieron oírla murmurar Rama, Rama, a cada paso que daba.

En el interior Pipee se quedó atrás mientras Astha avanzaba hacia la capilla flanqueada por enormes cajas para donaciones. Una línea larga de devotos hacía cola frente al sacerdote, agarrando sus ofrendas, cajas de dulces, cocos, guirnaldas de flores, thalis pequeñas con tikka e incienso. El sacerdote, veloz y experimentado, colocaba a un lado sus guirnaldas y cocos, abría con destreza cada caja, volcaba la mitad de los dulces en el cubo que había junto a él, y devolvía el resto. Entonces el devoto hacía una *parikrama* alrededor de la capilla, se quedaba un rato en el patio y hacía sonar la campana al marcharse.

Tan sólo si pudiera sentirme así, pensó Astha, mirando la expresión en algunos de sus rostros, venir a este templo significaría mucho. Sus ojos se posaron en la caja de *daan*. Abrió su monedero y sacó cinco rupias, desearía tener algo más en la vida, desearía un final para este sentimiento vacío. Metió el dinero en la caja y se reunió con Pipee.

—¿Tú no crees? —preguntó Astha mientras pasaban por el patio interior, y bajaban los escalones.

—No —espetó Pipee—. No creo en nada. Odio la religión. Querías ver, y te estoy mostrando.

—Lamento —respondió Astha, un poco alarmada— que estés haciendo algo que no quieres hacer.

La mujer exhaló un suspiro, y tocó el brazo de Astha por un momento.

—No, siento haber sido así, no tiene nada que ver contigo. Venga, vamos a Kanak Bhavan.

De camino, Astha de forma vacilante:

—Si odias la religión, ¿no te molesta venir a sitios como éstos, donde no hay otra cosa?

—Oh, ¿a quién le importa lo que me moleste? —respondió con ligereza—. Tengo que venir. Tenemos nuestra base en un barrio pobre, y este tipo de viaje de estudio funciona muy bien para sensibilizar a las mujeres respecto a asuntos comunales, lo que en momentos de crisis se descontrola por completo. Además no me gusta mucho quedarme en Delhi.

—¿Eso por qué?

—Por ningún motivo en particular. Vivo sola, me gusta viajar.

Astha miró a Pipee de lado y no encontró sino su pelo.

En Kanak Bhavan un pequeño guía les dio la bienvenida.

—Cinco rupias, te enseño.

Y por cinco rupias vieron la habitación en la que dormía Rama, dónde tocaba Sita el sitar, dónde jugaban al ajedrez, dónde se bañaban, dónde se vestían, el armario donde guardaban su ropa, dónde se preparaba Sita para recibir a Rama por las noches, dónde hizo Kekayi la *muh dekhayi* de Sita cuando ésta llegó a la casa recién casada.

—¿Todo esto no fue algunos miles de años antes de Cristo? —le susurró Astha a Pipee, asombrada de que tales anacronismos pudieran tomarse en serio.

—Aquí no hay nada arqueológica o históricamente correcto—susurró Pipee como respuesta.

El muchacho calculó lo que estaban diciendo, aunque fuera en inglés.

—¿Quién sabe lo que es real o no? —dijo él, desenvuelto más allá de los años que tenía—. Lo que importa es el sentimiento de devoción.

Astha se sintió avergonzada de sí misma, y le dio una propina de diez rupias mientras descendían los escalones estrechos, para adentrarse en el patio principal que estaba debajo, repitiendo su deseo anterior de algo, no sabía el qué.

—¿He de entender que eres religiosa? —preguntó Pipee, observando el tamaño de la propina.

—Di que es porque quiero algo.

—Él no es un pozo de los deseos.

—Servirá para uno.

—¿Qué deseaste?

—Hay muchos huecos en mi vida, y quería llenarlos.

Pipee se quedó callada, y Astha se preguntó por los espacios vacíos de ella, con unos ojos así, podrían ser muchos.

—¿Vamos a la masjid ahora? —aventuró mientras dejaban Kanak Bhavan.

Pipee suspiró.

—Deberíamos haber ido primero allí, pero siempre lo encuentro muy deprimente.

—¿Por qué?

—Ya lo verás.

Subieron Ramkot, la ligera pendiente que conducía a la mezquita. El camino estaba flanqueado por templos. Templos, casas, casas que hacían a la vez de templos, templos que hacían a la vez de dharamshalas, todos necesarios para los lakhs de peregrinos que acudían en ocasiones sagradas. Rama Navmi, *Divali*, *Navratra*.

—Me pone enferma cómo se asocia a Rama con el nacionalismo-hindú-indio. Fue terrible cuando los cerrojos de la masjid se abrieron hace algunos años. A los musulmanes ni siquiera se les dio la oportunidad de expresarse, considerando que esta tierra es *waqf*. Millones de peregrinos llegaron de todas partes para ver estatuas que creían que habían sido colocadas aquí de forma divina porque Dios quería que le devolviesen su lugar de nacimiento. La gente creerá cualquier cosa.

—Hicimos una obra de teatro sobre eso —añadió Astha.

—¿De verdad?

—Con Aijaz.

—¿Lo conocías?

—Vino a nuestra escuela. Montó una pieza brillante sobre la Babri Masjid. Después no volví a verle nunca.

—Su vida fue breve.

—Sí. Por eso soy parte de este grupo.

—¿El S doble M?

—¿Es así como lo llamas?

—Cuando lo llamo de alguna forma. Prefiero no pensar en él nunca.

—¿Por qué? ¿No crees que hace un buen trabajo?

—Es tan elitista, y Aijaz no era sino parte del pueblo. Ahora venden arte en su nombre.

—Yo hice algo que vendieron.

—¿Eres parte del grupo principal?

Astha se rió de forma irónica.

—Ni eso. Apenas puedo ir a unas pocas reuniones. Pero la Manch se alegró de tener mi cuadro, me alegré de venderlo, y se benefició a la causa, sin duda.

—Lo dudo. Predicando a los que ya están convertidos. Trabajar con canciones, arte, literatura.

—Pero eso era lo que él mismo hacía, yo lo vi, y era muy eficaz.

—Ahora hay un sentimiento tan potente de hombría hindú, orgullo, valor, protección a la patria, reparar los daños de la historia, que me pregunto si cualquier obra de teatro de calle, canción o cartel puede significar algo más allá del entretenimiento general.

—Había mucha gente anoche.

—Por supuesto que la había. Saben cómo promocionarse bien.

—Si piensas así, ¿por qué estás aquí? ¿Por qué trajiste a tus mujeres? —desafió Astha.

—Para asistir al picnic —respondió Pipee en tono de burla antes de quedarse callada, dejando que Astha se preguntase cuánto adentrarse en estas aguas turbias.

Apartó la mirada hacia los pies desnudos de las mujeres que tenía enfrente. No era necesario caminar descalza tan lejos desde el santuario, pero para estas mujeres la propia colina era sacrosanta, y sus pies desnudos honraban a una fe que Astha nunca pudo tener.

Si la tuviese, no estaría despilfarrando el dinero, deseando una satisfacción fugaz. La fe lo haría. Ella también subiría Ramkot descalza sin importarle las piedras, el calor, los gérmenes, las meadas de los perros, la mierda de los monos, los escupitajos de la gente. Sin llevar piel de animales muertos que contamina la pureza del lugar, sin cuero, sin zapatos, sin cinturón, sin bolso, sin cartera.

Para entonces habían llegado a la cima. Lo más agradable de la mezquita era su ubicación. En el lugar más alto de Ayodhya, con vistas a la ciudad, con su colección de agujas, cúpulas y casas apiñadas. Por debajo se mecían los árboles, soplaba una brisa suave y tranquila, una brisa que parecía sugerir que había muchas formas de adorar.

En una mezquita construida en 1528 había ahora una imagen hindú. ¿No bastaba esto para convertirla en templo? Los tribunales habían afirmado que los hindúes tenían derecho a rendir culto aquí. Pero ahora el culto se había extendido más allá de la deidad, de modo que la forma de la estructura adjunta se había convertido en un obstáculo para la fe, y cada peregrino descalzo en un guerrero.

En la entrada se detuvieron para quitarse los zapatos. Fuera en los altavoces se oían bhajans con gran estruendo, afirmando que el nombre de Dios es más efectivo si todos pueden escucharlo. Dentro, bajo la cúpula central, apenas visible bajo un montículo de flores, estaban las imágenes flanqueadas a ambos lados por hombres vestidos de caqui y armados con pistolas. Frente a ellos iba discurriendo una fila de devotos, que metían deprisa dinero en las enormes cajas de donativos. Pipee se negó a unirse a la fila mientras Astha, intranquila por las pistolas, pasó veloz junto a la pequeña figura que había aparecido de repente la noche del 22 de diciembre de 1949.

Las dos mujeres descendieron Ramkot mientras una canción chillaba desde un magnetófono a todo volumen: *Iremos a Ayodhya / Construiremos el templo de Rama.* Se aproximaron a la carretera principal y un riksha-vala que estaba esperando empezó a pedalear hacia ellas. Cuando lo hizo un policía se apartó de su grupo de patrulla. Su barriga vestida de caqui le colgaba sobre el cinturón, la porra se balanceaba desde una mano gruesa. Se encaminó sin prisa hacia el riksha-vala que se aproximaba, lo agarró de la kurta, estiró tan fuerte que las mujeres pudieron oír un sonido de desgarro, lo sacó de su asiento y le golpeó. Una, dos veces. El riksha-vala canoso miró a su alrededor, sonrió y con lentitud, con tranquilidad, empezó a alejar su riksha. No se intercambió ni una palabra. El policía regresó con su grupo.

—¡Dios! ¿Has visto? ¿Cómo ha podido comportarse así? —quiso saber Astha, con un tono estridente e ingenuo.

—Tal vez pensó que era musulmán —dijo Pipee encogiéndose de hombros.

—¿Y?

—¿Y? No sé. Tal vez los polis piensan que los musulmanes no deberían pisar esta tierra sagrada. En todo caso, por lo general no vienen aquí. Ese hombre debe de estar desesperado por tener clientes.

—¿Y por qué no deberían los musulmanes...? También es una mezquita. Debería haberle devuelto el golpe.

—¿Y que le diesen una paliza tremenda? —preguntó Pipee—. No, no lo creo.

Astha se quedó mirando el suelo de forma malhumorada, y estiró más el palla de su sari para protegerse del sol.

—¿Pero por qué estás tan enfadada? —quiso saber Pipee a su vez—. Estas cosas pasan todo el tiempo. Seguro que lo sabes.

—Se parecía a Himanshu —dijo Astha ocultando su tristeza con el sari.

—¿Himanshu?

—Mi hijo.

—¿Tu hijo es tan viejo?

—Por supuesto que no. Pero esa expresión... cuando elimina en el críquet, por ejemplo... no es muy bueno, y cuando elimina... es entonces cuando sonríe. Justo así.

—Madre-hijo —dijo Pipee un tanto melancólica—. Un fenómeno obsesivo sobreprotector.

Astha se puso a la defensiva.

—Apenas. Tengo cuidado de no asfixiarle. Es él quien se aferra a mí.

—A pesar de ti misma, eso debe de gustarte.

De alguna forma a Astha no le importó este comentario de Pipee, era muy poco sentencioso.

—Sí, bastante —confesó, y después—, es el único en todo el mundo que sonríe siempre que me ve, sin motivo.

—Mujeres. Tan patéticas en sus ansias de amor —comentó Pipee con sagacidad, guiando a Astha hacia un puesto de té.

—¿No hay alguien a quien ames? —preguntó Astha aprovechando esta oportunidad, confiando que Pipee no se echaría atrás, que no era demasiado pronto para intercambiar datos de sí mismas.

—Me casé por ello —respondió Pipee, y de nuevo aquella reserva.

Ayer dijo «Vivo sola». ¿Estaba divorciada, su marido había sido infiel, o cruel, se trataba de un problema con los parientes políticos? ¿Hasta cuándo sería pronto para preguntar?

Se marcharon del puesto de té, y se habían parado un momento bajo la sombra de un árbol para intercambiar los números de teléfono cuando un mono saltó sobre la espalda de Astha. El peso repentino, la impresión de notar que estiraban de su sari por el hombro, su propio grito, la dejaron con un colapso de miedo.

Pipee agarró a Astha y le examinó los brazos, la espalda, el cuello, colocando el pelo hacia un lado, buscando minuciosamente cualquier rasguño que pudiera haber hecho el mono.

Al final la alejó de la multitud que empezaba a congregarse, con la curiosidad brillando en los ojos.

—Está bien —declaró—, no hay rasguños, no necesitarás vacunas contra la rabia.

Vacunas contra la rabia. Esto no se le había ocurrido a Astha, no había registrado nada aparte del pánico y el hecho de que el brazo de Pipee al rodearla le había apretado durante un segundo innecesario.

Eran cerca de las cinco de la tarde cuando cogieron rikshas distintos para ir a sus distintas pensiones. Mirando el rostro que tenía delante, Astha dijo:

—Por favor, mantente en contacto.

Los ojos se arrugaron.

—Claro. Voy a visitar a mis suegros unos pocos días, no están lejos de aquí. Así que, ¿en algún momento de la semana que viene?

—Con mucho gusto. Lo digo en serio —continuó Astha en un murmullo, odiándose a sí misma.

¿Por qué tenía que sonar siempre tan estúpida? ¿Y cómo es que iba a visitar a sus suegros si ya no estaba casada? Tal vez no se trataba de divorcio sino de muerte, y ella tan joven y atractiva, con su sonrisa, su pelo, su piel, sus ojos.

La boca se curvó hacia dentro.

—Bien, hasta la vista entonces.

Se sonrieron la una a la otra y se despidieron.

De vuelta en la pensión.

—Veo que has conocido a la mujer de Aijaz —dijo Reshana.

—No, no lo he hecho —respondió Astha con inquietud.

—Pipeelika... su esposa. La mujer con quien estabas hablando anoche.

Oh no. ¿Qué debe de haber pensado?, ¿por qué no lo dijo?, ¿por qué no lo adivinó?, ¿qué impresión se habrá llevado?... oh no, oh no, oh no. Aijaz. La esposa de Aijaz. ¿Cómo sería ser la esposa de Aijaz? Viuda... viuda, no esposa. Así que por eso tenía ese aspecto, y hablaba de ese modo.

—Es evidente que no te lo dijo —continuó Reshana—. Así es ella. Una mujer muy extraña. Después de su muerte se volvió totalmente neurótica. Quería ser dueña de su memoria. ¿Cómo puede alguien hacer eso? Aijaz era parte del pueblo, si era algo, pero ella estaba resentida con todo lo que hacíamos por mantener vivo su recuerdo, acusándonos de todo tipo de cosas. Fue tan poco razonable.

—Que tu marido muera así debe de ser muy difícil —murmuró Astha.

—Fue duro para todo el mundo, no sólo para ella —soltó Reshana.

—¿Pero por qué no me lo contaste?

—¿Contarte yo? ¿Por qué debería? —quiso saber Reshana enojada—. Cuando la vi contigo, imaginé que debía de haberse presentado como cualquier persona normal. Además ella nos evita.

—Lo hizo, de hecho se presentó —Astha ya estaba defendiendo a Pipee.

Reshana la miró.

—¿Entonces cómo es posible que no supieras que era la mujer de Aijaz?

—Sólo dijo su nombre, y era tan poco corriente que empecé a hacer comentarios sobre él... oh, no lo sé.

—Mmmm. Nunca olvida que era su esposa cuando se trata de la Manch. Siempre habla pestes de nosotros. Me sorprende que no lo probase contigo.

—No dijo nada sobre la Manch.

—Sorprendente. Por lo general lo hace. Es probable que estuviese tratando de impresionarte con su tolerancia. O tal vez es un poco mejor ahora, lo esperaba cuando la vi entre el público —replicó Reshana guardando con brío su último objeto, sus zapatillas de baño, y después sentándose sobre la maleta para cerrarla. Se marchaba en autobús a Lucknow para hacer algo de trabajo de campo.

Sola, Astha se quedó sentada, aturdida por completo. Había conocido a la mujer de Aijaz. No podía creer que hubiese pasado tantas horas con ella sin saberlo. No creyó que Pipee la fuese a llamar cuando estuviese en Delhi, ahora parecía demasiado improbable. Pero se sintió fatal, y con este humor pasó las horas restantes antes de irse a la estación.

—¿Cuál es tu tren, Beti? —le preguntó la viuda cuando bajó.

—El Sarva Yamuna.

La viuda suspiró.

—¿No es un buen tren? —preguntó Astha con inquietud.

—Llegará tarde —respondió la viuda.

—¿Cómo de tarde?

—Dos... tres horas. Tal vez cuatro.

—¿Cómo puedes estar tan segura?

—Viene por Bihar. No hay ni ley ni orden en Bihar. Así que el tren siempre llega tarde.

—¿Siempre?

—Sin falta —replicó la viuda con aspecto morboso y satisfecho—. Ésos de Bihar no paran de tirar del tren cuando y donde les apetece, bajando, subiendo de forma que el tren se retrasa más y más. Sencillo.

No había nada que Astha pudiese hacer, sino seguir con lo que había planeado. Tenía miedo de esperar en la estación tantas horas sola, pensó en Hemant, que no había querido que viniese, y que se consideraría justificado si la llevasen a rastras a una esquina en un andén desierto y la violasen.

Apretó los dientes contra su sinrazón, mientras la viuda mandaba a su jardinero, Hanif, a buscar un riksha.

—Aquí está tu cena empaquetada —dijo dándole la caja que Astha había pagado y olvidado.

—Gracias —respondió, y a las nueve y media se marchó para adentrarse en la tranquila noche de una ciudad pequeña. Las estrellas en lo alto eran más brillantes de lo que jamás serían en los cielos contaminados de Delhi.

Los habituales olores a humedad, a rancio, a carbón mojado, a orina, se encontraron con ella cuando pisó el andén. Se sentó tristemente sobre su maleta y esperó. Pronto serían las diez. Quizá la viuda se había equivocado.

A las once de la noche se anunció que el tren llegaría tres horas tarde, y la viuda demostró tener razón. El aturdimiento que se había ido filtrando en Astha durante la pasada hora se intensificó. Mosquitos grandes como moscas zumbaban a su alrededor. Los apartó de un palmetazo, y comenzó a pasear arriba y abajo del andén. Sobre todo había gente durmiendo, cubierta de pies a cabeza por sábanas, chales, daris o arpilleras para mantener lejos a los mosquitos; bultos indefinidos, inidentificables como hombre y mujer, sólo la longitud indicaba si se trataba de un niño o un adulto. Por un lado de la vía colgaban tuberías de agua que goteaban por las mangueras a las que cada una estaba unida.

Bebió un *kulhar* lleno de té dulce y continuó paseando arriba y abajo del extenso andén en una especie de aturdimiento. Había otros pocos pasajeros esperando, pero la mayoría eran los bultos desperdigados alrededor en abundancia. Al final del extremo más oscuro de la estación, la única señal de vida, un bulto con un codo levantado, sacudía con frenesí y de forma rítmica por debajo de la ropa, en una acción que Astha reconoció de inmediato. Se apresuró para regresar a las luces fluorescentes del andén central, donde, rodeada de mosquitos y del tintineo del agua que goteaba sobre las vías, tomó otro kulhar de té dulce con aroma terroso, y después esperó, esperó en otro lugar a que llegase el tren.

*

Astha pasó la noche en el tren sin descansar. No estaba hecho para ella el sueño fácil de la salida. ¿Sólo hacía dos días que se había marchado? Pensó en el encuentro, el discurso que había pronunciado, todos los templos que había visto, la seguridad alrededor de la masjid, Pipee protegiéndola del mono, pensando en vacunas contra la rabia. Desearía haber sabido su relación con Aijaz, ahora no se sentiría tan tonta, pero estaba claro que Pipee no había querido contarlo, eso era muy evidente. Si hubiese tenido la previsión de apuntar su número podría al menos llamar y disculparse.

Sus pensamientos se centraron en casa. ¿Cuándo regresaría Hemant? Cuando el trabajo se acabe era todo lo que había dicho él, quizás habría llamado a su madre para informarla. ¿Cómo irían las cosas entre ellos? ¿Todavía estaría enfadado porque ella se había ido? ¿La habría echado de menos?

La mañana siguiente, Delhi. Rápidamente consiguió a un culi y se metió de un salto en un riksha con su maleta. No había visto a sus hijos en dos días y tres noches, y ahora cualquier pensamiento se centraba en ellos.

Vasant Vihar por fin. Llamó al timbre, y allí estaban, sus preciosos hijos.

Himanshu se apresuró a abrazarla, mientras en la mano sujetaba con fuerza un dibujo que decía *Bienvenida a Casa, Mamá.* Anuradha se quejó del libro que tenía que leer en vacaciones.

Estoy en casa, pensó Astha. La emoción le apretó con firmeza la garganta.

—¿Te gusta mi dibujo? —gritó Himanshu, tirando de su mano, sintiendo que no se le había prestado demasiada atención.

—Adoro tu dibujo —respondió Astha de forma mecánica. Lo levantó para acercárselo a la cara y demostrar su concentración total—. Qué pavos reales, tan coloridos, y, oh, qué sol. Y tantos coches, te han salido bien los coches. ¿Y estas líneas azules son de lluvia?

Himanshu asintió.

—Tan interesante. Dios mío, Himu, lo tienes todo en este dibujo.

—Didi dijo que no te gustaría —comentó Himanshu.

—Bueno, Anu no lo sabe todo, ¿verdad? —respondió Astha.

Himanshu sonrió con amplitud, y no perdió tiempo para informar a su hermana.

—A Mamá le gusta. Así es. Estabas equivocada.

Anuradha ni siquiera tuvo que pensar.

—Dice eso para ser amable contigo, estúpido.

—Era completamente innecesario decir eso —informó Astha a su hija.

—¿Quieres decir que no estás siendo amable con él?

—No es eso. Me gusta el dibujo con independencia de si soy su madre o no.

Anuradha no se molestó en responder, mientras Himanshu no dijo nada más sobre su trabajo artístico.

—¿Sabes algo de Papá, Anu? ¿Cuándo vuelve?

—¿No lo sabes? —preguntó Anuradha, perpleja.

—Por supuesto —dijo Astha con rapidez—. Sólo me preguntaba si continuaba con sus planes originales.

—Bueno, no lo sé. Puede que Dadi. Pregúntale a ella.

—Lo haré. Ahora mismo subiré a verla, ¿de acuerdo?

Mientras subía las escaleras para asegurarse de que no se hallaría motivo de ofensa en expresiones de gratitud pospuestas, o noticias dadas con retraso, Astha pensó que sí, en efecto, estaba en casa.

Hemant llegó la tarde siguiente, sonriente, simpático y agradable. Astha se sintió aliviada. Era evidente que su malentendido era cosa del pasado.

—¿Y qué —quiso saber, después de las preguntas de Astha sobre Bombay—, la mezquita todavía está en pie?

—De hecho sí.

—¿Y Ayodhya? ¿Cómo fue eso? ¿Viste algo?

—Fue muy agradable —respondió Astha, encantada por su interés—. Conocí a una chica. Me enseñó lo que merecía la pena ver.

—¿Qué tipo de chica? —sonrió Hemant—. Tú misma no eres más que una chica.

—Oh Hemant, no seas tonto, soy mayor. Ella es mucho más joven que yo.

—Bien, ¿qué tipo de chica? —repitió con condescendencia.

Astha cambió de tema.

—La mezquita es bastante corriente, ya sabes. Es vieja, pero eso es todo. La mitad de su belleza se debe a la pequeña colina en la que se halla, con vistas a la ciudad. Pero está llena de policías con pistolas, no es posible rendir culto allí, aunque la gente lo hace... a montones.

—Te dije que no era necesario que fueses.

—Tenía que pronunciar un discurso, ¿no te acuerdas?

—¿Por qué tienes que viajar a Ayodhya para pronunciar un discurso? No es como si fueses un líder religioso, o un político o una figura pública.

—Pero es importante que todo el mundo haga lo que pueda, para mejorar las cosas, tienes que intentarlo, si a la larga influye no está en tus manos —respondió Astha con toda seriedad.

—Bueno, espero que no darás rienda suelta a más demagogia.

Los dedos de Hemant estaban dando vueltas al anillo que le había regalado a Astha, de forma tal que a ella le dolía la mano. La desesperanza se asentó en el lugar familiar en su pecho. Él la menospreciaba, pero si ella lo señalase, él lo negaría. Era mejor quedarse callada.

Más tarde hicieron el amor.

El ritual representado antes de las despedidas, después de los regresos, este establecimiento del vínculo conyugal, esta unión de carne que había sido separada.

O eso pensaba Astha, hasta la mañana siguiente, cuando deshaciendo la maleta de él encontró un condón.

Se quedó mirándolo largo rato, mientras las implicaciones recorrían su mente. ¿Qué debería hacer? ¿Dejarlo en la maleta, tirarlo, o enfrentarse a él? ¿Con quién había dormido?, él que nunca estaba en un sitio mucho tiempo, no podía ser que estuviera enamorado... o que tuviese una relación... o quizá sí la tenía. Alguna mujer podría viajar con él, ¿cómo lo llegaría a saber? Tal vez el distribuidor le había proporcionado a alguien, había leído en alguna parte que las mujeres eran a menudo parte de los acuerdos comerciales.

¿Pero por qué ahora? ¿Era éste su mensaje para ella? ¿Por esto parecía estar de buen humor? ¿Por qué le había preguntado por Ayodhya, y había mostrado interés en lo que ella había visto?

Al final dejó la maleta sobre la cama, con la parte superior cerrada y abrochada, los niños no deberían ver y preguntar qué es esto, las sirvientas no deberían ver y llegar a conclusiones innecesarias.

Esperó hasta que él llegó a casa. Eran las nueve de la noche, llegaba tarde como de costumbre. Como de costumbre se sirvió un trago antes de ponerse cómodo en el salón. Interactuó con los niños, mientras Astha se movía entre el salón, la cocina y el comedor, incapaz de sentarse en ninguna parte, con el condón firmemente en su corazón.

—¿Cómo van las cosas en el trabajo? —preguntó después de un rato.

Nunca hablaba de negocios con ella. Para eso tenía a su padre.

Para sorpresa de Astha no pasó por alto la pregunta:

—Hay problema con algunas fábricas en Noida, todas las de televisores.

Astha tuvo que arrastrar su pensamiento hasta este asunto.

—¿Estás preocupado por nosotros?

Hemant se irritó.

—Por supuesto que estoy preocupado. Diferentes sindicatos compiten por el poder sobre los trabajadores, y nosotros estamos atrapados en el medio. Todo el mundo sufre, ¿pero quién lo ve?

—Pagas un salario justo, los trabajadores se darán cuenta de que causar problemas no beneficiará a nadie.

—Incluso si no entran en razón, no puedo pagar más de lo que pago. Cinco mil para los hombres con horas extras, y cuatro mil para las mujeres con prestaciones. Pagar cuatrocientos cincuenta sueldos no es ninguna broma —caviló Hemant—, y éstas son las tarifas.

—¿Entonces cuál es el problema?

—El Sindicato del Partido Comunista les dice que les pueden garantizar conseguirles más retribuciones y un salario más alto. Bien, veamos. Hasta ahora no han sido capaces de hacer avances.

—Tal vez no pase nada.

Hemant gruñó, sorbió con lentitud su bebida, echó atrás la cabeza sobre el sofá y cerró los ojos. Parecía un poco difícil sacar a relucir el condón en estas circunstancias, sin embargo tenía que hacerlo. Había problemas en su vida tanto como en la de él.

—Hay algo en tu maleta —dijo—. Quizá te gustaría sacarlo tú mismo. La he dejado encima de la cama.

—¿Sí? —respondió con indiferencia— ¿Qué es?

—Un condón.

Ante esto Hemant abrió los ojos.

—Ah, sí.

—Entiendo que cuando viajas tienes relaciones sexuales, y por eso hay condones en tu maleta —Astha apenas podía hacer que su voz no se quebrase.

—Como de costumbre, tu imaginación se escapa contigo.

—Eso no es una respuesta.

—Para tu información, no lo hago.

Ella no le creyó, y sin embargo el daño se suavizó un poco.

—¿Llevas condones así como así?

—Por supuesto que no. El representante quería darme una chica, fue muy insistente, me dio este condón a la fuerza, pero no soy esa clase de tipo, me fui del bar antes de que ella llegase. Como puedes ver, no está usado.

Como historia era endeble, pero sí, el condón no estaba usado. Hemant se levantó y le acarició la mejilla.

—Incluso si te portas mal, te quiero —le dijo.

Astha se obligó a estar contenta con esto. Era demasiado peligroso aventurarse más.

VII

Pipee llamó una semana más tarde.

—Lo siento, lo siento, no lo sabía. Debes de haber pensado que soy horrible. Lo siento —se apresuró a decir Astha.

—¿Cómo ibas a saberlo? No te lo dije. Podrías ser tú quien estuviese enfadada conmigo.

—Claro que no, ¿cómo podría estar enfadada? Pasaste tanto tiempo conmigo, me enseñaste sitios que odias, me protegiste del mono.

—Apenas —rió—, no puedo impedir que los monos salten sobre la gente tanto como me gustaría.

—He estado esperando y esperando para decirte que si te he molestado de alguna forma, lo siento.

—Bueno ahora me lo has dicho. Y no me molestaste de ninguna forma... estoy por encima de ese tipo de cosas. No te preocupes por eso.

Una pausa. Después:

—Ibas a enseñarme tus cuadros.

—Por favor, ven a casa. Me encantaría.

—¿Mañana?

—Por favor.

Había llamado, había llamado, y, por un momento, a pesar del condón, y toda la desdicha de la semana pasada, Astha se sintió un poco más aliviada.

Observó el trabajo que estaba haciendo para la Manch, tratando de preparar un memorándum legible que combinase la precisión histórica con la apelación emocional. Estaba resultando ser una tarea cuesta arriba. ¿Cómo podía hacer que la nación se interesase por el hecho de que no se había registrado la destrucción de ningún templo en Babur, ni en ninguna otra fuente contemporánea, ya fuera Abdul Qadir Badauni del siglo XVI, o Goswami Tulsidas, en *Ramcharitmanas*.

Astha se quedó mirando de forma rebelde su escritura:

> Las columnas no-islámicas de piedra negra dentro de la mezquita no prueban que se destruyese un templo en el lugar de la Babri Masjid. Como no soportan peso, es probable que se tomasen de un templo hindú o jainista, saqueado por Shah Juran Ghori, y que fuesen traídas como decoración. Considerar su ubicación como señal de desprecio por los sentimientos hindúes es una interpretación política.

Sonaba tan poco interesante. Sin embargo, tenía que continuar escudriñando, tamizando un hecho de otro, una ficción de otra, y al final no estar segura de nada. Era solitario trabajar en estos folletos, no era como pintar, donde no necesitaba pensar para reflejar sus pensamientos. Ojalá tuviera algo de la magia de Aijaz.

Mientras observaba lo que estaba escribiendo, su antigua hostilidad hacia las palabras creció en ella. No podía hacerlo, era una pintora, no una escritora.

—Pero no es malo —dijo Pipee al día siguiente, cuando Astha se lo enseñó.

—Pedante, seco y aburrido —respondió Astha.

Pipee curvó hacia dentro las comisuras de su boca mientras Astha observaba fascinada las marcas que esto provocaba en sus mejillas.

—Ahora no te preocupes demasiado, sólo termínalo. Nadie lo leerá de todas formas. La Manch se distingue por predicar a los que ya están convertidos.

—Pero es por la nación.

—Por favor. Dame un respiro.

Fueron al cuarto de trabajo de Astha. Los ojos de Pipee parpadearon sobre los lienzos.

—No sé nada de pintura —dijo—. Debes enseñarme.

—No hay nada que aprender. Siempre he reaccionado a los colores. Son las palabras las que me parecen muy resbaladizas —respondió Astha, mientras la carga de *El testimonio de las columnas negras* yacía pesadamente sobre ella.

—¿Cómo logras meter a tanta gente?

—Es algo que aprendí de las miniaturas. Son al tiempo muy completas y muy detalladas, me encanta eso.

—Debe de costar una eternidad.

—Sí lo hace, bastante. Para el que vendió la Manch tardé casi seis meses. Ahora me estoy volviendo más rápida, pero aun así... no puedo trabajar en ellos tanto como quisiera.

—Tienes una organización bastante elaborada, no puede ser tan difícil. ¿No te ayuda tu marido?

—Mi marido pasa mucho tiempo en la fábrica y viaja también, así que en realidad no puede ayudar con los niños. Y la organización... —su voz se apagó de forma triste.

Era difícil explicar su vida, especialmente cuando ella misma apenas la entendía.

—La habitual ratonera femenina, no pasa nada, no estás sola, todas la experimentamos de una forma u otra —respondió Pipee poniendo su mano sobre la de Astha y apretándola con suavidad—. Así que si quieres hacer algo propio imagino que tienes que trabajar como una loca. Tú también eres como una hormiga. Tendría que llamarte Hormiga, no estoy segura de que me guste este asunto de la fe.

Astha se ruborizó encantada.

—Así que podemos ser hormigas juntas.

—Eso es.

Anuradha y Himanshu miraron fijamente a Pipee durante la comida.

—¿Es tuyo el escúter de afuera? —preguntó Himanshu.

—Sí.

—¿Cómo es que llevas un escúter?

—Para ir de un sitio a otro. ¿Crees que sólo los hombres deberían conducir escúters? —preguntó Pipee.

Astha se sintió avergonzada por las ideas de su hijo, tal vez no le había sensibilizado respecto a temas de género. Se sonrojó ante su *roti*, mientras Anuradha preguntaba en tono acusador:

—¿Cómo es que te llamas hormiga?

—Mi padre pensó que debería trabajar como una hormiga por el bien de la comunidad.

—¿Y lo haces?

Pipee sonrió ante la madre y los hijos reunidos.

—A veces —respondió—, cuando me apetece. Me temo que no soy una buena hormiga.

Pipee se marchó después del té, cuando Astha empezó a preocuparse por los deberes de sus hijos. Conduciendo su escúter hacia casa pensó, quiero conocerla mejor, al menos no me recuerda a Aijaz. Su casa está bastante cerca de la mía, eso es conveniente, me pregunto si se da cuenta de que es atractiva. Su matrimonio parece horrible. Estoy segura de que su marido es un estúpido.

Pensó en la pintura de Astha. Estaba claro que tenía una sensibilidad política, lo que hacía incluso más extraña su conformidad ante un sistema doméstico tradicional. Tal vez tan sólo no se había despertado. Y le encantaba su pelo, era tan grueso y rizado alrededor de su rostro incluso cuando estaba recogido, y su piel era tan bonita, rosa pálido y blanca.

Y en cuanto a Astha, que había mostrado tal entusiasmo en conocer a Pipee, cómo iba a darse cuenta de que en determinadas circunstancias no había afrodisíaco más poderoso que conversar, ni seducción más efectiva que la curiosidad.

Empezaron a verse con más frecuencia. Astha era cauta al revelar la cantidad de tiempo que pasaba con Pipee. Sabía que estaría muy mal visto, como excesivo. Cuando se rebasaron los límites de lo que debería considerarse como una interacción normal, comenzó a mentir. De este modo, un elemento de misterio se introdujo en la relación y le dio un carácter ilícito.

Se veían entre semana; nada de tardes y fines de semana. Aun así Hemant empezó a sospechar de este nuevo interés en la vida de su mujer y fue abierto en su desaprobación. Como Pipee era una mujer esta desaprobación tenía un matiz de desprecio, y la convicción de que no había una amenaza real, de hecho si Pipee hubiese sido un hombre, a Astha le habría resultado imposible adentrarse tanto en el camino de la intimidad, o estar tan cómoda en él.

—Mujeres —decía el marido de forma enfática después de una conversación telefónica algo larga que la esposa había mantenido con su amiga—, siempre jodiendo con sus ideas.

Astha se encogió de vergüenza. Joder con las ideas. No la excitación del asunto real. El órgano que se penetra, los oídos, el arma de la penetración, palabras. Palabras, que no dejaban huella sino en la mente, donde se mezclaban con otras que se habían utilizado para describir el pasado de alguna otra persona, hasta que aquellas experiencias se convertían en las tuyas propias, y mirabas con otros ojos, porque ya no eras una persona, sino dos. Conversación tras conversación, polvo tras polvo. A plena vista.

Entonces se enfadó más. ¿Cómo se atrevía Hemant a ser tan despectivo? ¿Preferiría que ella fuese como él, con condones en la maleta que un amigo había puesto allí por accidente? Se negó a conversar en serio con él sobre cualquier tema, no era capaz de nada excepto de la interpretación más cruda. En vez de eso se lo contó todo a Pipee, que dijo que los hombres eran tan patéticos, tan jodidos ellos mismos, que sólo entendían lo físico, y de esta forma Astha se sintió aliviada.

—¿Has tenido alguna vez una relación con una mujer? —preguntó Pipee un día.

Estaban alargando el tiempo en la cafetería del Centro Tagore de las Artes, tras una comida de kebabs y roti. Era finales de febrero, había gente sentada en los escalones del césped que estaba junto a ellas, sobre las paredes estaban floreciendo enredaderas de rosas blancas. Eran casi las cuatro, y el lugar soleado que habían elegido en principio hacía mucho que se había vuelto frío. Un niño pequeño estaba limpiando las mesas con un trapo sucio, un camarero estaba inclinando las sillas contra las mesas, para permitir que el barrendero limpiase de forma adecuada. La voz de Pipee había disminuido hasta convertirse en un murmullo, Astha se inclinó hacia delante para captar sus palabras.

Astha se sintió incómoda y no respondió.

—¿Bien?

Intentó reír.

—Estoy casada —dijo.

—¿Y? ¿Me estás diciendo que eres feliz, estás realizada, y todo eso?

En los ojos de Astha brotaron lágrimas inesperadas. Pipee se arrepintió al instante.

—Lo siento. No quería hacerte llorar.

—Está bien —respondió Astha limpiándose la nariz con el palla de su sari.

—No, no lo está —contestó Pipee—. Si eres infeliz, no está bien.

Astha continuó, tratando de no llorar.

—Por lo general no pienso en ello —confesó.

—¿Quién pensaría en algo si pudiera evitarlo? —dijo Pipee con tristeza—. Dios sabe que he intentado...

Hubo un silencio mientras Pipee dibujaba garabatos en los círculos de agua que habían dejado sus vasos sobre la mesa, y Astha observaba sus dedos.

—¿Lo has hecho? —preguntó al fin.

—Una vez. La conocí en el colegio, continuó en la facultad, de forma no regular durante tres años. Finalmente se casó. Mucho después yo también lo hice.

—Oh.

—¿Cómo se llamaba?

—Samira.

—¿Era simpática?

—No a menudo. Me sedujo, y después, cuando me enamoré, se regocijó en ese poder. No fue tan diferente a estar con un hombre, aunque estoy segura de que puede serlo.

—¿De veras?

—Es más un asunto de elección de lo que la gente piensa. Por lo menos eso es lo que creo. Además el sexo es el sexo, ¿no crees? Lo que se vuelve importante son otras cosas.

—Sí, sí... claro. ¿Lo supo tu marido?

—Se lo conté. Pero sabes cómo son los hombres...

—No, no creo que lo sepa —respondió Astha sin demasiado entusiasmo—. En realidad sólo he conocido a mi marido, y ahora ni siquiera estoy segura de eso.

Pensó de nuevo en el condón... ¿seguiría viniéndole a la mente a cada momento de tristeza en su vida?, se preguntó. Podría contárselo a Pipee, pero Pipee podría pensar que era inadecuada en sus respuestas, o débil en su entendimiento, o idiota. Por el momento prefirió mantener esta herida para sí misma.

—¿Tu marido tiene aventuras?

—No lo sé —después con rapidez—. ¿Las tuvo el tuyo?

—Bueno, hubo varias mujeres antes de que nos casásemos, sabía eso.

Astha pensó en el pequeño gesto que Aijaz le ofreció, y en este punto se dio cuenta de que de hecho fue una invitación.

—Creo que debió de haber tenido una aventura con Reshana Singh, por la forma en que ella insiste en hablar. Sé que cree que estoy celosa, y tal vez —prosiguió Pipee, pensativa—, lo estoy —negó con la cabeza—. No hay ninguna posibilidad de escapar de los celos, ¿verdad? Todos somos Otelos en estado embrionario.

—Sé lo que quieres decir —dijo Astha con pesimismo.

—Sí, bueno. No sé por qué estoy hurgando en el pasado hoy —contestó Pipee, tirando del bolso pesado en su hombro y levantándose cuando el barrendero llegó a su mesa.

—Quizá para que pueda conocerte.

—Eres tan guapa, Hormiga.

—¿De verdad lo crees?

Estaban en el piso de Pipee tomando una cerveza antes de una comida temprana. Pipee se las había arreglado para ir a trabajar tarde, y ahora tiraba a Astha de la mano y la conducía al espejo del baño.

—¿Vamos a hacer espejito, espejito mágico / Quién es la más bella de todas? —rió Astha con nerviosismo.

A menudo sentía una tensión subyacente cuando hablaba con Pipee, cuando descendían y buceaban entre sus vidas, compartiendo fragmentos la una con la otra.

—En una versión moderna —contestó Pipee encendiendo la luz y empujando la cabeza de Astha con cuidado hacia delante—. Mira.

Astha intentó apartarse.

—No me gusta mirarme la cara, en especial tan de cerca.

Después sintió las manos de Pipee en su pelo, cómo le quitaba el prendedor, las manos de Pipee rodeando el óvalo de su cara. De forma suave, desde atrás, con los dedos le contorneó las cejas, la nariz, mejillas y boca.

Las dos mujeres no dijeron nada, mirando sus reflejos en el espejo pequeño salpicado de agua.

—¿Ves? —susurró Pipee.

Astha no vio nada, y salió del baño de forma súbita. Más tarde, cogiendo un escúter-riksha para ir a casa, se sintió perdida y confusa, mientras la imagen de ellas dos en el espejo regresaba a menudo cuando pensaba en Pipee.

*

Un día, en casa de Astha, una ocasión rara. Pipee prefería ver a Astha en cualquier parte antes que en su casa.

—Así que ésta es la cama de matrimonio —dijo Pipee, inspeccionando la habitación de Astha, ocupada por una cama doble—. La cama de matrimonio en la habitación de matrimonio.

—Como en la mayoría de las casas de la gente —respondió Astha, sin gustarle mucho el tono de Pipee.

—Lo sé. Es como yo solía vivir. ¿Eres feliz aquí? ¿Tienes buenas relaciones sexuales?

—Bastante buenas, supongo.

—¿No lo sabes?

—Bueno, él fue el primero, y el único.

—Estás bromeando.

—En realidad no.

—¿Qué hay de los otros dos?

—Fueron amoríos. A uno le besé mucho, con el otro sólo fueron cartas.

—¿Alguna vez has querido tener más amantes?

¿Qué podía decir Astha? Estaba viviendo como vivía la gente como ella, ¿dónde cabían más amantes, o el amor, de hecho?

Pipee alargó la palma de la mano hacia la de Astha. Con suavidad la cogió, tocando la uña de su pulgar. El dedo de Pipee rodeó una y otra vez la uña gruesa, trazando con cuidado la parte rosada, la parte blanca, la parte de piel. Astha observó sus dos manos juntas, y lentamente se acercó un poco más a la mujer que estaba sobre su cama.

Pipee sujetó con más firmeza la mano que tenía en la suya, y le dio la vuelta, acariciando la parte de atrás, sacando suavemente los anillos, y colocándolos en sus propios dedos, quitando con dificultad las pulseras y deslizándolas en su propia muñeca, más estrecha.

—Parezco tan desnuda sin ellas —murmuró Astha.

—Mucho mejor —susurró Pipee de forma aún más suave.

Su respiración se aceleró, e introdujo las puntas de los dedos de Astha en su boca, succionándolas una a una con delicadeza antes de dejarlas. Astha apenas se atrevió a respirar.

—¿Qué diría tu precioso marido, si nos viese juntas ahora? —preguntó Pipee.

Astha tragó saliva y no respondió.

—¿Dijiste que era un esposo fiel?

—No dije nada.

—¿Es bueno en la cama?

—Supongo.

—Si tienes que suponerlo, es que no lo es —replicó Pipee con severidad.

Astha decidió que no sabía nada sobre relaciones sexuales, que era inexperta y estúpida.

—¿Qué hay de ti? —respondió en un tono de voz bajo—. Tú misma sólo has tenido dos amantes.

—Sí, eso es cierto —suspiró Pipee—. Pero estoy buscando una tercera relación.

—¿Por qué estás tan callada? —preguntó Hemant aquella tarde.

—¿Callada? ¿Lo estoy?

—¿Necesitas que te lo diga?

—Perdona. No me había dado cuenta.

Más silencio. ¿De qué debería hablar? ¿De qué había hablado antes de que el silencio la invadiese? Cómo les había ido el día, a él, por supuesto. Ahora Astha hizo averiguaciones.

—He logrado sobornar a nuestro líder sindical esta vez, pero sobornar es difícil, los trabajadores están atentos y son desconfiados, no podré hacerlo de nuevo.

Astha odiaba cuando Hemant hablaba de sobornos y, sin embargo, por la forma en que lo describía, parecía necesario.

—Pipee vino a casa hoy —dijo, cambiando de tema.

—Esa mujer —respondió Hemant.

El corazón de Astha se hundió. Las cosas serían difíciles si Hemant se volviese violento en su antipatía. Trató de cambiar de tema de nuevo, pero Hemant no lo permitió.

—¿Qué dijiste que hacía? —continuó.

—Trabaja con niños y niñas de basti —respondió Astha orgullosa—. Los ayuda a desenvolverse en la escuela, les proporciona confianza en sí mismos, y fuerza.

—¿Quién lo financia?

—Pipee forma parte de una ONG que se llama Ujjala.

Hemant resopló.

—Una de ésas.

—¿Qué quiere decir eso?

—Cogen dinero de aquí y de allá, y aparentan que están trabajando.

Parecía que no había nada que Astha pudiera decir, y sin embargo él quería que ella hablase. Astha empezó a hablar de los niños. Aquello siempre era seguro. Era lo que les unía, y en este punto sirvió a su propósito.

Aquella noche, Hemant comenzó su rutina sexual.

—No —dijo Astha—, no me apetece.

Hemant se detuvo. Era la primera vez que a su mujer no le apetecía.

—¿Qué pasa? —quiso saber.

—Nada.

—¿Entonces?

—¿Entonces qué? ¿Tengo que hacerlo sólo porque eres mi marido? A menos que me sienta cerca de ti no puedo... no soy un objeto sexual, tienes a otras para eso.

Hemant se relajó. Aquel viejo asunto. Le cogió la cara entre las manos.

—Mi amor, ¿por qué te preocupas por nada? Eres mi mujer, te quiero, nunca ha habido otra mujer para mí, nunca. En los viajes de negocios la gente no entiende los compromisos con la esposa y la familia, asume que sus clientes quieren pasar un buen rato. Si hubiese tenido relaciones sexuales, ¿no habría usado el condón? Sólo dímelo —susurró, mientras sus manos descendían hasta los pechos de Astha y trazaban círculos de aquella forma que era tan familiar, amasándolos, apretándolos, mientras proseguía—, sólo dímelo —entonces le subió el camisón, y la acarició—, ¿tiene alguna lógica lo que te imaginas?

Sin que ella estuviese dispuesta el cuerpo de Astha respondió. Hemant se volvió incluso más ardiente.

—Cariño, eres la única para mí, ¿qué pasa, estás celosa?

—No —respondió, tratando de apartarlo, pero no sirvió de nada.

Después de que se representase la función marital, Astha se levantó para lavarse. Levantando la vista de sus manos mojadas y llenas de jabón, vio un rostro triste y ojeroso. Qué vieja parecía, y sin embargo no era vieja. Tenía treinta y seis años, pero toda la vida parecía haberse marchado. Se inclinó sobre el lavabo, y examinó su rostro con más cuidado, segura de aumentar su abatimiento. Alrededor de los ojos estaban empezando a formarse pequeñas arrugas. Ensanchó la boca imitando la risa, y se volvieron más pronunciadas. Miró fijamente su nariz y allí vio espinillas. Su piel parecía amarillenta y descolorida, cuando levantó la cabeza para observar de forma más clara las arrugas de su cuello pudo ver la línea blanca en la base del cuero cabelludo, donde había salido nuevo pelo y las partes teñidas habían crecido.

Por qué debería amarla alguien, pensó sin esperanzas. Era tan fea. Pensó en Pipee succionándole los dedos. Los miró, y de manera experimental se los puso en la boca. No sabían muy bien... a jabón y sexo. ¿Qué había pensado Pipee de ellos? ¿Y cómo sabrían los dedos de la propia Pipee? ¿Qué había visto Pipee cuando empujó su rostro frente al espejo? Sin duda no fue lo que ella veía ahora. Lentamente regresó a la cama.

Sus encuentros con Pipee aumentaron. Cuando estaba sola en casa por las mañanas Pipee se dejaba caer de camino al trabajo, la llamaba al menos cinco veces al día, conversaciones breves, pero que conducían con firmeza a cada una al meollo de la vida de la otra. Y los días que no la veía o no hablaba con ella eran días en los que algo faltaba, y ni siquiera las horas extras ante el lienzo podían llenar el vacío que sentía Astha. Comenzó a fantasear con tocarla, a imaginar su pelo entre los dedos, su piel bajo la suya propia, las manos en la parte trasera de su cuello.

Astha tratando de llegar de forma frenética al lugar de encuentro señalado.

—Lo siento, lo siento, lo siento.

—Estaba a punto de irme.

—Lo siento. No he podido evitarlo.

—¿Qué ha pasado?

—Olvidé que había una *bandh*. Ni un solo escúter-vala consintió en venir. Ni uno. Decían que les pegarían. Incluso ofrecí cincuenta *bucks*.

—¿Entonces?

—Al final quiso ochenta.

—¡Ochenta! ¡El triple de lo normal! No deberías haberlo pagado, Hormiga.

—No tenía opción. Le habría dado cualquier cosa.

—Estaba aprovechándose de la situación —dijo Pipee con dureza.

—¿Qué podía hacer? Estabas esperando, no dejaba de pensar en eso, pero estaba de camino y no había forma de decírtelo.

—Oh cielo, está bien. Ahora, olvídalo. Pensé que debías de tener un problema. No puedo imaginar dónde estaría yo sin mi escúter.

—No entiendo por qué no te has comprado un coche —dijo Pipee más tarde, mientras removía su café frío.

La comida había acabado, y Astha estaba preocupada por cómo iba a regresar a casa.

—Uno necesita tener movilidad. Aprendí a conducir un escúter, era todo lo que podía permitirme, pero contigo es distinto.

—Tenemos un coche.

—De Hemant.

—Que yo uso.

—Sólo cuando no lo hace él.

—Lo manda de vuelta desde la fábrica con el conductor siempre que lo necesito.

—Estoy segura de que lo hace, pero puedes ser más independiente con uno propio.

—Un coche cuesta más de un lakh.

—Puedes montar una exposición, y ganar dinero.

—No lakhs.

—Hormiga, ¿por qué estás siendo así? ¿No me dijiste que tu madre te había dejado algo de dinero?

—Con Hemant —y la vieja herida vino para ahogarla.

—Hemant no es un monstruo. ¿Has intentado preguntarle? Porque debes preguntar.

—Dirá que cuando quiero el coche, lo tengo. También puedo pedirles a mis suegros el suyo.

—Si Hemant puede mantener un coche para sus padres, puede mantener uno para ti.

—Bueno, yo, es decir, los niños, lo utilizan también. Para clases particulares, la escuela y otras cosas.

—El hecho es —siguió Pipee con paciencia—, que si tuvieras un coche no tendrías que andar pidiendo.

—No puedo pedir un coche para mí.

—¿Por qué no?

—Hemant dice que va a haber problemas en la fábrica.

—¿Cuánto tiempo lleva funcionando la fábrica?

—Diez años.

—Imagino que ha ganado bastante dinero como para comprarte un coche.

—Es muy generoso conmigo.

—Bien. Ahora déjame llevarte a casa o de lo contrario te volverán a timar.

Mientras se movían con estruendo por las calles de Delhi, Astha se inclinó contra Pipee, con los brazos alrededor de su cintura. Una o dos veces Pipee se giró para preguntar, ¿estás bien?, Astha simplemente asentía, demasiado feliz para hablar, incluso si el sonido del vehículo lo hubiese permitido.

—¿Pero por qué? El coche está ahí para ti siempre que lo quieres.

—Por favor, Hemant. Tengo treinta y seis años. Necesito ser independiente. Siempre estoy adaptándome a las necesidades de todos los demás.

—¿Y el dinero?

—Podemos usar lo que dio mi madre.

—Sabes que he invertido eso para los niños, y en cinco años la cantidad ha crecido bien.

Hemant parecía satisfecho. Astha había escuchado todo esto antes, había escuchado cuando llegaron las acciones, cuando llegaron las acciones gratuitas, cuando se compraron las obligaciones, había escuchado cómo se duplicó, triplicó, cuadruplicó. No existía ninguna posibilidad de tocarlo, lo sabía. Pero en algún lugar seguramente había dinero que ella pudiera tocar. Eso fue lo que dijo.

Hemant la miró.

—¿Quién está metiéndote estas ideas en la cabeza?

—Nadie —respondió Astha ofendida—. ¿Alguien tiene que decirme que quiero un coche?

—Mamá, ¿Papá va a comprarte un coche?

Anuradha. Hemant se lo había contado primero.

—También es mi dinero —contestó Astha, enfadada de repente.

Los niños se giraron hacia ella, ligeramente sorprendidos. En su casa sólo se discutían los precios, nunca el dinero, y desde luego no de quién era el dinero. Todo era dinero común porque eran una familia.

—También el dinero de Papá —dijo Anuradha con rapidez.

—Por supuesto que también el dinero de Papá. Pero si es necesario celebraré una exposición para ayudar a pagar este coche.

Himanshu introdujo su mano en la de su madre.

—Cuando gane dinero te compraré un coche —proclamó.

Astha apretó más sus dedos delgados entrelazados y miró fijamente las uñas demasiado largas, el pelo fino que brillaba un poco rubio, la piel morena del sol.

—Y yo compraré un coche para Papá —dijo Anuradha.

—Pero Papá y Mamá no son distintos —explicó Astha, rápidamente—. Cualquier cosa que compréis será para los dos. ¿No uso yo el coche que ya tenemos? No es de Papá o mío. Y ahora tendremos un segundo coche, además del de arriba, que no es ni de Papá ni mío, sino de todos. Somos una familia con necesidades crecientes.

~

Era el final del trimestre, antes de las vacaciones de verano, y día de *PTA*. Astha estaba en la escuela de sus hijos, tratando de no mirar fijamente a los padres y madres a su alrededor, unidos y contentos.

Había toda una lista de profesores a quienes tenía que ver.

A Himanshu no le habían ido bien los exámenes parciales. No había terminado sus trabajos, pero en realidad lo sabía todo. Astha estaba esperando para decirle esto a su profesora, algo que había estado diciendo desde la guardería. La profesora por su parte le diría que, aun así, el niño tenía que aumentar el ritmo, otros niños lo lograban. Si no lo hacía, iban a resultarle muy difíciles los niveles superiores. Astha podía predecir la conversación de forma literal, pero tenía que pasar por ello.

A Anuradha no le iba bien en ciencias y matemáticas. No entendía el método explicativo, y Astha tenía que averiguar por qué de una forma que no comprometiese la inteligencia, la atención o las habilidades de su hija. Ambos niños eran contrarios a que su madre debatiese cualquiera de sus problemas en la escuela. Antes de irse Anu había gritado, no digas nada, no lo hagas Mamá, después en clase el profesor dice, así que tienes dificultades, ¿por qué no me preguntas durante la lección en vez de quejarte más tarde?, y los chicos se quedan mirándome, como si fuera una imbécil. Además, no dejo de decírtelo, no tiene *sentido* pedirles explicaciones, todos repiten lo mismo de la misma forma, sólo que más lento.

Himanshu había parecido igualmente preocupado, no vas a decirle nada a mi profesora, ¿verdad, Mamá? En clase, me dirá algo, se enfadará.

Con la demostrada inutilidad de todo aquello, Astha esperó en una cola y otra para ver a varios profesores, tras padres ocupados en sonsacarles el secreto del éxito para esa asignatura en concreto. Iba a llegar tarde a su encuentro con Pipee, ¿por qué, pese a toda experiencia, había asignado dos horas para la escuela? Ahora se estaban malgastando minutos preciosos en los pasillos de esta institución enorme e insensible.

El profesor de matemáticas, el Sr. Sharma, frente al cual había una fila de más de metro y medio de largo. Estaba claro que Anu no era la única que tenía problemas. Tras esperar una hora, su turno.

¿Anuradha? Sí, una niña muy brillante, pero podría trabajar más duro, si tiene un problema para seguir las clases, debería preguntarme, les digo, preguntadme, no hay excusa para no entender. Tendría que hacer cada día una hora de ejercicios, las matemáticas sólo son práctica.

Astha sacó de su bolso el examen parcial de Anu, 59 sobre 100. El genio del Sr. Sharma surgió en el momento en que lo vio, mire esto, el método es correcto, pero un error al sumar y la respuesta está mal. Y, aquí, ha copiado la suma de forma incorrecta. ¿Cómo va a sacar buenas notas? Márgenes doblados, borrador desordenado. Descuidado, descuidado.

Astha se quedó mirando el papel, no entendía nada de lo que ponía. ¿Eran tan graves los delitos de Anu? Un margen doblado, una suma mal hecha, otra copiada de forma descuidada, ¿daba como resultado 59 y el sentimiento de un fracaso?

Me parece que no importa si el borrador no está limpio, cuestionó.

Es la actitud lo que importa, la actitud, vociferó el Sr. Sharma.

Ante esto, cualquier comentario añadido parecía redundante.

Por fin, había visto a todos los profesores, los niños Vadera habían sido reprendidos en varios niveles, la participación de Astha en el proceso de aprendizaje se había puesto de manifiesto, los fallos de sus hijos habían sido señalados y registrados, y ella estaba libre. De forma desesperada salió corriendo por las puertas de la escuela, ya llegaba más de una hora tarde. Pipee habría cocinado para ella, se estaría preguntando qué pasaba.

Mientras llamaba al timbre del apartamento de Pipee, pudo escuchar pasos que se acercaban a la puerta. Su corazón bombeó más rápido, las explicaciones temblaban en sus labios. La puerta se abrió, y ante ella, el rostro, siempre en su mente, siempre indistinto, los ojos grandes y estrechos, el pelo que se extendía hacia atrás salvaje y rebelde, la voz en la que podía sumergirse, la boca que se curvaba hacia dentro cuando sonreía, el pequeño lunar bajo su nariz, como una gota de rocío.

Allí estaba ella, y allí estaba Astha de pie, y no importaba nada más. En silencio Pipee le indicó que entrase, le cogió el bolso, y cerró la puerta.

—¿Qué hizo que tardases tanto? Estaba empezando a preocuparme.

—Lo siento, Pip, lo siento, no he podido evitarlo, había millones de padres, y los profesores han tardado siglos. No dejaba de pensar que estabas esperando, me sentí fatal todo el tiempo.

Estaban de pie. Lentamente Pipee la rodeó con los brazos. Astha pudo sentir sus manos en la estrechez de su espalda, donde comenzaban a ensancharse las caderas. Con suavidad Pipee le desabrochó los corchetes de la blusa, y el sujetador, mirándola a la cara mientras lo hacía y continuando con lentitud, sintiendo la espalda de Astha con la palma de su mano, rodeándola y subiendo hacia los pechos, sintiendo su suavidad, en especial donde estaban los pezones, sintiéndolos una y otra vez, y sin prisa por llegar a alguna conclusión. Estaban envueltas en un círculo de silencio, el único sonido, el sonido de sus respiraciones, unido y entremezclado.

En el pequeño dormitorio, Astha estaba tensa, nerviosa. Estaba asustada, sin embargo no había vuelta atrás. Percibiendo cómo se sentía, Pipee se tomó su tiempo, tocando con la boca cada hendidura de su cuerpo. Las zonas sudorosas de sus axilas con vello pequeño y rígido que comenzaba a surgir, el suave pliegue de carne donde el brazo se unía al torso, la dura parte ósea detrás de sus orejas, la cavidad profunda entre sus nalgas, la vellosidad entre sus muslos.

Entremedias, hablaron; conversación del descubrimiento y la atracción, de la historia de una relación de tres meses, la provocación y el placer de una intimidad que era completa y absoluta, que se expresaba a través de los pensamientos tanto como a través de los cuerpos.

Después Astha se sintió extraña, hacer el amor con una mujer requería tiempo para acostumbrarse a ello.

Y también era extraño hacer el amor con una persona amiga en lugar de con un adversario.

Volvió a casa aturdida. Cuando se aproximaba, sucumbió al pánico, era madre, nada debería alterar eso. Por un instante breve y culpable deseó ser como Pipee, sola y libre, pero se controló. Una gran parte de sí misma pertenecía a sus hijos, así era como vivía su vida. No podía imaginar ninguna otra forma.

También era esposa, pero en eso no se requería tanto de ella. Un cuerpo dispuesto por la noche, un par de manos y pies dispuestos durante el día y una boca obediente eran los requisitos necesarios de la esposa de Hemant.

*

Unos pocos días después.

—Hemant debería de estar encantado —le dijo Astha a su amante—, dice que las mujeres siempre están jodiendo con sus ideas.

Ambas se rieron ante la venganza de la esposa.

Astha estaba enamorada. Se pasaba todo el día pensando en ella, imaginando la curva de su cuello, largo, inclinado, sin adornos, las clavículas a ambos lados del pequeño hueco en la base de la garganta, las vueltas de su pelo enredado, como las había visto una vez frente al verde oscuro, fuerte, de los árboles del Centro Tagore de las Artes. Y sus dedos, largos y tan estrechos que mostraban los huesos, con las uñas cortas, y un anillo de serpiente, tres tiras de plata, dos ojos que eran pequeñas turquesas, dos puntos pintados de negro a modo de nariz. Y sus párpados, aquella zona frágil y delicada donde quería presionar los labios, comprimiéndolos del tamaño de un guisante para rodear aquel espacio. Y la boca con las comisuras que se doblaban hacia dentro, podría mirar aquellos hoyuelos por siempre.

De vez en cuando le daba vueltas a su propia naturaleza sexual, pero el deseo que sentía por Pipee estaba tan vinculado a la persona en concreto que no lograba extraer ninguna conclusión general. En lo que concernía a su matrimonio, ambas eran mujeres, no había nada en serio peligro. Mientras tanto, su mejor momento en casa tenía lugar cuando fantaseaba sin interrupciones sobre la persona a quien amaba, perdida en sus pensamientos, deleitándose en sus sentimientos.

Todo esto dificultaba que se concentrase en lo que sucedía a su alrededor. Era capaz de olvidar que tenía otra vida sólo cuando estaba absorta pintando o con las tareas escolares de los niños, el eco de una simplicidad anterior que ahora parecía tener algunas ventajas.

Astha se sorprendió cuando Hemant se dio cuenta.

—Pareces distraída —señaló—. ¿Qué pasa?

Sintió una ráfaga de miedo, pero, entonces, un romance con otra mujer no era algo que un marido sospechase con facilidad. La cautela dibujó una sonrisa en sus labios, y le tapó los ojos.

—Nada —respondió—. ¿Qué te imaginas?

Una mirada de descontento que parecía que siempre debía estar en uno de sus rostros cruzó la frente de él, dándole a ella una sensación de control pasajera. Astha no estaba allí. Cuánta razón tenía Hemant. ¿Pero cuándo habría adquirido él aquella sensibilidad?

¿Qué había de los momentos en que él no había estado allí, y los motivos siempre fueron tales que las reivindicaciones de la propia Astha parecían egoístas? Ahora, relacionada sexualmente con otra, se daba cuenta de cuántas facetas en la relación entre ella y su marido reflejaban poder en lugar de amor. Hemant había conseguido ignorarla porque en última instancia había llenado su propio paisaje. Que el descontento de Astha se hubiera expresado en matices de poca importancia tan sólo había ayudado a Hemant en su falta de atención.

En los días siguientes, Hemant comenzó a observar a Astha. Que observe, pensó ella; él, que no había mirado desde los primeros días de su matrimonio, ahora miraba y se daba cuenta de que lo que veía no cuadraba.

Las mentiras de ella se volvieron hábiles. Su desesperación y necesidad garantizaban que saliesen de forma automática, como si las hubiese ensayado durante horas.

Amamantada por padres sensatos, Astha había creído que uno no debía mentir nunca, jamás. Había un Pinocho acechando a su identidad moral, esperando y observando. Le crecería la nariz, los ojos se le pondrían bizcos en vanos intentos por ocultar la acción horripilante, la piel se le volvería amarilla y le saldrían granos por todas partes. Su fealdad interna se reflejaría para que todos la vieran.

Había mentido acerca de los chicos que había conocido, y había sido castigada en cada ocasión. Ellos la habían dejado, no había merecido nada mejor.

Cuando se casó le quiso contar a su marido lo de aquellos chicos, pero tuvo miedo de que él no la aceptase, y aquella semilla diminuta, por lo general olvidada, todavía estaba dentro, diciéndole que era indigna. Se había comprometido al ser excesivamente sincera; sabía que su marido confiaba en ella de forma incondicional.

Ahora, se pasaba el día mintiendo. Lo más fuerte en ella era lo más secreto. Pipee la animaba. No eran para ella los valores morales de George Washington, el muchacho sobre la cubierta en llamas, Eklavya, Rama, Sita, Lakshman, aquellos para quienes las palabras se traducían en códigos de honor que no podían quebrarse jamás, pasase lo que pasase.

—Por supuesto que tienes que mentir. Ellos no son tus dueños.

—Lo sé, pero... desearía no sentirme como me siento.

—¿Cómo te sientes? —le preguntó su amante con mucha naturalidad, y cuando no respondió, con mucha insistencia—, ¿cómo te sientes?

—Oh, ya sabes —Astha se volvió imprecisa—. Gran parte de la realidad está contigo, y como no puedo hablarlo con mi familia, me hace sentir bastante esquizofrénica.

—¿Por qué tienes que hablarlo con ellos? Hablas de ello conmigo. ¿Son tus guardianes o algo?

Era difícil de explicar. Pipee vivía a una escala más grande, más amplia que ella.

Mientras tanto esta criatura grande y abierta se había vuelto celosa por las exigencias de los demás. Incluso se había preguntado, para horror de Astha, cuándo iba a informar a Hemant sobre ellas.

—No es tu dueño, ¿sabes?, tendrá que enfrentarse a sus incompetencias.

—No, no... no puedo hacer eso.

—¿Por qué no?

Parecía tan impensable, ¿cómo podría explicarlo?

—Tal vez soy una cobarde —comentó pensativamente.

—Oh, cariño —suspiró Pipee—. No seas tan dura contigo misma. Has vivido de cierta forma, estás acostumbrada a ciertas ideas, no puedes ser diferente de pronto. Si soy impaciente con tu situación es porque quiero que seas feliz.

Giró la cara de Astha hacia sí, le quitó los prendedores y le tocó el pelo suelto, llegando hasta el cuero cabelludo, de una forma que a Astha le recordaba a su madre poniéndole aceite en el pelo cada domingo cuando era pequeña. Cerró los ojos y se sumergió, sintiéndose como si estuviera en un baño caliente. Con Pipee no daba contra algo duro y carente de comprensión, era todo calor e intuición. Le daba gracias a Dios por este amor en su vida, cuando había pensado que toda posibilidad amorosa había acabado.

Si Dios le había dado amor, no había tiempo extra para este regalo, de forma que Astha se descubría a sí misma deseando desesperadamente poder vivir cada día dos veces, una con Pipee y otra con el plano habitual.

Temía las ocasiones en las que sus vidas chocaban, y en ningún momento estaba más a merced de las circunstancias que los fines de semana.

Un miércoles Pipee dijo con decisión:

—Hay un festival de cine gay y lésbico este sábado. Lo sé, lo sé, los sábados son difíciles para ti, pero quiero ir, y creo que tú también deberías.

—Pero Pip...

—No digas nada. Quiero ver las películas contigo. ¿No crees que tienen una importancia especial?

Era innegable.

—¿Te importa si le pregunto a Hemant? No te preocupes, seguro que no viene.

Pipee hizo una mueca.

—¿Entonces por qué preguntarle?

—Va a estar en casa este fin de semana —continuó Astha de forma apresurada—. Le resultará extraño si hago planes sin él.

—Déjale.

—Está empezando a quejarse.

—¿De qué?

—Oh, sólo eso —respondió Astha, evitando lo específico—. Ya sabes. Tiene la sensación de que algo no va del todo bien.

—Bien, así es. Es hora de que despierte.

—Yo no iría tan lejos —respondió Astha con rapidez.

—No lo harías, ¿eh?

—No. Todo está bien tal como está.

—No ignores lo evidente, Hormiga —fue todo lo que dijo Pipee.

—¿Ir contigo y con Pipeelika Khan a un espectáculo de cine gay? ¿Estás loca, Az?

—Bueno, voy a ir con ella. Por una vez puedes venir a algo que me interesa.

Hemant se la quedó mirando.

—No me interesan los homosexuales —dijo—. Y pensaba que a ti tampoco. Pero aprendo algo cada día —alargó la mano, y Astha puso lentamente la suya sobre la de él—. Quédate en casa. Podemos alquilar una película. Hace mucho que no hacemos eso.

No era justo. Hacía falta que su esposa tuviera una aventura para que Hemant prometiese ver una película de vídeo con ella, algo que sabía que a ella le encantaba. Una noche así la habría hecho feliz un año antes, ahora parecía un chantaje.

—Le he prometido a Pipee... —dijo.

—¿Y? Deshaz tu promesa.

—Tal vez el próximo sábado, pero no éste.

Un aspecto malhumorado se instaló en el rostro de Hemant. Astha pudo ver resentimiento, y le dio pena. Pero ni la mitad de la pena que sentiría si no fuese, si no se sentase junto a Pipee en una sala oscura, mientras sus brazos, manos y rodillas se tocaban.

—¿Por qué no podemos hacer esto en alguna otra ocasión? —siguió—. Con frecuencia no has estado aquí para mí. Creo que deberías ser comprensivo por un día.

—Estaba ocupado, Az, me estaba estableciendo.

—¿Durante diez años?

—Lleva todo ese tiempo, lo sabías, me apoyaste.

Sobre los desacuerdos pendía la historia de su matrimonio, y Astha no tenía tiempo para esto ahora.

—Podemos continuar esta discusión cuando vuelva —dijo.

Hemant se negó a responder, y Astha no pudo pensar en nada más que decir. No quería dejarle así, pero él no le daba otra alternativa. Con rapidez se puso el primer sari que encontró, agarró un chal y se fue.

Sólo cuando bajaba la calle hacia la parada de escúters se percató de que de hecho era un día fresco, y que iba a tener frío. ¿Debería regresar para coger un suéter? No, no quería volver a encontrarse con Hemant, era mejor congelarse. Se envolvió decididamente con el chal y el palla, y confió en que no lloviese.

El frío la caló en el vehículo de tres ruedas, y empezó a moquearle la nariz. Buscó un pañuelo en su bolso... no, también había olvidado coger un pañuelo. Se inclinó y se limpió la nariz con la combinación.

En el centro social, Astha entró de forma vacilante en la sala. Llegaba tarde, y le costó unos minutos adaptarse a la oscuridad. Notó que tiraban de su sari, y allí estaba Pipee apoyada contra la pared junto a la entrada, esperando. Astha se desplomó a su lado, sintiéndose exhausta tras la batalla con Hemant, mirando la pantalla con un interés superficial, percatándose con indiferencia de los hombres y mujeres que hablaban con marcado acento americano sobre la discriminación a la que se enfrentaban como homosexuales. En medio algún sociólogo daba su opinión, en medio de eso había fragmentos de marchas y manifestaciones. Astha observaba los rostros de la pantalla. Todos sinceros, ninguno vivía una vida de mentiras.

La voz de Pipee susurraba en lo más cobarde y recóndito de su mente.

—Tenemos que luchar por la aceptación y el derecho a amar como sentimos. ¿No crees, Hormiga?

Pero aunque lo intentaba como podía, Astha no pudo conectar con lo que estaba viendo. Su propia situación era distinta, aunque si Pipee no lo creía así reservaría esa información para sí misma.

En el intermedio, Astha le dio la noticia a Pipee mientras tomaban café.

—Me tengo que ir.

—¿Por qué? —pudo oír la preocupación en la voz de Pipee, sentir la mano que reposaba en la curva de su codo—. ¿Te encuentras bien? ¿No te parece interesante?

—Anuradha tiene un examen. Me ha resultado difícil salir hoy.

No quería entrar en todo el asunto de Hemant.

Ante el sonido de la domesticidad, el rostro de Pipee se retorció un poco, pero sólo dijo:

—¿Por qué no puede quedarse con ella el padre, para variar? ¿Por qué tienes que hacerlo siempre tú?

—Es así.

—Vete, entonces.

Le dio un pequeño empujón.

—Cariño, no te sientas ofendida, te compensaré, lo juro.

—¿Cómo irás a casa?

—En escúter —respondió Astha sin ánimo.

¿Qué importaba cómo fuese a casa? Quizá debería arrastrarse sobre la barriga hasta el santuario de felicidad marital y maternal, o arrastrarse sobre la espalda con las piernas dobladas sobresaliendo erguidas frente a ella, avanzando a rastras con las manos como los leprosos, pidiendo limosna en los abarrotados cruces de Delhi.

—Pipee —Astha pudo oír que gritaba alguien—. Date prisa, ha empezado la siguiente película.

—Te llamaré cuando llegue a casa —apretó de nuevo el brazo de Astha, la besó en la mejilla, y desapareció en aquel lugar cálido en su camaradería hacia ella, frío en su indiferencia hacia Astha.

—¿Cómo es que has vuelto tan pronto? —preguntó Hemant en tono jocoso, cuando la vio bajarse del escúter, con las orejas enrojecidas y la nariz ahora moqueando como un río. Sin mirarle, Astha levantó una mano y pidió:

—Un pañuelo.

Hemant sacó el suyo y se lo dio. Ella se sonó la nariz, al fin, tras los suplicios del día, pudo sonarse la nariz.

Después miró a Hemant. Estaba sonriendo. Pensaba que había ganado, y ahora trataba de ser agradable con ella.

—Porque sí —dijo Astha.

—Las películas de gays y lesbianas no son plato de tu gusto, ¿eh?

—Nada de eso. Eran muy buenas.

—¿Entonces?

—¿Entonces qué? La sala estaba abarrotada, y no llevaba bastante ropa, y tenía frío, y he venido a casa porque no quería estar sentada en el suelo demasiado tiempo.

Hemant parecía incrédulo.

—¿Han comido los niños? —preguntó Astha.

—Sí, lo único que te importa.

A Astha no le molestó su tono, nada le molestaba. Entró, tenía hambre, no había desayunado, y ahora comió algo de las sobras. Después se preparó una taza de té, sentía que iba a dolerle la garganta, y por el momento no pensaría en nada más que en su bienestar físico.

Aquella tarde Hemant le ofreció de forma solícita un coñac para su resfriado. Habló de su pintura, de los niños, habló de la madre de Astha, de sus padres, dijo que tal vez al año siguiente irían de vacaciones a Estados Unidos, para entonces los problemas en la fábrica se habrían arreglado, trabajaba muy duro, y necesitaba tomarse las cosas con calma. Y el coche, ¿qué había de eso?

Ella: ¿qué coche?

Él pareció dolido. El coche que ella había pedido, que había dicho que necesitaba para ser independiente, él lo había arreglado para conseguir uno en nombre de la empresa.

En nombre de la empresa. Era así de sencillo después de todo.

¿Qué le parecía un Maruti blanco?

Las antenas de Astha se levantaron. No podía recordar cuándo se le había pedido opinión para una compra importante. ¿Por qué estaba siendo tan considerado? ¿Estaba intentando comprarla? Cierto, podría correr hacia casa de Pipee cuando quisiera, en el coche que su marido había comprado para ella, pero ¿cómo le haría sentirse eso? No quería un coche, se dio cuenta, terminaría por hacer que se sintiera más culpable, y si le contase todo esto a Pipee ella diría, pero es tu coche, ¿por qué sientes que tienes que pagar por él con pensamiento, cuerpo y alma?, podía oír su voz incluso ahora.

—No sé conducir —dijo para ganar tiempo.

—Yo te enseñaré, podemos aprender cada domingo —respondió él, acariciándola—. Estaremos juntos.

—Sí, sí, supongo.

—Intenta sonar un poco entusiasmada, ¿lo harás?

—Estoy entusiasmada, ¿por qué buscas significados en todo lo que digo? Dicen que los maridos no deberían enseñar a sus mujeres, la relación se deteriora —respondió Astha con irritación.

—Ya veremos. No quiero derrochar dinero en clases.

El coche llegó. De hecho Hemant no tuvo tiempo. Al final fue Ram Singh, el chófer, quien enseñó a Astha por las calles de la colonia.

Aquel verano Rajiv Gandhi fue asesinado por una terrorista suicida que hizo explotar una bomba en Tamil Nadu durante una campaña electoral. La incertidumbre política significaba que el trabajo de Pipee en las bastis se volvió más exigente y que ella no podía ver mucho a Astha durante el día. Astha sentía su ausencia a cada minuto, y cuando Pipee la llamaba por las tardes, ella iba, pero su situación en casa era tal que los encuentros tenían que ser apresurados, no más de una hora, no mucho para las amantes, sin duda no mucho para Pipee.

—Ha escrito Ajay. Tiene mucho interés en patrocinarme. Lo ha estado sugiriendo desde que terminé mi posgrado.

—¿Qué?

—Un doctorado.

—Nunca me lo habías dicho.

—Fue antes de conocerte —respondió Pipee.

—¿Cómo es que nunca lo habías mencionado? ¿Y por qué me lo cuentas ahora?

—Porque ha llegado esta carta —contestó Pipee con tono claro.

Astha hizo resbalar la mano de Pipee de debajo de su hombro y la miró. Allí estaba el anillo, estaban los huesos, estaban los dedos largos y delgados. Juntó las palmas de sus manos, y pensó que era una ilusión, jamás podrías ser una con otra persona, no importaba cuánto te esforzases. Era mejor darse cuenta y aceptarlo, la vida se vuelve más fácil cuando lo haces.

—Sí —dijo—, es mejor que explores las posibilidades de hacer un doctorado. Es algo bueno para el futuro.

—Bueno, déjame ver. Significará dejarte.

Y el pobre corazón de Astha se regocijó al escuchar que ella era importante.

Conduciendo hacia casa, Astha no se quitaba de la cabeza la carta de Ajay. No era estúpida, sabía por qué Pipee había mencionado la carta. Quiere una vida plena, después de seis meses quiere un compromiso, si yo no puedo dárselo, ¿por qué no podría buscarlo en otra parte?, pero Astha no quería que Pipee buscase en otra parte, quería que se quedase con ella para siempre, como estaba, como estaban.

Con resentimiento, pensó en el doctorado de Pipee. De pronto era un deseo candente. Bien, sabía por qué. Estaba diciendo que si Astha tenía a sus hijos, ella tenía su doctorado, como si pudieses comparar las dos cosas.

Astha: Tengo una fantasía, escucha, mi amor, y no te rías. No es mucho, creo que no es mucho.

Tengo una habitación, pequeña pero íntima, donde mi familia pasa ante mis ojos. Es muy sencillo, ante mí hay una pared que divide la casa, pero puedo ver a mis hijos, eso me satisface, aunque para ellos soy invisible, eso también me satisface.

Esta habitación será nuestra, tú conmigo, viviendo en armonía. Nuestras vidas están separadas, nos llaman cosas distintas, nos hacen exigencias distintas, pero bajo nosotras siempre está esa base sólida, como dos moscas atrapadas en una charca pegajosa que no pueden dejar.

—¿Moscas pegajosas? Debes de estar loca.

—De acuerdo, la imagen es mala. No obstante, sabes lo que quiero decir.

—Eres una romántica incurable. Me quieres y no quieres dejar tu antigua vida. Es una fantasía bonita, desearía que fuera posible. También desearía —añadió Pipee tras un pequeño pensamiento— que hubiese tenido lugar en mi casa.

—¿Eso demuestra algo? —preguntó Astha, deseando que aquella con quien lo compartía todo no se adentrase tanto en el análisis.

—Bueno, ¿qué piensas?

—No pienso nada. Fue un sueño, un sueño sin más, por amor de Dios, algo que sé que no puede pasar nunca.

—Pero sí puede, ¿no te das cuenta?, incluso en un sueño tú estás en tu preciosa Vasant Vihar. Hay otros lugares en el mundo, Hormiga, si tan sólo los tuvieses en cuenta. En vez de eso permites que te encierre ese hombre, que ni te conoce ni te aprecia, ¿y para qué? No lo entiendo.

—Están mis hijos.

—Tus hijos no tienen que estar pegados a esa casa más de lo que tú lo estás.

Astha se quedó atónita. ¿Qué había de su escuela, su rutina, sus amigos en la colonia, sus abuelos, su padre, que, cualesquiera que fuesen sus fallos, quería a sus hijos? Tal vez era profundamente convencional, pero para ella criar a unos niños conllevaba una serie de dinámicas que eran las habituales. Era lamentable que esas dinámicas no incluyesen compañerismo y comprensión, pero se había acostumbrado a ello. Se veía a sí misma como un pájaro que picoteaba unas pocas migajas sobrantes del banquete de la vida. Dijo todo eso. Pipee la miró fijamente.

—Nunca me he considerado una migaja —dijo con sequedad.

Esto llevó a Astha a dar más explicaciones.

—Te quiero, sabes cuánto significas para mí, intento demostrarlo cada momento que pasamos juntas, pero no puedo abandonar a mi familia, no puedo. Quizá no debería haber buscado la felicidad, pero no pude evitarlo. Supongo que piensas que no debería tener una relación, pero no había previsto... Oh Pipee, siento no ser como tú.

—¿Qué quieres decir? ¿No quieres una vida honesta y sin tapujos?

—Estás siendo injusta.

—¿Cuándo piensas en mí alguna vez? Siempre sus necesidades, tus necesidades, antes que las mías.

—Eso no es cierto.

—Lo es. No puedes verme por las tardes...

—¿Cómo puedes decir eso? Justo el otro día pasé toda la tarde contigo, me fui a casa a las doce, conté innumerables mentiras...

—¿Quién te ha pedido que cuentes mentiras? Yo no. ¿No lo comprendes, Hormiga?, quiero que termine todo este engaño.

—Toda mi vida es una fábrica de mentiras —respondió Astha con tristeza—, tú eres lo único verdadero que tengo.

—Y tú no quieres cambiarlo. Ése es el problema con la gente casada —replicó Pipee con pesimismo—, siempre hay otros implicados. ¿Por qué pensé que con una mujer sería distinto?

El pánico creció en Astha. Se le llenaron los ojos de lágrimas y sintió que se acercaba un dolor de cabeza. Todo lo que quería hacer era conducir de vuelta, encerrarse en su habitación, y dormir hasta el fin de los días. Se puso de pie.

—¿Qué haces?

—Voy a casa, ya que preguntas.

Pipee alargó la mano y tiró de su dupatta.

—¿No lo entiendes? ¿Que te amo, te quiero, te echo de menos?

—¿Qué hay de tus otras amistades y tu trabajo? —preguntó Astha con voz queda.

—¿Qué pasa con eso? El trabajo no puede darte calor por las noches, y sí, tengo amistades, pero no es gente con la que elijo hacer el amor. O paso el tiempo aquí languideciendo o salgo con ellos, hablo, río, después vengo a casa, a un apartamento que conserva los momentos que he pasado contigo. Me recuerda... —en este punto se detuvo, Astha parecía atormentada, y Pipee continuó rápidamente—, lo que quiera que sea, no deseo experimentar esa clase de vacío otra vez. A veces me vuelvo loca de melancolía, y ni siquiera puedo descolgar el teléfono.

—Sí puedes.

—No puedo. No quiero escuchar la voz de tu marido, no quiero colgar el teléfono si él descuelga, no quiero compartir tu vida de mentiras.

Astha pensó que si marido y mujer son una persona, entonces Pipee y ella eran incluso más que eso. Había compartido partes de sí misma que nunca había compartido antes. Se sentía completa con ella. Pero no era el momento de decir estas cosas.

—Lo siento, no tengo la intención de ser dura —dijo Pipee con arrepentimiento—. Dejar un matrimonio, incluso como el tuyo, no puede ser fácil. Tengo la sensación de que lejos de esa casa y esa gente serás capaz de llevar una vida más plena. Tienes tanto dentro de ti, tanto que dar, pero tómate tu tiempo. Hagas lo que hagas estará bien.

Astha se giró hacia ella con gratitud. Que su amante entendiese cómo se sentía era bastante. Se hundió en el sofá entre sus brazos.

Anocheció antes de que Astha se levantase para marcharse. Con Pipee en su pensamiento, el aroma de Pipee sobre su cuerpo, se movió como en trance hacia su coche, condujo con lentitud y de forma automática por las calles de Delhi.

Cuando Astha aparcó el coche fuera de las puertas de su casa, Anuradha salió corriendo.

—Estoy suspendiendo —dijo de forma entrecortada—. Tienes que ver a mi profesor. ¿Dónde estabas? He estado esperando horas y horas.

—¿En qué asignatura?

—Mates.

Por supuesto. Tenía que ser matemáticas.

Anuradha se estaba mordiendo las uñas.

—Suspenderé el curso, suspenderé el curso, suspenderé el curso, suspenderé el curso —repitió sin parar en un frenesí.

—¿Podemos esperar a las notas antes de decidir eso? —quiso saber Astha.

—¡No te importa! ¿Por qué no puedo tomar clases particulares?, todas mis amigas toman clases particulares, pero tú quieres que lo haga por mí misma, porque tú lo hiciste.

—Anu, no seas irrazonable. ¿Cuándo he dicho...?

—Lo dijiste, y ahora te has olvidado. Quieres que sea como tú. No lo soy, pero a ti no te importa.

Anuradha miró fijamente a su madre, las lágrimas corrían por sus mejillas jóvenes. Dios mío, pensó Astha, ¿cuándo dije que tendría que ser como yo? ¿Cuándo dije que no podría tener clases particulares porque yo no las tuve? ¿Cuándo?

—Mi vida, ¿podemos hablar de esto más tarde? Acabo de llegar a casa, estoy cansada, no me acuerdo de lo que dije y cuándo y por qué. Si es necesario, claro que tendrás un profesor particular, pero también tienes que aprender a hacer las cosas por ti misma.

Anuradha corrió adentro, frunciendo el ceño.

—Tuve que telefonear a Papá, tú no estabas aquí, dijo que esperase hasta que llegaras a casa, que sabrías qué hacer, que conoces a los profesores, ¿pero de qué sirve? He estado diciendo que necesito clases particulares. Nadie me escucha.

Astha entró de forma cansina. Ante las matemáticas de Anu sus propios sentimientos parecían un capricho más que una necesidad. Tendrían que esperar, estar listos y a la espera, esperar a un nivel más permanente.

Tras la cena Astha observó a su hija sentada en su silla favorita y leyendo sin inmutarse. La lámpara le iluminaba el pelo, realzando sus sombras cobrizas. Sus calcetines yacían de forma descuidada sobre la alfombra, estaba moviendo los dedos de los pies frente a la estufa, la luz atrapaba los colores chillones de su esmalte de uñas. Sus problemas habían acabado, se había llamado por teléfono al profesor particular de su amiga, iba a empezar a la semana siguiente.

Astha suspiró y dio otro sorbo a su té. En el sofá junto a ella, Himanshu trabajaba en sus deberes, su cuaderno se estaba emborronando más y más mientras él no dejaba de borrar lo que había escrito, haciendo trizas fragmentos de la página.

Sus pensamientos vagaron hacia la serie que había imaginado sobre mezquitas y templos en Ayodhya, Kashi y Mathura. Pipee pensó que era una idea brillante, pero no había sitio en la cabeza de Astha para llevar a cabo ninguna idea, por brillante que fuera.

VIII

26 de noviembre

Pipee llamó. Quiero que vengas conmigo tres semanas. ¿Lo harás?

¿Adónde?

La *Ekta Yatra*, del 10 de diciembre al 26 de enero. Empieza en Kanyakumari y termina en Cachemira.

Pensé en el cuadro de la Rath Yatra que había pintado para la Manch. Aquí había otro viaje, guiado por otro Líder.

Le pregunto de qué va toda esta Yatra.

Lo habitual. Este Líder dice que quiere unir al país.

Todos dicen eso.

Bueno, él va a difundir su mensaje de Norte a Sur, Este a Oeste. Sé que es una maniobra política, yatras como ésta no crean más que problemas, pero es una excusa para estar juntas. ¿Vendrás?

Por supuesto.

(Mi corazón está palpitando, empiezan a sudarme las manos, por supuesto que iré como si fuese lo más fácil del mundo, por supuesto, como si pudiera levantarme e ir adonde quisiera, cuando quisiera, por supuesto, porque te quiero, y a veces el amor hace la vida sencilla porque te exige que adores en su altar, con esfuerzo aunque te arrastren entre patadas y gritos.)

Bien. Te llamo más tarde. Tengo que trabajar en esto, su voz irrumpe en mis pensamientos.

Cuelgo el teléfono. Tres semanas con ella. Me zumba la cabeza, ¿cómo lo lograré?, ¿qué diré?, pero tengo que ir, tengo que hacerlo. Nunca me ha pedido que haga nada de forma tan directa. ¿Es esto una prueba?, me pregunto.

Al día siguiente.

Con P. ¿Por qué una Yatra? Indago. No es como Ayodhya. No estás llevando a las colaboradoras de Ujjala para sensibilizarlas sobre asuntos comunales.

Pensé en esto como una forma de estar juntas. Después vaciló. Estoy aprendiendo el lenguaje de su voz, estaba a punto de decir algo que pensó que podría herirme.

¿Y?

Se quedó callada.

Venga, Pip, cuéntame, aunque en realidad no quiero oírlo. Quiero quedarme con la satisfacción de la prueba que quiere tener conmigo, pero me obligo a preguntar, pues las sombras entre nosotras son diez veces peores.

Empezó a hablar de asuntos comunales como ámbito de estudio, algo que ahora le interesa. (Debido a la muerte de Aijaz, imagino.) Con un intérprete podría hacer algo de trabajo de campo.

Así que pensó que yo podría estar preocupada porque ella todavía pensaba en sus malditos estudios superiores.

Bien, dije con entusiasmo, qué buena idea.

Pareció encantada, y después me contó cómo lo había organizado. Aguardé a que apareciera el nombre de Neeraj, lo que sucedió. Estoy segura de que Neeraj está incitándola a este doctorado. Odio a Neeraj, aunque sólo nos vimos una vez. Es una falsa bohemia, tiene la voz profunda, fuma innumerables cigarrillos, y por supuesto tiene un matrimonio en el que su marido está intensamente implicado en todo lo que ella hace. Es abogado, y la ayuda cuando es necesario, y en Ujjala siempre es necesario. Considera a Pipee como su protegida. Pip dice que a veces le pone los nervios de punta, pero ha sido tan amable con ella que nunca puede decir nada. Personalmente pienso que es insensible y está ávida de poder. Me pregunto si Pip le ha contado lo nuestro.

La prima de Neeraj es periodista, está organizando las cosas para que vayamos en el autobús acompañante. Pip tiene que escribir artículos para su periódico (estoy segura de que Neeraj cree que ayudará a su currículum). La propia prima va a hacer una breve aparición inicial. Después de una semana más o menos vamos a Bangalore, después a Shiksha Kendra.

Shiksha Kendra, su escuela, su pasado, su madre. Quiero absorber todo lo que tiene que ver con ella, porque es ella.

Al día siguiente

Conversación terrible con H. Sin embargo, ¿por qué debería estar nerviosa?, ¿no ha viajado él?, es mi turno, pero incluso mientras pienso esto, sé que es el argumento equivocado. No debo aparentar que quiero justicia, crearía discusiones interminables, debo aparentar que quiero su compasión, su magnanimidad. Me está haciendo un favor, pero yo también debo ser firme, no va a ser compasivo y magnánimo si tiene alternativa.

Ayer. Pip, ¿por qué no podemos ir nosotras dos de vacaciones el fin de semana, por qué la Ekta Yatra?

Quiero más tiempo contigo. Después de esto iremos de vacaciones si lo deseas.

Por la noche

Hemant no daba crédito a lo que oía. ¿Qué, ir adónde? ¿Hacer qué?

Seguir la Ekta Yatra, cubrirla para la Manch. (Puesto que nunca ha tenido mucho interés en la Manch, no sabe que éste no es el tipo de cosa que haría.)

Entonces comenzó. Y siguió y siguió. Yo estaba persiguiendo fantasmas, descuidando a mi familia y cargando a su pobre madre con mis responsabilidades. No tenía sentido común respecto a lo que era adecuado para una mujer, no me había molestado en preguntarle si era apropiado o conveniente. Desde que Aijaz había muerto, y empecé a ser explotada por la Manch, y fui a Ayodhya, y conocí a Pipeelika Khan, no tenía sentido del hogar, el deber, el ser esposa o la maternidad.

No dije nada. ¿A qué debería responder? ¿Al texto o al subtexto? ¡Qué tranquila me había vuelto mi relación con Pipee! Hubo un tiempo en que cuando Hemant hubiese dicho la mitad yo habría empezado a llorar. Ahora todo lo que dije fue: me marcho el 8 de diciembre, y llamaré a mi madre para que ayude con los niños, no quería molestar a su madre, o incluso a él.

Esto le enfadó más.

—¿Por qué detenerse con esta yatra? —casi gritó—. Los *dalits* han convocado una *Nyaya Yatra*, quieren justicia, algunos molenderos han convocado una *Roti Yatra*, quieren trabajo, la Federación India para Salvar a la Vaca ha convocado una Yatra de la Vaca, para prevenir la matanza de vacas, cualquier hijo de vecino va a desfilar de parte a parte de la India exigiendo algo. Únete a todos.

De nuevo no dije nada.

—¿Quién te protegerá? Imagínate que te violan.

No le importa lo bajo que golpea.

—¿Por qué tendrían que violarme? —pregunté tras un instante.

—Puede pasar cualquier cosa. Todas estas yatras conllevan gundas. ¿Crees que toda la gente que va está tan movida por el deseo de unir a nuestro país? Nuestro país estará mejor unido si te quedas en casa, para que haya un incidente menos con el que enfrentarse.

Todos los días los periódicos están llenos de crímenes contra las mujeres. Sin embargo tengo que aprender a no estar tan asustada. Hay otras mujeres en este mundo. Viven.

27 de noviembre

Cuando le conté a P. lo de la violación se enfadó bastante. Dile a ese cabrón que se meta por el culo sus fantasías de violaciones. ¿Qué pretende asustándote así? Es su forma de mantenerte en casa.

Pipee toma lo que siento, lo viste de palabras, y ahí está, para que lo miremos y para que yo me sienta mejor.

Tengo que llamar a mi madre mañana. Otra sesión de chantaje y culpa.

29 de noviembre

Finalmente llamé. Estaba del todo en contra de que me marchase, por supuesto. Qué poco se imagina Hemant lo mucho que su forma de pensar coincide con la de él.

Empezó con bendiciones... tanto de Dios como del svami, y pronto se movió hacia la culpa.

—He estado esperando tu llamada. Ha pasado mucho desde que supe de ti, pero entonces sé lo ocupada que estás siempre.

—Lo siento, Ma.

—Dales mi amor a Himanshu y Anuradha, dale mis recuerdos a Hemant —siguió, mensajes demasiado importantes para ser relegados al final.

—Me voy... —empecé.

—¿Con la familia? —afilada como un cuchillo, cuando se trata de proteger sus intereses.

—¿Es ése el único motivo que puedes pensar para ir a alguna parte?

—¿Entonces por qué vas?

—Por una misión.

—¿Con quién?

—Conmigo misma. Por favor, ven y quédate aquí.

—¿Cuánto tiempo?

—Tres semanas.

—¡Tres semanas! ¿Por qué dejas a tu familia durante tres semanas?

—Es una misión, te lo he dicho. Las misiones no se amoldan a mi conveniencia.

—Entonces no aceptes esas misiones.

—Ma, ¿vendrás o no?

—Lo pensaré. ¿Qué opina Hemant?

—¿Por qué no le preguntas a él?

Que lo piensen los dos juntos.

30 de noviembre

Cojo una gran cantidad de medicinas para el dolor de cabeza, no podría soportar tener dolor de cabeza ni siquiera un día. Tan sólo imagina, en dos semanas estaré lejos de la contaminación, el estrés, la tensión, la presión, estaré rodando en un autobús, mirando por la ventanilla, sentada junto a ella, mientras nuestros cuerpos se tocan.

1 de diciembre

Pip no habla de otra cosa más que de la Yatra, pensaba que la educación de la infancia de los barrios pobres era su especialidad, pero parece que se está diversificando. No hacía más que hablar de esto como estratagema política, el conjunto de votos hindúes bajo la bandera pseudo-laica de la unidad nacional, la Rath Yatra el año anterior, el aumento de la tensión comunal, el incremento de incidentes violentos, el número de ciudades bajo toque de queda. Y de forma casual, un Líder que trataba de reemplazar a otro haciendo su propio viaje.

Tal vez puedo hacer otro cuadro sobre esta Yatra... será divertido ver de primera mano de qué va todo esto.

P. ha visitado a la prima de Neeraj dos veces. Ven tú también.

No, ve tú. La veré en el viaje.

Cuando estoy con ella y otras personas me siento marginada y excluida. Es estúpido, lo sé, pero lo que tenemos es tan intenso que no puedo soportar que se diluya, no puedo soportar que no me preste toda su atención. Esto no es *bueno,* lo sé. Quizá si estuviésemos juntas todo el tiempo, sería diferente.

Pero no lo estamos por mí, no por ella, después soy yo la que se queja.

¿Cómo tiene romances la gente? Parecen asuntos muy complicados.

Al día siguiente

Le dije a H. que mi billete había llegado, confiando en implicarle en mi marcha. Quiso verlo.

—¿Por qué quieres verlo? —pregunté con desconfianza—. No lo tengo.

—¿Por qué no lo tienes? —preguntó él con desconfianza a su vez. (El matrimonio perfecto.)

—Lo tiene la Manch.

—Quiero comprobar si está bien —dijo.

—No te preocupes, está bien. Pero gracias por tu interés. Sé que quieres que me desarrolle y que camine sobre mis propios pies.

—Ya que mi esposa entiende tan bien sus obligaciones, ¿por qué debería preocuparme?

Ja, ja. ¿Por qué no nos divorciamos?

Confío en que mis hijos no estén contaminados por su idea de lo que es mi obligación. No quiero que piensen que los estoy abandonando. ¿Y si les enseñan eso mientras estoy fuera?

—En estos tiempos ningún niño puede pensar nada si su madre viaja muy de vez en cuando —dijo Pip.

Yo lo dudo.

3 de diciembre

A medida que se acerca el momento de irme estoy tensa e inquieta. Nunca he dejado a mis hijos tanto tiempo. Les he dicho: esta tarde me voy durante tres semanas, y os llamaré cada día... lo prometo.

—No me importa —dijo Anu sacudiéndose el pelo—. Puedes irte. No importa.

Quise darle una bofetada. Es tan difícil llegar hasta ella en su postura adulta.

Himu dijo:

—Ve, Mamá, deberíamos aprender a estar sin ti.

(¡!) A veces suena tan maduro.

Desearía que las cosas no pareciesen tan turbadas y confusas. Nada es seguro excepto que podrían violarme. Paseé hasta la iglesia cercana, donde por lo general se está tranquilo.

—Enséñame a vivir, Dios —recé, lanzando una mirada inquieta al Cristo ensangrentado que pendía ante mí. Su propia vida había sido corta y violenta, pero supongo que exitosa—. No pido felicidad, pero agradecería algo de estabilidad, para no necesitar correr por todas partes buscando amor y confirmación. Dame sustancia, Dios, dame una vida que no se haya vivido en vano. Y protege a mis hijos —añadí mientras me levantaba para irme.

Pensé en Pip de camino a casa. Tenía sus planes de futuro, sus estudios, Ujjala, Neeraj. ¿Hay en realidad un lugar para mí en su vida? Aunque incluso mientras escribo esto, puedo oírla decir: tú tienes tu pintura, tus hijos, tu hogar. Si hay necesidad en el amor, ¿éste es más o menos genuino? Si necesitas, quieres, buscas, te aferras. Recompensas con todos tus sentimientos a la persona que has encontrado.

5 de diciembre

Mi madre ha venido rebosando desaprobación. Considera que todo el viaje es innecesario. A ella, que se ha vuelto hacia Dios mientras su hija persigue amor humano, ¿cómo puedo tranquilizarla?

6 de diciembre

Ayer Pipee preguntó:

—¿Hemant cree que estás teniendo una aventura? ¿Por qué otra cosa sería tan desconfiado respecto a tu billete?

—No lo sé. No me importa.

—Tal vez se da el gusto cuando viaja.

Sentí una tensión en el pecho, y después fastidio. ¿Por qué no deja Pipee de sacar este tema?

—No sé lo que hace. Podría ser, supongo.

—La mayoría de los hombres lo hacen.

—¿En serio?

—No seas tan infantil.

Pensé en todas las noches que había pasado hasta tarde en la fábrica, los viajes fuera de la ciudad, los viajes más largos al sudeste asiático, el condón, las muchas oportunidades que debía de haber tenido, pero no dije nada.

—A veces una no quiere saber. Es doloroso o inconveniente. Pero ahora no dependes tanto de él, ahora está bien darse cuenta.

—Supongo.

—¿Sospecha que estás teniendo una aventura?

—No es lo mismo.

—¿Por qué no?

—Eres una mujer.

—¿Y eso te convierte en una esposa fiel?

—No. Pero es distinto, sin duda.

—Lo que quieres decir es que no te sientes culpable.

¿Qué podía decir ante ello? Este amor mío no habría sido posible si Pipee hubiera sido un hombre, y sí, no me siento culpable.

—¿Te importaría que Hemant estuviera teniendo una aventura? —siguió, rastreando.

—Por supuesto que no. Puede hacer lo que quiera.

—Después de todo tú lo haces, ¿verdad?

—Sí. Sí, lo hago.

Llevé a los niños y a mi madre a un restaurante por la tarde. Una última salida antes de que me fuera. Querían dosas, así que fuimos a Sagar. Hemant trabajaba hasta tarde como de costumbre.

No fue una comida agradable. No estaba prestando a los niños toda mi atención; ellos lo percibieron y empezaron a pelear. Mi madre lo percibió todo con tristeza. Sin duda estaba calculando las ganancias del propietario, al ver lo atestado de clientes que estaba el lugar. Pero como se orienta de forma tan espiritual se vio obligada a quedarse callada. Yo no podía esperar para llegar a casa.

7 de diciembre

Ma continúa diciendo de forma desconcertada: ¿por qué la Manch no manda a un hombre?, no es seguro para una mujer, ¿qué tipo de lugar es éste?, debería hablar con ellos y explicarles la situación, tienes una familia, quizás ellos no tienen familia, ¿por qué no va

Reshana?, ¿por qué tiene tanto interés en mandarte? Al final perdí los estribos, y tuve que gritar: ¿los hombres son los únicos que pueden hacer cosas?, no me va a pasar nada, ¿dejarás de hablar así?, estás empeorándolo todo.

Continúa en un registro distinto, no hables con hombres extraños, no lleves ninguna joya en el viaje, ni siquiera el reloj, ten cuidado con lo que comes y bebes, no dejes de telefonear.

Tengo que recordarme a mí misma las tres semanas con P.

Más tarde

Me voy dentro de poco. Más mentiras sobre por qué no pueden llevarme a la estación, Reshana, la Manch, nos reunimos pronto, el tren sale tarde. Quiero irme antes de que Hemant llegue a casa. Recuerdo el viaje a Ayodhya, cuando los niños fueron a llevarme a la estación, y esperaron conmigo durante horas, la época pre-Pipee, sin mentiras, buscando la clave para un tiempo de felicidad.

Más tarde todavía

En casa de P. nos preparamos para la partida. Cerramos las ventanas, la nevera, dejamos dos luces encendidas. He hecho preparar *puris* para nosotras y *alu ki sabzi,* con adobos. Cogemos toda la fruta que tiene Pipee, más agua, vasos, platos de acero, servilletas, un cuchillo.

No decimos mucho, pero ya siento que ella y yo estamos encerradas en nuestro propio mundo especial. ¿Es éste el sentimiento a disposición de quienes están felizmente casados?

Esto es lo que ella me ofrece si dejo a Hemant, este compañerismo. Cariño, ¿por esto insististe tanto para que viniera? Ya has demostrado tu argumento, no tenemos que subir a ese tren en absoluto, no tenemos que ir a Kanyakumari vía Madrás, con mi supuesta Reshana, en absoluto.

Creo que estamos listas, dijo. El taxi llegará pronto.

Cerramos y bajamos.

9 de diciembre, por la noche

Al fin, Kanyakumari. El tren a Madrás tardó una eternidad, y desde allí un autobús. Me sentí completa y tranquila todo el camino; creo que ella se sintió igual. No es de extrañar que los matrimonios comiencen saliendo, desconectando de lo antiguo, entrando en lo nuevo con un viaje, a solas —incluso en un océano de gente—, a solas. Parecía tan maravilloso que no dejamos de mirarnos la una a la otra y sonreír.

Estoy esperando a que termine de bañarse, después bajaremos a la playa. La Yatra empieza mañana.

Más tarde

La playa estaba a medio kilómetro del hotel. Pudimos ver las gaviotas, oler el aire del mar. Cuando nos vamos del hotel después del té, yo susurro, la punta del continente, la punta del continente. P. se ríe de mí, me coge de la mano, y corremos, nuestros pies resbalan en la suavidad de la arena. Corremos hasta la orilla, donde podemos ver cómo las aguas del Océano Arábigo, la Bahía de Bengala y el Océano Índico se funden, gris, azul y verde. Las arenas son también de tres colores distintos, rojo, negro y amarillo pálido confluyen entre sí. El mar tiene algo, sus olores, sus sonidos, te sientes pequeña pero liberada. Ahí está frente a ti, vasto y eterno. Mis problemas parecían triviales.

Estábamos juntas, éramos felices. Caminábamos por la playa, yo con mi sari de poliéster levantado y metido por dentro de la combinación, el bolso con nuestro dinero pesado pero seguro bajo el brazo, las *chappals* en la mano, P. con el *salvar* arremangado, haciendo turnos con el bolso.

Niños pequeños corrían arriba y abajo tratando de vender paquetes de arena de colores separados. Compré algunos para Anu y Himu.

P. señaló hacia la Roca de Vivekananda en el agua. Al parecer ahí es donde Vivekananda permaneció de pie un mes de diciembre hace un siglo y se sintió conmovido con gran emoción por la visión de la India, prometió trabajar por la exaltación de las masas y la unidad del país. El Líder de esta Yatra también da mucha importancia a la unidad y virtud del país, todavía no unido; las masas, todavía no exaltadas.

Me quedé mirando la puesta de sol como si nunca antes hubiese visto una. Sentí cada segundo de su inmersión en mis huesos. Tengo miedo. Nadie puede ser tan feliz y que le dure. ¿Cuándo voy a pagar?

Primera hora de la mañana, 10 de diciembre

Nos quedamos despiertas toda la noche. No dejé de decirle a Pipee que tenía que ir a dormir, para mí eran unas vacaciones pero ella había venido a trabajar. Me miró y dijo: ¿cuándo aprenderás?, todo el asunto era una forma de estar contigo. Cerró las manos sobre mí, y yo apenas pude respirar de placer. A menudo me resulta difícil aceptar que ella pueda desear a alguien como yo, pero cuando estoy con ella las dudas se desvanecen, y me siento fuerte y querida.

Los familiares musulmanes y sikhs de mártires que han muerto por el país están reunidos aquí para entregarle al Líder la bandera que se enarbolará en Lal Chowk, en Srinagar, cuarenta y siete días, catorce estados y quince mil kilómetros más tarde.

10 de diciembre, por la noche

El estado de ánimo de la pasada noche ha desaparecido por completo. Cinco horas bajo el sol caliente. P. está hecha polvo. Si organizó este viaje para estar conmigo, si yo necesito esta clase de plan para dejar mi casa, entonces pagamos por nuestros pecados con sudor e irritación.

Pero estamos juntas... es innegable... ¿habría tenido yo la imaginación suficiente para pensar algo como esto? ¿Por qué soy tan pasiva, por qué no puedo estar llena de iniciativa?, tal vez esto es lo que ella odia de mí.

El doctorado levanta su fea cabeza siempre que la veo hablar con alguien o sacar su cuaderno de notas. Ya ha contactado con varios periodistas mientras la observo.

El Líder llegó tarde, el momento propicio llegó y se marchó, y sin embargo esperamos, mientras el sudor se derramaba, diez mil de nosotros hirviendo hasta desaparecer. Después, al fin, el Líder habló durante una hora, después hablaron los familiares de todos los mártires, después fue el turno de cualquier hijo de vecino.

A la una y cuarenta y siete minutos de la madrugada empezamos. Se partió el coco, se pusieron limones bajo las ruedas de los dos vehículos que aparentaban ser un templo y una casa flotante. Sur y Norte. En el interior hay dos habitaciones, un almacén, depósitos de agua, etc. El Líder rechazó el aire acondicionado, iba a hacer este viaje no para su comodidad, sino por la unidad de la India. Podríamos haberlo hecho con algo de aire acondicionado, pero entonces no seríamos líderes.

15 de diciembre, por la noche

Pasamos por al menos cinco poblaciones cada día. Siempre que puedo llamo a casa desde una cabina *STD*. En paradas programadas, el Líder emerge en la parte delantera de la casa flotante donde va y se dirige a la gente mediante altavoces. Señala la bandera del Templo Bharat Mata colgada del capó de cada vehículo. Les habla del orgullo que cada indio debe sentir por su nación, el orgullo que ha sido pisoteado en el pasado. Anuncia que la India es una, y que ése es el significado de su viaje. Declara que la India no tolerará el terrorismo en el Panjab o en Cachemira. Reitera que ningún indio puede aceptar el estatus separado que se le ha dado a Cachemira, que el artículo 370 de la Constitución ahora es irrelevante. Describe el agua que lleva consigo, el agua de todos los ríos sagrados de la India; la tierra que lleva pertenece a los lugares de nacimiento de los hijos nobles de la India. Les permite ofrecer darshan a las vasijas en las que se guarda el agua y la tierra. Aunque parezca mentira, quieren hacerlo. Corren para tocarlas, para poner tikka sobre ellas, para engalanarlas. También quieren tocar los pies del Líder, pero los hombres encargados de la seguridad no lo permiten.

Por la noche comemos lo que nos han preparado en la casa del recorrido o el bungalow *dak,* y caemos sobre la cama, cansadísimas. Quizás está bien que estemos tan cansadas porque no tenemos una habitación para nosotras. Cualquier intimidad se limita al baño. En el autobús nuestras manos disfrutan de una libertad reducida, nadie puede ver lo que hacemos, pero aun así, ¿había una forma más fácil de estar juntas?

Seiscientos kilómetros en cuatro días.

18 de diciembre

¿Quién habría pensado que un estado es tan grande? Todavía estamos en Tamil Nadu. Estamos visitando, vislumbrando más bien, todas las ciudades con templos en un desfile flanqueado por dos jeeps de seguridad, mientras las culatas de los rifles asoman por las ventanillas. El Líder tiene que ser protegido. El calor del aire es penetrante, éste es su invierno, tan extraño que nunca hace frío. Desde la ventanilla del autobús, el paisaje pasa como un relámpago, los verdes y los marrones son más brillantes que los que estoy acostumbrada a ver, con alguna que otra roca o colina. Pienso en las llanuras horizontales del norte, y pienso, ah, la diversidad de la India. Pronto hablaré como el Líder, de Unidad en la Diversidad, de la Identidad que subyace a la Diferencia.

Sueño con comida constantemente. La comida que nos proporcionan está demasiado picante, y me veo obligada a comer arroz seco. Siempre que puedo compro fruta para las dos. A P. no le importa lo que come, pero yo, si sigo tragando esto, me pondré enferma.

Hoy le ha dado a una periodista un plátano que yo había guardado para ella. Quise matar a esa mujer. En el autobús P. dijo: yo no lo quería, y ella anda mal del estómago. ¿Qué podía decir yo? Me guardé los celos.

20 de diciembre

Ahora estamos en Karnataka. Llamé a los niños desde una cabina STD cerca del puesto de té donde hemos parado, mientras P. se terminaba su refresco. Después paseamos por la carretera rodeada de tierra roja. Los cactus del borde llegan hasta mis hombros. Hay campos y campos de tomates, verde claro en contraste con las hojas, sujetos por enrejados o simplemente con palos. Puedo ver mujeres recogiéndolos. Tomates verdes aguardan en montones junto a la carretera, para los compradores. Es evidente que los enrojecen en alguna otra parte. Recuerdo que a mi padre solía gustarle la chatni de tomate verde, una receta que él le enseñó a mi madre. Mis propios hijos nunca serán capaces de pensar en mi forma de cocinar, sólo en la de Bahadur. No me importa, soy demasiado feliz como para preocuparme por algo.

La meseta de Decán. Colinas asomando por el paisaje. El autobús se bambolea de un lado a otro y me mareo. Tomo Avomine y me amodorro sobre el hombro de P. Me encanta su aroma.

Los días se mezclan unos con otros, el paisaje cambia, yo también me he adentrado en el ritmo del viaje. Mi mente está sosegada. Por la noche nos metemos en camas que nos proporcionan en la casa del recorrido o el bungalow dak. ¿¿¿Cuántos días más hasta que podamos compartir una cama???

22 de diciembre

Hay dos autobuses que siguen al Líder. Uno es de la seguridad, los asistentes y trabajadores del partido. El otro es de la publicidad y los periodistas.

La mujer que tenía el estómago mal no deja de perseguirnos. Es la corresponsal de un periódico radicado en Madrás. De vez en cuando, cuando el convoy se detiene, Pip y ella desaparecen para hacer sus entrevistas. En estos ratos saco mi bloc de notas y hago esbozos. Será un registro de nuestro viaje cuando regrese, y quizá la base para un cuadro. Quiero sentirme productiva, que hice algo aparte de pasar todo el día mirando atontada a una mujer. No es fácil estar enamorada a cada minuto. El resentimiento avanza, en especial cuando la otra persona habla con alguna otra.

Mientras tanto recorremos la Madre India, que observa sin inmutarse este desfile de templo, casa flotante y hombres de seguridad armados. Nada es nuevo para la India. ¿No dice eso el Líder una y otra vez?, India es nuestra madre. Sus cualidades son la paciencia, la tolerancia, el amor y la resignación. Su recompensa es que se ve obligada a sufrir por Cachemira, el hijo recalcitrante, y el Panjab, el rebelde. El padre —esto es, el Líder— no lo tolerará por más tiempo. Es hora de hacerse cargo con firmeza.

¿Cómo podemos escuchar estas tonterías día tras día? Me quejé ante P. cuando ella estaba mirando mi bloc de notas esa noche.

Sólo tres días más hasta que cojamos el tren a Bangalore. Entonces estaremos sólo tú y yo, respondió, examinando con cuidado cada esbozo. Me halaga constantemente con su atención y sus comentarios:

¿Éstas son escenas para tu cuadro sobre la Ekta Yatra?, me gusta la casa flotante y el templo y la forma en que has captado estas multitudes, ¿pero no es mucho para un cuadro?, y sigue.

Vivir con alguien que se interesa por los detalles de tu trabajo es compañerismo al más profundo nivel. Anhelo crear el cuadro que tengo en mi cabeza para que ella también pueda verlo.

24 de diciembre

¡Al fin Bangalore! En la pensión de la *YWCA*. Nuestra habitación, nuestra cama, en la que pasamos horas. Quizás así es como son los buenos matrimonios. Ser capaz de expresar lo que te viene a la mente y saber que será entendido como quieres decir. Ser más tú misma porque todo tu ser es capaz de amar de una forma a la que la otra persona corresponde.

Ella se va a dormir, y yo deslizo la mano sobre sus pechos. Al principio parecía extraño, tras años en los que me había hecho el amor un hombre, que los pechos de una se encontrasen con un par similar, aunque más grandes. No es de extrañar que a los hombres les gusten tanto. Puedes hacer muchas cosas con un par de pechos. Estas cosas sueltas, que cuelgan, que se balancean, pechos, penes... objetos de pasión y anhelo. Materia que puedes coger con las manos, apretar, acariciar, hacer tuya, como jugar con arcilla... devolviéndote a la infancia.

Los árboles de caucho son enormes y verdes por fuera, la buganvilla está floreciendo, todo es cálido, fragante, agradable, lejos del frío de Delhi. ¿Por qué no puedo vivir aquí para siempre con ella, olvidar que tengo una vida fuera de esta habitación, esta cama, estos brazos, esta mente que me ve como soy y aun así me ama?

Me mira a la cara, me rodea con los brazos, no estés tan triste, nos tenemos la una a la otra, somos quienes tenemos suerte.

25 de diciembre

Navidad.

Señaló la casa de sus abuelos cuando pasamos por el lado en un escúter.

—¿Podemos hacer una visita?

—No.

—¿Por qué? Quiero verles. Quiero ver dónde pasaste tu infancia.

—Bueno, no puedes. Me acosarán para que nos quedemos, y harán un montón de preguntas.

Pude distinguir una casa pequeña, un jardín pequeño y un árbol enorme, tachonado de flores de champa blancas. Bonita, pero no podía imaginarme a Pipee en ella, antítesis de lo suburbano.

—¿Cómo fue, crecer aquí?

—Bien —contestó sin comprometerse.

Llegar a su pasado es a veces un problema. En especial la muerte de su marido. Nunca habla de eso.

Pasamos el día deambulando por Bangalore. Hablando, hablando para cubrir el tiempo que nuestras vidas estuvieron separadas... oh, pasó esto cuando estaba aquí, ¿no te lo he contado?, y ella dijo y él dijo, cuéntame, cuéntame cómo fue.

Nos reímos porque estamos juntas, no importa dónde, o cómo, fortalecidas por nuestras noches y palabras juntas.

2 de enero, 1992

De regreso tras una semana en la escuela de Pip. Lugar idílico, con lo habitual en los idilios. Árboles, millones de mariposas, miles de pájaros, el regazo de la naturaleza, todo. Lo más maravilloso del lugar es que no tengo dolores de cabeza. Pip, no hay dolor de cabeza, decía cada mañana, y ella sonreía, las comisuras se hundían, aparecían los hoyuelos, los ojos se reconfortaban. Ofrecía mi falta de dolor como un regalo, ella lo aceptaba como merecía.

Me enseñó su árbol de mariposas, los paseos que su madre y ella solían dar, sus aulas de clase, su biblioteca, incluso se sintió nostálgica por el barullo en el refectorio.

No tenía ni idea de que P. estuviese tan involucrada en su escuela. Las habituales punzadas con cada profesor sobre el que se abalanzaba, con cada viejo amigo sobre el cual hablaba. Este tipo de celos, aunque insignificante, no tiene sentido. Creo que necesito que me examinen la cabeza.

Nos alojamos con la madre de P. Yo dormí en la otomana en la habitación grande, ella con su madre en el dormitorio. Su madre no me dijo mucho, es supervisora de una residencia, aparte de profesora en un colegio para niños y niñas de ocho a trece años y estar bastante ocupada. ¿¿¿Sabe que somos amantes??? Le pregunto a P.

—Creo que sí.

—¿Se lo has dicho?

—Tiene ojos.

Mi madre también pero incluso si se lo dijera apuesto mil contra uno que no lo creería. Dije todo eso.

—Ella siempre ha sabido cómo me siento, eso es lo importante.

Parece que Pip tiene la relación ideal madre-hija, así como tuvo el matrimonio ideal. Me pregunto cómo funcionan estas cosas.

Pip organizó una obra de teatro de calle sobre interpretaciones de la historia. Entre otras cosas utilizó mi folleto, *El testimonio de las columnas negras*.

La noche pasada fuimos al restaurante favorito de P. en Bangalore, un gran alivio después de la comida de la escuela, aunque a decir de P. era maná del cielo.

(N.B. Si estoy celosa de todo lo que tiene que ver con P. y que no me incluye, quizá no debería importarme tanto su actitud para con mi familia.)

4 de enero

Nos vamos en el expreso de Karnataka. La Yatra ha llegado a Gujarat, después se va a Rajastán, Madhya Pradesh, Uttar Pradesh.

Por la tarde P. dijo: no quiero que te vayas a casa.

¿Qué está diciendo?, ha sido casi un mes, ¿es esto otra prueba? ¿No pasé la primera?

Quédate conmigo unos pocos días en Delhi, por favor. Siempre puedes volver con ellos un poco más tarde.

Estuve de acuerdo, pero, por primera vez, se me pasó por la cabeza que tal vez P. no era siempre completamente razonable. Quizá debería hacerme valer. (¿Cómo?)

7 de enero

Llegamos ayer. Cogimos un escúter hasta su piso, paramos en el mercado de camino para comprar provisiones: leche, pan, huevos, fruta y verduras. Parece extraño llegar a un lugar vacío, sin nadie esperando, sin nada hecho. Tienes que hacerlo todo tú misma en el momento que llegas, limpiar, organizar, comprar, cocinar. Si es tan agotador en invierno, ¿cómo será en verano? Pero ésta es la vida de Pip, y ella no se queja.

Pip se ha ido a Ujjala, yo hago la cama, quito el polvo, limpio las telarañas, hago la comida, y después saco este diario para escribir.

Me pregunto cómo se las están arreglando Anu y Himu. No puedo saberlo por teléfono. Su colegio abre hoy. ¿Han terminado los deberes de las vacaciones? ¿Mi madre consigue levantarles y ponerles en el camino de la escuela a su hora? ¿Están bien? Dicen que sí a todo. P. dice que me preocupo por sentirme necesitada.

Estoy inquieta aquí. ¿Por qué no viene Pip? Prometió venir rápido, deben de haberla atrapado al encontrarse con sus colegas, probablemente Neeraj, mientras yo estoy aquí esperando. Fue mucho mejor en Bangalore.

8 de enero

Horrible, horrible. No he podido dormir. La noche pasada nos peleamos. Se ha marchado esta mañana sin decirme adónde iba.

¿Qué hice?, no fue nada.

—En unos pocos días te habrás ido —empezó durante la cena que habíamos cocinado juntas.

Oh, no.

—Sí.

—¿Y entonces?

—¿Entonces?

—¿De vuelta a como era?

Tenía ganas de una pelea. Yo estaba decidida a no decir nada, pero ella continuó.

—En realidad no quieres estar aquí.

—Sí quiero —respondí rápidamente.

Empezó a retirarse. Dejando un rastro que yo seguí.

—¿Me quedaría si no quisiera?

Me fulminó con la mirada, de forma deliberada dejó la mesa y empezó a retirar los platos. ¿No se da cuenta de lo que estoy pasando porque quiero estar con ella? Estoy en la misma ciudad que mis hijos y no puedo verles. Sin embargo, ella le da vueltas. ¿Es así como quiere que pasemos el tiempo en Delhi? ¿Peleando, enfurruñándose y apartándose de mí?

¿Por qué se comporta así? Desearía que Aijaz estuviera todavía vivo, pero entonces ella nunca se habría interesado en mí. Tenían el matrimonio perfecto, anhela aquella totalidad. ¿Qué puedo hacer? Vivo mi vida en fragmentos, ella es el fragmento que hace soportable el resto. Pero un fragmento, aunque potente, sigue siendo un fragmento.

Esta mañana me he levantado, he preparado su desayuno, pero ella no transigirá, ha seguido fría. Si quiere castigarme lo cierto es que no tiene que intentarlo mucho. Me siento tan desdichada que no me importa lo que hago. Estar con ella, aunque distante, cualquier cosa es mejor que eso. Me ha dejado sola aquí, Dios sabe por cuánto tiempo. Yo también debería irme a casa.

Desearía tener la energía para odiarla, pero no la tengo. Me siento enferma.

9 de enero

En casa. Todos exclamaron que estaba muy delgada.

Me fui sin decir adiós, sin dejar una nota. ¿Qué pensará cuando regrese y no me encuentre allí?

13 de enero

Ictericia. Vomito todo el tiempo.

P. está bien, ¿entonces por qué me pasa a mí? Bebimos las mismas cosas, pero algún germen de alguna gota de agua se ha introducido en mí, aguardando a que estuviera a salvo en casa antes de caer sobre su presa.

15 de febrero

¿Qué sentido tenía? Todavía no puedo comer apenas. Tengo un aspecto amarillo y horrible. Huelo mal.

He viajado desde casa de P. a la mía a través de la punta del continente, un rodeo enorme.

Esto es lo que pasa cuando dejas tu hogar. Los parientes políticos, la madre, el marido, los sirvientes, todos unidos en esto.

Me siento exhausta.

Mi madre todavía está aquí porque estoy enferma.

H. me pone los nervios de punta. Es todo culpa mía, ¿no se cansa nunca de encontrar maneras distintas de decir esto? Le gusta que esté enferma y sea dependiente.

P. viene de visita a pesar de la actitud hostil de todos.

Lo siento, dijo, siento haberte dejado así.

Lo siento, contesté, por no haberte esperado.

Hablamos de otras cosas.

Me contó que la explosión de una bomba había atacado a la Yatra en el Panjab, murieron dos personas.

¿Y si hubiésemos sido nosotras?

¿He sido atacada por esta terrible enfermedad porque dejé mi hogar para estar con la persona que quiero? Me siento tan débil que no puedo salir de la cama. Cuando Hemant llega a casa, y me rodea con su brazo fornido, quiero contárselo todo sólo para ver la expresión de su rostro. Pero entonces tendría que afrontar el resto del asunto.

Mis hijos hacen dibujos con enormes «Ponte bien pronto, Mamá». Los guardo junto a la cama y los miro a menudo. Pip llama, con preocupación en la voz.

No puedo ocuparme de mi vida. Quiero un lugar seguro, un lugar cálido, un lugar amado.

(N.B. ¿Quién no?)

IX

De forma progresiva el nivel de bilirrubina de Astha se normalizó, como lo hizo su dieta. Su madre se marchó a Rishikesh, aunque ella seguía cansada. Cuando Pipee pasaba de camino al trabajo, hacía todo lo que podía para ser divertida e interesante. Pipee no debería sentir que estaba enamorada de una inválida, pero suponía tanto esfuerzo que casi deseaba que no fuera. Sin embargo, los días que lo hacía, se sentía no querida e inquieta.

Todas las mañanas se miraba de forma penetrante y objetiva en el espejo. Tenía un aspecto demacrado, amarillo, feo y no deseable, entendería perfectamente que Pipee no quisiera volver a verla jamás. Cuando su amante se iba, volvía a inspeccionar el espejo, a pesar de sí misma. Tal vez mientras tanto se había vuelto más bella, tal vez Pipee había descubierto algo atractivo que sus ojos no habían captado por la mañana.

—Desearía no sentirme tan agotada —se permitía protestar de vez en cuando.

—Sólo es natural.

—Sí, pero es muy aburrido para ti.

—Deja que sea yo quien decida eso.

Una pausa.

—¿Cómo va tu trabajo? ¿Cómo está Neeraj? —preguntó Astha para disimular la ansiedad del silencio.

Todo iba bien, le aseguró Pipee, mientras se levantaba para marcharse.

Después de estas visitas, Astha se sentía deprimida y pesimista... ¿por qué no podemos estar como estábamos durante el viaje?... ¿qué sentido tiene?... desearía estar muerta... mientras su familia atribuía la apatía a su frágil estado de salud.

Mientras tanto la tensión se acumulaba en la casa. Los trabajadores de la fábrica se declararon en huelga, a pesar de que ClearVision ofrecía cincuenta mil rupias a los cabecillas de la huelga, expresadas como medidas de alivio temporal. Estaba claro que el sindicato rival actuaba en serio, y pronto otras seis fábricas de televisores en la zona fueron testigos de insatisfacción laboral.

Los propietarios de estas fábricas no estaban unidos. Los encuentros terminaban de forma cáustica. No pudieron ponerse de acuerdo sobre un paquete de incentivos, aunque todos percibían que las exigencias del sindicato eran irrazonables.

Cada día que pasaba significaba mayores pérdidas para la compañía, así como una erosión de sus acciones en el mercado. Era más de lo que el propietario podía soportar.

—Media paga —dijo Hemant echando humo—, todavía tenemos que pagarles la mitad de sus salarios. ¿De dónde creen que voy a sacar el dinero si no hay producción? La compañía se arruinará. Malditos cabrones.

Pasaba los días de un lado para otro buscando una solución, viendo a abogados que representaban su caso frente al Inspector de Trabajo de Noida, intentando que la huelga fuese declarada ilegal. Mientras tanto estaban perdiendo sus acciones en el mercado en un momento en que había más de cuatrocientos fabricantes de televisores en la India.

Dos meses más tarde el Inspector de Trabajo declaró que la huelga era un paro patronal. No se trabajaba, no había paga.

El triunfo reinó en casa de los Vadera, se vio como la línea plateada en la nube oscura que se cernía sobre su hogar.

Al día siguiente dañaron el coche del gerente, y rompieron todas las ventanas de la fábrica. Se aumentó el número de vigilantes, pero unos pocos días más tarde se declaró un fuego en el local. Se detectó antes de que pudiese causar un gran daño, pero Hemant no podía arriesgarse a más vandalismo y se vio obligado a contratar una agencia privada de seguridad, con instrucciones de vigilancia las veinticuatro horas. Más dinero gastado sin ninguna venta que cubriese los costes.

A pesar de haber sido declarada ilegal, la huelga continuó. Estaban afectados demasiados trabajadores, propietarios, fábricas, como para que hubiese cualquier resolución inmediata.

*

Hemant sintió dolor en el pecho. Los médicos diagnosticaron hipertensión, le dijeron: cambia tus hábitos alimenticios, deja de fumar, bebe menos, haz ejercicio todos los días, y evita la ansiedad. Los cuarenta y pocos son una etapa vulnerable para hombres con estrés.

Hemant estaba viendo tirado por la borda el trabajo de los pasados once años, y no era capaz de responder a estos consejos.

Sus padres decidieron intervenir para reducir los daños.

Se decidió que tan pronto como la escuela cerrase en verano, él, su esposa e hijos se irían de vacaciones, y pasarían un tiempo relajado con Seema, la hermana de Hemant, en los Estados Unidos. Cuando Hemant regresase, trabajarían en el asunto de estilo de vida-hábitos alimenticios-ejercicio. Mientras tanto, Papaji se haría cargo de las cosas de la fábrica.

Astha le contó a Pipee estos planes mientras estaban comiendo en un restaurante en Connaught Place.

—¿Cuánto tiempo estarás fuera?

—Todavía no lo sé.

—Supongo que tienes que ir —preguntó Pipee de forma un poco vacilante.

Astha se quedó callada. Si tan sólo no tuviese que anteponer la salud de su marido a la compañía de su amante. Pero no ir sería como divorciarse, una declaración pública de diferencia y separación.

—Mira, no funciona —dijo Pipee de repente.

—¿Qué no funciona? —preguntó Astha con desesperación.

—Nunca se debería tener un romance con gente casada, son los peores.

Astha miró el rostro que había besado con cariño y con mucho detalle al menos mil veces, y dijo con resentimiento:

—¿Por qué lo hiciste, entonces? Quieres echar a perder lo que tenemos.

—Pensé que con una mujer sería distinto...

—Yo también. Con una mujer...

Sobrevino un silencio, en el que los aires acondicionados lucharon de forma audible contra el calor de abril. El cristal de las ventanas dejaba entrar una luz teñida de azul. En ciertos lugares el vidriado se había pelado y entraban motas de resplandor. Astha tocaba las migas de pan que quedaban sobre la mesa de los panecillos que habían tomado con la sopa. Pipee parecía malhumorada.

—Puedes contarme todo lo referente a tus pequeñas y agradables vacaciones domésticas cuando vuelvas —comentó fríamente.

Astha se quedó mirando a Pipee con preocupación.

—Sabes cómo es. Los trabajadores están de huelga, a Hemant le ha subido la tensión —entonces se detuvo, escuchando con sus propios oídos las palabras de una esposa devota.

Pipee se concentró en su vaso vacío.

—No. No sé cómo es.

—Tú eres independiente —replicó Astha con amargura—, y puedes hablar así.

—¿Y alguien te está sujetando las manos, impidiéndote que tú también lo seas?

—Se necesita dinero —soltó Astha—, ¿o crees que debería ser independiente con su dinero? ¿Estar de pie en las calles con un plato de limosnas? ¿Vivir en un ashram como mi madre? ¿Qué hay de mis hijos?

—Tus hijos, tus hijos, no te ocultes tras ellos. Vive conmigo. Tráelos —aquel viejo asunto—. Pero no... ni siquiera lo intentas... Hormiga, ¿por qué ni siquiera lo intentas? —Pipee tragó saliva una o dos veces—. Haz una exposición, haz algo por tu cuenta, ¿o estás esperando a que Hemant te dé permiso?

—No estás siendo justa.

—Sí. Bueno.

La expectativa de las vacaciones partió a Astha de forma más contundente que cualquier otra cosa desde que conocía a Pipee. Estaba su amante y los sentimientos de su amante. Pero también estaban los visados para los Estados Unidos y Gran Bretaña, el cambio de monedas, la preparación, elegir la ropa y los zapatos adecuados, hacer las maletas y comprar los regalos.

Con sus vacaciones en el extranjero Hemant y Astha se unieron al club de los-que-habían-ido-al-extranjero, cuyos moradores causaban envidia y curiosidad mal disimulada acerca de cuánto dinero iban a gastar, de dónde lo habían sacado, incluso con los problemas de la fábrica se pueden permitir ir, deben de haberlo ahorrado todos estos años.

Mucha gente tomó mal su viaje previsto. La más inmediata fue Sangeeta, que estaba allí como de costumbre para las vacaciones de verano. Insistió en participar en el debate y la planificación acerca de itinerarios, direcciones de amigos de amigos, billetes baratos, hoteles céntricos baratos, cambio de moneda. Astha tuvo que prepararse para afrontar el caudal de su resentimiento y curiosidad.

—Algún día yo también iré al extranjero. Seema siempre está invitándome —dijo.

No tiene nada que ver conmigo, pensó Astha, si anda buscando un viaje que lo haga de forma directa. Sangeeta suspiró, anunció que su perfume favorito era Poison y desapareció en el piso de arriba por el resto del día.

Anuradha dijo que ahora sus amigas no podrían ser tan presumidas, ella también podría contar historias del extranjero, y Himanshu dijo que ahora podría tener lo último de Nintendo y Sega, y ¿podían ir a Hamleys, por favor?

—¿Hamleys? ¿Qué es Hamleys? —preguntó Astha.

—Una tienda en Londres —respondió Himanshu—. Todo el mundo va allí.

—Es tan retrasado —dijo Anuradha.

Astha confió en que el viaje no alimentase los deseos materialistas de sus hijos.

La madre de Astha estaba encantada. Escribió desde su ashram: Dios te bendiga, mi pequeña, y a tu familia. El pobre Hemant necesita un descanso de todos sus problemas. No le prestas bastante atención. Recuerda que los hombres tienen que soportar la carga del mundo exterior, el hogar es su refugio.

Pipee se replegó más en sí misma, preparándose para su verano, Shahjehanpur, Shiksha Kendra y Ayodhya, cada una contará lo suyo cuando regrese, adiós, no hace falta que me lleves a la estación, que lo pases bien, llámame cuando vuelvas.

Astha percibió el abandono de Pipee, pero tal vez ella piensa que yo la he abandonado, le daba vueltas al asunto en medio de la noche, cuando la electricidad se fue, y la pareja permaneció tumbada, sudando.

—Me alegrará dejar este país de mierda —murmuró Hemant.

—A mí también —murmuró su mujer.

Delhi, la trampa en verano, con apagones, escasez de agua, olas de calor, vientos polvorientos, y contaminación emanando de todos sus poros. No era la ciudad ajardinada de cuando eran jóvenes, sino la cuarta, tercera, acercándose a la segunda, ahora tosiendo y resollando su camino hacia la primera, sí, casi la primera ciudad más contaminada del mundo.

Un viaje al extranjero sería agradable, sin que importase a quien se amase y a quien se dejase atrás.

Por fin la familia despegó en su vuelo barato a Miami, Florida, con una escala en Londres en el vuelo de regreso.

Volaron hora tras hora en la noche oscura. Los cuatro juntos en la sección central del avión: padre, madre, hija, hijo, yendo a pasar las vacaciones a tierras occidentales.

—¿Estás bien? —preguntaría Hemant de vez en cuando.

Astha asentía, con los ojos cerrados. Se preguntaba por qué nadie hablaba de la incomodidad en los aviones, la tortura por la que se tenía que pasar para llegar a tierras de Jauja. Las rodillas le hacían daño en el pequeño espacio apretado, le dolían los hombros y la espalda, se aproximaba un dolor de cabeza, ¿lograría llegar al baño para vomitar si tuviera que hacerlo? Perdone, estoy enferma, tengo que vomitar, señora utilice la bolsa que hay en el bolsillo frente a su asiento, ah, ahí está, lo siento, no hay de qué.

Los demás se estaban divirtiendo. Himanshu estaba absorto con los materiales para niños que le había dado la compañía aérea, Anuradha tenía los auriculares pegados a las orejas, y no paraba de toquetear los diales. Hemant prestaba atención a su bebida, masticando con gusto los cacahuetes que venían con ella, haciendo tintinear el hielo y el alcohol en su vaso, moviendo los dedos del pie en los calcetines de la compañía aérea, sus zapatos estaban cuidadosamente puestos bajo el asiento que había frente a él.

No debería beber, pensó su esposa, pero estaba demasiado dolorida para comentar o persuadir.

Se quedaron tres semanas en Florida. Hemant habló sin cesar de su vida de estudiante, y cómo la había vivido a lo pobre, cómo había trabajado para ganar un poco de dinero extra, cómo había dormido dos horas cada noche, cómo la gran tradición norteamericana fomentaba la independencia desde la primera infancia, cómo tenías que hundirte o nadar, cómo toda la sociedad estaba orientada hacia la meritocracia, no hacia chantajear a la gente yendo a la huelga. Los holgazanes que querían algo por nada no se toleraban aquí.

Seema y Suresh lo entendieron por completo, no importa, tienes familia, la familia todavía significa algo, y hablaron de aquí y allá, allá y aquí, hasta que Astha sintió que se le iban a caer las orejas.

Tres semanas todos metidos en su habitación de invitados, tres semanas con Anuradha sintiéndose celosa de todo lo que Sushma (la hija) tenía que enseñarle.

—Ir al colegio en los Estados Unidos es como no ir a ningún colegio en absoluto —le anunció a su madre—. Apenas tienen deberes, eligen lo que quieren estudiar. Sus mates puedo hacerlas con los ojos cerrados.

—Lo siento, cariño —contestó Astha mirando la cara enfadada de su hija.

—¿Por qué deberías sentirlo? —replicó Anuradha atacando a su madre, la persona del mundo a quien le resultaba más fácil atacar.

—Aquí el sistema no es tan exigente, es todo lo que quería decir.

—Sushma cree que es tan inteligente, pero no lo es, Mamá, yo sé mucho más que ella. Su letra y su ortografía son tan malas, no te lo creerías, pero no le importa, y a sus profesores tampoco. Dice que en el ordenador todo sale bien, así que, ¿qué sentido tiene? ¡Imagínate!

—Tú estás mucho mejor preparada, escribes bien, tienes buena ortografía, sabes mates, cuando vengas aquí para cursar estudios superiores tendrás ventaja.

Anuradha parecía apaciguada.

—Yo le enseñaré —murmuró.

—Completamente —contestó Astha—, y, cuando lo hagas, recuerda que somos invitados en su casa, y que es tu prima.

—Tiene acento americano.

—Eso no es algo que pueda evitar, sólo conoce este país, pobrecita.

Madre e hija se sonrieron un poco la una a la otra. No hay mayor vínculo que el de criticar a los parientes.

El matrimonio de Seema y Suresh era fuente de enorme asombro para el hermano y la cuñada. Seema y Suresh se trataban con deferencia constantemente de forma mutua. Suresh recogía después de las comidas, ponía el lavavajillas, hacía la compra en el supermercado, cortaba el césped los fines de semana e iba al parque con su hijo a dar unas patadas a la pelota por la tarde, casi como una obligación.

—¿Qué le ha pasado a Suresh? —se preguntaba Hemant—. Nunca fue así en casa.

—No estamos en casa —contestó Astha.

—Pobre hombre —continuó Hemant—. Deberías haberle visto cuando estaba recién casado. Bebiendo y fumando con el resto de nosotros. Ahora ni siquiera toca un cigarrillo.

Hemant buscó a tientas su propio paquete y encendió uno, para expresar más su disgusto.

—Quizá sería mejor que siguieras su ejemplo —replicó Astha—. Suresh me parece bien, al menos no es una fuente de preocupación para su familia.

—Le da vergüenza mirarme a los ojos —declaró Hemant, rodeando de humo esos ojos en cuestión.

El punto álgido de sus vacaciones en los Estados Unidos fue un viaje a Disneylandia.

—Está construida sobre diez mil ochocientas hectáreas. Hectáreas de diversión —dijo Suresh, mientras Seema hacía un esbozo de los deleites del parque de cuento de hadas, el parque acuático, el parque de animales, el parque del futuro, el parque del pasado, el parque deportivo. Hablaba con todo el orgullo de quien posee.

Planearon ir en coche a Orlando y pasar allí tres días. Los hoteles eran caros, pero para asimilar tales maravillas se necesitaba dinero.

Hemant se ofreció a participar en la conducción, pero Suresh dio unas cuantas palmadas más en la espalda, esto es Estados Unidos, no tu India, donde un visitante podía conducir sin un Permiso de Conducir Internacional o de hecho sin ningún tipo de permiso en absoluto, sólo con un soborno.

Disneylandia, Orlando, Florida, Estados Unidos.

¿Es posible una cosa así en tu India? No había fin para esta pregunta, pues Hemant se veía forzado una y otra vez a decir que no, una cosa así no era posible en su India.

Tan organizado, tales multitudes, tal máquina de hacer dinero, tales maravillas tecnológicas, tal fantasía, tal forma de atravesar túneles, casas y castillos encantados, tal avalancha de souvenirs, tal maravilla, tal forma de comer hamburguesas, perritos calientes, Kentucky Fried Chicken, tacos, y batidos espesos. Paseaban con aquellos batidos que parecían no acabarse nunca, tomando a sorbos aquella cosa fría y dulce mediante pajitas gigantes. ¿Había algo en este país que no fuese grande?

A Anuradha y a Himanshu les encantó, a Hemant le encantó, a Suresh, Seema más dos niños, su enésima visita con turista indio y buscador de maravillas a remolque, les encantó todo una vez más. Incluso Astha quedó atrapada por lo que vio y experimentó. Todos eran niños juntos, todos eran fans de Mickey Mouse en un mundo de Disney.

Además de familias, por todas partes había parejas abrazándose, parejas paseando con las manos en los bolsillos del otro, besándose, comiendo, conversando, riendo.

Suresh y Seema incluso se volvieron más una pareja aquí. Caminaban con las manos cogidas. ¿Para nuestro provecho, o porque están de vacaciones, o porque han vivido en Estados Unidos mucho tiempo, o porque se quieren mucho uno al otro? Era la última posibilidad la que Astha menos podía soportar. Cualquier cosa excepto que la hermana de Hemant viviese absolutamente feliz mientras ella vivía sufriendo.

—Pensaba que Disneylandia era para niños —le comentó a Seema.

Tanto Seema como Suresh le sonrieron.

—Are, la gente viene a divertirse —dijo Suresh.

—Relajarse, disfrutar, pasar buenos momentos juntos —aclaró Seema para mayor comprensión de Astha.

—Bueno, esposa —dijo Hemant, la segunda noche en el hotel, de lo más afectuoso, arrastrado por la emoción de haber visto Disneylandia y haberlo hecho constar en un millar de fotos tomadas para que fueran apreciadas por la gente de casa—, ha sido toda una experiencia, ¿no?

—Sí, lo ha sido.

Era tarde, los niños se habían dormido, exhaustos de tanto disfrutar y pasear. Hemant se sentó junto a Astha, y la rodeó con el brazo.

—¿Qué tal tu cabeza? —preguntó con ternura.

—Bien.

Se quedaron sentados en silencio. Tras un rato Astha se apartó.

—Tengo que orinar —dijo.

—Vale —respondió Hemant, levantándose también.

—¿Qué haces?

—Voy contigo.

—No seas tonto.

—¿Qué hay de tonto en eso?

Era más fácil dejar que fuera, y Astha se sentó en la taza del baño, sintiéndose un poco rara. Hacía mucho tiempo que no compartían ninguna intimidad.

—Vete —dijo al final—, no puedo orinar.

Él abrió el grifo.

—¿Ahora?

Un pequeño hilito. Hemant arrancó un pedazo de papel higiénico y adelantó la mano hacia las piernas de Astha. El hilito paró. Sus piernas se tensaron.

—Por favor, vete del baño —balbució.

—¿Por qué? Soy tu marido.

—¿Y qué?

—Y todo.

—Crees que el matrimonio es sólo sexo.

—Claro que no. ¿Qué quieres que yo no te doy?

—Interés. Compañerismo. Respeto.

—Cariño, te respeto —dijo Hemant con voz tranquilizadora—, eres mi esposa. En cuanto al compañerismo, eso es justo lo que quiero.

—¿Por qué de repente?

—Estamos de vacaciones. Esto es lo que la gente hace en vacaciones.

—No quiero. Estoy desentrenada.

—Bueno, entrenémonos —respondió Hemant alargando la mano de nuevo hacia las piernas de ella.

—No soy capaz de conectar y desconectar como tú —replicó Astha.

—No es como si fueses la persona más dispuesta. Cada vez que lo intento y me acerco a ti, dices que te duele la cabeza. Un hombre está cansado, no puede andar persiguiendo todo el tiempo.

—¿Así es como lo llamas, perseguir? ¿No tener relaciones sexuales a petición? Tiene que haber algo más entre nosotros. Tengo que sentir que es a mí a quien quieres.

Hemant parecía desconcertado.

—Por supuesto que es a ti a quien quiero. Eres mi esposa —repitió.

—Ése es el problema. Cualquiera podría ser tu esposa.

—Qué tontería. Te elegí a ti, ¿verdad?

—Elegir no es lo mismo que conocer.

—¿Por qué siempre complicas tanto las cosas? Eres mi esposa, eso es bastante para mí, pensaba que es bastante para ti. ¿O es algo más?

—¿Te refieres a mi vida o a la tuya? —preguntó Astha sonrojándose un poco.

—Vamos, cariño —respondió Hemant, ignorando su indirecta—, estamos de vacaciones. Quiero que esto nos acerque más, como familia, como pareja.

Hemant había percibido el distanciamiento de Astha, quería que regresase. Parecía que no había salida, a menos que ella decidiera abandonar el matrimonio allí y en aquel momento. Con lentitud se movió hacia él. Con los niños durmiendo en la habitación por supuesto tendrían relaciones sexuales en el baño. Él extendió una toalla sobre la esterilla y esperó a que ella se desvistiese.

~

Las vacaciones avanzaban y avanzaban, sin tregua, inexorables, consumiendo dinero, energía, carretes, empujándoles a comer en sitios baratos, y con maletas que se volvían más pesadas cada día.

—Compras a la vuelta, compras a la vuelta —no dejaba de decir Hemant, pero no funcionaba así. Había tantos souvenirs, sólo los de Disneylandia llenaban media maleta. Además estaban los regalos que Seema y Suresh mandaban a casa para el resto de la familia, y ropa para todo el mundo, que en los Estados Unidos era más barata que en cualquier otra parte.

Londres. En el aeropuerto les recibió el primo de Hemant.

A Astha siempre le había gustado este primo. Se había marchado al extranjero para prosperar, puesto que no podía prosperar en la India, y terminó siendo el dueño de una tienda en las afueras de Londres. Lo que esto quería decir sólo se volvió claro entonces, mientras condujeron, condujeron y condujeron, y finalmente se detuvieron frente a una casa, de dos pisos, un edificio muy estrecho, idéntico a toda la hilera de la calle. Casas desnudas en una calle sin árboles.

—Bienvenidos a mi humilde morada —dijo Jagdish, acercando el coche al bordillo, y saliendo de un salto para coger sus maletas—. Voy a ver dónde está Liz —jadeó, arrastrándolas dentro.

Liz, la esposa poco entusiasta.

—Hola, ¿os gustaría una taza de té? —preguntó, y pudieron percibir la indiferencia, y pudieron entender por qué Jagdish estaba siendo tan efusivo.

—Su casa es muy pequeña, Mamá —cuchicheó Anuradha, turbada por tal incomodidad en Occidente.

—No tienen mucho dinero —cuchicheó Astha para contestarle.

Las bolsas, los invitados y el anfitrión lucharon para subir las escaleras estrechas, qué casa más bonita tienes, Jagdish, bueno, está bien, y bajaron para tomar el té que Liz había preparado.

Una semana en Londres, de aprender a coger el metro, de no te preocupes, Jagdish, cuidaremos de nosotros mismos, no, no, por favor no te preocupes, Liz, nos las arreglaremos, y la respuesta de Jagdish, bueno, si está bien entonces.

Cada mañana Astha se levantaba y preparaba sándwiches para poder ahorrar dinero en la comida. Compraban los ingredientes y las bebidas en la tienda de la esquina, porque estaba claro que Liz no entendía los imperativos de la hospitalidad india, y ellos no querían cargar más el matrimonio de Jagdish. A regañadientes, consiguieron no bañarse todos cada mañana, la casa sólo tenía un cuarto de baño completo.

Hubo cierto desacuerdo acerca de cómo pasarían esta preciosa semana. Astha quería ver todos los tesoros artísticos que Londres tenía que ofrecer, estaba dispuesta a ir por su cuenta mientras su familia hacía lo que quisiera. Pero Hemant no permitiría esto... estamos aquí para estar juntos... y como acuerdo pasaron una mañana en la Tate, una mañana en el British Museum, y después cubrieron las famosas vistas de Londres en un par de visitas turísticas diurnas. Se sacaron muchas fotografías como prueba del buen rato que estaban pasando.

Cuando todo esto acabó, se dedicaron a las compras. Tenían que mirar, exclamar, comparar, meditar y hacer el cambio de moneda muchas veces antes de que pudiesen comprar.

—Debo decir que Londres es un lugar muy caro —dijo Hemant cuando salieron de Marks & Spencer, con los brazos cargados, mientras caía una lluvia ligera, soplaba un viento frío.

—Desearía que no sintiésemos la necesidad de comprar todo lo que vemos —se quejó Astha, el agotamiento la reducía al deseo de tumbarse frente a la puerta de los grandes almacenes y ser pisoteada hasta la muerte por todos los indios que entraban y salían corriendo, comprando, comprando.

Anuradha y Himanshu la miraron llenos de reproche. Apenas podían contenerse en este paraíso material. Pisos y pisos de mercancía con Hemant, el padre indulgente. El problema, pensó Astha, fue que ella tampoco pudo apenas contenerse cuando vio los artículos de cocina, aparatos, cosas de artesanía, ropa de cama, juguetes para los niños, ropa, ropa interior, artículos de papelería. ¿Había algo que no la moviese con el impulso de poseerlo? No, tal forma de comprar no era moralmente buena, percibió que su sentido de la perspectiva y el enfoque se desvanecía en medio del asalto exitoso a su avaricia. Por fortuna estos viajes eran poco comunes.

*

La tarde de su quinta noche.

—Parece que hay problemas en la India —dijo Jagdish, un deleite contenido matizaba el tono de preocupación.

Tenía derecho a una venganza así de pequeña: estaba en el lugar seguro, el país sensato, algo a cambio por su casa, trabajo, carrera, matrimonio y vecindario insatisfactorios.

Astha y Hemant se miraron el uno al otro. En casa los problemas eran parte del ambiente, fuera asumían proporciones más siniestras.

—¿Qué ha pasado? —preguntó Hemant.

—En la BBC. Van a construir el templo —continuó Jagdish.

Hemant se relajó. Oh, el templo.

—Esos políticos no dejan de remover las cosas —contestó, indiferente.

Mientras la familia comía, Astha dio vueltas alrededor del televisor esperando las noticias.

Ahí estaba. Una breve visión de la Babri Masjid de noche, focos brillando, sonidos de bhajans de fondo, miles de kar sevaks rodeados por fuerzas de seguridad, despejando el terreno, preparando la base para el templo, trabajando, trabajando, veinticuatro horas seguidas.

Las cosas están tensas en esta antigua ciudad del templo, dijo el comentarista, donde una mezquita se halla en el sitio que los hindúes aseguran que es el lugar de nacimiento del dios Rama. Mientras seis mil peregrinos trabajan día y noche, se calcula que unos cincuenta mil más se han reunido aquí. Los kar sevaks juran que esta vez morirán antes que parar. Han tenido lugar manifestaciones de protesta de grupos preocupados por salvar la Babri Masjid, pero hasta el momento la preparación de la base del templo continúa en un lugar más bajo de la colina. El Primer Ministro ha convocado en Delhi a los líderes espirituales hindúes para discutir el asunto.

Qué terrible, pensó Astha, ¿qué iba a suceder? Quería ir a casa. Su ser político, su ser inteligente funcionaba mejor allí, aquí se sentía aislada, saturada de cosas en vez de pensamientos.

¿Qué estaba haciendo Pipee? Cada día había sido consciente de su ausencia, sin embargo había disfrutado estando con su familia, había disfrutado la relativa facilidad entre Hemant y ella misma.

Tenía miedo de lo que diría Pipee cuando percibiera todo esto. Mientras trataba de defenderse, estoy casada, sentía la traición que sentiría Pip, pero por el momento la traición era una segunda piel.

Astha había imaginado a menudo la ruptura de su relación con Pipee. De lo que no se había dado cuenta era de lo lento que sería el proceso, y en qué etapas infinitesimales.

Había diferencias, pensó con tristeza, pero no habían parecido tan importantes. Éste ya no era el caso. Tras su regreso era evidente que no estaban en armonía.

—No te gustará el extranjero —le comentó Astha a Pipee—. Es horrible.

—¿Quién lo habría pensado? —replicó Pipee con sequedad.

—Sabes lo que quiero decir —respondió Astha con impaciencia.

—No, no lo sé. ¿Cómo podría? Y cualquier cosa es mejor que las cosas que vi yo.

—¿Qué viste?

—Durante diez días un frenesí total, policías abucheados, centros de operaciones destrozados, altavoces desde los que sonaban oraciones y bhajans a todo volumen... en tal ambiente... auténtico caos en el emplazamiento del edificio, y kar sevaks por todas partes.

—¿Quieres decir que fuiste a Ayodhya?

—Sí.

—¿Pero por qué? No me lo dijiste.

—¿Dónde estabas para que te lo dijera?

—Podría haber sido peligroso, Pip.

—Oh, Hormiga, una no puede estar siempre segura. No fue más peligroso para mí que para todas aquellas otras pobres mujeres que estaban allí. Además quería ir. Estoy pensando en un congreso sobre cómo las familias se ven afectadas por los disturbios comunales.

Más material para el doctorado, pensó Astha.

—Bueno, ¿cómo fue? —preguntó.

—Van a construir el templo en la zona de la masjid. Ese tipo de energía, avivada tan deliberadamente, no desaparece. Es sólo cuestión de tiempo.

Hubo un silencio. Pipee se reclinó en la silla, y miró fijamente las nubes que estaban atravesando el cielo de su piso en Vasant Kunj. Astha la observó, parecía tan distante. Se había sentido más cercana a miles de kilómetros de distancia, pensando en ella, escribiéndole.

Entonces Pipee dijo:

—Basta de Ayodhya. ¿Cómo fue Disney?

—Bien.

—¿Y tú y Hemant? —preguntó—. ¿Cómo fue eso?

Astha mantuvo el rostro tranquilo.

—También bien —contestó.

Pipee la miró de repente.

—Te has acostado con él —afirmó de plano.

La cara de Hemant se alzó ante los ojos de Astha, los momentos en el baño, la petición que él nunca verbalizaría, la comprensión de la propia Astha de que en algún lugar él todavía tenía poder para afectarla. Sintió que se ruborizaba.

—En realidad nunca te ha gustado de otra forma, ¿verdad? —insistió Pipee con la voz seca y dura.

—Eso no es cierto —alegó Astha.

—Sí lo es. Lo que de verdad quieres es la polla de tu marido.

Astha hizo una mueca e intentó responder.

—No es eso. Te molesta que no le deje. Quieres una pareja a tiempo completo. Lo entiendo.

—Lo harías. Es lo que tú tienes, después de todo.

Astha se quedó en silencio por un momento. Si su marido representaba más que sólo una polla, tanto peor, ¿pero cómo iba a explicárselo a Pipee? Era mejor no adentrarse en estas aguas turbias. Prosiguió:

—No tiene nada que ver con nosotras.

—Te fuiste con tu familia, eso fue bastante malo, y no dije nada, porque no vale la pena, y después haces esto, ¿para qué tenerme?

Todo lo que Pipee decía era una distorsión. Las palabras se erguían para atormentarla, y Astha no podía hacer nada. No importaba lo mucho que lo intentase, no iba a tener éxito.

Pipee guardó aquella falta en su corazón y la usó como base para la separación que veía por delante. Una buena memoria siempre es útil cuando se necesita destruir algo.

Pipee y Astha continuaron viéndose, pero ahora había cautela entre ellas. Para Astha todo se volvió apagado, el césped tenía un aspecto ordinario, el cielo parecía sombrío, la pintura en su lienzo sin color.

Mil veces se dijo a sí misma, hazle frente, dile que quieres que sea como antes, o nada en absoluto, pero tenía demasiado miedo. Pipee podría decir «nada en absoluto», entonces qué le pasaría a ella, peor que esto, mucho peor.

Las cosas se pondrían bien por sí mismas. El amor triunfaría, incluso en circunstancias como éstas. El amor tenía que hacerlo, ésa era su naturaleza.

Pero Pipee se comportaba como si el amor hubiera pasado a la historia. Incluso momentos de cariño contenían alusiones a finales. Pipee a Astha, metiéndole el pelo por detrás de las orejas.

—Te estoy tan agradecida, Hormiga, nunca olvides eso, no importa lo que pase. De ti he conseguido la energía para seguir adelante.

—¿Para hacer qué? ¿Dejarme?

—¿De verdad quieres entrar en quién dejó a quién?

Astha no podía decir que lo hizo ella.

—¿Ves? —dijo Pipee—. Ambas nos hemos dado algo la una a la otra. Dejémoslo así.

Astha no pudo decir nada. Las palabras hacían que lo que había entre ellas fuese muy pequeño.

—Y por supuesto, pase lo que pase, siempre seremos amigas —siguió Pipee.

—Sí, siempre —respondió Astha con gratitud, demasiado inexperta para saber que eso es lo que la gente que rompe se dice para hacerlo más soportable.

Mientras tanto la huelga se resolvió después de seis meses. Había un atraso tremendo por arreglar y una cuota de mercado por recuperar. Hemant hizo un esfuerzo para reanudar su ritmo de trabajo previo, cuando los dolores en el pecho comenzaron de nuevo. Los médicos fueron muy severos, no estaba prestando bastante atención a su salud. Un colapso era inminente si continuaba fumando, bebiendo, no haciendo ejercicio, comiendo carne roja y comida pesada. Además tenía que intentar controlar sus niveles de estrés, una jornada laboral muy moderada era todo lo que su cuerpo podía tolerar. La angina tenía que tomarse como una advertencia, una seria advertencia.

Toda la familia estaba alarmada. Su padre insistió en contratar otro gerente, el dinero no lo era todo. En cuanto a Astha, una breve investigación de la bibliografía sobre enfermedades de corazón demostró que se requerían cambios permanentes en sus hábitos de vida. Dieta... ejercicio, dieta... ejercicio, no había forma de escapar de esos pilares de la salud y la longevidad. Dependía de ella, Hemant no iba a cambiar por sí mismo.

Cada mañana se aseguraba de que los dos fuesen a dar un paseo. Hace todos aquellos años hacía ejercicio y estaba resentida con sus padres, ahora estaba haciendo lo mismo con su marido, con sentimientos mucho más complicados tras el tiempo que había pasado. ¿Era a esto adonde la vida la había llevado, éste el espacio que había viajado entre aquellos paseos y éstos? Caminando a zancadas de manera enérgica para apaciguar los pensamientos de su cabeza, hablando para enmascarar los sentimientos de su corazón. Miró a Hemant, que balanceaba los brazos, concentrándose en aumentar el ritmo de su corazón. Tal vez él también estaba decepcionado, tal vez había buscado algo distinto en el matrimonio. No hablaban de tales cosas, nunca lo sabría.

Cambió la forma de comer de su familia. Compró libros sobre dietas bajas en colesterol, estudió recetas que requerían nada de grasa y poca sal. Cuando los niños se quejaron fueron compensados en secreto durante la comida y la merienda.

Hemant estaba de mal humor por tener que dejar sus comidas favoritas, pero no tenía elección. Y si él tenía que comer gachas de avena para desayunar en vez de su habitual tortilla de chile verde-cebolla-tomate, no podía quejarse, su esposa tomaba las odiadas gachas de avena también.

Astha pasaba mucho tiempo pensando en sí misma. ¿Era una esposa tradicional como había afirmado Pipee? Se estremeció ante la idea, pero sin duda estaba haciendo lo que hacían las esposas devotas, poniendo una gran cantidad de esfuerzo en proteger las tripas de su marido. Cuando lo vio cansado, asustado, deprimido por tener que cambiar, mentalmente no preparado para la traición de su cuerpo, le compadeció, y quiso ayudarle a vivir. Se decía a sí misma que era por los niños, pero a veces se preguntaba de forma sombría por la naturaleza del vínculo entre ellos.

Hemant se sintió conmovido por sus esfuerzos. De vez en cuando preguntaba:

—Bueno, esposa, ¿cómo estás? —con estilo de propietario.

—Bien, bien —respondía Astha con voz monótona.

Hemant no era experto en percibir discrepancias entre lo aparente y lo expresado, y esa cualidad quedaba manifiesta en este momento.

El monzón llegó y se marchó. Los días bochornosos desfilaron hacia octubre para volverse más humanos.

—Voy a comprar un aire acondicionado —dijo Pipee—. Eso es si mis notas son tan pésimas que no consigo ayuda, y me veo forzada a permanecer en esta pocilga.

Astha se quedó absolutamente inmóvil.

—¿El doctorado? —preguntó.

—Haré el *GRE* el mes que viene.

Oh, Pip, no me lo dijiste y no decir las cosas solía percibirse como una decepción entre nosotras, pero no veo nada más, se lamentó Astha en silencio, mientras Pipee continuó:

—Necesito un cambio.

Astha hizo un esfuerzo heroico.

—Sí. Estoy segura de que lo necesitas. En un ambiente académico seguro que prosperas. Les encantará el trabajo que haces.

Pipee la miró y sonrió.

—Te echaré de menos, Hormiga.

Astha no la creyó. Pipee siguió hablando, y Astha escuchó todas las cosas que no estaba diciendo, su soledad, su deseo de tener una compañía estable, la necesidad de compromiso.

Se sonrieron la una a la otra. Astha dijo que lo entendía. Tomaron té, intercambiaron un beso de despedida, hicieron todo esto antes de que Astha corriese hacia su coche, hundiese el rostro en el volante y lanzase una buena mirada, larga, al vacío que había intentado rellenar de forma desesperada amando a Pipee.

¿Cómo sería estar dolorosamente separadas habiendo conocido la unión?

¿Cómo viviría? Pero tenía que hacerlo, tenía esa roca de estabilidad que poseían las mujeres: su esposo y sus hijos.

Con tristeza le dio al contacto y soltó el embrague. El coche traqueteó y se sacudió. Tuvo que arrancarlo tres veces en los dos metros que fue marcha atrás. Parecía que el embrague resbalaba, la revisión del coche se había retrasado mucho. Esto, que sabía, había rondado por los márgenes de su mente durante mucho tiempo, pero los imperativos de su vida no le habían permitido prestar atención. No por más tiempo. Su vida estaba hecha de estas cosas.

En casa se lanzó a un frenesí de limpieza. Atacó hasta el último rincón, cada libro, cada mota de polvo, capa de suciedad, cada milímetro de alfombra, cada armario remoto por lo alto y por lo bajo.

—Mamá se ha vuelto loca —informó Anuradha a su padre tratando de entablar conversación—, todo lo que hace es limpiar. Y me hace abrillantar y limpiar a mí también.

—Me darás las gracias por ello más adelante, cuando tengas tu propia casa —dijo bruscamente Astha.

Todo el mundo pareció sorprendido.

—¿Te duele la cabeza? —preguntó Hemant.

—No.

—¿Entonces qué pasa?

—Nada. Nada.

Y sin que quisiera o estuviera dispuesta, empezaron a caerle lágrimas por la cara.

El rostro de Anuradha se contrajo.

—¿Por qué lloras, Mamá?

—Sin motivo, cielo —contestó Astha, tragando saliva.

—¿Te traigo tu medicina?

Astha continuó sollozando, mientras Hemant dijo:

—Hazlo, Anu, buena chica —y mientras la hija salía corriendo, se volvió hacia su esposa y le dijo—: No llores. Estás disgustando a los niños. Pensarán que te pasa algo realmente malo.

—Que lo piensen —se lamentó Astha—. Que sepan que las madres también pueden sentir.

—¿Az? ¿Estás bien? Deja de limpiar, si eso te altera.

—Siempre dices lo sucia que está la casa.

Sonaba irrazonable a sus propios oídos. Hemant se quedó callado sin hacer nada. Anuradha volvió corriendo con las pastillas y un vaso de agua, arrastrando con ella a un preocupado Himanshu.

—Dice que estás llorando —acusó.

—Está bien, cariño —respondió la madre, tragando las pastillas, aunque no le dolía la cabeza—. En realidad no es nada —repitió Astha.

El niño se dio la vuelta y se marchó, mientras Anuradha lo miraba con desprecio.

—Es tan burro —dijo—. Nunca entiende nada.

A la mente de Astha llegó un recuerdo, desenterrado de su subconsciente. Su madre saliendo del baño, el dormitorio que había permanecido cerrado con llave, de forma inusual, durante toda una hora.

—¿Por qué lloras, Mamá?

—No es nada.

—¿Cómo puedes llorar por nada? —insistió Astha.

—No estoy llorando. ¿Qué te ha hecho pensar eso, Beta?

Oh, bueno, si no estaba llorando, entonces aquello no podían ser lágrimas, ni aquéllos podían ser signos de dolor alrededor de sus ojos y su boca. Podían seguir siendo felices, todo en su lugar.

Astha estaba asombrada por la cantidad de trabajo que Pipee dedicaba a presentar la solicitud para un doctorado. Pasaba horas en la Fundación Educativa de los Estados Unidos estudiando perfiles de universidades, sus facultades, sus requisitos, las que eran más probable que concediesen ayudas, cuánto costaba vivir en poblaciones pequeñas, ciudades, la Costa Este, la Costa Oeste, sopesando cuánto costaba vivir con Ajay si entraba en su universidad, cuánto costaba la ropa en sitios fríos, sitios cálidos.

—Puedo permitirme mandar la solicitud sólo a cinco —dijo, mirando su situación económica, calculando cuánto por el GRE, cuánto por el dinero de las solicitudes, cuánto por los gastos de envío—. Aunque eso es correr un riesgo. Bien, veamos. Tal vez no consiga ayuda, o tal vez no consiga un visado.

Hablaría de alguna otra cosa, y Astha se aferraría a estas frágiles posibilidades, las mantendría con fuerza en su poder, donde permanecerían destrozadas e inertes, sin verdadera comodidad.

¿Quién ha visto el mañana?, pensaba a menudo, y esto con el mañana mirándola fijamente a la cara.

Cuando estaba con Hemant se sentía una mujer de paja, su vida interior muerta, con un hombre que no se daba cuenta de nada, con quien era tranquilizador estar por esa misma razón. Su cuerpo era de él, pero cuando hacían el amor era el rostro de Pipee el que veía Astha, sus manos las que sentía. Aceptó la amargura de esta dislocación como su merecido por ser una esposa infiel.

Se anunciaron las notas del GRE de Pipee. Había sacado 23,4 sobre 24, y ahora podía entrar en cualquier universidad que eligiese, o eso dijeron quienes la felicitaron. Astha la abrazó, y sintió que no había conocido la desdicha hasta ese momento.

—Oh, Hormiga —fue todo lo que dijo Pipee, pero Astha pudo ver lo feliz que era, lo reivindicada que se sentía con su puntuación, cuánto se estaba adentrando en el camino hacia los Estados Unidos.

Entonces Pipee empezó a hablar.

—Puedes visitarme por un tiempo si te apetece.

—Claro que me apetecerá.

—No, lo digo de verdad, Hormiga. Sé que estarás triste sin mí. Ven para pasar unas vacaciones.

—Seguro.

Pero no exploraron más este tema. Había discurrido demasiada agua bajo este puente concreto como para que ahora fuese fácil transitarlo.

Era diciembre. Las respuestas iniciales de universidades americanas eran positivas.

—Estoy muy contenta —dijo Astha mirando el rostro frente a ella, y el tímido resplandor que había en él.

Releyó la carta que Pipee le había enseñado. La Universidad de Illinois había recibido la solicitud de Pipeelika Khan, y estaba dando acuse de recibo. Recibiría noticias suyas en un futuro muy cercano.

—Se han dado cuenta de lo brillante que eres —continuó Astha, pensando que el verdadero amor no contenía ningún elemento de uno mismo, y que hacía mejor estando a la altura.

—No todo el mundo me valora como tú, Hormiga.

—Tu solicitud, tus recomendaciones, tu trabajo en la ONG, tu expediente académico, ese artículo que escribiste y publicaste, tus notas del GRE, ¿por qué otra cosa responderían tan rápido?

—Eres parcial.

—No sin motivo, ¿no?

Pipee rió, y recuperó la carta, doblándola con cuidado por sus pliegues originales, antes de deslizarla dentro del sobre marrón amarillento. Astha la observaba.

—¿Cuándo lo sabrás por fin? —preguntó.

—Con suerte para enero.

Tal vez para enero caería una bomba en Urbana Champaign y haría volar la universidad de la faz de la tierra, pensó Astha, pero ¿qué sentido tendría?, habría otros lugares. El verdadero acto de irse estaba en la decisión, no en la partida.

—Tal vez no me concedan un visado —irrumpió Pipee en la pausa—. Después de todo, soy soltera.

—Sí —dijo Astha lentamente—, eres soltera.

¿Cuánto tiempo pasaría antes de que encontrase a alguien?

—No me has preguntado sobre qué voy a trabajar.

—La educación de los niños de los suburbios, imagino.

—No. La política del comunalismo y cómo se representa. Estoy más interesada en eso ahora, quizá por lo que está pasando a nuestro alrededor. También me ayudará a aceptar cosas de mi vida. Si te das cuenta de que no estás sola...

No terminó la frase, y Astha se sintió más alejada de su vida que nunca, de un dolor tan horroroso que inclinaba la cabeza ante él y cerraba la boca.

—El único problema es que hay tantos aspectos, todos de tal relevancia, que es un poco difícil elegir un campo específico —continuó Pipee.

Por un momento Astha sintió una intensa punzada de envidia, no sólo por Pipee, sino por cualquiera que tuviese la posibilidad de una nueva vida. Tenía que recordarse a sí misma de forma severa que, si quería, ella también tenía opciones.

X

Para final de año, se estaba generando mucho material para la tesis de Pipee. El *kar seva* había sido detenido en verano con la condición de que el Primer Ministro resolvería el problema de la Babri Masjid en cuatro meses. Aquellos cuatro meses habían pasado sin solución a la vista.

Miles de kar sevaks estaban siendo movilizados de nuevo para lo que se calificó de kar seva simbólico, comenzando el 6 de diciembre. El gobierno central mandó 135 compañías de sus fuerzas de seguridad a Ayodhya y Faizabad a pesar de las protestas del gobierno de Uttar Pradesh, que reclamaba que la ley y el orden de su estado eran responsabilidad suya.

—Esta vez no van a dejarlo fácilmente, les han parado dos veces antes —dijo Pipee con preocupación.

—¿Vas a ir? —preguntó Astha.

—Tengo demasiado que hacer. Espero que no pase nada.

—La Babri Masjid ha sobrevivido casi quinientos años. ¿Por qué debería pasar algo ahora?

Mientras tanto Ayodhya está siendo testigo de la afluencia sin precedentes de miles de kar sevaks de todo el país. Líderes religiosos hacen declaraciones de prensa manifestando que la religión está por encima de la política, por encima de la nación, por encima de los tribunales y de cualquier orden de prohibición que se dictase.

Para el 5 de diciembre la ciudad había tenido que acoger a doscientos mil kar sevaks, y no había suficientes sitios para colocarlos. Escuelas y facultades se declararon cerradas, mientras los kar sevaks irrumpían en varias instituciones buscando alojamiento. La zona alrededor de la masjid está llena de basura y excrementos humanos. Suben los precios de la comida, el gobierno de Uttar Pradesh declara que tienen en reserva ocho mil toneladas de arroz, cien toneladas de azúcar, cuarenta y cinco mil litros de queroseno, así como un amplio suministro de medicamentos para salvar vidas.

El BJP declara que no se hará ningún daño a la masjid, el kar seva sólo será simbólico.

El Ministro de la Unión envía fuerzas paramilitares de apoyo a Ayodhya.

7 de diciembre, casa de Astha. Titulares: LA VERGÜENZA DE UNA NACIÓN, ahí en el periódico doblado que yace sobre la terraza, esperando a ser leído, digerido, de algún modo entendido.

Astha lo coge y se queda mirando la primera página. No era posible, esto no podía haber pasado, pero ahí estaba:

LA VERGÜENZA DE UNA NACIÓN:
BABRI MASJID DESTRUIDA

El gobierno central despide al de Kalyan Singh. 500.000 kar sevaks, armados con picos, palancas y alambradas de barricadas arrancadas, atacaron ayer el disputado lugar. Todas las cúpulas se derrumbaron bajo el violento ataque. Entre las 11:50 y las 16:50 se derrumbó la cúpula central. Entre las 14:00 y las 16:00 fueron destruidas las dos laterales. 50 personas heridas.

Cientos de kar sevaks acarrearon ladrillos, pilares y piedras grandes. Líderes del BJP instaban a la contención a través de megáfonos.

Kar sevaks coléricos agredieron a fotógrafos y corresponsales extranjeros golpeando a algunos de forma brutal con palos y dejándolos sangrando en la carretera.

Toque de queda en muchas ciudades de Uttar Pradesh. Diputados musulmanes buscan la dimisión del Primer Ministro. Casas musulmanas incendiadas. Los kar sevaks no han permitido coches de bomberos en muchos lugares.

El ejército está en alerta en seis estados.

—Han destruido la mezquita —se encontró diciéndole a Hemant—. Al final lo han hecho.

—Lo sé.

—¿Lo sabes? —Astha se quedó mirándolo.

—Salió anoche en la BBC.

—¿Por qué no me lo dijiste?

—¿Qué había que decir? No sabía que estuvieras interesada.

Estaba mintiendo. Ella había ido a Ayodhya dos veces, había pintado la masjid al menos cinco veces, había escrito el guión para una obra de teatro sobre ella, y ¿no sabía que estaba interesada? Ésta era su venganza por preocuparse por otras cosas que no fueran él.

Se dio la vuelta, asqueada por todo.

—Nunca supe que fueses tan amante de lo musulmán —dijo Hemant observándola—. ¿Sabes qué pasa con nuestros santuarios en Pakistán, Bangladesh, no sólo a nuestros santuarios sino a los hindúes? ¿Por qué tu preciosa Manch nunca protesta sobre eso? ¿O alguna de tus amigas activistas?

—El hecho de que los santuarios sean profanados allí no lo hace aceptable aquí. No es una cuestión musulmana, es una cuestión laica, una cuestión humana.

—Es una cuestión cobarde, una cuestión estúpida —dijo Hemant con sorna.

No tenía sentido hablar con él. Su único pensamiento era llamar a Pipee, Pipee, que sentía como ella, con quien no habría discusión en este momento. Con rapidez marcó su número.

—¿Lo has oído?

—Sí. Lo han hecho.

—Tenías razón.

—¿Qué vamos a hacer?

—¿Qué podemos hacer?

Ambas mujeres se quedaron calladas, sus propias vidas parecían pequeñas ante lo que estaba pasando a su alrededor.

—Neeraj ha llamado. Hay una manifestación en marcha fuera de la oficina del BJP, podríamos ir también. Debe de haber sido planeado, una cosa así no puede suceder sin una planificación cuidadosa.

—Dijiste que era sólo cuestión de tiempo.

—Era sólo algo que decir. No tenía ni idea de que demostraría ser cierto tan rápido.

—No llores, cariño. Ven al cruce de la iglesia. Te recogeré en media hora.

*

Hablaron poco mientras iban en el coche. Cuando se aproximaban al centro de Delhi pudieron ver que las calles estaban rodeadas de multitud de hombres y mujeres que lloraban, vestidos de negro, con los rostros cubiertos. Cerca de la oficina del BJP se vieron obligadas a caminar, toda la zona estaba acordonada, flanqueada por policías, preparados para cargar la *lathi* ante cualquier provocación.

Los periodistas estaban allí, equipos de televisión, profesores universitarios y activistas, todos horrorizados y aturdidos. Compartían la información en frases rotas: fuerzas paramilitares uña y carne con los kar sevaks... la policía estaba ayudando... los líderes gritaban por los megáfonos no destruyáis la mezquita... pero habían acordado de antemano que se ignorasen esos mensajes... muchos murieron al caer los escombros... caos absoluto con quinientos mil kar sevaks... la situación va a empeorar... el gobierno de Uttar Pradesh no tenía ninguna voluntad política de proteger la mezquita... sólo era cuestión de tiempo que algo así pasase...

Esperaron una hora, dos horas. No salió nadie de la oficina del BJP para dirigirse a ellos. ¿Había alguien allí? Se expusieron a ser detenidos, les colocaron en autobuses que esperaban, les llevaron a la comisaría local, les retuvieron media hora y les soltaron.

Tres días más tarde el Frente Unido de la Izquierda organizó una marcha para protestar por la demolición de la masjid.

La mañana del 10 de diciembre Astha le dijo a su marido:

—Hay una marcha hoy.

El marido no dijo nada.

Astha insistió con su información.

—Va a haber una marcha tremendamente grande. Se bloqueará el tráfico alrededor de Red Fort y Connaught Place durante horas. Intenta esquivar esos sitios si quieres evitarte problemas.

Nada.

—¿De acuerdo?

El marido vio a un toro femenino embistiendo desde la distancia y su cuerpo se tensó. Levantó un rostro cauteloso y observó a su mujer. Astha pasó la mano con cuidado por el mantel de la bandeja de té.

—Siempre he admirado tu sentido de la proporción —dijo él al fin.

Astha levantó las cejas con aspecto interrogante.

—Fuera en las calles, dándote empujones con gundas, desatendiendo a tu familia, todo por alguna estúpida masjid que ni siquiera sabías que existía antes de que tu gran amigo Aijaz te educase.

—No tiene nada que ver con Aijaz —respondió Astha, atragantándose con la furia que había guardado en su interior los últimos tres años.

—Entonces su viuda.

—Supongo que no tengo mente propia.

—No he dicho eso.

—Lo has querido decir.

—Me niego a hablar con mujeres histéricas —dijo Hemant—, especialmente cuando tengo por delante un día ocupado. Alguna gente trabaja, ya sabes.

Se levantó y entró en el baño, cerrando la puerta con firmeza.

Cuando Astha llegó a Red Fort tenía los ojos rojos por haber llorado una hora larga después de que Hemant se fuese. Pipee la vio y entrelazó su brazo al de ella, enlazando sus dedos a través de la mano húmeda de Astha.

—Querida, no estés tan disgustada, es terrible, pero no puedes permitirte tomarlo de forma tan personal.

Astha asintió, muda. Todo era terrible en el mundo.

Un sol templado de invierno brilló sobre los manifestantes congregados cuando estaban de pie esperando, mientras llegaba un camión tras otro de activistas y asociados del Frente Unido.

La línea se puso en marcha. Era tan larga que para cuando llegó el turno de Astha habían pasado cuarenta minutos.

Marcharon para salir de Red Fort y entraron en medio de la carretera, bloqueando todo el tráfico. Mientras caminaba, Astha podía ver a varias personas, entre ellas Pipee, repartiendo folletos a los espectadores, escúter-valas, pasajeros en rikshas, hombres que se estaban rascando sus partes, mujeres que sujetaban a niños sobre las caderas, mujeres que llevaban en las manos bolsas de plástico de la compra. Más adelante en la línea se gritaban las consignas familiares: *Abajo el comunalismo, abajo, abajo; abajo el BJP, abajo; Falsos seguidores de Rama, nunca triunfaréis; Mandir... masjid, todo uno.*

Astha se sintió vencida por la futilidad. Tal vez Hemant tenía razón. ¿Qué sentido tenía obligar a motoristas, pasajeros y peatones a escuchar la voz de la tolerancia y la paz? No había impedido nada. Tal vez la verdadera victoria del fundamentalismo era la desesperación total de los laicos.

La línea llegó a Delhi Gate, y giró hacia la derecha hacia el *maidan* Rama Lila. Descendió otra calle vacía con tráfico malhumorado acumulado en la otra parte de la división, y después la línea se adentró en los terrenos de Rama Lila, para arremolinarse alrededor de una plataforma erigida para los oradores.

Hablaron uno detrás de otro, líderes del Partido del Congreso, de los partidos de izquierdas, activistas que habían visto lo sucedido en Ayodhya. Expresaron angustia, pesar, dolor, hicieron advertencias, pronosticaron consecuencias:

Lo que había ocurrido era una traición a la confianza. Millones de musulmanes se sentirían inseguros en su patria ahora. Las garantías del gobierno de Uttar Pradesh no habían significado nada, las garantías del gobierno central no habían significado nada.

La ley había sido desobedecida de forma flagrante, abierta, ¿qué iba a evitar que fuese desobedecida de nuevo? ¿Qué iba a evitar que los dos lugares disputados en Kashi y Mathura no siguiesen los pasos de la Babri Masjid? ¿Era esto un gobierno o un instrumento pasivo en manos de matones? Sin dilación el gobierno debería adquirir todo el terreno alrededor de la Babri Masjid.

Le correspondía a cada ciudadano de la tierra estar alerta para que las fuerzas anticomunales no adquiriesen supremacía. ¿Cómo era posible demoler una masjid a plena luz del día en poco más de cuatro horas? Y eso además con herramientas artesanales, picos, palancas, los instrumentos de agricultores y campesinos. No, hubo organización y planificación, hubo complicidad de las autoridades.

Varios líderes habían sido arrestados, pero ¿fue todo por espectáculo, como las fuerzas de seguridad que se enviaron a proteger la Babri Masjid y ayudaron en su destrucción?

La nación y su gente exigían respuestas.

*

Fue a última hora de la tarde cuando Astha se fue. Cuando Hemant llegó a casa no preguntó por la concentración. Y Astha sólo fue capaz de dormir hacia la mañana.

Tras la demolición:

A escala nacional, 1.801 personas fueron asesinadas en conflictos comunales en los dos meses siguientes. 226 lugares en 17 estados y 119.018 lakhs de personas se vieron afectadas por el toque de queda.

En Pakistán 240 templos fueron objetivo de las muchedumbres.

En Bangladesh se llevaron a cabo intentos para destruir 305 templos, 1.300 casas y 270 tiendas pertenecientes a hindúes.

En Gran Bretaña 18 templos y centros culturales fueron dañados.

En Afganistán fueron atacados 4 templos.

A lo largo de los dos meses siguientes estallaron disturbios importantes en Bombay. Se vieron afectadas 41 áreas, el 31 por ciento de las muertes fueron causadas por la policía. Pipee decidió que necesitaba recopilar material de primera mano.

—¿Por qué vas? —preguntó Astha.

—Tengo que hacerlo. Están pasando cosas terribles allí.

—Lo sé. También leo los periódicos —respondió Astha con irritación—, y por eso desearía que no fueses. No es seguro.

Pipee la miró por un momento, después soltó una risa extraña.

—Una tiene que hacer lo que tiene que hacer.

Astha parecía desconcertada.

Pipee le alborotó el pelo con una mano lenta y temblorosa.

—No te preocupes, puedo cuidar de mí misma.

Regresó ilesa pero terriblemente sacudida.

—Es peor de lo que piensas, la verdad es que la policía está abriendo fuego sobre inocentes, haciendo arrestos falsos y negándose a registrar quejas. ¿Cómo pueden los musulmanes tener cualquier garantía de protección cuando las fuerzas de la ley están entre quienes golpean y matan? No dejan de hostigarles diciendo regresad a Pakistán, ¿cuándo han estado alguna vez en Pakistán como para que tengan que *regresar?* Y no se hace nada, nada. ¿De qué tipo de país puede sentirse parte esta gente? Ser musulmán aquí es una maldición.

—Ellos lo empezaron —dijo Hemant—. Después de que cayese la Babri Masjid fueron ellos quienes primero empezaron a apedrear templos en Bombay. ¿Qué esperan, que ésta sea la época de los gobernantes musulmanes, en la que los hindúes se sentarán y se quedarán sin responder? ¿Quién prendió fuego al templo de Govandi? ¿Quién empezó a arrojar piedras a los autobuses, a las comisarías, a las oficinas del *BMC?*

Astha escuchaba. Si estaba bastante claro que había muchas formas de considerar lo que estaba pasando, estaba igualmente claro que ella y Hemant tenían puntos de vista opuestos. Quedaba por ver qué voz sería más fuerte.

La forma más efectiva que tenía Astha para hacer una declaración era con la pintura, y se concentró en ello. Eso alejó su mente de su difícil situación personal, con tal violencia alrededor sus problemas parecían pequeños. Recurrió al pincel y al lienzo para hacer su contribución al país, confiaba en que fuese percibida. Era sólo una gota en un océano enorme, enorme, pero las gotas se acumulan.

Pipee terminó haciendo varios viajes a zonas afligidas. Trabajo, decía brevemente, y tal vez, pensaba Astha, continúa regresando porque me echa de menos, aunque sabía que Pipee nunca diría nada al respecto. Una vez que había decidido que iban a romper, era así.

Llamó a Pipee un día, y tuvo el placer de su aprobación cuando vio los cuadros.

—Son fuertes y constituyen una declaración muy eficaz. Puedo ver cómo has evolucionado, Hormiga.

Qué importaba que Pipee se fuera, en aquel momento Astha sintió que nunca podrían separarse.

—Son buenos de verdad —continuó la amiga y activista—, quizá podrías organizar una exposición por tu cuenta. Es hora de que salgas de la sombra de la Manch.

Después regresó a sus viajes, están sucediendo tantas cosas.

Astha se dio cuenta de que Pipee no le pidió que se uniera a ella siquiera por un fin de semana. Habría ido a cualquier parte tan sólo si Pipee se lo hubiese pedido.

Fue en enero cuando Pipee recibió la carta que confirmaba su admisión en la Universidad de Illinois, Urbana Champaign.

—Tan pronto, has tenido noticias tan pronto, qué maravilloso —dijo Astha por teléfono, contenta de que Pipee no pudiera verle la cara—. Deben de quererte de veras.

—No sé qué hay de eso. La cantidad que ofrezcan lo demostrará.

—¿Cuándo lo sabrás?

—Pronto, espero.

Después Astha se reprendió a sí misma, éste es el ensayo general para el momento de verdad, ¿por qué debería preocuparme?, ¿qué es ella para mí?, alguien a quien amé, pero ambas tenemos nuestras propias vidas. Ella ha escogido horizontes más grandes, es su vida, ésta es la mía. Se dijo esto de forma firme y reiterada y se sorprendió de que la información no hiciera que se sintiese mejor.

A la mañana siguiente se levantó con dolor de cabeza. Y ¿qué hay de nuevo?, se preguntó a sí misma, tragando con rapidez un mucolítico y un analgésico.

Mientras las pastillas hacían efecto y el dolor desaparecía, se dirigió de forma sombría al cuarto de los invitados, para probar aquella otra cura, el trabajo. Apretó el trapo de trementina contra su rostro y respiró los olores fuertes. Lo imaginó alrededor de los ojos, deslizándose por debajo de las cejas, a través de las sienes, empujando todo el dolor punzante frente a sí, barriéndolo, arrojándolo fuera, de forma que perdiera el poder para afectar, ahora y por siempre jamás.

Pasó un mes hasta que se descargó el golpe.

—Oh, Pip, estoy tan contenta. ¿Cuánto te dan?

—Una exención completa de tasas, y mil doscientos dólares al mes.

—Mereces cada pedacito. Espero que seas muy feliz.

—Eh, no me voy todavía. Y quiero ver tu exposición antes de irme.

—Hago todo lo que puedo.

—Conseguiré que la esposa de Ravi le haga una reseña —dijo Hemant—. Es una crítica de arte para *The Indian Express*. Probablemente también conoce a otros.

—Gracias.

—Estoy seguro de que quedarán impresionados —respondió Hemant sonriendo a Astha.

Astha sabía que Hemant estaba siendo servicial porque la Manch no estaba implicada y le daba la bienvenida a la ruptura entre ella y cualquier activismo, pero llevaba demasiado tiempo casada como para entretenerse en la fuente del reconocimiento de Hemant.

Todas las mañanas, con los niños en el colegio, los sirvientes supervisados, Hemant a salvo con su comida de dieta en la fábrica, Astha se encerraría dentro de su cuarto de pintura. Necesitaba sentirse encerrada y protegida, aunque sólo fuera por paredes. Ahí estaba con cuadros envueltos, botellas de trementina y aceite de linaza, tubos de color que yacían en cestos alrededor del caballete, los trapos grises rígidos con pintura seca. Éstas eran las herramientas de su oficio, éstas eran las cosas que creaban su vida aparte, tocarlas era un consuelo.

Mientras el pincel se movía con cuidado sobre el lienzo, su mano se volvía segura, su espalda se enderezaba, se sentaba de forma más firme sobre el taburete, su mirada más concentrada, su mente más enfocada. La tranquilidad se asentaba sobre ella, tenue, frágil, pero tranquilidad de todas maneras. Pensó en su nombre. Fe. Fe en sí misma. Era todo lo que tenía.

Pipee también estaba trabajando. Estaba buscando un inquilino, preparando papeles, embalando libros, liquidando asuntos. No necesitaba ninguna interacción con Astha para arreglar estas cosas.

Hubo una época en la que el día de Astha giraba alrededor del hecho de estar disponible para Pipee. Los niños, Hemant y todas sus obligaciones se compatibilizaban de forma frenética para que pudiera ir a ver y hablar con Pipee siempre que fuera posible.

Ahora hablaban, pero era en la superficie, ambas reacias a poner empeño en permitir una conexión que naturalmente cesaría cuando Pipee se marchase.

—Tengo muchas ganas de ver tu trabajo.

—Ven.

—Iré, iré. Voy a Shahjehanpur. Me han llamado. Creo que debería ir antes de marcharme.

—¿Cómo es que no me lo habías dicho? —dijo Astha con voz trémula, la más débil de las dos, recordando la época en la que sabía lo que Pipee iba a hacer en el instante en que pensaba hacerlo.

—Estás muy ocupada estos días.

Ante esta tergiversación, por primera vez Astha sintió alivio porque en unos pocos meses no tendría que hablar más con Pipee.

Era mayo. Los árboles de *amalta* estaban floreciendo. Todas las mañanas, cuando salía a la carretera, Astha se veía obligada a pisar flores caídas, perfectas, amarillo claro, capullos verde pálido y estambres amarillos y curvos que yacían desparramados. Los pisaba porque no había forma de evitarlos, y las flores la perdonaban teniendo el mismo aspecto.

Esta mañana Astha se dirigía a Vasant Kunj a recoger a Pipee, a pesar de sus protestas, para llevarla a la estación a tomar el tren a Shahjehanpur.

Mientras conducía sentía las manos pesadas sobre el volante. Cuántas veces había recorrido esta carretera con esperanza y anhelo, y después había regresado a toda prisa temiendo las exigencias y preguntas de sus hijos, esposo, suegros. Dónde has estado, te hemos estado esperando, ha pasado esto aquello y lo otro, y no estabas aquí para ocupar tu lugar en esta casa. Pronto nadie tendría motivo para quejarse, si había habido negligencia, la subsanaría ahora.

En el apartamento de Pipee, tercer piso, sin ventiladores ni nevera porque se había ido la luz.

—Qué calor hace —comentó Astha por decir algo.

—Gracias a Dios, me iré pronto —dijo Pipee llevando una maleta pequeña y cerrando, y después cerrando con doble llave, las puertas.

—Así es.

Pipee la miró.

—No quiero decir que quiero dejarte. Lo sabes.

Ante estas palabras la esperanza brotó en el pecho de Astha. Lo eterno, la esperanza. La miró con indignación. La esperanza le devolvió la mirada tímida y testaruda. No tenía que decir nada. Su presencia hablaba por sí misma.

Metieron la maleta en el coche, las dos se subieron y comenzaron el largo trayecto hasta la estación de tren de Nueva Delhi.

~

Aquel verano fue el más caluroso que Delhi había conocido. La temperatura alcanzó los cuarenta grados y se quedó allí día tras día. Astha sólo se sentía bastante fresca para trabajar por las mañanas temprano. Ahora se levantaba a las cinco menos cuarto, se preparaba una taza de té y estaba ante su caballete a las cinco. En consecuencia se hizo necesario ir a dormir a las diez de la noche. Todos los días ella y Hemant peleaban por eso.

—Esto es una locura, estás loca, tu vida gira alrededor de esos cuadros.

¿Cómo podría hacerle entender? El trabajo era el único lugar donde podía olvidarlo todo, donde podía convertirse en su mente, su mano, y la visión que estaba dentro de su cabeza. En todo caso estaba durmiendo mal, sólo conocía algo de paz en las horas de trabajo cada mañana antes de que las exigencias de la casa irrumpiesen. Todo esto no era explicable.

—Sólo por un poco más de tiempo —trató de convencer.

—Llevas siglos diciendo eso.

—Fuiste tú quien me animó a celebrar una exposición, mostraste interés, dijiste que hablarías con la mujer de Ravi.

—¿Pero por qué hay tanta prisa? Puedes celebrar tu exposición más adelante, de cualquier forma el invierno es mejor época.

—La quiero ahora.

Astha se sentía demasiado angustiada como para mostrarse dulce y persuasiva más allá del más breve intento.

Alquilaron para cinco días la sala del Centro Tagore de las Artes. Había veinte cuadros en total. Era el trabajo de dos años, y desde diciembre había trabajado casi cada día. Seis cuadros estaban dedicados a la Babri Masjid y diferentes formas de protesta, otros seis a diversos aspectos de Pipee y ella misma, aunque confiaba en que estuviesen tan disfrazados que nadie pudiera identificar a las mujeres. Había cuatro sobre sus hijos, y dos de hombres para los que se había inspirado en Hemant, uno de Mala y Bahadur. Básicamente mi vida, pensó Astha mientras ella, Hemant y los niños trabajaban en la galería, colgándolos, colocándolos para sacarles el máximo partido.

—¿Por qué es éste tan pequeño? —preguntó Hemant cogiendo uno del tamaño de una hoja de papel.

—Es para que Pipee se lo lleve consigo —contestó Astha—. Lo hice pequeño a propósito —después, como Hemant no dijo nada, continuó —. ¿Crees que le gustará?

El cuadro era un interior, dos mujeres sentadas sobre una *charpai*. Las manchas de color procedían de un cojín rojo, una ventana abierta, el blanco de una almohada sobre la cama, los brazaletes de una, el bolso y las chappals de la otra echadas sobre el suelo. Las figuras en sí mismas eran indistintas y vagas, una tenía la cabeza inclinada, la otra había girado la cara. El lienzo pequeño aumentaba la sensación de claustrofobia.

—Es algo así como triste —dijo Hemant.

Astha siempre se quedaba sorprendida cuando Hemant decía algo con lo que ella podía relacionarse de alguna manera.

—Supongo que lo es un poco —respondió—. ¿Tal vez sólo debería estar rodeada de cosas alegres en Illinois?

—Estoy seguro de que le gustará. ¿Estas dos mujeres sois vosotras?

—Por supuesto que no —contestó Astha con rapidez—. Son imaginarias. No pueden verse sus caras. Podrían ser cualquiera.

—Mmmm.

Los últimos cuadros que se colgaron fueron los de la serie de la Babri Masjid, seis en total, que terminaban con una loma desnuda, un trishul y una bandera color azafrán plantados en tierra vacía en medio de piedras esparcidas, un árbol de *pipal* se cernía con total desamparo a un extremo.

—Espero que no sea demasiado obvio —se preocupó Astha, mientras los nudos se acumulaban en su interior por la tensión de exhibir, mostrar, exponer.

—En absoluto —dijo Hemant—. Necesitas símbolos obvios para decir cosas obvias.

¿Por qué está siendo tan amable conmigo?, pensó Astha. Incluso parece haber cambiado sus opiniones políticas. ¿Es porque todo el trabajo ha terminado, no más noches de acostarme temprano, levantarme temprano, es porque ella se va dentro de dos semanas?

—Mamá, voy a repartir la lista de precios —dijo Anuradha con firmeza.

—Claro, cariño, dependo de ti.

Pipee había vuelto de Shahjehanpur, pero todavía tenía que conseguir un arrendatario y decidir qué hacer con sus pertenencias. No podía ayudar a Astha con el montaje de su exposición, Astha no podía ayudarla a deshacerse de sus cosas.

—La temporada está mal elegida —dijo Astha por teléfono—, pero celebro esta exposición por ti, Pip. De forma que, antes de que te vayas...

Se detuvo. No necesitaba terminar las frases con Pipee.

—Lo sé, lo sé, Hormiga. Desearía poder estar más allí para ti.

—Y yo para ti.

En privado Astha pensó que tanto mejor, no soportaría ser testigo de la disolución de la casa de Pip, donde habían estado piel con piel, mente con mente, sin nada en el medio.

Y Pipee pensó, tanto mejor que Hormiga no esté aquí cuando estoy haciendo las maletas para irme. No creo que pudiera soportarlo, y yo no podría soportar que ella no lo soportase. Desearía que no hubiese venido con tanto equipaje, pero lo hizo, y bueno, ahí está.

La inauguración de la exposición, 1 de agosto.

Pipee comentó:

—No tenía ni idea de que hubieses estado pintando tanto. Es maravilloso, simplemente maravilloso.

Todo lo que Astha pudo decir fue:

—¿Te gusta el número doce? Es para ti.

Pipee la miró, le apretó la mano, y después de deambular durante media hora, le dijo cariñosamente:

—Tengo que irme, querida, te veo luego.

—¿Tan pronto?

—Tengo que irme. Un inquilino viene a ver el piso, y no podía venir en ningún otro momento. Me estoy desesperando, espero que éste salga bien.

Astha pensó en la enorme distancia entre el piso de Pipee y el Centro Tagore de las Artes, en la afluencia de tráfico en ese momento, en la hora que le costaría a Pipee regresar a casa, y llegó a la conclusión de que sólo podía estar agradecida por el hecho de que Pipee hubiese ido en todo caso.

—Adiós, nos vemos.

Le lanzó un beso y se fue, dejando que Astha escuchase lo que Hemant estaba diciendo y a quién le estaba presentando.

Se vendieron más de la mitad de los cuadros. Astha ganó casi dos lakhs.

—Es un buen comienzo —dijo Hemant, asumiéndose como el mánager de la carrera de su esposa—. Ravi ha dicho que su mujer va a hacerle una reseña positiva, y que hablará con otros críticos de arte para que la mencionen también. La publicidad es lo que cuenta en esta fase.

—Debes mandarme por correo las críticas —dijo Pipee—. Estoy segura de que serán muy buenas. Estoy deseando leerlas.

Oh, Pipee, no me hables como una extraña, no puedo soportarlo. Sólo quiero hablar de lo triste que me siento.

Pero el muro entre ellas era bastante alto para entonces, y de vez en cuando ambas le lanzaban otro ladrillo. Lo estaban haciendo ahora.

—¿Cómo es el inquilino?

—Justo lo que quería.

Y así.

*

—Te llevaré al aeropuerto —dijo Astha por teléfono.

—¿Estás segura?

—Por favor, Pip, no seas ofensiva.

—Sólo quería decir, ¿qué hay de Hemant, no le importará?

—Hemant lo entenderá.

Con Pipee a punto de irse, estaba garantizado que Hemant entendería cualquier cosa.

La noche del 6 de agosto. La última vez que Astha conduciría hasta Vasant Kunj. El clima era caluroso y tranquilo, no había llovido desde la noche de su inauguración. Aparcó, subió los tres pisos hasta el apartamento de Pipee, llamó al timbre y contempló los barrotes, pestillos y cerrojos de las puertas de madera y red metálica. La última vez, por última vez, estas palabras retumbaron en su mente con irritación. ¿Había algo sobre esta noche que no fuese a empaparse de importancia? Deseaba que hubiera acabado, que no tuviese que recorrer paso a paso, doloroso, la salida de Pipee de su vida.

Pensó en cómo habían sido hormigas las dos juntas. Y ahora Pipee iba a viajar ocho horas hasta Londres, diez horas hasta Chicago, dos horas en autobús hasta Urbana, para ser hormiga en alguna otra parte.

—¡Hola!

—Hola.

Entró. El piso estaba vacío, sólo con las cosas que Pipee le había vendido al inquilino. La cama, las sillas de caña, la pequeña mesa de comedor de madera.

Astha se sentó y miró a su alrededor.

—¿Qué harás cuando regreses —preguntó—, respecto a la ropa de cama y las cosas?

—Oh —Pipee sonó vaga—. Comprarlas nuevas, supongo.

Astha pudo comprender que regresar estaba lejos de su pensamiento, ¿por qué se hería a sí misma buscando pistas?

—¿Estás lista? —preguntó.

—El *chaukidar* está llegando. Tengo que darle las llaves y él bajará las cosas.

Pipee no estaba mirándola en realidad, y Astha se dio cuenta de que estaba poniendo nerviosa a Pipee, por la forma en que sonaba, triste, pesada, llorosa. No dijo nada más mientras la observó hacer cosas de último momento.

—Es bueno que el peso no sea importante cuando vuelas a los Estados Unidos —dijo Pipee mientras el chaukidar salía tambaleándose con una maleta pesada, después otra—. Se rigen por el número de bolsas.

—Sí, supongo.

—Venga, vamos.

El largo trayecto en coche, su vehículo era uno en una corriente que se dirigía al Aeropuerto Internacional a última hora de la noche, todos diciendo adiós a gente que querían. Mientras conducía, Astha imaginaba el sufrimiento en los coches que estaban a su alrededor. Ponte en la cola, Astha, ponte en la cola.

La multitud en el Aeropuerto Internacional Indira Gandhi era abrumadora como de costumbre. Astha subió la rampa hacia Salidas, abriéndose paso a través de coches, autobuses, taxis, y miles de personas.

—Voy a por un carro —dijo Pipee, bajando de un salto.

—Sacaré el equipaje —dijo Astha moviéndose hacia el maletero y manoseando con torpeza la llave.

Allí estaba Pipee con el carro, el equipaje descargado, había un policía que hacía una señal con la mano para que apartasen el coche... no se permitía estar parada allí, y Pipee diciendo vete, cariño... dónde vas a aparcar... está tan abarrotado, y Astha, lamentándose, pero quiero acompañarte hacia dentro... no te lo permitirán... y el policía... no se movía hacia ninguno de los otros coches aparcados pero la amenazaba con una infracción de tráfico... Pipee empujándola para que entrase en el coche... un último beso, adiós, adiós, cuídate, y se perdió de su vista incluso antes de que hubiera atravesado con el carrito la puerta de entrada.

—Así que se ha ido —dijo Hemant cuando Astha regresó.

Despierto tan tarde y testigo del rostro y los ojos de su esposa.

—Sí.

—¿El vuelo fue puntual?

—No lo sé. No me quedé.

—¿Cómo estaba?

—¿Quién?

—Tu amiga, ¿quién más?

Astha no pudo responder.

—Estoy cansada —dijo—, quiero dormir.

De forma mecánica se cambió, se cepilló los dientes, se puso crema, se colocó en su lado de la cama, subió la sábana y, girándose hasta el mismísimo borde, se quedó completamente quieta. Cualquier tipo de movimiento le resultaba doloroso. Su mente, corazón y cuerpo estaban entumecidos.

Siguió así durante días. Se sentía estirada hasta quedar reducida, reducida de un lado a otro del globo.

Agradecimientos

Mucha gente ha sido particularmente amable al compartir información que consideraba inestimable. A este respecto me gustaría mencionar en especial a Anshu Balbir, Mita Bose, Ranjan Dhawan, Jamal Kidwai, Vinay Minucha y Jaya Srivastava. Este libro no podría haberse escrito sin su ayuda.

A Masooma Ali, Sunanda Ali, Bharati Bhargava, Nidhi Dalmia, Nilanjana Dalmia, Christopher Fruean de Walt Disney World, Vijay Kapur, Vimla Kapur, Fauzia Khan, Angela Koreth, M. K. Raina, Maseeh Rehman, Saswati Sen Gupta y Jaya Sharma les di la lata sobre numerosos detalles, y respondieron con paciencia y generosidad.

Jaya Srivastava, Sharmila Purkayastha y V. Karthika fueron generosas con folletos y libros que no habría podido conseguir de otra forma.

Penelope Anderson, Janet Chawla, Katyayani Dalmia, Anuradha Marwah, Ira Singh, Ramya Sreenivasan y Addison Ullrich aportaron ánimo, interés, entusiasmo y crítica.

Anuradha Marwah ayudó de forma decisiva durante las etapas finales.

Julian Loose, mi editor en Faber, confirió una claridad y una visión que han beneficiado mucho a estas páginas. Heather Schroder mostró fe en mí convirtiéndose en mi agente con los ojos cerrados.

Roma Bhagat Baraya me ayudó con los aspectos jurídicos del texto. Sanjeev Saith, mi editor en India Ink, fue un modelo de paciencia y tacto. Su meticulosa atención al detalle ha sido muy apreciada.

Las reiteradas lecturas y comentarios de Ira Singh ayudaron a dar forma a los personajes. Sus otras aportaciones no admiten una descripción exacta.

Gun Nidhi Dalmia, mi marido, fue sagaz y alentador en su lectura del manuscrito. Mis horas ante el ordenador no habrían sido posibles sin su apoyo.

Mis hijos, Maya, Amba, Katyayani y Agastya estuvieron siempre conmigo en cuerpo y espíritu.

Durante la investigación realizada para la novela consulté los siguientes libros por su comentario espiritual: *The Secret of the Kath Upanishad,* Svami Krishnananda, The Divine Life Society. Tehri-Garhwal, Uttar Pradesh, India, 1974; Maharishi Mahesh Yogi sobre el *Bhagavad-Gita, A New Translation and Commentary,* capítulos 1-6, Penguin, 1967.

Para los acontecimientos políticos que conforman el trasfondo de la novela consulté: *Ayodhya Imbroglio,* T. P. Jindal, Ashish Publishing House, Nueva Delhi, 1995; *The Demolition: India at the Crossroads,* Nilanjan Mukhopadhyay, Harper Collins, 1994; *The People's Verdict,* una investigación sobre los disturbios de diciembre de 1992 y enero de 1993 en Bombay realizada por el Tribunal de los Derechos Humanos del Pueblo Indio dirigida por los jueces S. M. Daud y H. Suresh, publicada por la Comisión de Derechos Humanos del Pueblo Indio, agosto 1993; *The Politics of the Ayodhya Dispute,* Pradeep Nayak, Commonwealth Publishers, Nueva Delhi, 1993; y *Cry the Beloved Country,* un folleto de *PUDR.*

En el capítulo VI, el anuncio de *Ramjanambhumi Nyas* (una organización no política afiliada al *VHP)* aparecido en *The Pioneer,* 11 de mayo de 1991, se ha tomado de Pradeep Nayak, *The Politics of the Ayodhya Dispute,* (detalles arriba mencionados), página 167.

The Hindustan Times fue consultado en microfilm, al que se accedió desde la Biblioteca Teen Murti Memorial. Estoy agradecida a la biblioteca por permitirme este servicio.

Los acontecimientos reales que condujeron a la destrucción de la Babri Masjid han sido ficcionalizados o utilizados en reconstrucciones imaginarias.

Este libro experimentó varios de sus muchos borradores durante un período de tres meses en las Universidades de Kent y Stirling en Gran Bretaña. Estoy en deuda con la Fundación Charles Wallace, India, por concederme una beca para ir a estos lugares.

Glosario*

Aijaz: A veces se abrevia afectuosamente como *Jazu.* Nombre de varón que significa «milagro», o «lo más alto».

alu ki sabzi: Guiso de patatas.

amalta: La *Cassia fistula* de la India, llamada «laburno de la India» o «lluvia dorada». Árbol típico del sureste de Asia. Florece en mayo y tiene flores amarillas que cuelgan de largos ramales.

Ammi: Coloquial, «mamá», entre musulmanes del norte de la India. Los hindúes tenderían a utilizar *Amma* como equivalente.

angithi: Horno portátil. Utiliza madera o carbón.

anna: Moneda india que equivale a la decimosexta parte de una rupia.

Anuradha: Nombre de mujer que significa «estrella brillante».

apsara: Doncella celestial, hada, ninfa, belleza divina.

are: Exclamación que expresa y enfatiza el sentimiento, la opinión o la conmoción que algo nos produce. Generalmente se repite varias veces. Podría traducirse como «¿qué?» o «¡anda!», «¡vaya!».

arti: Parte de una ceremonia ritual *(puja)* que se realiza para venerar o bendecir a una deidad, una persona o incluso un lugar. Esta parte en concreto se produce al final y consiste en el movimiento circu-

---

* Para la preparación de este glosario, que contiene términos y expresiones en diversas lenguas indias, así como los nombres de los principales protagonistas, algunos otros nombres propios y siglas, he utilizado el diccionario *Allied Chambers Transliterated Hindi-Hindi-English Dictionary,* H. W. Wagenaar (comp.); S. S. Parikh (ed.), Nueva Delhi, Allied Chambers, 1993. Pero, ante todo, ha resultado más que imprescindible la generosa ayuda de la autora, Manju Kapur, y de Enrique Gallud Jardiel, a quienes agradezco su enorme apoyo, así como la valiosa colaboración terminológica de Esther Monzó y Christopher Rollason. (*N. de la T.*)

lar de una lamparilla encendida alrededor de la deidad y, después, el movimiento de las propias manos alrededor de la llama.

As salam alaikum... Wa alaikum as salam: Literalmente, en árabe, «La paz sea con vosotros... y con vosotros sea la paz». Funciona como saludo de cortesía, más o menos equivalente a «hola». Se emplea entre musulmanes, que son quienes suelen hablar urdu en la India y desde luego en Pakistán.

ashram: Centro de meditación y retiro espiritual hindú.

Asiad: Se refiere a los *Asian Games*, olimpiada asiática, celebrada en Nueva Delhi en 1982. La *Asiad* tiene lugar cada cuatro años en diferentes sedes asiáticas.

Astha: A veces se abrevia afectuosamente como *Az,* y también como *Asu.* Nombre de mujer que significa «fe».

Babri Masjid: Literalmente significa «la mezquita de Babur».

Babu: Diminutivo, para un niño o una niña. Es una palabra polivalente, se usa también para viejos, para santones e incluso para bedeles de oficina. No significa nada en especial.

Babur: Zahiruddin Muhammad Babur (1483-1530), popularmente conocido como Babur, que significa «león» en turco, fue el fundador del Imperio Mogol en la India, que tuvo una duración de más de trescientos años. La personalidad de Babur quedó patente en sus propias memorias, *Tuzk-i-Baburi,* también conocidas como *Baburnama,* o simplemente *Babur,* escritas en turco, transcritas por su hijo Humayun y después traducidas al persa.

Bahan: Hermana. En ocasiones *Bahanji,* con el sufijo de respeto *ji.*

bandh: Literalmente significa «parada». Se refiere a una huelga. Dependiendo de su relevancia implica el cierre de todo el comercio y la paralización del transporte público.

banyan: Higuera muy común en el subcontinente indio. *Ficus indica.*

barat: La comitiva de boda en la que el novio acude a casa de la novia para el matrimonio.

barsati: Una especie de ático, piso en la planta superior. Tiene menos habitaciones que el resto de plantas y es por tanto un lugar que se alquilaría a precio más bajo.

basti: Una colonia de chabolas. Sus habitantes no tienen por qué ser de la misma casta ni oficio.

Beta: Hijo. En ocasiones también se utiliza afectuosamente para el femenino, hija.

Beti: Hija.
bhajan: Una canción o himno de devoción, repetición del nombre de Dios. Es hindú.
bhatura: Una torta de pan frito, que se suele comer con garbanzos. Es como el *puri*, pero la diferencia es que el *puri* se hace con harina entera de trigo y la *bhatura* con una harina de trigo ligeramente fermentada.
bhavan: Casa, edificio, mansión. En la novela aparece en nombres de lugares, tras una primera palabra que alude al nombre propio del lugar. Por ejemplo, Rashtrapati Bhavan.
bhelpuri: Un plato de comida rápida. Es típico en Bombay. Variedad de fritura con pan. Suele venderse por la calle. Está hecho de arroz inflado, cebollas, patatas, chile verde y agua de tamarindo.
bhog: Comida que compone la ofrenda a una deidad.
bhutta: Mazorca de maíz, para comer asada al fuego. Los vendedores las tuestan y las venden por la calle.
BJP: *Bharatiya Janata Party*, que podría traducirse como «Partido Indio del Pueblo», con una ideología de derechas. *Janata* es «gente, pueblo», y *Bharatiya*, «de la India». Se ha visto apoyado por el *VHP* en diversos grados, dependiendo del momento político de la India. El VHP es una organización hindú de derechas, pero carece de agenda política específica. Durante sus años de gobierno, el BJP (que recientemente ha perdido las elecciones de 2004, ante el Partido del Congreso), ha promovido la liberalización económica y ha tratado de establecer relaciones pacíficas con Pakistán. Tiene una rama más dura, comunal, no laica y más de derechas.
BMC: *Bombay Municipal Corporation*, es decir, Ayuntamiento de Bombay.
Brahmakaal: *Kaal* es «tiempo» y Brahma es el nombre de uno de los dioses de la Trinidad Hindú; los otros dos son Vishnu y Rama. Literalmente, *Brahmakaal* sería «el tiempo de Brama», «tiempo de los dioses». En la novela se refiere a la primera hora de la mañana.
British Resident: Un funcionario británico que vivía y trabajaba en las colonias o protectorados durante la época colonial, como consejero político y como embajador del Gobierno Británico.
Bua: Hermana del padre.

buck: Rupia. Es un término coloquial de origen norteamericano.

chaat: Una ensaladilla picante y salada que se vende en puestos callejeros o en lugares más elegantes donde los comensales pueden sentarse. Hay muchas variedades de *chaat*, pero las tres más comunes que suelen comerse de pie en puestos de la calle son *alu tikki*, que consiste en croquetas fritas rellenas de patata cubiertas de salsas agridulces; *papri*, tortitas de harina cubiertas de yogur, *chatni* (salsa) de tamarindo y especias, y *gol gappa*, bolitas fritas de hojaldre rellenas de patata y *chatni* y después bañadas en agua de tamarindo y hoja de menta.

champa: Una de las variedades de la flor del jazmín. Normalmente es de color blanco, pero hay algunas, poco habituales, de color rosa y de color rojo. Florece en verano. También es un nombre de mujer.

channa bhatura: El guiso de garbanzos *(channa)* con *bhatura*, que se vende en los mercadillos. Se cocina además con mezcla de especias, cebolla y chiles verdes.

channa: Garbanzos.

chappal: Sandalia.

charpai: Armadura de cama; cama de cuerdas de yute y armazón de madera.

chatni: Salsa.

chauki: El puesto de un vigilante o un policía.

chaukidar: Vigilante, guardia de seguridad.

Chitrahaar: Programa televisivo extremadamente popular en la India que ofrecía canciones de películas indias. El cine, cabe destacar, es una de las aficiones indias más masivas, respaldada por una industria enorme, ante todo radicada en Bombay, que de hecho es conocida popularmente como *Bollywood*.

chura: Adorno que llevan las novias panjabís durante la ceremonia nupcial. Es una cadena larga de metal, intercalada con pequeños discos y que cuelga de los brazaletes de boda, que son de color rojo y blanco.

churidar kamiz: Combinación de ropa consistente en un *churidar*, es decir, un pantalón amplio de algodón que llevan las mujeres, muy estrecho en las pantorrillas, con lo que crea pliegues en forma de anillo *(churis)*. Suele llevarse bajo una camisa larga, suelta y sin cuello *(kamiz)*.

Civil Lines: Amplias zonas residenciales donde solían vivir los funcionarios británicos en la época colonial. Se caracterizan por tener carreteras amplias y casas de tipo bungalow. Lo que llamamos villas.

daan: Donativo, suele ser en ceremonias religiosas, en templos.

Dada: Abuelo paterno.

Dadi: Abuela paterna.

dahi barha: Un plato consistente en una especie de rosco o bollo salado en salsa de yogur picante.

dahi: Yogur casero.

dak: Una residencia para oficiales.

daku: Un bandido al estilo clásico, con connotaciones rurales. A los ladrones o atracadores de ciudad nunca se les llama así.

dal: Estofado o potaje de lentejas.

dalit: Literalmente significa «oprimido, deprimido». Los *dalits* de hoy en día fueron conocidos como «intocables» durante siglos, la casta más desfavorecida de la sociedad hindú. Esta terminología cambió durante la administración británica, que prefirió hablar de «clases deprimidas», en 1919. Gandhi los llamaba *harijans* (gente de Dios), su término favorito en lugar de «intocables». Fue durante los años setenta cuando los seguidores del *Dalit Panther Movement* (Movimiento de los Panteras *Dalit)* del estado de Maharashtra favorecieron el término *dalit.*

dari: Significa «alfombra», o, mejor, «moqueta», ya que no tiene dibujos y suele cubrir toda la habitación. Es un telar hecho a mano, generalmente de algodón, a veces de lana. En ocasiones se emplea para dormir sobre él, como parte de la ropa de cama.

darshan: Literalmente «visión». Se aplica al momento de contemplar o adorar la imagen de un dios en el templo, o también si se te aparece en persona. Se puede hacer *darshan* a un dios, o a un líder. No hay otra interacción: consiste en mirar. Hay quienes hacen una reverencia y juntan las manos, pero hacer u ofrecer *darshan* es el mero hecho de mirar.

dhaba: Especie de casa de comidas muy pobre, típica del norte del país. Como un puesto de comida en la calle.

dharamshala: Hospicio, alojamiento público gratuito.

dhoti kurta: Combinación de ropa consistente en un *dhoti,* es decir, una prenda masculina que llevan los hindúes; se enrolla alrededor de la cintura, se pasa el extremo entre las piernas y se anuda en la espalda o en la cintura. Suele llevarse bajo una camisa suelta, larga y sin cuello *(kurta).*

Didi: Apelativo de respeto y afecto para referirse a una hermana mayor.

Divali: Fiesta de las luces, del plenilunio de octubre-noviembre, dedicada a Lakshmi (diosa de la fortuna y de la belleza) y a Ganesha (dios de la inteligencia).

Doordarshan: En los primeros tiempos de la televisión en India, ésta era un monopolio del Estado que lideraba *Doordarshan,* que significaba literalmente «ver lejos». *Door* significa «lejos», y *darshan* es «ver». *Doordarshan* es el canal del gobierno.

dosa: Un plato típico del sur de la India consistente en una torta muy fina de pasta hecha con arroz molido y lentejas, rellena de un guiso de patatas y verduras. De forma opcional se come con *chatni* de coco y un preparado de lentejas, llamado *sambhar.*

drama-shama: *Shama* no significa nada, pero es una forma lingüística el repetir una palabra (en este caso *drama* = obra de teatro) empezando con el prefijo «sha» para indicar «y cosas parecidas». Es una forma característica india de rimar y repetir palabras, para marcar énfasis o sarcasmo. Ejemplo en castellano: «yo no sé nada de matemáticas-shatemáticas», para expresar que no sabe nada de cosas relacionadas con las matemáticas.

dupatta: Pañuelo, velo, echarpe que se coloca sobre el cuello y el pecho. Aunque ahora lo usan las mujeres en toda la India, el *dupatta* es la tercera pieza de un conjunto de *salvar-kamiz,* que es una combinación de ropa, originaria del Panjab, consistente en pantalones anchos que se estrechan en la cadera *(salvar)* y camisa larga, suelta y sin cuello *(kamiz).* Tradicionalmente, el *dupatta* se utilizaba por modestia, para ocultar los pechos, pero hoy en día puede utilizarse por este motivo, o como adorno sobre el hombro o alrededor del cuello.

Ekta Yatra: *Yatra* es, literalmente, «viaje, peregrinación», pero en el sentido político se emplea como «marcha», una marcha larga. *Ekta* significa «unidad». Sería algo así como «marcha de la unidad».

Femina: Revista para mujeres, muy popular en la India. De contenidos variados, sobre todo consejos de belleza, ideas sobre el amor y la salud.

ghat: Paso entre montañas; escalinatas que descienden hasta un río.

ghi: Mantequilla líquida que se aclara al hervir.

Gita: Texto clásico, quintaesencia de la filosofía hindú. Su título completo es *Bhagavadgita,* que consiste en setecientos versos sánscritos divididos en dieciocho capítulos. Está inserto en la inmensa epopeya india del *Mahabharata,* en su mayor parte como diálogo entre el guerrero Arjuna y su amigo Krishna. Arjuna duda acerca del uso de las armas, y empieza a reflexionar sobre la crueldad de la guerra. En este punto Krishna comienza su discurso sobre el deber o el curso correcto de las acciones humanas.

gol gappa: Bolitas fritas de hojaldre, rellenas de patata y *chatni* y después bañadas en agua de tamarindo y hoja de menta. Véase *chaat.*

GRE: *Graduate Record Examination.* Es un examen de conocimientos generales y específicos orientado a los estudiantes, tanto nativos como extranjeros, que desean ser admitidos para realizar estudios de posgrado en los Estados Unidos. Es uno de los requisitos solicitados por la mayoría de las universidades, pero es más importante en el filtrado previo de candidaturas que en el proceso final de selección.

gujjar: Persona perteneciente a una tribu de pastores, los *gujjars,* relativamente desconocida. Habitan en alrededor de ocho provincias y estados de la India: Delhi, Jammu y Cachemira, todo el Panjab, las provincias al noroeste (ahora en Pakistán) y una zona en el interior y a lo largo del Himalaya. La gran mayoría de los *gujjars* hoy en día son musulmanes, seminómadas y se dedican a criar ovejas, cabras y búfalos. En verano emigran de las llanuras bajas hasta el Himalaya. Algunos antropólogos e historiadores dicen que los *gujjars* fueron los primeros inmigrantes que llegaron al subcontinente indio, y que probablemente están emparentados con los hunos. Otros los relacionan con los *rajputs,* miembros de la casta guerrera en la sociedad hindú.

gulmohar: Un árbol que florece en verano, con flores sin olor, de color rojo anaranjado y de gran tamaño.

gunda: Matón, elemento social indeseable.

gurudwara: Templo de la religión sikh.

han: Es «sí». Adverbio de afirmación.

havan: Ritual del fuego sagrado, con cánticos, ofrendas y oraciones a Agni, dios del fuego.

haveli: Mansión suntuosa, palaciega, construida alrededor de patios que se comunican. Es un tipo de vivienda un tanto anticuada, con balcones y *angan* (patio). Por lo general tiene dos plantas.

Hindu Samaj Andolan: *Samaj* es «sociedad, comunidad», y *andolan* significa «movimiento». Literalmente, «movimiento de la sociedad hindú». No es muy conocido.

Hemant: Nombre de varón que significa «invierno».

Himanshu: Nombre de varón que significa «la luna Himavant»; Himavant es la montaña del Himalaya.

hun: Interjección que funciona como asentimiento, como «vale», «bien».

IAS: Se refiere al *Indian Administrative Service*, es decir al Servicio Administrativo Indio.

idli: Plato típico del sur, como una torta húmeda que se hace con arroz fermentado y lentejas, y luego se cuece al vapor. Se come con *chatni* de coco, por lo general, aunque también con *chatni* de tomate, y con *sambhar*, un preparado de lentejas. Como la *idli* en sí es un tanto insulsa, en ocasiones se sirve cubierta de chile seco en polvo.

IIT: *Indian Institute of Technology*, es decir, Instituto Indio de Tecnología.

immli: Tamarindo.

Jai Shri Ram, Jai Siya Ram: Literalmente, «viva el Señor Rama, viva el Rama de Sita». *Jai* es como «viva», *shri* es un término honorífico que denota respeto, *Ram* es el dios Rama, y *Siya* es la forma coloquial de Sita, la esposa de Rama. Este cántico que implica el nombre de Rama consiste en la repetición de su nombre, el de su esposa, y el honorífico *shri* de forma intercalada.

jalebi: Tipo de dulce, una pasta rebozada en jarabe de azúcar.

jamawar: Un tipo de tejido asociado a los chales de Cachemira. Los *jamawars* antiguos son especialmente caros y muy valorados, en miles de rupias.

jamun: Ciruelo con frutos oscuros, pequeños y muy dulces.

Janamsthan: Lugar de nacimiento. Véase *Rama Janambhumi.*

jharu: Escoba, pero de un tipo que requiere que quien la utilice lo haga de rodillas, no tiene mango, sino un conjunto de tiras flexibles y muy delgadas, de plumas (para limpieza en seco) o tela (para limpiar con agua).

jhumka: Pendientes grandes que cuelgan.

-ji: Título honorífico y de respeto que, en forma de sufijo o como expresión, puede añadirse al final de casi todo. Por ejemplo, *svamiji.*

kachori: Pasta frita rellena de especias, con lentejas o guisantes.

kalash: Un bote, jarra o cántaro, de barro o metal.

kanyadan: Literalmente, «entrega de la doncella». Ceremonia por la cual una mujer es concedida en matrimonio por su padre. *Kanya* significa «chica» y *daan*, «entrega, ofrecimiento».

kar seva: Trabajo social gratuito para ayudar a la comunidad o por una buena causa. Por lo general se asocia a asuntos religiosos. Por ejemplo, en un *gurudwara* hay gente que lava las piedras, mantiene limpio el lugar, limpia los zapatos de los visitantes, la suciedad, etc. En Ayodhya, se refiere a la gente que levantó muros, transportó ladrillos y ayudó en lo que hiciera falta para la construcción de un templo en honor a Rama sobre las ruinas de la *Babri Masjid*. Es un trabajo «social» concreto.

kar sevak: El trabajador social; quien hace *kar seva.*

karor: Número indio, que equivale a 100 *lakhs*, es decir: 10.000.000.

katori: Cuenco de metal.

Krishi Darshan: Era un programa de televisión para campesinos. *Krishi* significa «campesino». Tenía fama de ser bastante aburrido.

kulcha: Tipo de pan fermentado, hecho con harina blanca. Está cocido, tiene forma redondeada y es plano.

kulhar: Un recipiente de barro que se utiliza para beber.

kurta: Camisa suelta, larga y sin cuello.

lakh: Cien mil.

lathi: Vara pesada de bambú y de hierro. Se refiere sobre todo a la utilizada por la policía india.

Ma: «Mamá», de forma afectuosa.

Mahabharata: Es una de las dos grandes épicas sánscritas, junto con el Ramayana. El *Mahabharata* es siete veces más extenso que la *Ilíada* y la *Odisea* juntas. Narra la historia de dos grupos rivales, los Kauravas y los Pandavas, primos carnales que reclaman el derecho a la sucesión en una región cercana a la actual Delhi. La épica narra la guerra que se desencadena, pero al tiempo contiene una enorme multiplicidad de historias entretejidas con la línea principal. Los hechos narrados se remontan aproximadamente al año 1000 a. C, mientras que se cree que la compilación escrita tuvo lugar entre 400 a. C y 400. Teniendo en cuenta que la composición abarca ocho siglos, es evidente que hubo más de un compilador, aunque se habla sólo de uno, Vyasa, que, simbólicamente, significa *autor.* A pesar de la ingente pluralidad, hay un héroe que destaca especialmente, Arjuna. El texto se divide en dieciocho libros, más uno adicional. Se considera que el *Mahabharata* es, ante todo, una enciclopedia de la civilización india brahmánica, una memoria simbólica de la cosmovisión de la tradición brahmánica.

mahendi: Alheña.

maidan: Campo abierto, explanada.

mali: Jardinero.

manch: Literalmente, «plataforma».

mandir: Templo hindú.

mantra: Fórmula sagrada, mística, mágica.

masjid: Mezquita. Es un término hindi, de origen árabe.

MBA: *Master in Business Administration,* es decir, Máster en Administración de Empresas.

MIT: *Massachusetts Institute of Technology,* Instituto de Tecnología de Massachusetts, en Estados Unidos. Goza de gran prestigio.

mixi: Término híbrido del inglés que alude a una batidora o licuadora.

mohalla: Barrio, vecindario, por lo general se asocia con las zonas de viviendas más pobres.

muh dekhayi: Ceremonia en que se muestra por primera vez a la familia el rostro de la novia. *Muh* es «rostro», y *dekhayi* viene de *dekhna,* que significa «ver». Tradicionalmente las mujeres se cubrían el rostro, y cuando se casaban iban a ver a sus parientes políticos y se realizaba la *muh dekhayi,* que se producía cuando la mujer de más edad levantaba el velo del rostro de la novia, de forma que pudiera verse la cara de ésta por vez primera.

muzzi: En argot, forma despectiva de referirse a los musulmanes.

Nani: Abuela materna.

Navratra: Literalmente, significa «nueve noches». Hay cuatro *Navratras,* que son una ocasión religiosa dedicada a la diosa Devi. Dos de estas celebraciones son pequeñas y las otras dos gozan de mayor impacto. De estas últimas, una cae en *Chait,* de abril a verano, cuando de hecho se celebra el cumpleaños de Rama; la otra cae en *Ashwin,* de septiembre a octubre, el comienzo del invierno. Esta segunda culmina en *Dussehra,* que tiene lugar veinte días antes de *Divali. Dussehra* y *Divali* son las principales festividades hindúes.

nim: Árbol originario de la India y Pakistán. *Azadirachta indica.* También *neem* (en inglés) o *margosa,* de la familia de las meliáceas. Es muy valorado en el subcontinente indio, especialmente por sus hojas y su corteza amarga, que se utilizan con fines medicinales, y también por el aceite de sus semillas, que se emplea para hacer jabón.

NRI: *Non-resident Indian*, es decir, un indio que reside en el extranjero.

Nyaya Yatra: *Yatra* es, literalmente, «viaje, peregrinación», pero en el sentido político se emplea como «marcha», una marcha larga. *Nyaya* es «justicia». Sería algo así como «marcha de la justicia».

oye: Exclamación para llamar la atención de forma un tanto amenazante.

paisa: Moneda india equivalente a un cuarto de *anna*. Una rupia son dieciséis *annas*. Un *paisa* es la sesenta y cuatroava parte de una rupia.

pajama-kurta: Combinación de ropa consistente en un *pajama*, es decir, un pantalón amplio sujeto en la cintura con un lazo. Suele llevarse bajo una tradicional camisa suelta *(kurta)* hecha de *khadi*, tela de paño.

palla: Parte final o extremo suelto del *sari*, con el que la mujer se cubre el hombro o la cabeza.

pan: Hoja de betel con nuez de areca molida y, en ocasiones, tabaco. Va envuelto en una hoja. Puede utilizarse para masticar. Se puede comprar en puestos de la calle. Suele tomarse después de una comida y también se suele ofrecer a las visitas como muestra de cortesía. Muy tradicional y común.

pandal: Una especie de cenáculo, dosel o baldaquín bajo el cual se hacen ceremonias.

pandit: Apelativo y título respetuoso que se utiliza para referirse a una persona instruida y educada, generalmente de la casta *brahman*, la más alta para los hindúes. También se refiere a un maestro u hombre sabio; sacerdote hindú.

panir: Queso típico indio. Es como un requesón que se hace añadiendo limón, o algún producto ácido, a la leche caliente. Suele utilizarse para cocinar.

Papaji: Papaíto; papá de modo cariñoso, con el sufijo de respeto-*ji*.

papri: Tortita de harina cubierta de yogur, *chatni* (salsa) de tamarindo y especias. Véase *chaat*.

parikrama: Acción de girar alrededor de una imagen en el transcurso de una ceremonia de adoración.

pashmina: Una variedad de lana muy fina y suave, de Cachemira.

phalsa: Una baya pequeña y morada, ácida, que se come durante la época del monzón.

phera: Las *pheras* son las vueltas que se realizan alrededor del fuego sagrado en la ceremonia del matrimonio.

pipal: Variedad de ficus.

Pipeelika: Significa «hormiga», en sánscrito. A veces en la novela se abrevia afectuosamente como *Pipee,* o *Pip.*

PPE: Literalmente: *Philosophy, Political Science, and Economics,* es decir, Filosofía, Ciencias Políticas y Económicas. Es una licenciatura de la Universidad de Oxford.

Pranayama: Ejercicio de yoga para el control de la respiración.

prasad: Comida que se ha ofrecido a los dioses y ha sido bendecida por ellos. Se da en cantidades pequeñas a los devotos en el templo, al final de la *puja* (ceremonia ritual).

PTA: *Parent-Teacher Association,* es decir, Asociación de Padres y Profesores.

PUDR: *People's Union for Democratic Rights,* es decir, Unión del Pueblo por los Derechos Democráticos.

puja: Acto cotidiano de los hindúes para adorar y presentar ofrendas a sus dioses; ceremonia o fiesta religiosa de carácter ritual.

puri alu: Una *puri* (torta de pan redonda, frita) de *alu* (patata).

puri: Tipo de torta de pan redonda que se fríe en abundante aceite o *ghi* y luego se infla. Se hace con harina entera de trigo.

Rama Janambhumi: También *Ramjanambhumi.* El lugar de nacimiento real de Rama. Literalmente significa «tierra natal de Rama». *Bhumi* es «tierra», *janam* es «nacimiento». También hay un *Rama Janamsthan,* que significa «lugar de nacimiento de Rama».

Rama Mandir: El templo de Rama.

Rama Navmi: Festividad en honor del nacimiento de Rama, que cae en el mes hindú de *Chait,* alrededor de abril. *Rama Navmi* es el noveno día de un mes lunar, con la luna creciente. Los hindúes siguen un calendario lunar.

Rama Rajya: *Rajya* significa «reinado o gobierno». El reinado de Rama. Para el imaginario hindú equivale al siglo de Pericles o a la Edad de Oro, cuando todo iba muy bien. Rama es el gobernante perfecto, y por ello *Rama Rajya* es el reino perfecto.

Rama: Una de las diez principales encarnaciones de Vishnu, uno de los dioses de la Trinidad Hindú, siendo los otros dos Brahma, el creador, y Vishnu, el destructor. Rama era hijo del rey Dashrath y su esposa Kaushalya, y es el principal protagonista de la epopeya del *Ramayana,* que relata sus acciones como príncipe virtuoso de enorme paciencia. A él le estaba destinado el trono de Ayodhya, pero por conflictos de poder se marchó al exilio, seguido por su esposa Sita. Tras innumerables peripecias, Rama regresó a Ayodhya, donde reinó prósperamente durante años. Véase *Ramayana.*

Ramayana: Una de las grandes epopeyas sánscritas, atribuida a Valmiki y compilada entre 200 a. C. y 200. Narra la historia de Rama. Lo hace a través de siete libros: en el primero y el último se glorifica a Rama como ser divino, mientras que en el resto aparece como héroe humano.

Ramcharitmanas: Es la versión más popular del *Ramayana* («La historia de Rama»). El *Ramcharitmanas* («El lago que es la historia de Rama») fue escrito por Goswami Tulsidas (1532-1623), uno de los poetas más importantes en el ámbito de la literatura hindi. El *Ramcharitmanas,* que es el trabajo más relevante de este autor, en el plano estético, social y moral, sigue siendo muy difundido en la India y en el Caribe. Véase *Ramayana.*

Ramjanambhumi Nyas: Una organización no política afiliada al *VHP.*

Ramkot: Es un pequeño montículo en Ayodhya, sobre el cual estaba la *Babri Masjid.* Es el punto más alto en Ayodhya.

Rath Yatra: *Yatra* es, literalmente, «viaje, peregrinación», pero en el sentido político se emplea como «marcha», una marcha larga. *Rath* es «cuadriga». Sería algo así como «marcha de la cuadriga», o «viaje en carro».

rath: Cuadriga; carro tirado por caballos.

riksha: En inglés, *riksha* es la forma coloquial abreviada de la palabra japonesa *jinrikisha.* Alude a un tipo de vehículo ligero y cubierto por un toldo que se emplea para transportar pasajeros. Por lo general, tiene dos ruedas y es arrastrado por un hombre que camina por delante del vehículo. Se utiliza en diversos países asiáticos. En la India, no se lleva a pie, sino que consiste en una bicicleta, o más recientemente una motocicleta, con un asiento grande adosado atrás.

Roti Yatra: *Yatra* es, literalmente, «viaje, peregrinación», pero en el sentido político se emplea como «marcha», una marcha larga. *Roti* es «torta de pan». Sería algo así como «marcha del pan».

roti: *Roti* es una torta de pan que se hace con harina de trigo sin levadura, cocinada sobre una parrilla

rudraksha: Una semilla con la que se hacen rosarios. *Rudra* es el dios Shiva y *aksha* es «ojo». Cuenta la historia que del ojo de Shiva cayeron sobre la tierra unas lágrimas, y allí creció un árbol, que se llama *rudraksha*. La fruta de este árbol se seca y se emplea para hacer rosarios. Las bayas son de varios tamaños y varios tonos de marrón. Se encuentran en Nepal y en las partes montañosas del norte de la India.

rumali rotis: *Roti* es una torta de pan que se hace con harina de trigo sin levadura, cocinada sobre una parrilla. *Rumali* significa «como un pañuelo». Las *rumali rotis* son unas tortas redondas, grandes y muy finas. Se enrollan y se comen a menudo con kebabs.

Sa'ab: Una forma de decir *Sahib,* que significa «señor, amo». Denota respeto.

salvar: Pantalones anchos que se estrechan en la cadera.

samagri: Los elementos para una ofrenda: fruta, leña, flores, etc.

Sampradayakta Mukti Manch: Literalmente, «plataforma de liberación del comunalismo».

Sampradayakta: Comunalismo.

sardarji: Un *sardar* es un sikh, aquí con el sufijo de respeto *ji.* Título dado genéricamente a todos los *sikhs,* aunque sólo algunos lo merecen realmente. Significa «jefe».

sari: Principal vestimenta de las mujeres en la India. Consta de una única pieza de tela que se enrolla alrededor del cuerpo y, finalmente, se deja colgando sobre la cabeza o un hombro.

shamiana: Tienda grande cubierta con toldo o marquesina.

shastra: Antiguo texto sagrado, de autoridad divina o secular, que fija los deberes religiosos, morales y sociales de los hindúes.

shehnai: Clarinete que se toca a menudo en las bodas.

shikara: Casa flotante (sobre botes largos y estrechos) que sirve de hotel en los lagos de Cachemira, o a veces sólo para pasear. Las que se utilizan para los turistas son coloridas, tienen cojines y un pequeño toldo.

sikh kebab: Es un pincho, o *kebab,* de carne picada de cordero, especiada y asada a la brasa.

sistema 10 + 2: Se refiere al sistema escolar indio, que se compone de doce cursos. Los diez primeros ofrecen una formación amplia en artes y ciencias, lenguas y matemáticas. Tras estos cursos, los niños y niñas realizan un examen que organiza un tribunal externo a su escuela, coordinado por el gobierno. Quienes desean seguir estudiando cursan entonces dos años más, en los que se especializan en artes, ciencias o comercio.

Sita: Nombre de mujer que significa «surco, marca del arado», y también «blanca, pura, cándida, brillante». Sita es una de las figuras femeninas más importantes de la epopeya del *Ramayana*. Hija de la tierra y hallada en un campo por el rey Janaka de Mithila, Sita fue la esposa de Rama, y abandonó los placeres de palacio para seguir a su esposo al exilio en el bosque.

Stardust: Revista extremadamente popular en la India. Ante todo es conocida por difundir cotilleos sobre estrellas del cine indio.

STD: *Subscriber Trunk Dialling,* cabinas desde donde se pueden hacer llamadas nacionales. Es un término obsoleto del sistema telefónico británico.

svami: Apelativo utilizado ante el nombre de santos y ascetas. En ocasiones *svamiji,* con el sufijo de respeto *ji.*

talak, talak, talak: Repetido tres veces por parte de un esposo musulmán es la fórmula mediante la cual éste se divorcia de su mujer. Significa literalmente «divorcio», en árabe, y se utiliza en lengua urdu.

tamasha: Espectáculo, entretenimiento.

tandur: Horno cilíndrico, abierto en la parte superior.

thali: Bandeja, plato, fuente grande, generalmente de metal, que suele tener distintos compartimentos para que no se mezcle la comida.

tikka: Tradicionalmente, marca de color que se colocan en la frente las mujeres casadas mientras su marido vive. En la actualidad se ha convertido también en parte de la moda, y todo tipo de mujeres hindúes la llevan, estén casadas o no. Dicho esto, se puede hacer *tikka* sobre cualquier cosa, como signo de bendición. De hecho, el origen de la *tikka* sobre la frente de una mujer significada eso: que cuando estaba casada era bendecida. En el contexto de la novela se dice que se hace *tikka* sobre los ladrillos que se transportan a Ayodhya, es decir, que se les pone una marca de color y los bendicen, para santificar el edificio en el que se emplearán. Esta misma palabra (aunque la pronunciación es distinta, sería con la «i» más corta), se refiere también a los pedazos de carne que se hacen a la brasa insertados en un pincho o brocheta. Así, en la novela se habla de *tikkas* de cordero y pescado.

tikki: Especie de albóndiga o croqueta aplastada (en forma de empanada o hamburguesa) de verduras, por lo general de patata.

tilak: Como *tikka:* marca de color. Suele ser alargada y de color rojo. En la novela se refiere a la marca que se hacen con sangre los seguidores de un líder, como muestra de adhesión a su causa.

trishul: Tridente del dios Shiva.

Ujjala: Es el nombre de la ONG donde trabaja Pipeelika. Literalmente significa «resplandor, luz».

Upanishads: Comentarios explicativos a los *Vedas,* escritos cientos de años después. Textos especialmente relacionados con el significado esotérico, secreto y místico de los escritos védicos. También hablan de asuntos como el origen del universo, la naturaleza del alma o la deidad. Los *Upanishads* también son conocidos como *Vedantas.*

vada: Un aperitivo del sur de la India. Tiene forma de rosquilla, es salado y está hecho a base de lentejas y arroz. Tiene chiles verdes en el interior, y por lo general se come con *chatni* de coco y un preparado de lentejas, llamado *sambhar.*

vala: Persona encargada de alguna misión específica, que realiza cualquier trabajo o presta cualquier servicio. Puede incorporarse como sufijo a casi todas las palabras para formar infinidad de compuestos. Ej.: escúter-*vala.*

vanaspati: Un aceite vegetal para cocinar, hecho de aceites vegetales hidrogenados.

Vedanta: La principal de las seis ramas ortodoxas de filosofía india, la de los Vedas, los textos sagrados hindúes más antiguos. Véase *Vedas.*

Vedas: La más antigua literatura sagrada de los hindúes, data de 1500 a. C. Se dice que los Vedas, cuatro en total, fueron pronunciados por las cuatro bocas de Brahma, y que los sacerdotes los conservaron de memoria durante siglos. Las escrituras, así como comentarios detallados, en prosa, se transmitían de maestros a discípulos y se aprendían de memoria. Fue Vyasa quien realizó la recopilación escrita que se conserva.

VHP: *Vishva Hindu Parishad* (Asamblea Hindú Universal/Consejo Hindú Mundial). Es una organización comunal hindú, con ideología de derechas. Está comprometida con la construcción de un templo hindú en el lugar de la demolida *Babri Masjid,* y de hecho fue en parte responsable de la destrucción de esta mezquita.

waqf: Tierra donada por un organismo religioso musulmán.

Yatra aur Vichar: Literalmente, «peregrinación y pensamiento».

yatra: *Yatra* es, literalmente, «viaje, peregrinación», pero en el sentido político se emplea como «marcha», una marcha larga.

YWCA: *Young Women's Christian Association,* es decir, Asociación de Jóvenes Cristianas. Los albergues de las YWCA son una manera temporal y poco costosa de alojarse. Existen en diversas partes del mundo.

zanana: Harén. Espacio reservado a las mujeres en las casas musulmanas.

NOTA DE LA TRADUCTORA

Manju Kapur (Amritsar, 1948) es profesora de literatura inglesa en Miranda House College, Universidad de Delhi. Con su primera novela, *Difficult Daughters* (1998), traducida al castellano como *Hijas difíciles* (Espasa, 2003), obtuvo el *Commonwealth Writers Prize for the Best First Book* del año 1999 y fue finalista del premio *Crossword,* en la India. Hasta la fecha *Hijas difíciles* ha sido traducida al castellano, italiano, holandés, alemán, griego y marathi (una de las lenguas de la India). *Una mujer casada* (2003), su segunda novela, confirma la presencia solvente y firme de Manju Kapur en el panorama de la literatura india contemporánea y, en sentido más amplio, en la esfera de la narrativa anglófona no escrita desde el eje hegemónico. Actualmente está finalizando la que será su tercera novela, en la que la autora sigue explorando con aguda perspectiva crítica la sociedad y cultura de la India, con especial interés por la situación de las mujeres en este contexto.

Con sutileza, *Una mujer casada* retrata el microcosmos social de las tradicionales relaciones familiares en la India, abordando interacciones entre padres e hijos, marido y mujer, parientes políticos; las relaciones entre seres humanos y la forma en que la sociedad influye en las aspiraciones individuales de cada cual. Astha, la protagonista de *Una mujer casada,* tiene miedo a mostrarse exigente en el amor, miedo a querer realizarse como individuo, más allá de los papeles de madre y esposa a los que se ve abocada. Su entorno, en la época contemporánea, es el de una clase media que comienza a definirse en la India a partir de los años sesenta. Astha trabaja como profesora porque ésa es una ocupación «conveniente» para una mujer casada. Sin embargo, ella va sintiendo, de manera progresiva, una sensación de vacío, de alienación, de desánimo. Tiene todo lo que una mujer india educada y de clase media podría pedir: hijos, un marido responsable y un entorno cómodo. Tiene, en suma, una vida acomodaticia y convencional. Pero quiere más. Ha aprendido a conformarse y a ser pasiva, recorriendo un camino pautado por las normas sociales, lo que la convierte en una mujer insatisfecha que trata de superar ese sentimiento y acomodarse a lo que tiene, a la seguridad de su vida, su estatus de esposa y madre. No obstante, esa adaptación va dando a paso a una irrefrenable voluntad de ruptura que tiene un punto de inflexión con la relación sentimental que establece con otra mujer, Pipeelika, que alienta sus aspiraciones artísticas y su conciencia política. Al aceptar progresivamente su potencialidad como artista, como pintora, como mujer que decide qué hacer libremente, Astha desafía las limitaciones de su existencia normativa, según los parámetros marcados por la sociedad en que vive. Así, la novela narra el desarrollo de lo que podríamos llamar el «despertar» de Astha, quien trata de dar rienda suelta a su conciencia social, en el contexto de los conflictos interreligiosos entre hindúes y musulmanes, promovidos por secciones políticas interesadas en separar a las comunidades del subcontinente indio y alentar identidades monolíticas.

Después de sorprender en el panorama de la literatura india y también en un plano internacional con su primera novela, Manju Kapur ha elaborado una trama sincera y directa sobre la vida cotidiana de las mujeres en la India. Como ya sucedió en *Hijas difíciles* (1998; Espasa, 2003), el relato humano queda enmarcado por un contexto histórico real relevante y bien delineado, que plantea que es en la historia donde se hallan las semillas de los conflictos actuales, y que en el conocimiento histórico late la posibilidad de aprender a enfrentarse a las dificultades. En este caso, Kapur se hace eco de las revueltas político-religiosas entre hindúes y musulmanes (tema candente en la India contemporánea) producidas tras la demolición de la Babri Masjid, o Mezquita de Babur, el 6 de diciembre de 1992, en Ayodhya, ciudad situada en el estado de Uttar Pradesh, en el norte de la India, por parte de extremistas hindúes que argumentaban que la mezquita fue construida sobre un templo hindú consagrado al héroe mítico del *Ramayana*, Rama; templo, además, que supuestamente habría sido levantado para señalar el emplazamiento de *Rama Janambhumi*, es decir, el lugar de nacimiento real de Rama.

La Babri Masjid es la mezquita que en nombre de Zahiruddin Muhammad Babur (1483-1530), el fundador del Imperio Mogol en la India, se construyó en 1528 en la ciudad de Ayodhya, importante centro histórico de varias confesiones religiosas. La historia que narra la supuesta destrucción de un templo hindú para la construcción de la mezquita ganó popularidad a partir de finales del siglo XIX. Sin embargo, no existe ninguna prueba concluyente de que esto fuera así. Los arqueólogos discrepan acerca del lugar real de nacimiento de Rama. No hay pruebas de que se demoliera nada para construir la mezquita ni, alternativamente, de que no se hiciera. Además, muchos templos hindúes de la India están construidos sobre las ruinas de santuarios budistas, como apunta Salman Rushdie (2002)*. Cabe recordar que la India es un país múltiple: hindúes, musulmanes, sikhs, parsis, budistas, jainistas, cristianos... Los conflictos entre comunidades no son una novedad en un territorio tan plural como la India, pero lo cierto es que la colonización británica y su demarcación territorial en el momento de la Independencia en 1947 agravaron la situación. Las consecuencias siguen vigentes hoy por hoy.

La destrucción de la Babri Masjid desencadenó la violencia entre las comunidades hindú y musulmana, que se extendió no sólo por toda la India sino también por otros países con presencia tanto musulmana como hindú. De hecho, los tristes sucesos de Ayodhya en diciembre de 1992 son los antecedentes de uno de los actos terroristas que más han impactado en la India desde la Independencia: las explosiones en Bombay, en 1993, en las que murieron 257 personas, resultando heridas más de setecientas, en la oleada violenta más fuerte que ha sacudido la ciudad. Así, la demolición de la Babri Masjid ha marcado en la reciente historia del subcontinente una exaltación de los fanatismos religiosos. Tras siglos de convivencia, las comunidades hindú y musulmana de la India (re)descubren diferencias acentuadas por la política divisionista de la ideología colonial. Manju Kapur utiliza estos acontecimientos de la historia reciente de su país como telón de fondo de la historia de vida de Astha y todo lo que la rodea, y lo hace con un manejo impecable de datos, un conocimiento para el que la autora se documentó profusamente, según ella misma ha reconocido.

---

* Rushdie, Salman (2002), «El Baburnama», en *Pásate de la raya. Artículos, 1992-2002*, Miguel Sáenz (trad.), Barcelona, Plaza & Janés, 2003, págs. 235-242.

En este orden de cosas, *Una mujer casada* relata con honestidad y sin artificio una historia ambientada en la época contemporánea que habla ante todo de lo humano, que siempre es universal y transfronterizo. De manera intensa y lúcida, Manju Kapur sigue explorando en su narrativa el universo femenino en la India, que, a pesar de los contrastes específicos, plantea problemáticas y desafíos muy similares a los que se enfrentan las mujeres en otras partes del mundo. Mujeres, en diversos contextos, a las que en gran medida no se les permite actuar y vivir con plena autonomía, no se les permite ser dueñas de sus vidas. Más bien se ven forzadas a sostener un marco social, un sistema, a transmitir valores en los que en ocasiones no creen. Publicar a Manju Kapur es una apuesta en este sentido. La cuestión que se plantea la autora es: ¿Cómo avanzar y no desertar del pasado, de la tradición? ¿Cómo armonizar obligaciones y deseos? Desde ese interrogante, su ficción explora rutas sin prescribir respuestas.

Como en su novela anterior, de forma colateral a la trama, Kapur aborda con valentía temas polémicos en la sociedad india actual, donde las mujeres todavía se enfrentan a una ancestral disparidad de derechos. Si el aborto y el divorcio surgían en *Hijas difíciles,* en *Una mujer casada* se narran relaciones interreligiosas y homosexuales en un país donde estos temas son todavía hoy en día tabúes de gran magnitud. Al tiempo, al entrelazar la historia personal de Astha con la historia de las disputas intercomunales en Ayodhya, Kapur crea una alegoría sobre la comunicación y el entendimiento más allá de las diferencias: matrimonios interreligiosos, relaciones entre personas del mismo sexo, vidas profesionales que se escapan de las pautas sociales. Con todo ello, la autora aboga por la libertad de elección, la abolición de fronteras que atienden a categorías identitarias que terminan convirtiéndose en estrecheces y constructos limitadores (clase social, género, religión). Astha y Pipeelika ansían libertad, y la buscan a su manera. Inician una relación para salvarse de sí mismas, de su propia insatisfacción e infelicidad con el estado de cosas en que viven. En la novela también queda reflejado cómo el arte y las inquietudes intelectuales funcionan como espacio donde volcar los sentimientos y las frustraciones personales, para objetivarlas y superarlas o, al menos, intentarlo. Astha se refugia en la pintura y Pipeelika en la investigación académica, aunque de alguna forma la novela cuestiona si esta opción consigue aportarle al ser humano un sentimiento pleno de realización.

En definitiva, *Una mujer casada* explora la identidad femenina desde una perspectiva universal, contextualizada en la India, atendiendo a los derechos de la mujer y las implicaciones personales y sociales de la vida en sociedad. Con mucho, esta novela se presenta como un provocativo tratado sobre el poder en la medida en que refleja con sutileza pero con profundidad cómo toda interacción humana está de alguna forma limitada por el poder; cómo los individuos se desenvuelven en la esfera colectiva, la sociedad que les rodea, estableciendo redes y relaciones de fuerza.

Discursivamente, Manju Kapur se caracteriza por elaborar una prosa límpida, de envidiable sencillez, siempre atenta a detalles y matices, en la que lo implícito, lo sugerido, es tan importante como lo explícitamente verbalizado. Esta traducción ha tratado de transmitir ese tono y mantiene sin traducir en el cuerpo del texto los términos que la autora emplea en diversas lenguas indias por respeto hacia la diversidad y la particularidad diferencial del proyecto literario del original, que utiliza la lengua inglesa de forma propia desde un contexto poscolonial. No obstante, conscientes también de la responsabilidad mediadora hacia quienes leen esta novela en castellano, la traducción va acompañada por un glosario final de términos y expresiones culturalmente definidas. Así, las palabras en sánscrito, hindi y urdu que aparecen en el original, y que allí no se traducen, se han mantenido de igual modo en la presente traducción. En algunos casos, en colaboración con el indólogo Enrique Gallud Jardiel, hemos recurrido a una transliteración que acerque los términos a lo que sería su pronunciación en castellano, eliminando las particularidades inglesas que resultan de transliterar estos términos desde sus lenguas originales al inglés, pero que no corresponden con el castellano al que son vertidos en esta traducción.

Una mujer casada plantea una lectura viva, alerta, escrita desde un tono descriptivo que, no obstante, a través de la configuración de los personajes, logra dejar una puerta abierta a la empatía con lo narrado. Astha es un personaje creíble, de carne y hueso, que nos conmueve, a quien entendemos en sus alegrías y sus desilusiones. Es uno de los logros de esta historia. *Una mujer casada* invita a la reflexión y proyecta a Manju Kapur como una de las voces narrativas más sociales y progresistas de la narrativa india contemporánea. Una de las escritoras más generosas y atrevidas, que sabe que en la literatura, como en la vida, a veces no hay respuestas, no hay conclusiones fijas. Kapur expone sentimientos con ternura y vigor, sin evitar nada, con claros y oscuros. Y por eso leerla nos hace pensar y emocionarnos al mismo tiempo.

Dora Sales Salvador
Universidad Jaume I